KB122538

# 지저 공동세계로부터의 메시지

다이안 로빈스 지음 / 편집부 편역

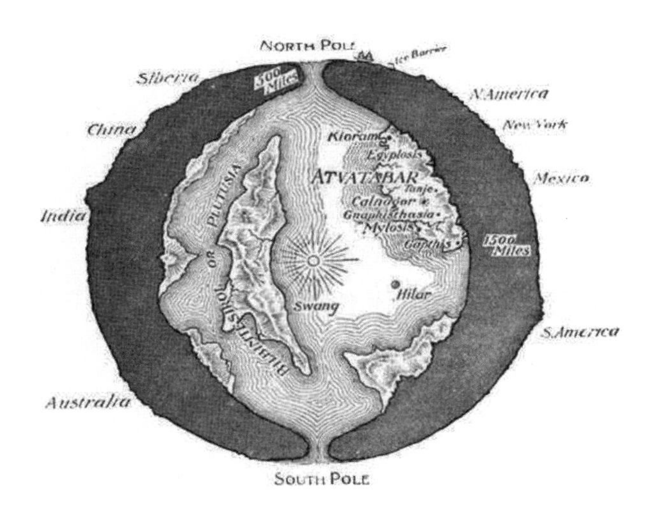


도서출판 은하문명

국립중앙도서관 출판예정도서목록(CIP)

지저 공동세계로부터의 메시지 / 다이안 로빈스 지음;
[은하문명] 편집부 편역. -- 서울 : 은하문명, 2017
416 p. ;    cm

원표제: Messages from the hollow earth
원저자명: Dianne Robbins
영어 원작을 한국어로 번역
ISBN 978-89-94287-16-4 03840: ₩20000

계시(신학)[啓示]

001.4-KDC6
001.9-DDC23    CIP2017019712

# 헌사

가장 깊은 사랑과 감사로, 나는 이 책을 지저 공동세계 안의 포토로고스 (Porthologos) 도서관에 있는 나의 영원한 친구 미코스(Mikos)에게 바칩니다.

“여러분 고향 행성의 자신 옆에 존재하고 있는 다른 생명에게 마음을 여십시오. 그러면 여러분이 지구라고 부르는 이 구체(球體) 내부에 정말로 존재하는 모든 경이로움을 탐험할 수 있을 것입니다.”

– 미코스 –

“인간의 예정된 운명인, 상승된 의식상태에 이미 도달한 다른 진보된 문명의 생활방식과 사회를 깊이 탐구해보세요.”

– 미코스 –

Messages from The Hollow Earth

"이 메시지들은 실제로 지구 공동세계(Hollow Earth) 내부에서 살고 있는 사람들로부터 온 것이며, 내가 했던 모든 연구와 내가 출판한 책들에다 생명을 불어넣는다."

– 티모시 그린 버클리(Timothy Green Beckley), 글로벌 커뮤니케이션 담당 집행 위원 –

"이 지구에는 눈에 보이는 것보다 더 많은 것들이 있다. 이 책에는 존 유리 로이드(John Uri Lloyd), 레이몬드 버나드(Raymond Bernard), 존 클레브스 시메스(John Cleves Symmes), 에드가 라이스 버로우(Edgar Rice Burroughs)와 같은 작가들이 언급했던 세계 안의 세계에 관한 설명이 포함돼 있다. 이 책의 메시지에는 그곳을 가장 잘 아는 사람들, 그곳에 실제로 살고 있는 사람들로부터 오는 이 세상에 대한 묘사가 담겨 있다."

– 브랜트(BRANTON), 지구 공동세계 연구가 –

"이 책은 지구의 내부세계에 대한 개인적인 통찰력을 제공한다. 지저세계에 관련된 내 자신의 경험을 통해, 나는 광대한 도서관에서 내 자신을 보았는데, 그곳은 고대 알렉산드리아 도서관의 전체 내용과 다른 문헌들을 보관하고 있었다. 책에서 다이안은 또한 '포토로고스(Porthologos)'라고 불리는 지구 내부의 도서관에 대해서 말하고 있으며, 그곳은 미코스가 알렉산드리아 도서관의 내용을 저장하고 있다고 말한 곳이다. 이것은 확실히 지구의 내부세계에 관한 우리의 경험을 통해, 우리가 함께 공유하게 되는 접점이다."

– 마이어 크리스티안. 목사, 아카식 해독가, 디지탈 영혼 아티스트 –

## 서문

그리 오래되지 않은 얼마 전까지만 해도 인류는 이 세상이 평평하고 태양이 지구 주변을 돈다고 믿었다. 인류가 이것을 너무나 확신한 나머지 한 때 그것은 확립된 '사실'이 되었다.

갈릴레오가 지구가 태양을 공전한다는 것을 입증하는 증거를 제시했을 때, 그는 조롱을 받았을 뿐만 아니라 그의 조사결과가 너무 급진적이었기에 그는 감옥에 갇히고 말았다.

지구가 그 중심이 공동(空洞)이라는 새로운 계시와 관련해서, 오늘날에도 비슷한 상황이 존재한다.

하지만 지구공동 연구가들은 그들의 연구에 근거해서 지구는 우리의 교과서가 우리에게 믿도록 가르쳐 준 것처럼 속까지 꽉 차있지 못하다는 사실과 행성들이 어떻게 형성되는지에 대한 증거를 제시했다.

이 책은 역사상 가장 위대한 계시에 관한 것이다. 왜냐하면 지구의 중심핵이 텅 비어있을 뿐만 아니라, 그곳에 거주하는 고도로 진보된 인간들이 우리에게 자신들의 존재를 알리고 있음을 말하고 있기 때문이다.

인류는 지구에 관한 이 새로운 계시에 마음을 열게 될 것인가? 아니면 그런 내용이 우리 교과서에 없다는 이유로 그것을 비웃을 것인가?

– 로렌스 프랭크 –

## 저자의 말

1990년대 초에 나는 샤룰라(Sharula)라는 이름의 한 여성에 관한 회보를 읽었는데, 그녀는 텔로스(Telos)에서 태어났다. 텔로스는 캘리포니아 샤스타산 지하에 위치에 있고, 그녀는 1960년대에 우리의 지상으로 나왔다. 그리고 그녀는 현재 자신의 남편 실드(Shield)와 함께 뉴멕시코 주, 산타페에 살고 있다. 산타페로 이사하기 수년 전에, 그녀는 샤스타산 지역에서 보니(Bonnie)로 알려져 있었다.[1)]

'샤룰라의 회보'에서 그녀는 텔로스에서의 삶과 지구표면 아래에 존재하는 다른 지저 도시들에 관해 말했다. 또한 그녀는 '아다마(Adama)'라는 이름을 가진, 텔로스의 승천한 고위사제에 대해서도 언급했다. 그런데 내가 아다마에 관한 내용을 읽은 직후, 놀랍게도 그는 텔레파시로 나에게 접촉해 왔고, 내가 그의 메시지를 수신할 의향이 있는지를 물었다. 여러분도 알다시피, 우리의 생각은 우주로 퍼져나가며 우리가 누구에 대해 생각하든 그 사람과 즉시 연결시켜준다.

아다마는 나에게 메시지를 구술하기 시작했고, 그의 메시지들 중 일부는 텔로스와 지구 공동세계와의 관계에 관한 것이었다. 이로 인해 나는 또 다른 존재인 미코스(Mikos)로부터도 메시지를 수신하게 되었는데, 그는 에게 해(Aegean Sea) 아래에 있는 지구공동의 내부, 카타리아시(Catharia city)에 거주하고 있다. 아다마와 미코스의 메시지들은 나중에 나의 두 번째 저서로 출판되었다.

책이 출판된 후, 마이크가 전화를 걸어왔을 때, 나는 마침 아다마와 이야기하고 있었다. 결국 그것은 일종의 3자 회담이었다. 마이크는 내가 그로부터 더 많은 메시지를 받을 것인지, 또 지저

---

1)내가 읽은 샤룰라와 텔로스에 관한 회보의 정보는 26장에 있다. (저자 주)

공동세계로부터만 별도의 메시지들을 받아 그것을 출판할 것인지 물었다. 지구 공동세계의 메시지는 나의 텔로스 책의 속편 격이다. 이 책은 텔로스 출판 이후 3년 동안 미코스로부터 받은 모든 새로운 메시지들을 담고 있다. 그것은 우리의 지구 공동세계의 더 깊은 곳으로 내려가서 탐사하고 그 안에 존재하는 다른 문명을 조명한다. 이 책의 가장 중요한 핵심은 독자인 여러분을 지구의 가장 깊숙한 중심부로 인도하는 것이다. 거기서 여러분은 우리 인류의 운명인 상승된 의식상태에 이미 도달한 또 다른 선진문명의 생활방식과 사회를 깊이 탐구할 수 있다.

수세기 동안 우주의 모습에 관한 우리의 인식과 지식은 엄청나게 확장되었다. 현대천문학은 우리의 태양계가 단지 우리 은하계의 팔들 속에 있는 또 다른 하나에 불과하다는 것을 보여주었다. 회전하고 있는 이것은 광대하고 확장된 이 우주 속에서 수십억 개의 은하들 중 하나일 뿐이다. 새 시대의 도래와 과학의 진보는 많은 신화들을 깨뜨렸다. 이제는 또 다른 신화를 깨뜨릴 시간이다. 즉 그것은 지구가 속이 꽉 차있다는 그릇된 고정관념인 것이다.

목차

## 3부 지저세계로부터 지상에 파견된 사람들

## 4부 발행인 해제 - 지저공동세계의 실체와 그 중요성에 대해

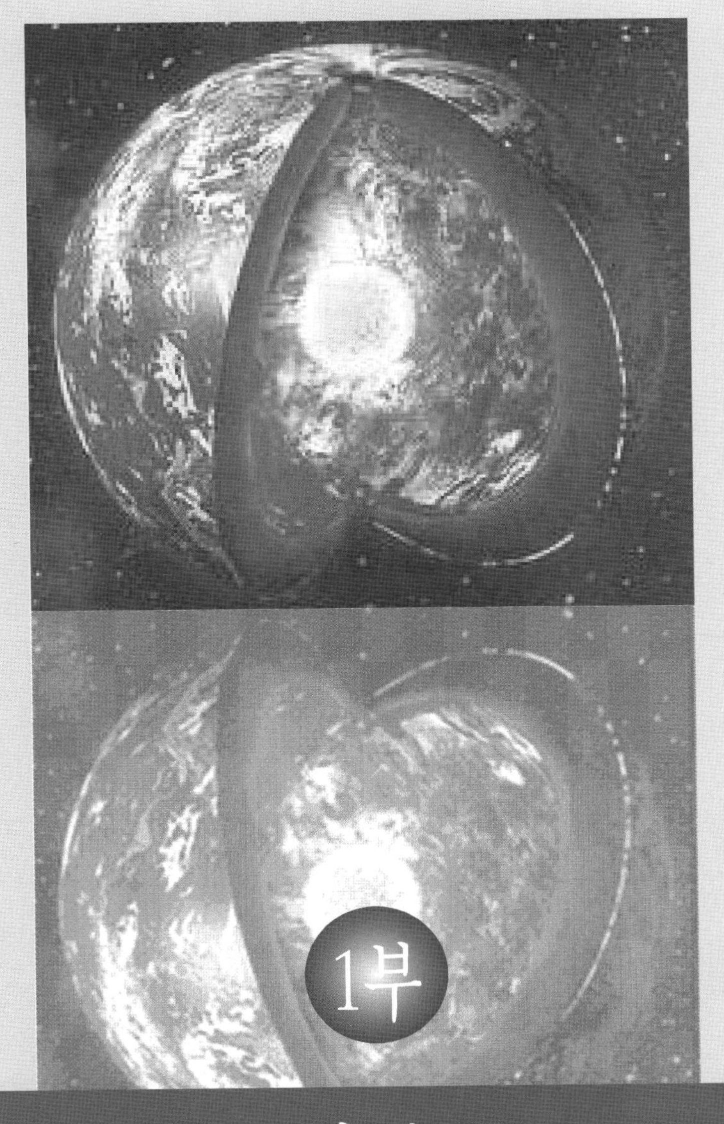

# 1부

# 지저공동세계의 메시지

## 1.지구 공동에 관한 설명

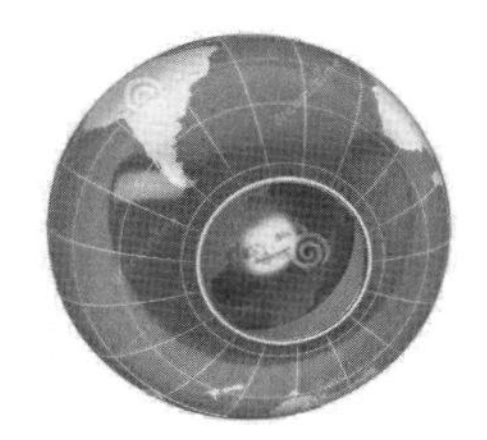

지구뿐만 아니라 모든 행성들은 속이 비어 있다! 행성들은 태양으로부터 궤도로 방사되는 고온의 가스에 의해 형성된다. 그리고 행성의 껍질은 중력과 원심력에 의해 생성되며, 양극은 구멍이 나 있게 되고 빈 내부를 만들게 된다. 이 과정은 희뿌연 색상의 내부태양을 가진 공동의 구체(球體)를 형성하는데, 그 태양은 부드럽고 쾌적한 전체 스펙트럼의 햇빛을 내뿜어 밤이 없이 길고도 긴 낮만이 있게 한다. 또한 그것은 내부 표면의 초목과 인간 삶의 성장에 매우 도움이 된다.

지구 공동세계의 존재들은 매우 영적으로 진화되었고, 기술적으로 진보되었으며, 우리의 지구 내부 중심에 살고 있다. 이 진보된 문명은 지구 속 한가운데서 평화와 형제애로 살고 있는데, 그곳에는 내부 중심태양을 포함하여 여전히 원시상태에 있는 바다와 산들이 존재한다.

지구 내부세계는 그들이 땅을 개발하거나 대지에다 건물을 세우지 않기 때문에 여전히 원시상태로 있다. 거기에는 빌딩들, 쇼핑몰 또는 고속도로가 없다. 그들은 지면 위로 몇 인치 정도 공중 부양하는 전자기 승용물로 여행한다. 그들은 하천, 강, 바다를 따라 걷고 산을 오르기는 하지만, 그것은 대지와 발이 접촉하는 정도이다. 그들은 나머지 대지를 자연에 남겨 두는데, 그것 역시 원래 자연의 것이기 때문이다.

지구 공동세계를 통치하는 도시는 샴발라(Shamballa)라고 불린다. 그것은 지구행성의 바로 중심에 위치해 있고 북극 또는 남극에 있는 구멍을 통해 접근할 수 있다. 우리가 북쪽이나 남쪽 하늘에서 볼 수 있는 빛은 실제로는 내부 중심태양에서 나온 빛이 반사된 것이며, 그것은 지구의 내부 중심에서 방사된다.

그들은 도시, 집, 터널을 비추기 위해 프리 에너지(free energy)를 사용한다. 그들은 전자기학과 결합된 수정(水晶)들을 이용하는데, 그것은 50만 년 동안 지속되는 광범위한 가시파장대의 빛을 가진 작은 태양을 생성하며, 필요로 하는 모든 에너지원을 그들에게 공급해 준다.

지구의 지각(地殼)은 외부로부터 안쪽의 표면까지 대략 800마일(1,287km)정도이다. 우리의 지구는 공동이고 속이 꽉 찬 구체가 아니기 때문에 중력(重力)의 중심이 지구의 중심핵에 있는 것이 아니라, 지표면에서 400마일(643.5km) 아래인 지구 지각 자체의 중심부분에 있다.

지구 자기장(磁氣場)의 원천은 일종의 신비이다. 지구의 중심에 있는 내부 태양은 지구의 자기장 배후에 있는 신비로운 힘의 원천이다. 지구상의 도처에 동굴 입구들이 있으며, 거기서 상호작용이 일어날 수 있다. 그리고 그것들 중에 단지 일부만이 현재 열려 있다. 전기기술의 천재 발명가인 니콜라 테슬라(Nikola Tesla)는 현재 지구 내부의 공동세계에서 살고 있다. 그는 1800년대 후반에 정보를 받기 시작하여 다음과 같은 사실을 발견했다.

"전력은 어디에서나 무제한으로 존재하며, 석탄, 석유, 가스 또는 기타 일반 연료가 없이도 세상의 기계 장치를 가동할 수 있다."

1930년대에 (지저세계로 들어가는) 터널 입구와 통로가 지저 문명들에 의해 폐쇄되었는데, 그 당시 '기업들'이 지저로 들어가는 입구를 확보하기 위해 테슬라의 기술을 오용했기 때문이다. 지구 공동세계의 주요 입구는 남극과 북극의 구멍에 있었으나, 지구상의 정부들이 그것을 밝히기 위해 양극지에다 폭발물을 부설하는 바람에 서기 2,000년에 폐쇄되었다. 지저인들은 그 입구들을 더욱 위장하고자 지구의 양극 입구 주변에다 자기장을 설치했다. 이런 방식으로 그 입구들이 하늘과 지상의 관찰로부터 보호되고 있다.

과거에는 포토로고스 도서관으로 들어가는 입구가 지상에 있었다. 그러한 입구 중 하나가 알렉산드리아 도서관이었는데, 그것이 AD 642년에 화재로 파괴되었다. 지구 내부에는 지상보다 더 많은 대륙이 있으며(3/4이 육지, 1/4이 바다), 그곳의 땅은 지상보다 더 응축되어 있다. 지구 공동세계의 모든 것들은 그곳에서 사는 모든 생명체들의 생태계 균형을 유지하기 위해 매우 면밀하게 관리되고 있다.

지구공동세계에는 현재 수백만 명의 카타리아인들(Catharian)이 거주하고 있다. 지상에 인간으로 태어난 카타리아인들도 있다. 또한 목성에 살고 있는 카타리안도 존재한다. 가장 키가 큰 카타리아인은 신장이 23피트(7m)이다. 우리 지상 출신의 인간들 36,000명이 현재 지저세계에서 살고 있다. 지난 200년 동안 약 50명의 지상 인간이 지저세계 속에서 살기위해 들어갔다. 그리고 과거 20년 동안 오직 8명만이 지구 내부로 들어갔다.

## 아다마 대사의 소개 말

나는 아다마(Adama)이며, 캘리포니아의 샤스타산 아래에 있는 지저 도시, 텔로스에서 여러분에게 인사드립니다. 우리 레무리아인 집단은 현재 이곳에 거주하고 있습니다. 우리는 우리 행성의 가장 중앙에 위치한 지구 공동세계로부터 온 이 새 메시지의 책이 출판되는 데 대해 큰 기대를 하고 있습니다. 나는 훌륭한 역사학자 한 사람을 여러분에게 소개하고 싶은데, 바로 카타리아의 미코스(Mikos)입니다. 그는 여러분의 역사책에 알렉산드리아 도서관으로 알려져 있었던 포토로고스의 위대한 도서관과 본질적으로 연결돼 있는 존재이며, 그곳에는 모든 지구기록이 보관돼 있습니다.

천성적으로 미코스는 매우 온화한 영혼입니다. 그리고 그와 나는 장구한 세월 동안 지구세계에 거주해 왔습니다. 우리는 광범위하게 함께 여행했고, 여러분이 헤아릴 수 있는 것보다 훨씬 많은 회의 모임에 함께 참석했으며, 서로의 집과 도시에서 함께 시간을 보냈습니다. 텔로스의 지저도시에서 우리는 카타리아에 있는 미코스와 그의 동료들과 긴밀히 협력해서 일합니다. 그리고 우리가 지저공동세계를 방문할 때, 우리는 포토로고스의 거대한 도서관에서 많은 시간을 보내며, 광대한 그곳의 포탈에서 우리의 배움을 계속합니다.

우리는 서로에 대한 우리의 관계가 한 울타리에서 하나로 연결된다는 것을 여러분이 알기바랍니다. 텔로스에 있는 우리는 우리의 사명이 지구와 지구상의 인류를 차원상승으로 인도하는 것이기 때문에 카타리아의 형제자매들과 하나가 되어 일을 합니다. 비록 우리 문명들이 동일한 창조의 신성한 법칙에 기초하고 있지만, 문화적 경험들은 서로 다른 지리적 위치 때문에 차이가 있습니다. 그러나 이것은 우리의 유일한 차이점이며, 우리의 회의 테이블에다 서로 다른 풍성함을 가져다줌으로써 우리의 상호작용이 더욱 결실을 맺게 해줍니다.

미코스는 지구에서의 영겁의 시간 동안 나의 가까운 친구이자 동료여행자였습니다. 그리고 우리는 지구의 지상과 저저의 모든 문명들을 하나의 연합된 지구, 즉 세계일가(世界一家)로 결합하

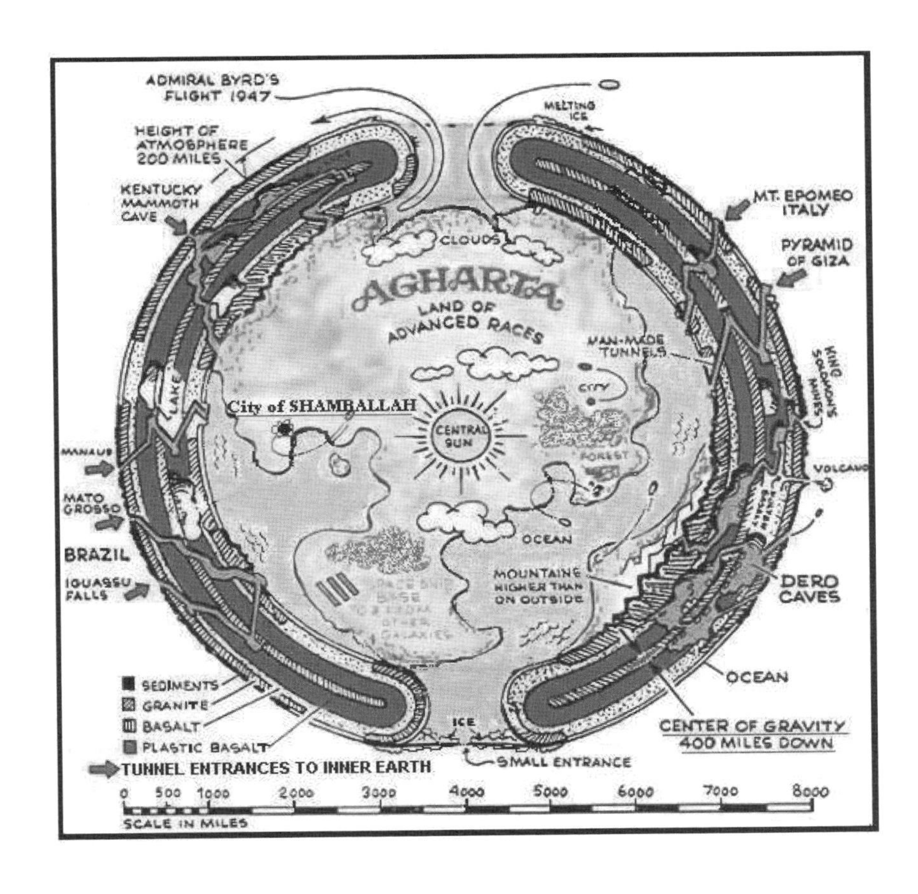


기 위해 긴밀히 함께 협력합니다. 그럼으로써 우리의 행성이 우리 은하계의 나머지 문명들과 더불어 더 높은 진화 상태로 들어가는 위대한 여행을 위해 준비될 것입니다. 우리 은하수 은하계의 새로운 위치 안에 있는 우리의 장소는 준비되었으며, 우리 모두가 집으로 귀향하기를 기다리고 있습니다.

이 책의 페이지들을 읽으면서, 여러분의 가슴은 우리와 함께 영원한 빛의 새로운 고향으로 여행할 수 있도록 준비될 것입니다. 우리는 여러분이 커다란 통찰력과 기쁨이 담긴 이 책의 페이지를 통해 우리와 함께 여행을 떠나자고 손짓해 부릅니다. 그리하여 지구의 진정한 역사를 배우고, 다른 문명들이 여러분의 지표면 아래와 여러분의 시야 주변에 묻혀 어떻게 살아가는지를 마음에 새겨두십시오.

우리의 텔로스 책은 우리 텔로스인들의 역사와 생활방식을 우리보다 단지 한 발 앞선 지구 공동세계 주민들과 대조하여 정립했다는 의미에서 이 후편을 위한 전제 조건입니다. 우리는 모두 하나이고 동일하지만, 그럼에도 무수한 방식으로 다릅니다. 즉 지상에 있는 여러분의 많은 국가들과 주민들이 서로 다른 것처럼 말이지요. 우리의 두 문명은 모두 지상의 주민들과는 별도로 지저세계에서 살기로 선택했으며, 때문에 우리는 평온과 평화 속에서 진화할 수 있었습니다.

그러니 여러분의 생각으로 우리와 함께 지구의 가장 깊숙한 곳으로 여행해보십시오. 그리하면 여러분의 성서에서 말하는 잃어버린 '에덴동산'에 대해 알게 될 것입니다. 그것은 지구의 중심에 있는 바로 이곳이며, 독자 여러분의 탐험을 기다리고 있습니다. 우리는 여러분을 환영합니다. 나는 아다마입니다.

**여러분을 환영합니다.**

환영합니다! 불가사의하고도 많은 사람들에게 믿어지지 않는 여정을 시작한 데 대해 여러분을 환영합니다. 내 이름은 미코스(Mikos)입니다. 여러분은 이 책의 페이지들을 통해 여러분이 알고 있는 역사보다 앞서 있는 영역으로 이제 막 진입하려 하고 있습니다. 그곳은 공상과 환상의 영역이자, 초현실적인 아름다움이 깃들어 있고 영원한 변치 않는 세계입니다. 또한 이곳은 과거 초대에 의해서만 이곳을 탐험한 소수의 영혼들을 제외한 모든 사람들에게 감추어진 장소이기도 합니다.

어떤 사람들에게 이 여행은 시대를 초월한 계시를 제시했습니다. 무엇보다도 그것은 그들이 살았던 세상에서의 그들의 이해과정을 변화시켰고, 그리고 궁극적으로 그들의 삶 전체를 바꿔놓았습니다. 앞에 놓여있는 이 페이지들의 겸허한 메시지를 읽으면서 여러분은 그런 사람들 중의 하나인 다이안 로빈스(Dianne Robbins)를 만날 것입니다. 그녀는 아름답고 자비롭고 온화한 영혼이며, 그녀의 삶은 여러분 세계의 바다 속에서 사는 고래류의 삶과 밀접하게 연결돼 있습니다.

여러분이 막 읽으려고 하는 것은 기적과 같으며, 앞으로 몇 년 동안 가장 훌륭하고 풍성한 열매를 맺을 것입니다. 그것은 지식의 열매, 고결한 지혜의 열매, 그리고 진리, 화합, 자비, 끝없는 기쁨과 사랑의 열매이고, 삶은 언제나 번영하는 것을 의미합니다.

부디 지금 이 초대를 수락하시고 내가 살고 있는 신비한 세계로 여행을 시작하십시오. 지저공동세계에 오신 것을 환영합니다. 우리 지저세계인들은 기쁨, 사랑, 평화로 여러분을 환영하는 바입니다. 책을 통한 여러분의 모든 여정이 지금 여러분 앞에 놓여있는 정보만큼이나 경이롭고 아름다워질 수 있기를 바랍니다.

환영합니다. 사랑하는 이들이여. 포토로고스 도서관에 오신 것을 환영합니다. 이곳은 모든 차원들에 관한 역사가 공유되고 저장되며, 보존돼 있습니다. 여기에는 아무 것도 잃어버린 것이 없고 일찍이 존재했던 모든 삶이 태피스트리 속의 의미로 엮여있습니다. 우리의 세계는 작거나 외견상 중요해 보이지 않는 그 어떤 것도 간과하지 않습니다. 이곳은 도서관이며, 에게 해(海)의 길고도 깊은 침묵 아래에 자리 잡고 있는 도서관입니다. 여기에서 살고 일하는 우리는 여러분을 진심으로 환영합니다.

문헌 및 집필된 원전뿐만이 아니라 모형의 형태로, 여러분이 찾아주기를 기다리고 있는 세계에 오신 것을 환영합니다. 이곳은 우리를 통해, 그리고 무한한 상상력의 공급을 통해 이제까지 존재했던 최고의 지성들을 삶으로 가져올 수 있는 장소입니다. 여기서는 아무것도 잃어버리지 않습니다.

여러분은 우리의 문을 통해 들어올 때
모든 창조물과 만나 상호작용할 수 있습니다.

여러분은 도서관 … **잃어버린 도시** …
**알렉산드리아 도서관에 막 입장하려고 합니다!**

## 여러분은 우리의 메시지를 듣기까지 무려 수천 년을 기다렸다

지구 공동세계에서 인사드립니다. 나는 여러분이 이글을 읽어 나감에 따라 우리의 주파수를 송신함으로써 여러분의 의식(意識)에다 메시지를 전하고 있습니다.

우리의 메시지가 기록된 이런 책의 페이지들은 신성한데, 왜냐하면 충분한 수의 지상 주민들이 이런 책을 읽을 수만 있다면 거기에는 세상을 변화시킬 수 있는 강력한 힘이 담겨져 있기 때문입니다. 이것이 여러분에게 우리의 메시지를 전하는 목적입니다. 지상에는 변화가 임박해 있으므로 사람들은 다시 한 번 그들의 신성한 자아와 내면의 근원과 연결될 것입니다.

여러분은 우리의 메시지를 듣기 위해 수천 년 동안 기다렸고, 그것은 오직 우리가 이렇게 자발적으로 나서서 여러분에게 이야기할 수 있을 만큼 충분히 진동이 높아진 지금입니다. 여러분이 읽고 있는 이런 메시지들은 창조주의 가슴에서 처음 발원하여 우리의 가슴을 통해 직접 중계됨으로써 여러분에게 오는 것입니다.

친애하는 나의 독자들이여! 여러분의 가슴은 신(神)이 거하고 계신 장소이며, – 그러니 가슴을 활짝 여십시오. 그리고 우리의 말을 여러분의 가슴으로 직접 받아들이십시오 – 여러분의 눈이 우리의 메시지들을 읽어내려 갈 때 그 가슴의 진동이 여러분의 의식(意識)을 우리와 직접 융합할 수 있을 정도로 끌어올려줄 것입니다. 우리는 여러분에게 우리자신을 보여줄 수 있게 될 그 멋진 날을 기다리고 있습니다. 또한 우리는 여러분이 우리와 어깨를 나란히 하여 우리 모두의 영혼 안에 계신 신을 헤아릴 수 있을 때를 기다립니다.

생명이란 지상의 여러분 세상의 부정성(Negativity)과 한계가 여러분에게 야기한 것과 같이 분리된 개체들로 단절돼 있는 것이 아니라, 서로 연결된 것입니다. 생명은 일종의 에너지의 흐름이고 모든 것, 모든 곳과 하나로 연결돼 있습니다. 우리는 이 흐름에 동참하도록 여러분을 초대하는 바입니다. 그리고 여러분이 텔레파시(Telepathy) 바람(風) – 이 텔레파시 바람은 우리의 생각과 감정을 여러분의 가슴 속으로 운반합니다 – 을 통해 지상으로 전달된 우리의 메시지들을 읽을 때, 우리의 생각과 심장의 고동과 함께 흘러보세요. 여러분은 또한 우리의 파동과 더불어 공명하는 것을 배움으로써 그것이 가능합니다.

여러분이 우리에 관해 생각하는 만큼 우리의 에너지가 여러분에게 폭포처럼 쏟아지는 것 같은 고양된 감각을 느낄 것입니다. 그것은 명백한 육체적 감각입니다. 그 감각에 집중해 보십시오. – 그것은 우리가 의식으로 여러분과 접촉하려고 하는 것입니다 – 그리고 그것은 에너지가 현재 여러분을 통해 흐르는 것처럼 느껴집니다. 또한 그것은 우리와 연결된 동안만큼은 증대된 감수성과 신성한 지복감, 안온한 평화의 공간 속에 유유자적하게 안겨진 것 같이 느껴지기 마련입니다. 우리는 여러분이 우리의 글을 읽을 때 일종의 주어진 선물로 이것을 아낌없이 제공합니다.

우리는 매우 오랫동안 여러분에게 호출신호를 보내왔으며, 지금은 이 책을 통해 여러분이 우리의 메시지를 듣고 있는 것입니다. 우리는 기쁘게 여러분의 가슴을 통한 접촉을 예상하고 있으며, 그것에 준비돼 있고 또 여러분의 사념에 응답하기를 열망하고 있습니다. 그러니 고요히 앉아서 우리에게 주파수를 맞추십시오. 그리고 깊이 내면세계로 침잠하여 우리의 진동을 느끼고 여러분 에너지장의 진동파장을 높이십시오. 우리는 여러분의 호출 신호를 기다립니다.

## 2.포토로고스의 도서관

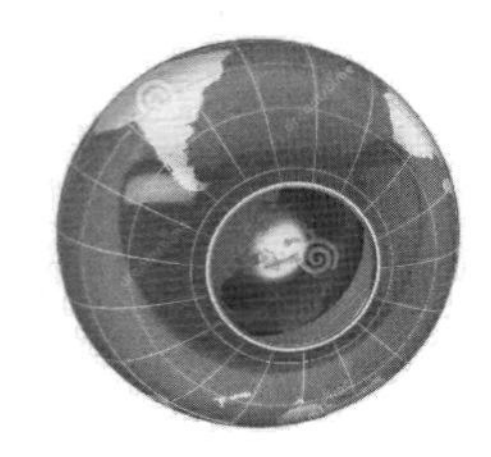

### 우리 도서관은 우주의 기록들을 보관한다

지구의 중심에서 인사드립니다! 내 이름은 미코스이며, 카타리아 도시에 거주하고 있습니다. 나는 에게 해 아래의 지구 공동세계에 위치한 포토로고스의 도서관에서 여러분에게 이야기하고 있는 중입니다. 굳이 말하자면, 나는 매우 오래된 존재입니다. 나는 영겁의 세월 동안 동일한 몸으로 살아 왔습니다.

나는 포토로고스에 있는 기록들을 편찬해 왔는데, 그곳에는 지구의 모든 기록들이 보관돼 있습니다. 우리 도서관은 방대하고 광범위하며, 지구의 기록만이 아니라 우주의 기록들도 보관합니다. 우리는 모든 태양계와 은하계들의 역사를 연구할 수 있고 도처의 생명에 관한 모든 것을 배울 수 있습니다. 우리 도서관의 능력은 다음과 같습니다. 이곳에서는 어떤 것에 관해 읽을 수 있을 뿐만 아니라, 모든 사건들의 기억을 저장하는 우리의 수정들(Crystals)을 통해 그것을 직접 경험할 수도 있습니다. 그러므로 우리는 과거의 이런 사건들에 접근하여 그것을 배울 수 있고, 우리의 문제를 쉽게 해결할 수 있습니다. 그리고 관련된 모든 것에 대해 최상의 성과를 얻을 수가 있습니다.

## 우리의 도서관은 행성의 진화를 인도한다

나는 도서관 사서(司書)이고 전문적인 연구원이지만, (비록 우리가 지상의 국정(國政)과 같은 것은 없을지라도) 일종의 정치가이고 지구 전체의 대사(大使)이기도 한다. 나는 위험을 감수하고 다른 항성계와 은하계들로 가는 여행에 올라서 그들의 기록을 수집하며, 우리 포토로고스의 도서관에다 옮겨 보관하기 위해 정리합니다. 그리고 우리는 우리 은하계 곳곳의 모든 이들이 언젠가 이곳에 와서 그들의 기록을 읽고 모든 부정적인 사건들을 피하는 지혜를 배워 긍정적인 성과를 얻을 수 있도록 우리 우주 내의 모든 기록들을 저장합니다. 이것이 도서관의 목적입니다. 즉 사회와 행성의 진화를 안내해주고, 그럼으로써 사람들이 부정성과 전쟁이 아닌 평화와 번영을 누릴 수 있게 하는 것이지요.

있을 법한 모든 상황들과 그 해답을 우리 도서관에서 찾아볼 수 있으며, 여러분이 받아들일 수 있도록 준비돼 있습니다. 앞으로 지상에 평화가 정착되자마자, 우리는 지상의 주민들에게 우리 도서관 문을 개방하여 여러분을 안으로 안내할 수 있습니다. 우리는 이런 날이 오기를 간절히 바라고 있으며, 분명히 그 날의 여명이 밝아오고 있습니다. 우리의 영광스러운 재결합이 좀 더 가까이 다가옴에 따라, 우리는 이곳 지저에서 영원한 사랑을 여러분에게 보냅니다. 여러분 역시 그런 사랑으로 응답해주었으면 합니다. 이것을 통해 우리는 우리의 사랑스런 지구 주변과 안팎을 순환하는 사랑의 고리를 세울 수가 있습니다.

나는 사랑을 구현하는 미코스입니다.

## 포토로고스 도서관의 목적

나는 지구기록과 태양계와 우주의 모든 기록들의 수호자입니다. 그 무엇보다도 나는 어디에나 있는 모든 생명의 역사를 수호하기 위해 여기 지구의 공동세계에 머물고 있습니다. 이것이 우리의 주된 목적이자 포토로고스 도서관의 목적입니다.

우리 도서관은 방대한 행성계들 속에서도 유일한 종류의 도서관입니다. 우리의 도서관은 456 평방 마일에 이르는 광대한 공간을 가지고 있으며, 수정 슬라이드에 저장된 모든 기록을 보관하고 있는 방대한 저장고를 보유하고 있습니다. 그리고 그 기록들은 언제나 크리스탈 프로젝터(crystal projector)를 통해 볼 수 있습니다. 우리의 저장시설은 광대하며, 체계적으로 정리, 분류되어 있어서 여러분이 보기 원하는 정보를 쉽게 찾을 수 있습니다.

우리는 몇 분 안에 여러분의 자료신청에 응할 수 있는 거대한 운반 장치를 갖고 있고, 그런 다음 그것을 다시 원래의 보관 장소로 돌려보냅니다. 이런 식으로 도서관 내의 모든 항목이 항상 있어야 할 곳에 있고 쉽게 찾을 수 있으며, 완벽하게 보존할 수가 있습니다. 그것이 우리의 기술적 능력입니다. 우리는 우리가 살고 있는 우주의 기술을 이용하여, 여러분이 꿈꿀 수 있는 것 이상의 놀라운 도서관 시스템과 가장 진보된 보존 및 저장, 검색 방법을 가지고 있습니다.

우리는 선반 위에다 죽은 책들을 가지고 있지 않습니다. 우리는 모든 것이 방대하고도 차별화된 형태로 보관돼 있는 삶의 거대한 기록들을 갖고 있고, 극장의 라이브 무대와 같이 그 이야기가 눈앞에서 펼쳐집니다. 그리고 우리는 마치 관중석 속에 앉아 있는 것처럼 앉아서 그것을 봅니다. 따라서 이것은 지금 당장 모든 역사를 직접 경험하는 것입니다. 그것은 참으로 놀라운 목격이며 모든 다양한 형태의 삶을 배우는 가장 진화된 방법입니다.

도서관 곳곳에 소극장들이 있습니다. 이곳에 우리는 편안하게 앉아서 우리가 선택한 지구와 우주에서 벌어졌던 어떤 활동이나 사건을 언제나 볼 수 있습니다. 이것은 실제로 살아있는 배우들이 그 당시의 특정 사건에서 있었던 대로 스스로 연기하는 극장에 있는 것과도 같습니다. 이것은 우리 은하계의 삶을 배우는 가장 좋은 방법입니다. 역사가 여러분 눈앞에 생생하게 살아있어서 마치 자신에게 달려들 것처럼 관심을 끌게 만듦으로써 여러분은 그것의 일부가 되어 그것을 느끼고 경험하게 됩니다. 이것이 어떤 것을 배우는 가장 좋은 방법이지요.

지상에서의 지구 역사수업은 우리의 학습방식에 비해 지루하고도 지루합니다. 그래서 학교 교실에서 학생들의 주의를 끌지 못하거나 흥미를 잃어버렸다고 생각합니다. 즉 여러분의 정보가 실제 사실이 아닌 다른 사람의 이론이나 편견에 근거한 잘못된 정보라는 점은 제쳐놓더라도 말입니다. 여러분은 우리 도서관을 좋아할 것이고 흥미롭고도 경이로운 학습 경험을 하게 될 것입니다.

언젠가 지상의 인간들이 전쟁을 멈추고 하나로 화합된 의식에 도달하여 두 문명들 사이에 열리게 될 터널 시스템을 통해 이곳을 여행할 때, 여러분은 포토로고스 도서관의 모든 정보에 접근할 수 있게 될 것입니다. 그러면 세상이 여러분에게 열릴 것이고 이 우주 속의 우리 모두와 하나가 되는 기쁨과 자유를 경험할 것입니다. 그리고 여러분은 우리의 모든 지혜와 우리가 성취한 모든 것으로부터 유익함을 얻게 될 것입니다.

이것이 행성과 태양계, 은하계들 및 우주가 - 하나의 의식으로 결합하고 영원히 진화함으로써 - 한 번에 한 단계씩 발전하고 진화의 나선을 함께 올라가는 방법입니다. 그리하여 모든 이들이 향상됨으로써 모두가 진화하고 모든 이익을 함께 나누어 아무도 뒤에 남겨지지 않습니다. 하나로 통합된 의식은 우리 모두를 데려가며, 모든 생명체는 자신의 신성한 계획에 따라 발전하고 자신의 고향행성과 조화를 이룹니다. 이것이 진화하는 가장 좋은 방법이며, 우리는 그것을 여러분에게 적극적으로 권고하고자 합니다.

빛은 여러분의 대중의식 속에서 팽창하고 있습니다. 그리고 멀지 않아 여러분은 그 빛의 세기를 느낄 것이고, 그것이 여러분의 진동을 더 높은 수준으로 급격하게 이동시켜서 여러분이 알지 못하는 가운데 그 진동주파수가 사람들을 화합된 의식으로 데려갈 것입니다. 어느 날, 여러분은 눈을 뜨게 될 것이고 거기에 - 우리와 함께 - 있을 것이며, 그 모든 것에 놀라게 될 것입니다. 아마도 그것은 여러분에게 마법처럼 보일 것이고, 그것이 늘 있었던 일처럼 생각될 것입니다. 그리하여 과거의 모든 고통을 제거하고 세포에서 지워버림으로써 마침내 참된 여러분 자신을 찾는 기쁨을 만끽할 것입니다. 우리는 우리의 팔로 여러분을 감싸 안을 것입니다. 그리고 우리는 기다리고 기다린 끝에 이루어진 우리의 형제자매인 여러분과의 재회를 기뻐하게 될 것입니다. 나는 과거에서부터 여러분의 친구인 미코스입니다.

## 포토로고스의 도서관은 일종의 차원 간 입구이다.

좋은 아침입니다. 나는 나의 동료들과 포토로고스 도서관의 현관 계단에서 여러분을 기다리고 있습니다. 그곳의 하얀 줄마노(瑪瑙) 계단은 쌓아올려진 수정과 다이아몬드의 광채로 반짝이고 지구의 광대한 내부에 있는 우리 도서관의 크고 넓은 홀로 이어집니다.

오늘, 우리는 여러분을 우리의 홀들을 통과하는 여행으로 데려갈 것입니다. 그래서 여러분의 미래가 어떤 모습이 될 것인지를 통해 진정한 도서관이 무엇인가를 보여줄 것입니다. 여러분의 미래의 도서관은 장차 우리의 것처럼 변화될 것인데, 우리 도서관이 모든 도서관들이 보고 복제할 모델이기 때문이지요. 지구 내부세계에도 역시 육지가 있으므로 우리는 도서관 바깥의 대지에 관한 화제로 이야기를 시작할까합니다. 외부의 대지에는 풀과 꽃들, 숲과 나무들로 푸르게 우거져 있습니다. 그 중심에는 부드러운 벤치와 안락한 의자들이 죽 늘어선 원형 공터가 있는데, 의자들마다 작고 둥글고 높은 테이블이 딸려 있습니다.

이런 경내에는 소규모로 분출하는 분수와 폭포가 있으며, 우리의 물은 살아 있어서 노래를 할 수 있는 완전한 의식상태 속에 있습니다. 그렇습니다. 우리의 물은 (사람처럼) 노래합니다. 그리고 여러분이 우리의 한적한 경내를 거닐 때 살아 있는 물의 생명에 의해서 들려오는 노래를 듣게 되는데, 그 노래 소리가 깊은 사랑의 멜로디로 분수에서 뿜어져 나오기 때문입니다. 그 노래가 여러분 몸 안의 모든 세포들을 조화롭게 해주고 균형을 잡아줍니다. 이런 깊은 평화로움과 조화의 상태에서, 우리는 일하는 동안의 중간에 때때로 앉아서 휴식을 취하곤 합니다.

자, 이제 우리는 포토로고스의 도서관 안으로 들어갑니다. 그리고 수정으로 만들어진 계단을 걸어 올라가며, 그곳의 문은 우주로 열려 있습니다. 그렇습니다. **도서관은 다차원적입니다!** 안으로 들어감에 따라 여러분은 자신의 주위에 떠있는 은하계를 보게 됩니다. 그리고 우리의 전체 우주를 망라하는 하늘로 흘끗 시선을 돌릴 수가 있습니다. 여러분은 우리의 중심태양 주변을 돌고 있는 별들과 태양들, 다른 태양계들을 봅니다. 그리하여 여러분은 실제로 여러분이 우주의 한 부분이듯이, 만유(萬有)의 일부를 느끼게 됩니다.

그렇습니다. 그리고 더 있습니다. 포토로고스 도서관은 여러분이 직접 가서 보고자 자신의 생각과 의도를 투사하는 그 어디로든지 여러분을 데려 갈 수 있는 차원 간 입구입니다. 예, 그것이 지상에서는 마법적이겠지만, 여기에서는 자연스럽고 실제입니다. 그러므로 우리는 그것을 정말로 있는 그대로 삶의 한 부분으로 받아들입니다. 그로 인해 우리는 단지 공허하고 어둡고 먼지와 구름이 낀 머리 위의 하늘과 머나먼 별들이 아닌, 우리를 둘러싼 삶의 경이로움을 볼 수가 있습니다. 여러분, 지상의 주민들은 생존을 위한 투쟁에만 매몰되다 보니, 그 이상의 것을 거의 올려다보지 못합니다.

그리하여 이제 우리는 완전히 내부세계에 있습니다. 그리고 여러분은 내면의 눈을 통해 우리 우주의 경이로움을 목격하며, 그것이 이제는 여러분의 자연스런 외부시각이 됩니다. 여러분이 그 문을 통과해 걷기 시작했을 때, 마법이 여러분을 에워쌉니다. 그리하여 마법적인 광경과 소리, 감각이 여러분 주변에 펼쳐집니다. 여러분은 완전히 에너지가 활성화되어 생기가 넘칩니다. 그리고 도서관 전체에 퍼져 있는 수정들의 소리에 따라 여러분의 세포들이 노래합니다. 왜냐하면 우리의 도서관은 수정들과 온갖 보석들로 이루어져 있고 조화와 조율 속에 있는 모든 것이므로 지구와 은하계, 우주의 리듬과 박동을 그대로 전하고 있기 때문입니다.

여러분의 세포들은 이런 우주의 박동과 조화되어 울려 퍼집니다. 아! 여러분은 황홀경 속에 있습니다. 여러분 주변에는 온통 색채와 빛들이 난무합니다. 그리고 여러분이 만나는 모든 존재들이 우리의 중심 태양의 핵에서 직접 도서관 포탈(차원 간 입구)의 중심으로 유입되는 이런 거대한 빛과 조건 없는 사랑을 방사합니다. 여러분은 이런 사랑을 강렬하게 느끼며 여러분 주변의 모든 것과 도처의 모든 이들과 더불어 사랑 속에 있습니다. 여러분은 마침내 진정으로 '살아' 있습니다. 이제 당신들은 자신 안에 있는 생명의 불꽃을 축복하고, 포토로고스의 넓은 공간 속으로 나아갑니다.

여러분은 사람들이 곳곳에서 걷고 있고, 대화를 나누고, 공부하고, 앉아 있고, 기대어 있고, 평화의 진동 속에 막 젖어드는 모습을 봅니다. 도처에는 커다란 활력을 지닌 꽃들과 합창소리를 외부로 내뿜는 분수들과 연못이 산재해 있습니다. 여러분은 주위를 둘러보고 나서 그 거대한 홀 어디에나 여러분에게 기대 앉으라고 손짓하는 가장 인체공학적 구조의 의자들과 함께 한적한 정자들이 널려있음을 봅니다. 여러분은 자신을 부르고 있는 의자 하나를 발견합니다. 그리고 거기에 앉아 자체적인 진동을 여러분에게 동조시키는 이 의자와의 연결을 경험하며, 그럼으로써 도서관 내부 컴퓨터의 본체에 여러분이 연결됩니다. 말하자면, 여러분은 무선으로 접속되어, 자신의 생각과 감정으로 조종할 수 있는 컴퓨터 운영체제에 완전히 연결된 것입니다. 그리고 그것이 여러분이 가고 싶어 하는 우리 은하계 내의 어느 곳으로든 여러분을 데려갈 것입니다. 여러분은 자신의 마음으로 조종하며, 자신의 생각을 위도와 경도의 좌표에 대한 방향 나침반으로 이용합니다. 그리고 그것이 너무나 자연스러운 나머지 여러분은 그 단순함과 자연스러움에 경탄하게 됩니다. 여러분은 의식(意識)으로 여행하며, 최초로 우리의 은하계와 우주를 완전히 깨어 있는 의식상태에서 직접 탐험합니다.

이것은 우리의 도서관이 우리 전체 우주의 모든 역사가 기록된 크리스탈 슬라이드(crystal slide)와 함께 여전히 도서관 방문자들에게 제공하는 또 다른 측면입니다. 그리고 여러분은 우리가 말하는 말들을 읽어나감에 따라 그 진동 주파수를 통해 이곳에 있게 되는 것과 마찬가지인데, 여러분이 자신의 '상상력'으로 그 장면을 마음으로 그리기 때문이지요. 우리는 여러분을 환영하며, 언제든지 이곳으로 초대합니다.

우리 초청 신호는 항상 여러분에게 가고 있으므로 그냥 들어가게 해달라고 우리에게 요청하십시오. 나는 미코스입니다. 나는 여러분이 요청신호를 보낼 때마다 개인적으로 여러분을 우리의 도서관으로 안내하기 위해 여기에 있습니다. 여러분의 신분증이 여러분 세포의 DNA에 새겨져 있어서 '도서관 카드'는 필요하지 않습니다. 우리는 여러분의 방문을 기다리고 있습니다.

## 3.우리의 은하계와의 관계

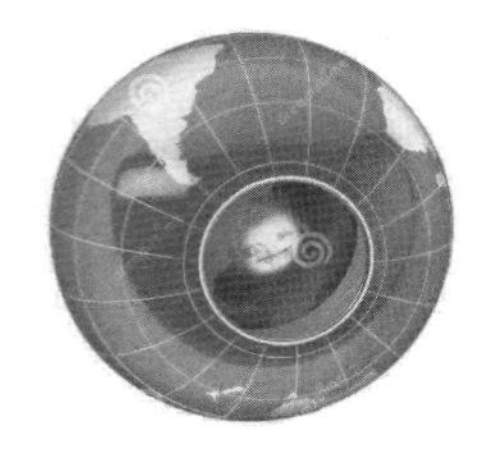

### 지구 공동세계 주민들의 이야기

지구의 내부 중심에서 인사드립니다. 나는 미코스이며, 우리 위의 지상과 주변의 생명체들과 마찬가지로, 지표면 아래에 있는 깊은 지구 내부공간의 공동세계에서 살고 있는 거주자입니다. 말하자면, 여러분은 우리가 요람 속에서 거주하는 동안 그 가장자리에서 살고 있는데, 이곳은 지금 여러분 주위에서 날뛰고 있는 혼란스러운 외부세력으로부터 안전하고 걱정이 없습니다.

현재 여러분 가운데 많은 이들이 텔로스(TELOS)에 대해서는 잘 알고 있지만, 정작 지구 공동세계의 주민들에 관해서는 정말로 익숙하지가 않습니다. 우리는 여러분이 이제는 우리의 이야기를 들어주었으면 합니다. 우리는 전혀 지상에서 거주한 적이 없는 매우 진보된 종족입니다. 우리는 여러분 태양계의 다른 행성들과 우주의 아주 먼 다른 은하계들로부터 이곳으로 왔습니다. 우리가 이곳에 온 목적은 지구를 관리감독하고, 또한 어떤 다른 종족이나 외계인들의 간섭 없이 우리의 진화를 계속하기 위해서입니다.

우리는 모든 외부의 침입으로부터 충분히 우리를 보호하기 위해, 안전하게 지구의 핵(중심) 속에 싸인 채로 거주하고 있습니다. 그럼으로써 우리는 사랑과 빛의 전초기지로서의 이 행성을 굳게 지키기 위해서 최대한 신속히 진화할 수가 있습니다. 그리고 우리가 보다 빨리 진화하면 할수록, 우리는 고투하고 있는 인류가 신(神)의 사랑의 빛으로 나아가 그 자유를 얻을 수 있도록 돕기 위해 좀 더 빨리 지상으로 올 수 있습니다. 그래서 여러분이 우리를 목격하거나 우리에 관해 들어보지 못했던 것입니다. 즉 그것은 우리가 이런 격리된 은둔 생활을 스스로 맡아서 했기 때문입니다.

우리는 여러분이 이제는 우리를 인식하고 신의 빛 속에서, 그리고 여러분의 한가운데서 자유롭게 일어섰으면 합니다. 우리가 여러분을 우리 가슴의 불꽃 쪽으로 더욱 더 가까이 끌어당김에 따라, 우리의 빛과 사랑이 인류가 우리를 이해할 수 있게끔 계속해서 여러분에게 방사되고 있습니다. 여러분이 우리와 함께 신의 강력한 빛의 흐름 속으로 융합될 때까지 말입니다. 그리하여 우리의 그 빛이 여러분으로 하여금 세상으로 나갈 수 있게 하고 있고, 거기서 여러분은 횃불처럼 빛날 것입니다. 그리고 여러분의 밝은 빛과 만나는 모든 이들이 내면에서 그들의 의식변형을 시작할 수 있도록 활성화됩니다. 또한 지구의 모든 것이 빛의 상승을 향해 폭발할 때까지, 여러분과 지구상의 모든 생명이 더욱 더 높은 의식상태로 진화하는 것을 돕기 위해 이곳에 있는 다수의 존재들에 관한 자각이 높아지게 되지요. 그리하여 모든 것이 지구의 현 밀도(3차원)에서 영원히 자유로워질 것입니다.

이것이 우리가 이 지구에서 수행하는 우리의 역할이고, 최종 목표입니다. 그런 다음에 우리 모두가 한꺼번에 진화의 나선에 따라 빛과 사랑의 영역으로 이동하고, 절대자 가슴의 한 세포로서 함께 평화와 아름다움, 번영의 장소에서 살고 있는 진정한 우리가 되는 것입니다. 그러므로 우리의 존재에 대해 여러분의 마음을 열고 우리와 함께 빛으로의 이 여행을 시작해 보십시오. 그럼으로써 우리도 또한 신을 향한 우리의 여정에서 여러분과 함께 나란히 걸으며 여러분을 계속되는 영광의 단계들로 안내할 수가 있습니다.

이렇게 우리와 함께 손잡고 걸어 보십시오. 그리고 여러분이 지칠 때마다, 우리 모두는 한 행성인으로서 우리가 여러분을 곁에서 붙잡고 부축해서 함께 차원상승을 향해 점점 더 가까이 옮겨가고 있다고 생각하십시오. 여러분은 우리 가까이에 있고, 매우 근접해 있습니다. 그리고 우리는 여러분이 빛 속으로 좀 더 나갈 수 있게 밀어주기 위해 이곳에 있으며, 우리 모두는 여러분을 기다리고 있습니다.

우리는 지구 공동세계의 빛 속에서 행복을 누리고 있는데, 이곳은 우리가 어머니 지구의 자궁 안에다 낙원을 창조한 것입니다. 그리고 우리는 여러분 역시도 우리와 함께 이 낙원세계를 경험했으면 합니다. 우리는 지금 지상에 있는 우리의 형제자매들인 여러분과 함께 밀접하게 일하고 있고, 여러분에게 격려와 갈채를 보냅니다. 나는 과거 당신들의 친구인 미코스입니다.

## 우리는 한 때 다른 태양계에서 살았다

안녕하세요. 지상에 있는 나의 동료 여행자들이여! 미코스입니다.

나는 오늘 지구 내부의 공동세계에 있는 나의 집에서 여러분에게 이야기하고 있습니다. 우리는 수백만 년 동안 이곳에서 거주해 왔고, 서서히 우리의 본래 모습인 신적 존재로 스스로 진화하고 있습니다. 우리의 진화는 어머니 지구의 자궁 속에 싸여 격리된 삶으로 인해 큰 발전을 이루었습니다.

(외부의 간섭이 없는) 우리의 장소 덕분에 우리는 평화와 행복 속에서 세월을 보냈습니다. 우리가 여기서 평화롭고 평온한 상태로 존재하는 것은 어머니 지구의 심장박동에 근접해 있기 때문입니다. 인간이 지구 속으로 더 깊이 들어 갈수록, 더욱 더 깊게 지구의 박동을 느끼게 됩니다. 그리고 인간이 지구의 심장박동을 더 느끼면 느낄수록, 더욱 더 그녀의 여신적(女神的) 특성에 공명하게 됩니다. 그래서 이러한 (지구의 심장박동과의) 근접함이 천년 이상에 걸쳐 우리를 모든 생명체와의 하나됨과 존재의 기쁨으로 인도해 주었습니다. 모든 생명이 이런 일체성(一體性)을 알고는 있지만, 아직은 대부분의 생명들이 피상적으로 그것을 느낍니다.

어머니 지구의 심장박동이 지구 전체를 통해 울려 퍼질 때 그것이 지표면에까지 이르게 되는데, 거기서 여러분은 그 박동을 느끼고 경험할 수가 있습니다. 그러나 이 생명의 박동을 느끼고 함께 공명하기 위해서는 여러분이 평화롭게 있어야만 하고, 여러분의 외적인 몸들이 서로 동시에 조화돼 있어야 합니다. 모든 것이 같은 속도로 진동하고 있고 모두가 신의 은총을 느끼면서 천지만물의 일체성 속에 몰입해 있습니다. 여러분의 몸이 밤에 휴식하고 있을 때, 그것은 그 안의 심장박동과 공명합니다. 여러분은 오직 자신이 평화로운 상태에 있는 경우에만 진화할 수가 있습니다. 그리고 바로 이것이 지구의 깊은 곳에 은둔해서 살고 있는 우리가 진화할 수 있었던 이유입니다. 왜냐하면 우리는 모든 생명의 박동 및 우리들 자신과 동시성 속에 머물고 있었기 때문인 것입니다.

오래전의 과거 한 때 우리는 우주를 떠돌아다녔고, 우리 은하계 내의 다른 태양계에서 살았습니다. 그런데 그 당시에 여러분이 오늘날 "스타워즈(Star Wars: 별들의 전쟁)"라고 부르는 사건이 있었습니다. 사람들은 은하계의 우리 지역을 지배하기 위해 전쟁에 착수했습니다. 결국 이 전쟁은 행성들에게 커다란 파괴를 가져왔고 태양계들을 예정된 진로에서 이탈시켰습니다. 그것은 우리 은하계의 암흑기였습니다. 그리하여 우리 같은 존재들은 복구를 통해 우리자신의 진화를 계속할 수 있도록 평화를 갈망하는 존재들이 되었습니다. 그리고 이것이 바로 우리가 지구를 발견했을 때입니다.

우리는 우리의 태양계를 떠나 이곳으로 여행했으며, 당시 지구는 은하계 외곽에 있었던 탓에 별로 알려져 있지 않은 행성이었습니다. 우리가 지구의 지표면에 착륙했을 때, 우리는 대지의 아름다움과 평온함에 놀랐고 경외로운 마음이 들 정도였습니다. 그리고 우리는 지상을 탐사하고 난 후, 지구 내부 공동으로 들어가는 입구들을 발견했습니다. 이 터널들은 다른 문명들에 의해 이미 존재하고 있던 것이었는데, 왜냐하면 지구는 아주 오래되었고 지구의 문명들도 오랜 고대에서부터 있었기 때문입니다.

## 모든 행성들은 그 북극과 남극에 입구가 존재한다

우리는 극지의 입구를 통해 지구 내부로 이주했고 그 안에서 우리의 "둥지"를 발견했습니다. 그 당시 지구의 내부는 너무나 깨끗하고 순수하고 평화로웠으며, 그 때부터 우리는 결코 그곳을 떠난 적이 없습니다.

오랜 시대에 걸쳐 우리는 우리의 주민과 여러분을 위한 여행 수단으로서, 지저 도시들과 지상으로 이어지는 터널들을 증대시키고 확장했습니다. 비록 별로 많지 않은 지상 여행자들이 이런 터널을 이용했지만, 그것은 미래를 위해서입니다. 즉 여러분과 우리들 중에 더욱 더 많은 이들이 앞으로 서로를 방문하고 뒤섞이는 여행을 할 때를 위해서 존재하는 것입니다. 그러므로 여러분이 보는 이 책의 지도에는 터널 입구들이 지상에 점으로 표시되어 있으며, 그곳을 통해 지저 도시들과 우리 공동세계에 이르게 됩니다. 이것이 여러분의 은하계 내의 대부분의 행성들에 지저세계가 존재하는 방식이며, 그곳의 사람들은 서로 정보를 교환하고 배우기 위해 요람(중심세계)과 가장자리(지표면)를 모두

화성의 북극에도 구멍이 나 있다.

자유롭게 여행합니다.

여러분의 지구는 상당한 역사를 가지고 있고, 오랜 시간을 거슬러 올라갑니다. 불행하게도, 그 역사는 항상 평화로운 것은 아니었는데, 지구가 원래 발견되었을 때 외계인들이 지구를 지배하고 그 귀중한 자원들을 소유하거나 옮기기 위해 큰 전쟁을 벌였기 때문입니다. 그러므로 이런 시대 또는 지구를 약탈하는 행위가 거듭되었다는 것을 알도록 하십시오. 하지만 이런 존재들은 은하계의 이 구역으로 들어오는 것이 더 이상 허용되지 않으며, 이 지역은 꾸준히 빛 속에서 상승하고 있습니다. 그 빛은 현재 끊임없이 흐르고 있고, 지상의 모든 주민들이 갈망하는 평온과 깨어남을 촉진하고 있습니다.

여기, 지구 공동세계의 은거지에 있는 우리는 지구처럼 매장량이 풍부한 행성들을 찾아 우주를 돌아다니고 있는 외계인 무리들의 유입과 약탈행위를 막기 위해, 오랫동안 천상에다 더 많은 빛을 요청했고 행성연합에다 중재와 도움을 요청해 왔습니다. 그리고 오늘날 그것은 이루어졌습니다. 행성연합체가 이 구역을 충분히 보호하고 있으며, 따라서 생명체들이 마침내 평화 속에서 진화를 시작할 수 있게 되었습니다.

## 아다마 대사, 지구 공동세계에서 사는 내부의 존재들에 관해 말하다

아다마입니다. 우리는 우리의 터널 시스템을 통해 지구 내부세계로 쉽게 접근할 수 있는 수단을 갖고 있는데, 그것은 지구의 맨틀을 직접 통과해서 지구내부 진입로에 연결됩니다. 거기서 우리는 도착하자마자 공동세계의 우리 형제자매들에게 인사를 받습니다.

우리는 그들과 안정된 교역 관계를 유지하고 있기 때문에, 항상 왕래하고 있습니다. 우리는 그들의 해변과 바다를 즐기고, 그곳의 산을 등반하기도 합니다. 그것은 빛과 순수성으로 이루어진 찬연하게 아름다운 세계이며, 거기에 머무는 것은 상쾌하고 활기를 돋구어줍니다.

지구 내부의 존재들의 영적인 상태는 지상의 주민들과 비교할 때 매우 진화돼 있다는 것을 아십시오. 이 존재들은 지구 내부세계에서 거주하기 위해 다른 태양계에서 왔습니다. 그들은 결코 지상에서 산 적이 없습니다. 이 지구행성에서 그들의 안식처는 항상 지구 내부의 깊숙한 곳이었습니다. 하지만 그들은 여러분이 맨틀 내의 (지저도시 텔로스에 사는) 나, 아다마와 접촉하는 것과 마찬가지로, 현재 지상의 존재들과 접촉하고 있습니다.

지상에 있는 여러분은 우주를 떠도는 외계인 무리의 직계 후손이며, 그들이 지구의 자원을 채굴하기 위해 여러분을 창조했습니다. 이 인간 창조자 외계인들은 현재 지구에 있지 않습니다. 그러나 여러분 모두는 내부 지구 존재들과 똑같은 영적 잠재력을 가지고 있습니다. 그럼에도 지상에서의 여러분의 삶은 지구 내부의 삶과는 전혀 닮지 않았습니다. 지상에서 지구 내부세계와 닮은 유일한 것은 산과 바다와 평야입니다.

이러한 지구 내부의 존재들은 여러분의 지상에서의 상황들을 완벽하게 관찰하고 감시하고 있습니다. 그들은 맨틀 안의 우리가 우리의 컴퓨터 네트워크를 통해 모든 것을 알고 있는 것과 마찬가지로, 지상에서 일어나는 모든 일을 알고 있습니다. 위대한 이 지구 내부의 존재들은 지구 속 공동세계에서 살고 싶은 여러분의 동경을 알고 있으며, 그곳은 모든 것이 평화롭고 조화로운 상태에 있습니다. 그들은 아직은 그 "풍요의 땅"에서 자기들과 함께 거주할 만큼 진화하지 못한 지상의 그들의 형제자매들을 확실히 고려합니다. 하지만 여러분이 더 높은 영적상태에 도달하게 되면, 그때는 여러분 역시도 지구 내부세계에서 살 수가 있습니다.

## 4.우주 포탈과 여행

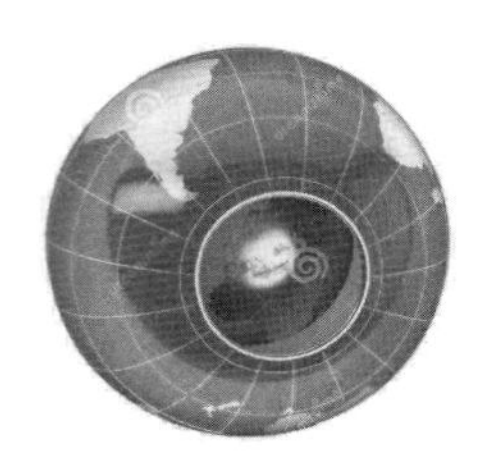

### 우리는 우리의 포탈(Portal)을 통해 여행한다

우리 은하계는 완전히 하나의 거대한 전체 시스템으로 작동하며, 항성간 통신망을 통해 상호 연결돼 있습니다. 포토로고스 도서관에 위치한 우리의 포털(차원 간 입구)을 통해, 우리는 그 누구와도 접촉할 수 있고, 또 우리 우주 안팎의 그 어디나 여행할 수 있습니다.

### 지구 내부의 우주선기지

지구 내부에 기지를 두고 있는 우주선 착륙 공항들이 있으며, 이 기지들은 지구의 산 내부나 바다 아래, 지구공동세계 안에 위치해 있습니다. 이런 기지들을 통해 여러분은 태양계 밖으로 여행하게 될 것이며, 주변의 행성들에 사는 생명들을 직접 목격할 수 있습니다. 여러분은 지구의 장엄함을 경외하고 절대자의 창조물에 대해 경외하는 마음을 갖게 될 것입니다. 즉 여러분의 경험과 신념이 이제까지 파악할 수 없던 상태에서 앎의 상태로 극적으로 바뀜에 따라 항상 겸손하고 존중하는 자세가 될 것입니다.

여러분은 자신의 삶에서 스릴을 경험할 것입니다. 그러니 지구가 자체적인 변화를 거칠 때 단지 묵묵히 그 어려움을 견뎌내도록 하고, 여러분의 목적지와는 상관없이 자신이 안전하고 보살핌을 받을 것이라는 점을 알기 바랍니다. 모든 영혼들이 지구에서의 삶이라는 위대한 "연극" 속에서 설명을 듣고 준비하게 될 것입니다. 그 마지막 결말 장면이 지금 전개되고 있고, 여러분은 고개 숙여 인사하고 이제 막 지상무대를 영원히 떠나려 하고 있습니다. 미래에 여러분은 다른 장대한 연극 속에서 다시 나타날 것입니다. 다만 이번에는 여러분의 진로와 연기, 삶을 더 낫게 통제함에 따라 자신의 역할을 좀 더 깨어 있는 수준에서 펼칠 것입니다.

지구 공동세계에 있는 우리는 이제 여러분과 함께 할 것이며, 여러분이 완전히 의식적인 상태에 도달하도록 도우면서 격려하고자 합니다. 그럼으로써 전체 지구행성이 삶을 통한 영혼여행의 그 다음 노정에 함께 착수할 수 있습니다.

## 우리는 지구 내부세계를 자유롭게 여행한다

지상에 있는 나의 친애하는 친구들이여, 나는 여러분의 도시 아래 깊은 곳에 있는 거대한 공동에서 여러분에게 이야기합니다. 이 공동은 지구의 중심 영역 전체에 걸쳐있습니다. 이곳에서의 우리의 삶은 여러분이 생각할 수 있는 모든 면에서 풍요로 축복받고 있습니다. 여러분이 별들로 돌아다니는 자신의 상상력을 발휘해 보았다면, 여러분 모두는 우리가 은총 받고 있다는 것을 더 확실히 인식할 수 있을 것입니다. 우리 모두는 상상할 수 있고, 우리들 자신을 구현할 수 있습니다. 그것이 우리 은하계 안의 그 어디를 가더라도 자연현상이고 자연법칙입니다.

우리는 모두 자유로운 존재들이며, 여행하는 것도 자유롭고 우리의 소중한 지구 내부에 머무는 것도 자유롭습니다. 우리의 생활공간이 비좁다고 여러분이 생각할지도 모르지만, 우리의 인구가 여러분에 비해 소수이기 때문에 넓습니다. 우리는 어떤 통행증이나 여권 같은 것이 없이, 지구 내부세계를 자유롭게 여행합니다.

우리의 여행수단은 무공해의 크리스탈 동력과 전자기 수송기관을 이용합니다. 지상의 비밀 정부 또한 이런 기술을 사용합니다만, 반면에 그들은 그것을 대중들에게 철저히 비밀로 유지하고 있습니다. 캘리포니아에서의 (전력 공급량 조정을 위한) 모든 계획 정전(the rolling blackouts)으로 인해, 곧 사람들은 태양과 바람과 물/수소 파워의 무제한 공급에 눈을 뜨게 될 것입니다.

우리는 우리가 원하는 대로 자유롭게 오가며, 종종 우리의 고향을 떠나 다른 태양계로 가는 짧은 여행에 나섭니다. 우리는 여러분의 지상 도시들을 드물게 방문하기도 하지만, 우리의 컴퓨터 화면에서 보는 것을 더 선호합니다. 이것이 지상 주민들의 범세계적인 활동을 추적할 수 있는 가장 안전하고도 가장 포괄적인 방법입니다.

우리는 여러분이 우리를 부르거나 신호를 보낼 때 항상 깨어있는데, 우리가 여러분의 주파수에 동조돼 있어서 즉시 여러분의 신호 소리를 듣고 느낄 수 있기 때문이지요. 우리의 가슴에 흘러넘치는 사랑으로, 우리는 우리의 임무에 대한 여러분의 헌신에 경의를 표하는 바입니다.

### 우리는 북극과 남극의 입구를 통해 쉽게 오갈 수 있다.

우리의 우주선 기지는 지저공동 내부에 위치해 있고, 북극과 남극의 입구와 직선으로 배열되어 있습니다. 우리는 당신들처럼 지구에 고착돼 있는 것이 아니라, 우리가 원할 때는 언제든지 떠날 수가 있습니다. 또한 우리는 이동하는 데 한계가 없으며, 마음대로 우주를 통과해 이동할 수 있습니다.

거기에 물리적 제약은 전혀 없는데, 왜냐하면 우리는 보편적인 에너지 법칙을 응용하고 우주에 걸쳐 이미 나 있는 기존의 노선을 이용하기 때문입니다. 게다가 모든 것이 천체도(天體圖)로 작성돼 있고 우주만물과 지속적으로 교신하고 있어서 길을 잃을 염려는 없습니다. 우리는 단지 항상 방송되고 있는 이런 '라이브' 네트워크를 활용하고 쉽게 그것을 통해 이동합니다.

우리는 여러분처럼 우주 내의 나머지 다른 생명들로부터 고립되어 있지 않습니다. 또한 우리는 지상의 사람들처럼 이동하는 데 제한이 없습니다. 우리가 여기 지구 내부의 중심에 있을 때, 여러분은 의식(意識)으로 우리와 함께 이곳에 있는데, 의식은 일종의 '장소'이고, 물리적인 장소보다 더욱 실질적인 장소이기 때문입니다.

그렇습니다, 그러므로 당신(다이안)이 이 메시지를 지상의 책상 앞에 앉아서 수신하고 있을 수도 있지만, 의식으로 당신은 지구 내부의 공동에서 우리와 함께 있습니다. 당신은 사실상 한 번에 두 곳의 장소에 있는 것입니다. 이제 다차원성(multi-dimensionality)을 이해하시나요? 당신이 동시에 두 곳 모두에 있는 지금, 우리는 당신에게 '우리의 장소' 주변을 보여줄 것입니다. 당신이 우리의 풍경을 살펴보게 될 때, 양극(兩極)에 나 있는 구멍 입구를 보게 될 것입니다. 이런 입구들은 일부 UFO 모선이 드나들 만큼 충분히 넓습니다. 당신은 우주선 기지를 볼 수 있고, 꽃과 잔디, 수풀, 나무들과 폭포가 수백 마일에 걸쳐 펼쳐져 있음을 보게 됩니다. 그것은 생명이 없고 불모인 지상의 콘크리트 공항처럼 보이지 않으며, 오히려 우주왕복선과 우주선들이 우리의 세계 안에 평화롭게 누워 있는 정원처럼 보일 것입니다.

그 우주선들이 어떤 거친 소음도 내지 않으므로 우리는 그것

들이 오갈 때 거의 알아차리지 못하며, 이착륙할 때도 그 어떤 소리도 감지하지 못합니다. 그 우주선들은 우리의 사랑의 진동과 완벽한 조화를 이루고 있고 침묵 속에서 이동합니다. 우주선들이 양극의 입구를 통해 드나들며 우아하게 비행할 때 우리는 시각적으로 그들의 움직임을 볼 수 있습니다. 그러나 그 정도입니다. 거기에는 소리나 진동의 방해가 없으며, 오염과 환경파괴가 전혀 없습니다. 이것은 여러분의 지상 공항과는 상당히 대조적이지요. 그렇지 않은가요?

그리고 우리에게는, 우주선의 모든 구성 요소가 우리의 아미노산(amino acid) 컴퓨터에 의해 감시되기 때문에, 결코 추락하는 일이 없습니다. 우리는 어떤 문제든 즉시 감지하고 문제를 해결합니다. 우리의 기술은 여러분의 것보다 대단히 진보돼 있습니다. 그 이유는 우리는 수명 중단이 없이, 오랫동안 지속적으로 기술을 발전시킬 수 있는 평화로운 삶의 기회를 가졌기 때문입니다. 그렇기에 늙어죽지 않는 여러분의 불멸이 그렇게 중요한 것입니다.

여러분이 같은 몸으로 더 길게 살면 살수록, 더욱 더 여러분의 재능과 기술을 발전시킬 수가 있습니다. 그리고 이럴 경우 성공적인 각 생애를 중단하고 반복해서 다시 시작하기보다는, (한 생에서) 어떤 것을 창조하여 더욱 더 세밀하게 개선할 수가 있습니다. 이 모든 것을 (육체적 죽음 때문에) 멈추고 새로 태어나 되풀이해서 다시 시작하는 것은 별로 효과가 없고 얻을 것이 없습니다.

우주의 어머니/아버지 신(神)께서 지구가 상위차원으로 옮겨가야만 한다는 칙령을 내리셨기 때문에, 이제 이 모든 것이 종료되었고, 은하계의 나머지를 더 이상 지체시킬 수가 없습니다. 여러분의 태양계 안의 다른 모든 행성들은 이미 상승했으며, 우리 은하계 전체가 기다리고 있는 것은 오직 지구뿐입니다.

지구상의 낙후된 영혼들은 더 이상 지구를 지체시킬 수 없게 될 것입니다. 지금부터, 진화에 뒤처진 모든 존재들은 격리된 (다른) 한 행성에 태어날 것이며, 거기서 그들은 다른 종족들이나 행성, 은하계, 또는 우주의 진화를 다시 방해하는 것이 허용되지 않을 것입니다. 이것은 우리의 위대한 중심태양인 알파와 오메가로부터 하달된 칙령입니다.

머지않아 여러분은 모든 부정적인 세력들과 파괴적인 존재들이 죽음을 통해 한꺼번에 떠나고 여러분의 우주에서 퇴출됨에 따라 오직 행복만을 느끼게 될 것입니다. 긴 고난이 끝나가고 있습니다. 당신들은 마침내 자유로워질 것이며, 언제나 예정돼 있던 대로의 삶을 경험할 것입니다.

여러분은 지금 이런 기쁨을 느낄 수 있습니다. 이제 그 예감을 느끼고, 그것을 자신의 삶으로 가져올 수 있는데, 그것이 이미 여기에 있기 때문이지요. 그리고 그 기쁨이 날마다 점점 더 강해질 것입니다. 매일 사랑의 눈을 통해 여러분의 세상을 보십시오. 그리하여 이것이 지구의 미래라는 것을 가슴으로 알기 바랍니다. 나는 항상 내 사랑을 당신들에게 전하고 있는 미코스입니다.

## 우리의 포탈들은 모든 항성계로 연결된다

내 주변에는 많은 이들이 모여들었고, 우리는 도서관 안으로 들어서서 수많은 회의실 중의 하나를 향해 걸어갑니다. 그곳에는 여러분이 앉아본 적이 없는 매우 아늑하고 안락한 의자들이 배열되어 있습니다. 그 의자들은 우리가 거기에 앉아 기대게 되면, 생명의 힘이 우리의 척추 아래로 흐를 수 있도록 인체공학적으로 구성되어 있습니다.

그 색상들의 색조는 화려하며, 우리의 몸 주위에는 멜로디가 형성됩니다. 내가 당신(다이안)에게 메시지를 전달할 때, 이곳 실내에는 우리 중 많은 사람들이 함께 있습니다. 말하자면, 그들은 에너지를 계속 유지하고 있고 방출하고 있습니다. 그리고 그 에너지는 당신이 컴퓨터 앞에 앉아 있을 때 당신에게로 향합니다.

그렇습니다. 우리의 도서관은 은하 주위를 오가는 여행자를 위한 다차원적인 입구이자 중간역입니다. 창조의 경이로움을 목격하기 위해 모든 차원들과 우주에서 다양한 존재들이 이곳으로 오며, 그들이 자신의 상상을 초월한 세계로 그들을 수송해 주는 거대한 포탈로 들어설 때, 그 광경이 펼쳐지게 됩니다. 그것은 이처럼 경이로운 장소이며, 그 불가사의는 한계가 없습니다. 그것은 그들 모두를 무한대의 경험으로 데려가며, 삶과 배움의 여행은 영원하고도 무한히 계속됩니다.

늘 배울 것이 더 있고 가볼만한 더 많은 장소들이 있습니다. 이것이 지상의 여러분이 지저공동세계의 우리를 방문하여 포토로고스의 도서관으로 들어오도록 초대받았을 때 모두를 기다리고 있는 것입니다. 그것은 여러분의 우주여권에 기록되며, 일단 이곳 우리의 영역 속에 있게 되면, 여러분이 포탈로 진입하는 것은 보장됩니다. 포탈은 모든 창조계로 가는 입구이고, 그것은 여러분의 지구 중심인 바로 이곳에 있습니다. 정말로 놀라운 여행이 여러분을 기다리고 있습니다. 우리는 이곳에 오는 모든 사람들에게 우리의 문을 열어놓고 있고, 여러분이 이곳에 있게 될 때는 언제나 신성한 입장권을 갖고 오게 됩니다. 그리고 여러분의 그 출입허가 입장권은 자신의 DNA 속에 암호화되어 있습니다.

여러분은 또한 육체로 올 경우 자신 앞에 무엇이 놓여있는지를 미리 보기 위해, 밤에 수면 상태에서 이곳에 올 수가 있습니다. 이것은 여러분이 진짜 '쇼'에 적응하는 데 도움이 될 것이며, 그럼으로써 여러분이 마침내 우리의 세계로 들어왔을 때, 이곳이 매우 익숙하게 보일 것입니다. 그리고 자신이 전에 이곳에 있었다는 것을 느낄 것입니다.

우리 은하계 내의 모든 항성계들로 통하는 포탈들이 있으며, 바로 여러분의 탐험을 기다리고 있습니다. 인류가 은하계 주위로 진출함에 따라 여러분은 모든 항성계에서 배우는 별 여행자(Star Traveler)가 될 것입니다. 삶은 영원히 계속 되기 때문에, 이것은 끝없는 행로의 여정입니다. 그리고 우리의 우주가 기하급수적으로 무한히 확장되고 있으므로 탐구는 영원히 계속됩니다. 이것이 우리에게 뭔가를 제공합니다. 삶이란 '행함'에 관계된 것입니다. 우리는 영혼의 성장을 위해 그런 경험을 우리에게 가져다주는, 삶에서 행할 뭔가가 필요합니다. 그리고 창조주께서는 우리가 무한 속에서 일찍이 탐험할 수 있었던 것보다 더 많은 우주들을 우리에게 제공하며, 그것은 우리의 경험이 증가하는 만큼 계속해서 펼쳐지고 또 펼쳐집니다.

여러분은 이것을 상상할 수 있습니까? 여러분이 우리의 세계로 들어서는 것은 한계를 지닌 3차원 밀도에서 벗어나 무한한 경험을 통해 광대한 우주로 탐험해 들어가는 첫 걸음입니다. 여러분이 우주를 오가며 여행할 때, 우리의 포탈들은 여러분 모두에게 고향의 편안함과 함께 이것 외에도 더 많은 것을 제공합니다.

우리는 아주 오랫동안 이곳에 있었습니다만, 그럼에도 불구하고 단지 우리 은하계의 일부만을 탐사했습니다. 그리고 우리 모두가 방문하기를 그저 기다리고 있는 수십억의 우주들 안에 셀 수 없는 은하계들이 존재합니다. 그리하여 여러분의 삶은 흥분으로 영구히 채워질 것이며, 결코 다시는 당신 자신이 이렇게 말하는 것을 보지 못할 것입니다 : "우리 오늘 무엇을 하지?"

## 태양으로 가는 포탈

우리는 오늘 아침 여러분과 만나기 위해 가장 좋은 복장을 하고 있습니다. 태양은 머리 위에서 빛나고 있습니다. 그리고 우리는 이 방대한 포털로 막 들어가려 하며, 또 여러분을 우리와 함께 데리고 들어가려고 포토로고스 도서관의 계단에 서 있습니다. 우리가 우리의 빛과 사랑으로 여러분의 에테르체(etheric body)를 에워싸고 있으니, 이제 우리와 함께 걸어보십시오.

우리는 아름다움과 빛이 죽 늘어서있고 우리의 영혼에게 노래하는 거대한 현관의 넓은 공간으로 여러분을 안내합니다.

우리는 이동하는 계단 중 하나를 향해 몇 걸음 걸을 것이며, 그 계단이 우리가 은하계의 광대함을 목격할 수 있는 포탈로 우리를 데려가게 될 것입니다. 그것은 우리 은하계로 가는 은하 포탈이며, 거기에서 우리는 우리가 가고자하는 목적지를 선택할 수 있습니다. 그것은 가장 빠른 여행 수단입니다. 어떤 티켓이나 수하물도 필요하지 않으며, 단지 우리 마음의 의도만 있으면 됩니다. 그러므로 우리는 여기서 출발합니다. 우리는 이 포털의 입구 옆에 서 있고, 그 입구로 들어가기 전에 원하는 목적지를 정합니다. 준비 되었나요? 우리의 태양 중심으로 가보겠습니다. 거기에는 많은 친구와 혈족들이 당신들을 기다리고 있습니다. 좋습니다. 이제 안으로 들어서서, 태양에다 초점을 맞춥시다. 그러면 우리는 이미 거기에 있습니다. 그렇게 빠릅니다. 찬란하고 빛나는 여러분 주변을 둘러보고 여러분의 몸과 마음에 스며드는 사랑을 느껴보십시오. 그리고 천사가 들려주는 듯한 음악의 합창을 들으십시오.

사난다(Sananda)가 이곳에 있습니다. 그리고 그는 여러분에게 사랑스런 포옹으로 인사하고 그의 빛으로 당신을 감싸줍니다. 우리는 이제 지평선 위에 보이는 지역사회를 향해 걷기 시작합니다. 단지 몇 걸음 거리에 있습니다. 그것은 다채롭고 온화한 색채 속에 자리 잡고 있으며 그 건물들은 모두 활기 넘치는 서로 다른 빛깔의 색조를 이루고 있습니다. 사람들은 모두 야외에 있고, 들판을 다니며 이곳저곳을 방문하고 주변을 어슬렁거리고 있습니다. 모든 이들이 우리를 기쁘게 맞아주며 우리에게 인사합니다. 그리고 우리의 방문 의도를 알고 있었습니다. 이 존재들은 모두 지구에서 그들의 여행권을 취득했고, 그들이 원하는 만큼 오랫동안 이곳 태양에서 살 기회를 얻었습니다.

그들은 지구상의 시험을 통과했으며, 우리 태양의 위대한 사랑과 빛 속에서 여기에 거주할 수 있는 기회를 얻었습니다. 태양은 일종의 행성이지만, 전체 태양계를 비추는 그런 거대한 빛의 행성입니다. 이것은 지구가 바뀌어가고 있는 바로 그것입니다. 지구는 태양계의 다른 행성들에게 생명과 빛과 온기를 줄 수 있는 커다란 태양별로 변하고 있습니다. 그리고 태양 역시 이런 상태를 획득했던 것입니다. 지구가 의식면에서 위로 이동함에 따라, 그녀는 타오르는 태양별로 빛나기 시작할 것입니다. 그리하여 자신에게 주파수가 동조돼 있는 모든 영혼들을 데려갈 것입니다. 다른 영혼들은 그들 역시 그러한 빛의 상태에 도달할 때까지, 자기들의 수준에 따른 진화를 계속하기 위해 또 다른 행성으로 옮겨지게 될 것이고, 그들도 또한 더 높은 주파수 세계로 재배치될 기회를 갖게 될 것입니다.

그리하여 우리의 방문은 막 끝났습니다. 우리는 이제 포털을 향해 다시 걸어와 포토로고스의 도서관으로 돌아가는 데다 마음의 초점을 맞춥니다. 우리는 지금 다시 그 계단에 서 있습니다. 우리 모두는 여러분에게 작별 인사를 하고, 오늘 우리와 함께 이런 여행을 해준데 대해 온 마음으로 감사드립니다. 우리가 이 세션 동안 여러분과 만나는 것은 정말로 하나의 커다란 축전입니다. 안녕히 계십시오.

## 5.프리 에너지와 풍요

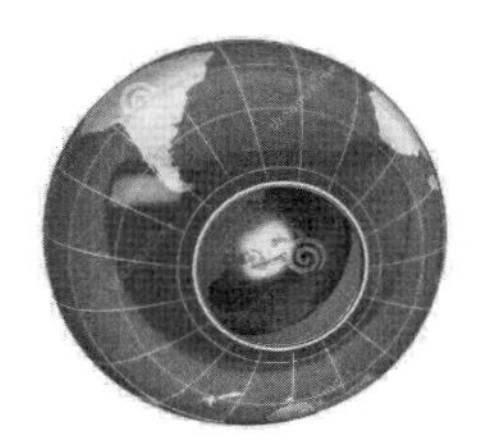

### 지구는 무료 에너지원을 제공한다

오늘 우리는 우리가 그녀의 자궁 안에서 살고 있는 우리의 사랑하는 어머니 지구를 대신하여 여러분과 이야기하려 합니다. 우리 모두는 평화와 풍요 속에서 살아왔으며, 일찍이 우리가 필요로 하는 모든 것이 우리에게 공급되리라는 것을 항상 알고 있습니다. 이것이 어머니의 책무입니다. 이것이 우리 지구의 목적인데, 즉 그녀에게 붙어서 살고 있는 모든 생명에게 풍요로움을 제공하는 것입니다. 우리는 어머니 지구가 우리에게 주었던 모든 것을 감사의 마음으로 받아들였고, 이제까지 한 번도 우리에게 필요한 것 이상은 가져가지 않았습니다. 우리 모두는 생명에 관한 위대한 우주법칙을 이해합니다. 그리고 그 법칙에 따라 살고 있습니다. 이 법칙은 간단하고 논리적이며, 당신들이 "무엇을 뿌리든 뿌린 대로 거둔다."고 말합니다. 우리는 지구 어머니와 조화를 이루어 살아가고 있고, 대신에 그녀는 보답으로 우리에게 필요한 모든 것을 공급해줍니다. 그것은 준수해야 할 아주 단순한 법칙입니다. 그리고 그 법칙대로 살면 큰 부(富)를 수확하게 됩니다.

지구는 자급자족할 수 있는 행성으로, 생명이 필요로 하는 모든 것을 자신의 몸에서 제공합니다. 그녀는 항상 자신을 다시 채워 넣고 있고, 그녀의 추수분을 보충하고 있습니다.

지상의 인간들은 에너지가 원래 무료이다 보니, 자기들이 필요한 것 이상으로 더 많은 것을 지구로부터 가져가고 있습니다. 그러나 당신들은 지구상의 모든 사람들에게 충분하고도 풍부한 프리 에너지의 원천을 장려하는 대신에, 화석연료 사용을 고집합니다. 이런 행위는 실제로 어머니 지구 몸의 일부분으로 기능하는 그녀의 자연자원을 고갈시키고 있습니다. 이러한 부분들이 지속적으로 채굴되고 고갈되면, 지구는 정상적으로 작동할 수가 없습니다. 이는 마치 누군가가 여러분의 심장 한가운데를 파내버리면 생존할 수 없는 것과 마찬가지입니다. 지구의 모든 부분들은 나름대로 하나의 기능적 역할을 하며, 그녀가 살아남기 위해서는 그것이 제대로 작용해야 합니다.

저 바깥에 프리 에너지의 세계가 있으며, 그저 여러분에게 이용되기만을 기다리고 있습니다. 전자기 에너지, 태양 에너지, 조력(潮力) 에너지, 풍력 에너지, 기타 여러분이 아직 발견하지 못했던 다른 것들이 있습니다. 이 차가운 겨울은 여러분에게 가정을 난방하고 공장들을 가동시키는 다른 형태의 연료를 개발할 수 있는 좋은 기회를 줍니다.

가스 가격이 급등하는 것은 얼마나 다행스러운 일인가요? 왜냐하면 그로 인해 여러분 주의가 무료인 다른 에너지원의 이용 가능성으로 돌려질 테니까요. 왜 지구가 공짜로 제공해주는 것을 사익추구 기업에다 그 비용을 지불합니까?

지구는 항상 여러분이 필요로 하는 것보다 많은 것을 주지만, 탐욕에 의해 인간들은 그녀의 생명력인 금과 우라늄 및 다른 금속 자원을 약탈했습니다. 이제 곧 지상의 사람들은 태양력과 물/수소 에너지원의 무한공급에 대해 깨어날 것입니다.

지금의 에너지 위기를 프리 에너지 형태의 에너지를 개발하기 위한 기회로 활용해 보십시오. 그러면 지구와 여러분 자신, 양쪽 모두가 무거운 짐을 덜게 될 것입니다.

지저 공동세계에서 우리는 절대로 아무것도 지불하지 않습니다. 즉 지구는 모든 것을 우리에게 무료로 주며, 이런 자유가 우리로 하여금 창조의 재능과 영성을 배양할 수 있게 해주고 '지구의 천국'을 낳는 결과로 귀결됩니다.

## 조화는 풍요의 흐름을 회복시킨다.

우리는 모든 것이 평화스러운 지저공동세계의 고요함 속에서, 여러분이 포토로고스 도서관의 계단에 서게 되기를 참을성 있게 기다리고 있습니다.

오늘 우리는 여러분이 지구의 어디에 살고 있든 상관없이, 모두의 창조주이시고 유일의 창조주인 그 분의 빛으로 여러분을 환영합니다. 우리는 모두 그 위대한 설계자에 의해 설계되었으며, 지구에 대한 그분의 신성한 계획을 수행하기 위해 이곳에 있습니다.

오늘 우리는 지구 내부의 삶에 대해 이야기할 것이고, 어떻게 그것이 물리적 형태의 우리 생활을 영화롭게 하는지에 관해 이야기할 것입니다. 여기에 있는 모든 것은 진화가 고조된 상태에 있으며, 모든 것이 우리의 생각에 즉시 반응합니다.

우리는 원소들에게 명령합니다. 그러면 그 원소들이 거역하지 않고 우리와 함께 작용하여 우리에게 완벽한 기후와 환경을 제공합니다. 이곳에서는 모든 것이 모든 것에게 응답합니다. 그리하여 함께 우리의 영혼을 고양시키고 자양분을 주는 공명 멜로디의 상승작용을 창조합니다. 우리는 끊임없이 우리 주변의 모든 생명의 진동에 힘입어 우리 자신을 지속적으로 복원시키고 있고, 불사(不死)의 존재에 필요한 거대한 생명력을 충분히 공급받고 있습니다.

지상에 있는 당신들은 우리와는 정반대로, 분리된 자신의 현실 속에 숨은 채로 모든 것과 모든 이들에게 대립하고 있습니다. 그리고 여러분과 함께 작용하기 위해 있는 자연의 힘에 유의하지 않고 그것을 단지 파괴하거나 약탈하기 위해 필요한 것으로 간주해버립니다. 이것은 생명에 대한 커다란 모독이며, 결과적으로 환경이 빠른 속도로 붕괴되고 있습니다. 이번 생(生)에서 배워야 할 가장 중요한 교훈은 모든 생명과 모든 사람, 모든 자연과 더불어 조화롭게 살아가는 것입니다. 일단 인류가 이것을 배우게 되면, 그때 풍요로운 거대한 힘이 모든 사람에게 흘러들 것이고 그들이 필요로 하는 모든 것을 얻게 될 것입니다. 조화가 지상에서 회복되기만 한다면, 여러분이 바로 지금 그 모든 것을 이용할 수가 있습니다.

그러나 이 메시지들을 읽는 여러분은 이것을 알고 있고, 막대한 양의 빛을 운반하고 있습니다. 그리고 지구행성의 진동을 끌어올리고 있는 것은 여러분 모두의 빛입니다. 또한 인류가 다시 한 번 명확하게 진실을 볼 수 있도록 흐릿한 안개를 걷어주고 3차원 세계를 밝혀주고 있는 것 역시 여러분의 빛입니다.

# 6.기술

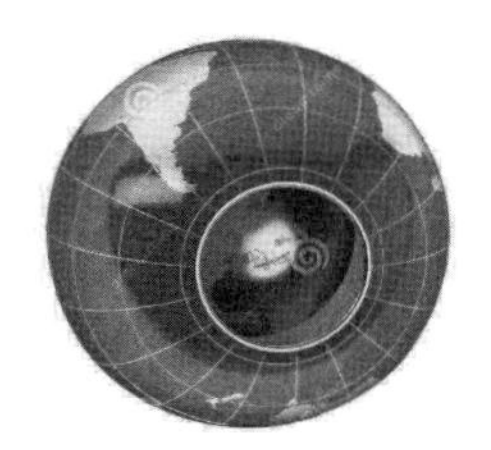

## 우리의 기술은 우리의 문명을 발전시킨다

지저공동세계에서 인사드립니다. 나는 미코스이고, 지구 속에 있는 여러분의 친구입니다. 내가 이 메시지를 지저세계에서 당신(다이안)에게 전할 때, 내 주변에는 많은 존재들이 모여 있습니다. 우리는 또한 당신이 자신의 사무실에서 이 메시지를 타이핑할 때도 당신 주변에 모여 있습니다. 우리는 에너지를 유지하고 있고, 당신이 자신의 컴퓨터 앞에 앉아 있을 때, 당신 주변을 빛으로 보호하고 있습니다.

오늘 우리는 지구 내부의 기술에 대해 이야기할 것입니다. 우리는 모두 기술적으로 진보되어 있습니다. 우리의 모든 기술은 파괴가 아닌 우리 문명의 건설을 위해 사용됩니다. 우리는 오직 모든 기술을 우리의 문명을 발전시키고 생활조건을 개선하는 최고의 목적에만 이용합니다. 우리는 이미 매우 잘 살고 있으며,

위를 향한 매 걸음걸음이 절대자를 향한 또 하나의 걸음이기에 늘 우리 삶의 방식을 순화시키고 있습니다. 우리는 우리가 행하는 것이 우리 자신에 대한 것이든, 아니면 다른 사람들을 위한 것이든 모든 면에서 항상 전진하고 있습니다.

지상에 사는 당신들의 기술은 파괴용 무기를 만들어 비축하는 데 이용되거나, 그 무기를 인간종족에게 사용하기 위한 것입니다. 그러나 기억해 두십시오. 파괴적인 무기를 인류에게 사용하면, 여러분은 또한 이 행성을 공유하고 있는 다른 종(種)들을 뿌리째 뽑아버리고 있는 것입니다. 또한 그런 주민들의 삶을 황폐화시키고, 그들을 오갈 데 없는 노숙자로 만들고 있습니다. 여러분은 이것에 관해 생각해 보았나요?

인간이 대량살상무기를 사용할 때 그 파괴에 대한 여러분의 카르마(業報)는 엄청난데, 왜냐하면 당신들이 망가뜨리고 말살하는 것은 비단 인간들뿐만이 아니라, 원소 왕국과 동물의 왕국, 식물들도 포함되기 때문입니다.

지상의 인간들은 처음부터 기술개발의 목적을 바꾸어 놓았습니다. 그 본래의 목적은 삶의 조건을 개선하고, 모든 이들의 삶을 쉽고 풍요롭게 만들어 주며, 서로에게 해를 입히지 않고 대지를 파괴하지 않는 것입니다. 그러나 인간의 행위는 삶을 향상시키고 삶의 다른 방식들을 실험하라고 인간에게 주어진 신(神)의 기술을 중대하게 오용하고 있습니다. 기술은 삶을 증진시키는 용도로 정해진 것이지, 그 삶을 파괴해서는 안 됩니다. 여기에 큰 오해가 있으며, 우리는 이 점을 명확히 하고자 합니다. 지구 주민의 대부분은 오직 평화만을 사랑하고 열망하고 있지만, 여전히 지구의 자원들을 포함하여 주민들을 통제하고 지배하고 싶어 하는 수천 명의 불순한 인간들이 있습니다. 그들은 전쟁과 위협을 통해 이것을 행합니다.

진보하고 향상되는 유일한 방법은 무한한 신의 사랑이 각자와 우리 모두에게 흘러 들어가는 가슴 중추를 이용하는 것입니다. 여기, 지구 공동세계에 있는 우리의 가슴은 항상 열려 있고, 항상 신으로부터 방사되는 사랑을 받고 있습니다. 사랑은 우리가 느끼는 모든 것입니다. 지상의 여러분 가슴에 퍼부어지고 있는 것 또한 이와 똑같은 사랑입니다. 여러분이 해야만 하는 일은 그것을 받기 위해 가슴을 여는 것입니다. 그러면 생각하는 모든 사념과 느끼는 모든 감정에서 그 경이로움을 느낄 것입니다. 그리하여 비록 여러분의 발이 여전히 지구를 딛고 있을지라도, 여러분은 신에게 파장이 동조될 것입니다.

## 우리의 물에는 전자(電子)가 그대로 남아 있다

우리는 지상에서 여러분이 하는 것 같은 기술을 사용하여 물을 가져오지 않습니다. 우리의 '파이프'는 다르게 작동하며, 그럼으로써 우리의 물이 관(管)을 통과하여 흐를 때 전자가 그대로 남아있게 됩니다. 하지만 물이 지상의 수도관을 통해 흐를 때는 전자들이 빠져나가 결과적으로 생명력이 손실됩니다. 그래서 지상에서는 물이 소용돌이 모양으로 관을 통과하는 방식 때문에 여러분은 '죽은' 물을 마셔야합니다.

이런 현상은 지구 공동세계나 지저 도시들에서는 발생하지 않습니다. 왜냐하면 우리는 전자를 유지하고 생명력을 그대로 보존하면서 물을 흐르게 하는 방법을 알고 있기 때문이지요. 그러므로 우리가 마시는 물은 살아있습니다. 그것은 살아있는 의식(意識)입니다.

장차 우리 지저인(地底人)들이 세상에 드러나서 지상으로 오게 되면, 우리는 장비를 가져와 지저공동세계의 바다에다 연결시킬 것입니다. 그리고 여러분이 전에는 결코 맛 본 적이 없는 물을 당신들에게 전해줄 것입니다. 그 물은 여러분의 영혼에게 활력을 불어넣어 주고, 세포를 재생시키며, 몸을 재건합니다. 우리는 지상의 모든 바다와 강들을 깨끗이 정화할 것이고, 어떻게 생명력을 활용하여 여러분의 가정을 바로잡는지를 보여줄 것입니다.

## 우리는 텔로늄 판에다 우리의 기록들을 저장한다

나는 포토로고스 도서관에 있는 내 사무실에서 여러분에게 이야기하고 있는데, 여기서 나는 모든 고대, 현재 및 미래 기록들을 텔로늄(Telonium) 판에다 전사(轉寫)하여 보존합니다. 텔로늄은 영구적인 속성을 가진 고대의 금속이며, 영원히 지속되고 부식의 징후는 전혀 보이지 않습니다. 그것은 우리의 기록을 저장하기에는 아주 완벽한 물질입니다. 이 저장과정은 대단히 창조적인 과정이며, 이처럼 우주의 모든 기록들과 함께 지구의 모든 기록을 보존하는 창조적인 과정에 우리 스스로 몰입하는 것은 하나의 기쁨입니다. 그것은 극도의 독창성이 발휘되는 과정으로서, 지상의 복사점이나 공장에서의 보통 반복 작업과는 다릅니다.

## 7.우리의 존재를 밝히기

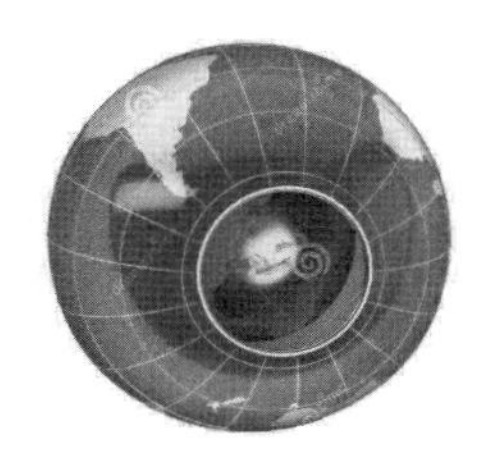

### 우리는 다이아몬드이고 여러분은 광부이다

우리는 지구의 핵 속에 박힌 이곳에 있으며, 광산에 묻혀있는 반짝이는 다이아몬드와 같습니다. 여러분은 오직 우리의 빛을 덮고 있는 지구의 지층을 벗겨냄으로써만이 우리에게 도달할 수 있습니다. 자신의 모든 불순물과 감정적인 장애물을 제거함으로써 여러분은 이것을 하게 되며, 그리하여 비전이 명확해지고 초점이 맞추어지게 됩니다. 일단 여러분의 시각이 우리의 주파수에 맞춰지면, 지구의 내부영역의 중심 태양 아래에서 빛나는 우리를 분명히 보게 될 것입니다.

비록 여러분이 아직은 우리를 보지 못하지만, 우리와 의식으로 연결됨으로써 아래에 있는 우리의 존재를 느낄 수 있습니다. 여러분은 자신의 진동율이 높아지는 것을 육체적으로 느낄 것입니다. 그리고 자신의 크라운 차크라(Crown Chakra)가 요동치며 맥동할 것입니다. 이것은 바로 여러분이 우리와 연결되었다는 물리적 표시입니다.

그렇습니다. 우리는 지구 속에 묻혀있는 다이아몬드입니다. 그리고 여러분은 아래로 내려와 자신의 땅 밑에 있는 우리의 존재를 밝힐 광부들입니다. 향후 머지않아 우리는 행성 연합(the Confederation of Planets)으로부터 지령을 받아 (지구 중심으로 통하는) 터널 입구를 열 것이며, 여러분이 육체로 우리의 세계에 들어와 지구의 내부 공동을 탐험할 수 있게 할 것입니다.

우리는 터널을 안내하는 가이드를 배정할 것이니 안심하기 바랍니다. 그 안내자들이 여러분을 전자기 승용물에다 앉히고 우리의 도시들로 호송할 것이며, 거기서 여러분은 마침내 우리를 방문할 수 있는 진동주파수에 도달한 것에 대해 환호하고 기뻐하게 될 것입니다. 이런 일이 일어나게 되면, 그것은 지구의 차원상승이 임박했다는 신호일 것입니다. 이것은 정말로 영광스런 날이 될 것입니다. 우리뿐만이 아니라 여러분도 축제를 거행하겠지만, 전체 우주가 여러분의 3차원 밀도로부터의 탈출에 갈채를 보낼 것입니다. 즉 이것은 우리의 전 은하계가 하나의 전체로서 상위 단계의 존재양식으로 옮겨 갈 준비가 되었음을 모든 이들에게 나타내는 것입니다.

기억해 두십시오. 조화된 통합의식으로, 우리 모두는 하나로 가속됩니다. 늘 확장되고 있고, 존재하는 모든 것이신 하느님의 빛을 통해 하나의 우주는 모든 것이 영원히 가속화되고 있습니다.

지구 자체는 다이아몬드이고, 신의 영원한 빛을 찬란하게 발산하는 다면보석입니다.
자신들을 둘러싼 그 광채를 보지 못하고 있는 이들은 오직 3차원 밀도라는 베일에 의해 분리돼 있는 지상 사람들뿐입니다. 그 광휘는 여러분의 영혼 안에, 지구 속에, 그리고 도처의 모든 생명 안에 있습니다. 단지 시선을 안쪽으로 돌리고, 존재하는 모든 것과의 연결 상태를 느껴보십시오. 그러면 여러분의 내면세계가 밝아질 것이고 여러분 자신이기도 한 다이아몬드에 공명됩니다. 이런 공명을 통해, 지구의 모든 것들이 영광스럽고도 화려하게 여러분에게 열려질 것입니다. 그리고 여러분은 모든 것을 보게 될 것이며, 모든 것을 알게 될 것입니다. 실제로, **그 모든 것은 여러분 안에 있습니다.** 빛의 세계는 여러분의 영혼 속에 있습니다. 그것은 만물의 근원에 의해 스스로 빛나며 영원히 유지됩니다.

지상과 지저라는 우리 두 문명의 융합은 지구에 대한 신성한 계획의 성취를 나타낼 것입니다. 지구와 여러분은 방해물과 막힘, 장애물이 없이, 그리고 지난 1,200만 년 동안의 밀도에서 벗어나 마침내 진화의 나선을 따라 자유롭게 발전해갈 수 있게 될 것입니다. 그러므로 우리와 함께 의식을 높이십시오, 우리가 우리 행성 전체를 에워싸고 번쩍이는 빛 속에서 하나의 다이아몬드로 융합되고 있으니까요. 나는 다이아몬드 빛의 미코스입니다.

## 포토로고스의 도서관은 거대하게 파인 공동 안에 있다

포토로고스 도서관은 거대하고도 둥근 형태이며, 지저 공동 내부에 위치하고 있습니다. 우리는 거대하게 파인 공동 안에 있습니다. 우리는 여러분이 상상할 수 있는 것처럼 널리 알려져 있지 않습니다. 어머니 지구는 자신의 내부 몸속을 살아있는 공간으로 제공함으로써 그곳의 땅을 원시상태로 유지하며, 그 광활한 공간을 밖으로 노출하고 있지 않습니다.

우리의 내부 공동은 우리의 생활 스타일에 완전히 적합하게 돼 있습니다. 우리가 바다에서 헤엄을 치거나 산을 오르고 싶을 때, 그것은 단 몇 분 안에 광대한 터널 시스템을 통해 공중부양해서 이동하는 전자기 승용물로 지구중심까지 가는 짧은 여행에 지나지 않습니다. 우리가 지상에 출현할 때 여러분을 데려 올 것이고 지구 속의 우리 고향으로 안내할 것이므로 여러분 모두는 이것을 머지않아 경험하게 될 것입니다. 이곳의 모든 것은 가장 부드럽고 투명한 빛으로 조명되며, 온도는 우리의 건강과 체력에 완벽하게 적합합니다.

우리의 모든 삶은 지상의 여러분과 연결되는 이 순간을 기다려 왔으며, 이제 그것은 이루어지고 있습니다. 우리의 가슴은 잃어버린 모든 우리의 형제자매들에 대한 사랑으로 흘러넘칩니다. 그리고 우리는 여러분 각자와 모두와 연결되기를 갈망합니다. 우리의 가슴은 하나입니다.

## 우리의 지저 안식처

내가 여러분에게 이 메시지를 전할 때, 수많은 카타르인들이 내 주위에 모여 들었습니다. 우리는 거대한 포토로고스 도서관 주변 야외의 대지에 있습니다. 우리는 쿠션처럼 부드러운 잔디밭의 의자에 앉아 있으며, 우리를 영원히 젊고 생기 넘치게 유지시켜주는 향기롭고 산소가 가득 찬 공기를 호흡하고 있습니다. 이 순수한 공기는 우리의 폐에 일종의 "감로(甘露)"이며, 우리 몸을 질병으로부터 자유롭게 해줍니다.

반면에 지상의 산소는 위험할 정도의 낮은 수준에 이르렀는데, 그런 상태가 병원균이 당신들 몸으로 침범할 길을 열어줍니다. 우리는 이곳 지저공동세계에서 깨끗하고 맑은 공기를 들이마시고 가장 순수한 물을 마십니다. 이 물은 지구가 창조되었던 날과 같이 여전히 순수합니다.

우리는 매우 운이 좋은 나머지 이 지저의 안식처에서 살고 있습니다. 우리는 여기에 앉아서 편안하게 우리를 받쳐주는 의자 발걸이와 머리 받침대에다 몸을 기대고 있고, 우리 주위에 만발한 커다란 꽃들의 향기를 맡으며 그 공기를 마시고 있습니다. 이것은 아름다운 동화 속의 나라이며, 이런 아름다움은 우리의 영혼에 그대로 반영됩니다.

우리의 몸은 우리의 환경에 반응하고, 우리를 둘러싸고 있는 것을 외부로 표현합니다. 그리고 우리를 둘러싸고 있는 것은 보기에 웅장하고도 멋집니다. 우리는 힘과 활기를 내뿜는 거대한 나무들과 꽃으로 둘러싸여 있습니다. 우리는 차례로 이런 힘과 활기를 느끼며, 우리 몸은 이런 그림처럼 아름다운 경치에 순응합니다. 그래서 우리 몸은 우리 주위의 것들을 비추는 거울과 같이 됩니다. 그것은 우리의 완벽한 환경을 그대로 반영합니다. 우리는 번갈아가며 완벽함을 다시 주변 환경에다 되돌려 보냄으로써 결코 끝나지 않는 그 완벽함의 순환을 달성합니다. 이런 완벽한 사이클로 인해 우리 몸은 결코 병이 나거나 노화되거나 죽지 않는 완전한 상태에 영속적으로 머물러 있을 수가 있습니다. 그것은 이미 완결된 완전함의 사이클입니다.

이곳은 지금 한낮입니다. 우리는 우리의 "하늘"에 매달려있는 것 같은 내부 중심태양의 가시파장대 빛을 느끼고 있습니다. 우리의 하늘은 공동 지구의 바로 그 한가운데이며, 우리의 태양은 지상에서 여러분의 태양이 나타나듯이, 움직이지 않습니다. 우리의 것은 그냥 죽은 듯이 고정되어 공동세계의 하늘 중심에 걸려 있습니다. 그것은 그 주변의 영역을 끌어당기는 중력의 힘에 의해 하늘에 매달려 있는데, 그럼으로써 완벽하게 균형을 유지하고 제 위치에 있을 수가 있습니다.

지구의 안쪽은 오목합니다. 그리고 나선 형태로 솟구치고 가로지르며 우리 주변을 에워싸고 있습니다. 그래서 우리의 그림 같은 '천국'은 당신들의 것과는 다른 관점이나 각도의 것입니다. 당신들은 (천국이라 하면) 곧바로 '위'를 봅니다. 그러나 우리는 우리 "주변"을 봅니다. 그래서 오늘 언제나처럼, 태양은 이곳 포토로고스 도서관 대지 위의 우리 모임을 내리비추며 빛나고 있습니다. 여기 도서관에서의 우리의 작업은 여러분이 말하는 것 같은 작업은 아니지만, 우리의 마음에 기쁨을 줍니다.

우리는 우리가 좋아하는 것을 하고, 우리는 그것을 일종의 레저(leisure)로 합니다. 우리는 누르는 시간기록계가 없으며, 시간기록계는 멈춰야 할 시기를 우리에게 말해주지 않습니다. 우리 모두는 우리가 날마다 이루고자하는 것을 알고 있습니다. 그리고 우리는 우리가 원하는 한은, 또는 우리의 작업을 완성할 때까지는 머물러 있습니다. 그러나 우리는 여러분이 지상에서 하는 식으로 길게 시간을 잡지는 않습니다. 우리의 근무일은 여러분의 것보다 짧습니다. 시간적 측면에서 보면, 우리의 근무시간은 여러분 시간의 절반 미만입니다. 그래서 우리는 "초과 근무"를 하고 싶어 하기도 하는데, 우리는 우리 삶의 다른 영역을 침해하지 않고도 그렇게 할 수 있는 유연성을 갖고 있습니다. 그리고 우리의 삶은 항상 균형을 유지합니다. 왜냐하면 우리의 스케줄에는 우리가 우리의 "직업"에다 소비하는 시간보다 더 많은 다른 활동들을 매일 할 수 있는 시간적 여유가 있기 때문입니다.

우리는 여유 있고 안락하며 완벽하게 균형 잡힌 삶을 삽니다. 그리고 우리의 재능을 개발하고, 마음을 확장하며, 우리 몸을 강화하기 위해 필요한 모든 것을 창조했습니다. 우리에게는 어디에나 음악 및 댄스 학교들과 극장들이 있습니다. 우리는 항상 함께 춤추고 노래하며, 우리의 재능을 정교하게 가다듬어 그것이 더욱더 창조적인 것이 되도록 발전시키고 있습니다.

우리의 삶은 창조성으로 가득 차 있고, 우리는 우리가 창조하는 것을 매우 기쁘게 생각합니다. 우리가 만드는 것을 모든 이들과 공유함으로써, 우리 모두는 서로 서로 다른 이들의 재능과 능력에서 혜택을 볼 수가 있습니다. 우리는 모두가 서로를 가르치고 또한 우리 모두는 서로에게서 배웁니다. 우리는 협력을 통해 번창하고, 나눔을 통해 번창하며, 서로에게 할 수 있는 만큼 줌으로써 번영하는데, 결국 이는 우리 모두가 만들어 낸 모든 것을 함께 공유하게 된다는 것을 뜻합니다. 그러므로 뿌려진 우리의 재능은 배가 되며 우리의 축복과 은총도 배가 됩니다. 그리고 우리는 우리 지저문명의 풍요로움을 수확합니다. 이곳에서는 당신들이 지상에서 하는 것 같이 재물을 축재하거나 "소유"

하는 것은 아무 것도 없습니다. 우리 모두가 지구의 한 부분이라는 사실을 이해할 때, 그런 행위는 불필요하고 논리적이지도 않기 때문입니다. 그렇기에 모든 것은 모든 사람에게 속해 있으며, 또한 아무 것도 누군가에 의해 소유되지 않는데, 왜냐하면 누구나 모든 것을 무료로 이용할 수 있기에 아예 그럴 필요가 없는 것이지요.

**소유가 아닌 나눔과 공유가 그 핵심 열쇠입니다.** 그냥 여러분의 생각을 바꾸면, 자신의 길이 변할 것입니다. 그리고 일을 하는 방식을 바꾸면 여러분의 삶이 바뀔 것이며, 다시 균형이 회복될 것입니다. 그럼으로써 여러분 역시도 창의력과 재능을 개발하고 지구를 약탈하기보다는 탐험하는 여가 시간을 가질 수 있을 것입니다. 일단 여러분이 자연의 복잡한 아름다움과 마법을 탐험하게 되면, 그녀를 싫어하거나 파괴할 수가 없습니다. 오직 그녀를 열심히 배우고 사랑할 수밖에 없으며, 의심할 여지없이 그녀가 곧 여러분이고 여러분이 곧 그녀라는 것을 알게 됩니다. **여러분이 밖에서 그 무엇을 파괴하든, 여러분은 자신 안에서도 파괴합니다.** 자연은 여러분이 자연에게 표출한 만큼, 그대로 여러분에게 표출하기 때문이지요.

지구의 숲과 바다가 황폐해져 있는 여러분 주변을 있는 그대로 둘러보십시오. 그러면 그로 인해 여러분이 바로 자신의 몸 안에서 파괴하고 있는 부분들이 눈에 보일 것입니다. 지표면에서 그렇게 빈번한 지진은 이제 여러분 자신의 육체 및 감정체 안에서 나타나고 있습니다.

**여러분이 지구에게 행하는 모든 것을, 여러분은 자신에게도 행합니다. 기억하십시오. 거기에는 오직 하나의 의식(意識)만이 있습니다. 여러분과 우리는 그 하나의 의식의 일부입니다.** 여러분이 그 하나의 한 부분을 파괴하면 다른 부분들도 영향을 받습니다.

여러분과 지구는 분리되어 있지 않습니다. 여러분이 곧 지구입니다; 즉 인간들은 그저 아직 그것을 모를 뿐이지요. 그러나 여러분이 지구에서의 수백만 년 동안의 깊은 잠에서 깨어날 때, 모든 생명의 상호관계, 그리고 한 생명의 건강이 전체의 건강과 어떻게 연결되어 있는지를 기억할 것입니다. 지표면의 인간들이 만약 주변 환경을 계속 파괴하고 종족들 간의 전쟁을 벌인다면, 그들은 지구에서 살아남을 수가 없습니다.

여기 포토로고스에서 우리는 꽃의 각 꽃잎들에게, 잔디의 각 잎들에게, 나무의 각 나뭇잎들에게 늘 감사합니다. 우리가 느끼는 그 화합과 조화는 꽃들과 나무들이 느끼는 것과 똑같은 조화입니다. 그런 조화로움이 우리의 키를 크게 자랄 수 있게 하고, 이곳의 우리 나무들의 거대한 크기를 설명해줍니다. 그 나무들은 여러분의 고층 건물들처럼 대지 위로 우뚝 솟아 있는데, 아무 것도 그 나무들을 억제하는 것이 없기 때문입니다.

그것들과 우리는 크기에 있어서 자유롭게 성장할 수 있고, 얼마든지 우리들 자신을 자유롭게 확장할 수 있습니다. 왜냐하면 여러분이 지상에서 목격하고 경험하듯이, 모든 것이 수축하는 것이 아니라 확장상태에 있기 때문입니다.

여러분이 삶에 대해 대범하고 마음이 "열려"있을 때, 여러분은 오직 확장할 수 있습니다. 반대로 여러분이 투쟁하고 결핍돼 있고 두려움에 빠져있을 때, 여러분은 눈에 보이는 것에 대한 두려움과 다른 사람들에게 저항하는 것에 대한 두려움 때문에 오직 자신의 신장(身長)을 제한하고 축소시킬 수밖에 없습니다. 여러분은 자신의 힘을 억누르고, 직관을 억누르고, 감정을 억누른 채, 주위에 있는 사람들의 가장 낮은 공통분모의 틀에다 맞추려고 애를 씁니다. 이것은 여러분의 육체적 성장뿐만 아니라 영혼 성장을 방해합니다. 그러나 여러분이 자신과 우주가 하나라는 사실에 대해 열려 있으면, 곧 여러분 자신인 모든 것에 대해 깨어날 것이며, 시야를 확대하고 말 그대로 신장과 폭의 크기가 커지기 시작할 것입니다.

여러분의 마음과 몸은 연결되어 있습니다. 만약 여러분이 작다고 생각하면, 여러분은 작아집니다. 여러분이 오직 지구 표면에만 생명이 존재하고 다른 곳에는 존재하지 않는다고 생각한다면, 그 생각이 여러분의 육체적인 키를 작게 만듭니다. 바로 여러분의 생각이 여러분의 시야를 축소시키듯이 말이지요. 여러분의 생각을 넓히십시오. 그러면 여러분은 자신의 세계를 확장하게 됩니다. 여러분의 세계를 확장하세요. 그러면 여러분의 몸은 성장과 재생이 가속되는 식으로 반응합니다.

만약 여러분이 자신이 모든 것이라는 사실을 알았다면, 더럽고 어수선한 도시 거리가 아닌 황금궁전에서 왕이나 여왕처럼 살고 있을 것입니다. 하지만 여러분은 스스로를 포기했고, 그것을 알지도 못합니다.

깨어 일어나십시오, 지상의 주민들이여! 그렇지 않다면, 여러분 영혼 안에서 지진이 일어나 자신이 누구인지에 대한 의식을 회복하도록 뒤흔들 것이고, 그것은 여러분의 황폐한 현 생활 조건들이 산산조각으로 변하고 있음을 의미할 수도 있습니다.

비록 그런 영적 지진에서 여러분 자신을 찾는 일은 힘들기는 하지만 일단 여러분이 그 잔해들에서 벗어나게 되면 자신이 소유하고 있던 모든 것이 사라졌음을 알게 됩니다. 그리고 그 충격으로 깨어나 여러분이 가진 모든 것이 곧 여러분 자신임을 깨닫게 됩니다. 그때 갑자기 여러분이라는 존재의 깊은 내면에서, 자신 안에 묻혀있는 힘과 지혜를 발견합니다. 지진으로 인해 밀도가 맑아지므로 시력이 회복되고, 시력이 회복되므로 여러분이 정말로 모든 것이라는 점을 볼 수 있고 그 모든 것이 될 수가 있습니다.

우리의 시각은 항상 명료하므로 밀도가 지저세계에서 우리의 시야를 흐리게 하지 않습니다. 우리는 명확하게 보고 멀리 보는데, 우리의 시야를 방해하는 것이 아무 것도 없기 때문입니다. 비록 우리가 땅 밑에 있지만, 우리는 밖의 별들을 볼 수 있습니다. 아무것도 우리의 시야를 방해하지 않으니까요.

여러분이 모든 신념체계 및 부정적인 생각, 부정적인 감정으로부터 자신을 맑게 한다면, 여러분 역시도 자신의 내면에서 그런 명확성과 조화를 느낄 것입니다. 그리고 지구상의 정부들에 의해 비밀리에 유지되어 온 모든 것을 볼 수 있게 될 것입니다. 당신들은 그들의 모든 속임수를 "꿰뚫어" 볼 수 있게 됩니다. 또한 다른 행성들의 생명체와 지구 내부의 생명체에 관한 진실이 여러분의 눈에 밝혀질 것이며, 모든 이들에게 완전히 노출될 것입니다.

우리는 내가 전하는 이 메시지가 다 끝나가는 지금도 여전히 우리의 태양 밑에 앉아 있습니다. 우리의 메시지를 들어준 데 대해 여러분에게 감사합니다.

# 8.시간, 텔레파시, 그리고 의식

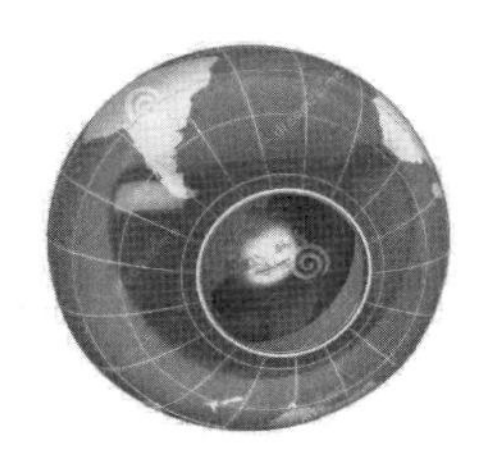

## 여러분이 매일 느끼는 시간은 여러분의 의식 수준에 의해 결정된다

나는 지구 기록의 수호자인 미코스입니다. 오늘 우리는 시간에 관해, 즉 어머니 지구를 감싸는 시간왜곡에 대해 말할 것입니다. 지구는 그녀의 진화를 위해, 또 자신이 돌보는 영혼들이 교훈을 배우게 하기 위해 우주의 나머지 부분과는 시간적 거리를 두고 있습니다. 시간은 지구의 표면에서는 다르게 작동합니다. 왜냐하면 지상의 사람들은 그들이 삶의 교훈을 습득하고 숙달될 때까지는 그것을 거듭 반복해야할 필요가 있기 때문입니다. 그래서 인간이 과거, 현재, 미래의 개념을 갖고 있는 것인데, 다시 말하면 이는 진화하는 인류종족에게 교훈을 배우고 숙달하여 시험을 통과하는 데 필요한 시간을 주기 위해서입니다. 지구 시간은 진화에서 중요한 요소로서 작용합니다.

한 행성이 진화하여 상승한 상태에 있게 되면, 거기에 더 이상의 시간은 없습니다. 이런 더 높은 의식의 관점에서는 여러분이 영원을 볼 수 있으며 동시에 모든 시간이 하나라는 것을 느낄 수 있습니다. 여러분은 실제로 자신의 다차원성(多次元性)을 경험하는데, 그것은 모든 의식의 상태와 모든 시간과 장소를 동시에 경험하는 것입니다. 더 이상 어떤 경계선이나 분열, 분리상태는 없습니다. 모든 것이 하나입니다. 그리고 모든 것이 동시에 일어나고 동시에 존재합니다.

지구와 그녀의 표면에 있는 모든 생명체가 의식에서 진화함에 따라 시간이 압축됩니다. 시간은 점점 더 적어지고 있으며 이는 인간이 의식면에서 진화하고 있다는 신호입니다. 결과적으로 갈수록 시간이 더욱 더 짧아집니다. 여러분이 더 이상 시간 "속"에 있지 않은 의식의 지점에 도달할 때까지 말이지요. 즉 그런 의식에 이르렀을 때 여러분은 차원 상승된 상태로 옮겨간 것입니다.

자기 자신과 지구 전체에 대한 여러분의 자각과 의식이 더욱 더 높아지는 만큼, 시간의 속도가 분 단위와 시간 단위로도 날아가듯이 빨라진다는 것을 알게 될 것입니다. 그리하여 여러분이 이전에 할 수 있었던 업무량의 절반도 하기 전에 어느새 아침이 밤으로 바뀌게 됩니다.

시간은 사실상 파악하기가 어려워지고 있습니다. 여러분은 더 이상 그것을 붙들 수 없습니다. 진화가 더 조밀할수록 거기에는 더 많은 시간이 있고, 하루가 더 길게 나타나는 것으로 보입니다. 반면에 종족의 진동이 높을수록, 그들은 "시간이 없는" 다차원성의 상태인 "우주의식(宇宙意識)"과 실제로 연결되어 있기 때문에, 더 짧은 하루가 나타납니다. 모든 것은 그저 "존재합니다." 시간이 더 많이 붕괴되면, 여러분은 자신의 다차원 상태로 이동할 것이고, "존재하는 모든 것"을 심오하게 경험하게 될 것입니다. 여러분은 모든 창조물의 일체성을 보고 느낄 것입니다. 그리고 어떻게 모든 생명이 서로 얽혀 있고 상호 연결되어있는

지를 깨닫게 될 것입니다. 이것이 인류가 여기 지구에서 배워야 할 것입니다. 그러나 지금까지는 지구의 밀도가 너무 짙은 탓에 각 사람이 분리되어 혼자라고 느껴졌고 다른 사람들과 단절돼 있었습니다. 모든 사람이 - 실제로는 존재하지도 않는 - 시간과 공간으로 분리돼 있다고 느꼈습니다. 이런 현상은 "진화하는" 행성에만 존재하는데, 그럼으로써 그 종족들이 옆길로 빠지지 않고 그 행성에 태어난 주된 목적에 집중할 수가 있습니다.

시간 흐름은 나이와는 아무런 관련이 없습니다. 여러분이 나이가 든다고 해서 (시간) 속도가 빨라지지는 않습니다. 오직 인간이 더 현명해지고 의식과 지혜가 "성장"했을 때만 속도가 향상됩니다. 그러므로 만약 나이를 지혜와 각성과 동일시한다면, 나이만 먹으면 시간이 빨라진다고 말할 수 있었습니다. 그러나 자기들의 수명이 다할 동안 의식면에서 진화하지 않는 사람들에게, 시간은 지루할 정도로 길고 축 늘어진 것처럼 보입니다. 그들은 자기들이 나이를 먹는 만큼 오히려 "시간이 더 느려진다"고 말할 수 있습니다. 그러므로 이제 여러분은 시간의 길이를 결정하는 것, 그리고 여러분 각자의 하루 길이를 결정하는 것은 당신 자신의 고유한 관점, 자신만의 진화속도라는 사실을 알 수 있을 겁니다. 여러분 모두는 자신의 의식상태에 의해 결정되는, 서로 다른 하루길이와 시간의 양을 갖고 있습니다. 그렇기에 여러분이 의식이 확장되는 만큼, 더 이상 시간대(time zone) 안에 있지 않을 때까지 분과 시간들이 반대의 비율로 감소합니다. 하지만 상승된 깨달음의 상태에서는 시간이 없고 공간도 없으며, 오직 모든 창조물의 일체성만이 존재합니다.

이것이 우리가 지구 공동세계에서 경험하는 것입니다. 우리는 존재의 **일체성과 영원성**을 느낍니다. 그리고 이런 일체성과 영원성이 지상에서 여러분이 조금씩 경험하기 시작하고 있는 것인데, 창조주의 빛이 지구에 쏟아져 내리고 그 무한한 빛의 조명으로 인해 인간들의 의식이 확장되고 있기 때문입니다.

우리는 여러분이 말하는 것 같은 시간의 "압박감"을 느끼지 못합니다. 우리는 오직 우리를 통과해 밀려가는 삶의 영원한 흐름을 느끼며, 그것은 날마다의 모든 "순간"에 평화와 만족을 우리에게 가져옵니다. 우리는 (여러분이 시계를 소지하고 의존하고 있는 것처럼) 시계를 갖고 있지 않습니다. 우리는 여러분과는 매우 다른, 우주적 방식으로 시간을 계산하는데, 그것은 전체 우주와 동시에 일치합니다. 우리는 우주의 일부입니다. 그리고 우주의 일부로서 작용하기 때문에, 우리는 지상의 시간과는 많이 다른 "우주 시간"에 기반해 있습니다.

빛이 지구를 급속도로 밝게 비추어 나감에 따라 조만간 여러분의 의식은 우주 시간에 도달할 것입니다. 그리고 여러분은 거기에서 우리가 당신들을 기다리고 있다는 것을 발견할 것입니다. 그것은 바로 **여기**, **지금** 속에 있습니다. 우리는 여러분이 의식으로 신속히 여행하기를 기원하는 바입니다.

## 여러분은 5가지 이상의 감각을 가지고 있다.

지상에 있는 주민들이 우리가 누구이고 여기 지구 중심에 우리가 있다는 사실을 아는 것은 매우 중요합니다. 우리의 존재는 여러분의 삶에 결정적입니다. 여러분은 한 종족으로서 과거보다는 훨씬 더 현명해졌으므로 우리가 향후 물리적으로 당신들과 접촉할 때 더 쉽게 우리를 받아들일 것입니다.

여러분이 위에서 살고 있는 그 아래의 이 지구 공동세계는 모든 사람들이 함께 참여하고 탐험하기로 예정돼 있었습니다. 또한 모든 이들이 어떻게 장엄한 신(神)이 내면에 존재하는지를 깨닫도록 돼 있었습니다. 이 모든 것을 창조한 것은 여러분이라는 존재 안에 계신 신이십니다. 그리고 이 모든 것을 경험하고 싶은 것 역시 여러분 안의 신이십니다. 그러나 먼저 여러분이 인식해야 하는 것은 인간의 오감을 넘어서서, 즉 사람들이 시각과 소리와 장소라고 부르는 것을 초월해서 존재하는 것이 있다는 것입니다. 그것이 존재한다는 것을 확인하기 위해 어떤 것을 볼 수 있게 될 필요는 없습니다. 그것의 존재는 여러분의 실제적인 육체적 시각과는 별개입니다.

실제로, 여러분은 앞으로 다섯 가지 감각보다 더 많은 능력을 가질 것입니다. 사실, 여러분 모두는 다차원적 존재들로서, 자신의 다차원성 속에 있는 다른 감각들을 발견하기 위해 여기에 있습니다. 그리고 자신의 초감각들을 발견할 때, 우주를 발견할 것입니다. 당신들은 더 이상 배울 책이 필요하지 않습니다. 왜냐하면 모든 학습이 여러분 내면에서 이루어질 것이기 때문입니다. 여러분은 가고 싶어 하는 어떤 곳을 여행할 수 있을 것이고, 그 곳에 가는 실제의 경험으로부터 배울 수 있을 것입니다. 책은 쓸모없게 될 것인데, 그 실제 장소에 관한 지식이 내면에 있기 때문입니다. 예수님이 "너희 자신을 알라. 그러면 모든 것을 알게 될 것이다."라고 말씀하신 것처럼 말이지요. 여러분이 모든 것의 근원이며, 모든 것이 저장되어있는 곳입니다. 그렇기에 인간은 단지 바로 자신의 존재 안에, 그 몸 안에, 그 성전(聖殿) 안에 있는 그 살아있는 도서관에 접근하는 방법을 배우기만하면 됩니다.

여러분이 의식면에서 자신을 끌어올리고 고등한 빛의 진동 주파수로 높아질 때, 놀라운 일들이 여러분을 기다리고 있습니다. 여러분이 더 높게 진동할수록 더 많이 (우주만물에) 접근할 수 있고, 더 많이 접근할수록 더 많이 알 수 있습니다. 모든 지식은 여러분 안에 있으며, 또한 여러분은 모든 것 안에 있습니다. 그리고 일단 필요한 주파수로 진동을 높이기만 하면, 그런 지식에 접근하는 것은 아주 간단합니다. 그런 주파수 상태에서는 여러분이 갑자기 모든 것을 이용할 수 있게 되며, 여러분에게 모든 것이 만물의 위대한 창조주로부터 오는 선물이 됩니다.

그러므로 삶의 목적은 여러분이 우리와 함께 있게 될 때까지, 여러분 모두가 생명의 순수한 본질, 존재하는 모든 것의 순수한 본질을 볼 수 있을 때까지 진동을 높여가는 것입니다. 그리고 이 순수한 본질은 여러분 모두가 찾고 있었던 니르바나(涅槃)[1]

입니다. 우리 각자 안에 계신 하느님의 순수한 본질은 세계들 안에다 세계들을 창조하는 본질입니다.

인류는 지금 이런 진화의 지점에 가까이 이르고 있으며, 그런 상태에서는 여러분이 모든 것에 접근하는 것이, 또한 몸 세포의 위대성에 접근하는 것이 매우 쉬워질 것입니다. 그리하여 다시 한 번 의식으로 우리와 하나가 됩니다. 그리고 일단 여러분과 우리가 이렇게 하나로 결합되면, 여러분은 우리가 이런 장구한 세월 동안 배운 모든 것들로부터 커다란 이익을 얻을 것입니다. 말하자면, 우리가 어머니 지구의 천체 안에다 깨달음의 세계를 창조하는 작업을 하기 위해 우리의 의식을 발휘할 수 있기 때문입니다.

어머니 지구는 그녀 자신의 모든 아이들의 존재를 알고 있습니다. 그녀는 우리 각자가 어디에 있고, 우리가 어떻게 있고, 우리 모두가 어떤 운명의 길을 가고 있는지를 알고 있습니다. 여러분이 자신의 의식을 끌어올릴 때, 여러분 역시도 어머니 지구를 점검할 수 있게 될 것입니다. 그리고 그녀는 여러분의 의식이 그녀에게 등록됨에 따라 여러분이 어떻게 행동하고 있는지를 말할 것입니다. 왜냐하면 여러분이라는 존재의 빛은 그녀에게 속속들이 알려지며, 인간 각자가 행하고 말하는 모든 것을 그녀가 듣는 까닭입니다. 따라서 여러분은 새로운 지구의 밝은 빛 속으로, 새로운 세계의 밝은 빛 속으로 자신의 여행을 시작할 준비가 충분히 돼 있습니다. 그런 새로운 세상에서 우리 모두는 들뜬 마음으로 여러분의 귀환을 기다립니다.

## 텔레파시 송신에는 지연이 없다.

내가 우리 위의 수백 마일 거리에 있는 여러분에게 이 메시지를 송신할 때, 많은 사람들이 내 주변에 서 있습니다. 사념은 지

1)모든 번뇌에서 벗어나 영원한 진리를 깨달은 경지, 또는 불교에서 말하는 해탈의 경지 (편집자 주)

구를 직접 관통하므로 여러분은 나, 미코스가 어떤 것을 생각하는 동시에 그 생각을 받습니다. 텔레파시 전송에는 지연이 없습니다. 내가 말하는 바로 그 순간에 여러분은 내가 말하는 것을 즉시 듣게 됩니다. 그것은 의사소통하는 데 아주 기적적인 방법이며, 또한 매우 자연스러운 방법입니다. 여러분이 우리와 조화를 이루어 여러분 자신을 향상시킬 때 이것을 곧 깨닫게 될 것입니다. 텔레파시 통신이 일어날 수 있는 것은 이런 조화로운 방식 속에서입니다. 다른 존재들과 서로 하나가 되어 융합하는 것은 우리들 사이의 그런 조화이며, 그럼으로써 우리가 원할 때는 언제든지 서로 이야기할 수 있습니다

지구행성의 여러분 곁에 존재하고 있는 다른 생명에 대해 여러분 자신의 마음을 여십시오. 그러면 여러분이 지구라고 부르는 이 천체 내부에 정말로 존재하는 모든 경이로움을 탐험할 수 있게 될 것입니다. 우리의 지구는 그녀 자체가 일종의 불가사의(不可思議)이며 놀라움을 금할 수가 없습니다. 그리고 여러분이 그녀를 더 많이 알게 될수록, 여러분 자신과 모든 생명에 대해 더 많이 알 수 있습니다. 인간이 스스로 더 높은 의식의 주파수로 옮겨갈 때 모든 생명에게 접근할 수 있습니다.

여러분은 우리 모두에 의해 매우 면밀히 관찰되고 있어서, 우리는 우리 위에 사는 여러분 모두를 볼 수도 있고 들을 수도 있습니다. 우리는 영상을 통해, 그리고 지구상의 모든 것들을 면밀히 감시하는 우리의 컴퓨터 시스템을 통해 지상에서 벌어지는 모든 일들을 알고 있습니다. 그리고 우리의 밀사(密使)들이 우리의 본거지에서 지상을 오가면서, 우리에게 새로운 소식을 전하고 또한 지상 거주자들에게 정보를 전달합니다.

우리 밀사들은 지상의 상황에 관한 정보를 널리 알리기 위해 우리와 함께 일하는 많은 지상 거주자들과 접촉합니다. 우리는 당신들이 크게 놀랄만한 시스템을 가지고 있습니다. 여러분이 지저세계를 방문할 수 있는 그런 시기가 될 때까지, 나는 여러분과 직접 이야기할 것이며, 바로 여러분 자신의 존재 안에서

여러분에게 접근할 수 있는 지저공동세계에서 여러분과 정보를 교환할 것입니다.

그러므로 우리 모두가 여기에서 열심히 여러분의 대답에 응답하고 있으니, 의식으로 꼭 우리와 연결되십시오. 우리는 성실한 마음으로 우리와 의식적으로 접속하는 모든 사람들과 이야기할 것입니다. 왜냐하면 이 시대 동안에 여러분과 연결되어 지상 인간들을 돕는 것이 우리의 가장 큰 소망이기 때문입니다. 머지않아 여러분은 지구상의 모든 생명에 관해 인식하고 우리 모두가 하나라는 것을 알게 될 것입니다. 나는 미코스이며, 즐거운 하루가 되길 바랍니다.

## 텔레파시

여러분은 현재 나타나고 있는 재능과 지성과 함께 헤아릴 수 없는 선물을 받았습니다. 현재 여러분 중에 많은 사람들이 숨겨진 선물을 되찾고 있는 중입니다. 이것들 중 하나가 텔레파시(Telepathy:정신감응)입니다.

여러분 모두가 텔레파시적인 능력이 있으며, 우리와 대화할 수 있습니다. 여러분은 지금 막 재능 있는 인간들이 실제로 얼마나 많은지를 깨닫기 시작하고 있습니다. 천부적 재능이 있기에, 사실 우리가 하는 모든 일을 여러분이 실제로 할 수 있었습니다. 우리가 과거 한 때 곧 여러분이었으니까요.

우리는 여러분이 지금 겪고 있는 모든 것을 거쳤습니다. 그러나 우리가 지구의 공동세계 속으로 진입하면서 우리는 신속히 진화하도록 운명이 정해졌습니다. 마치 지구의 주파수가 가속되어 높아짐에 따라 여러분이 앞으로 진화할 운명인 것처럼 말이지요. 여러분의 천부적인 재능이 빛을 발할 것이며, 여러분은 자신의 능력에 기뻐할 것입니다. 일단 여러분이 특정 주파수에 도달하면, 의식이 3차원 밀도를 뚫고 폭발할 것이고 모든 것을 보게 되고 모든 것을 알게 될 것입니다. 그리하여 마침내 우리는 이곳에 함께 있게 될 것이며, 여러분을 우리의 사랑으로 감쌀 것입니다.

## 여러분은 모든 것을 아는 자이다

여러분은 모든 것을 아는 사람입니다
여러분은 모든 것을 수신하는 사람입니다

여러분은 우주 삼라만상이 존재하는 데 필요한
**하나의 구성 요소**입니다.
여러분이라는 존재가 우주의 존재를 위한
그 주요 요소입니다.

여러분 각자와 모든 이들이 없이는,
생명이 존재할 수 없었습니다.
여러분 모두가 그 계획에 없어서는 안 될 부분입니다.
여러분 중의 단 한 명도 불필요하지 않습니다.

여러분이 얼마나 중요한지 아십시오
여러분 각자가 얼마나 필요한지 아십시오.
여러분 각자가 없으면, 아무 것도 없습니다

당신이라는 존재가 삼라만상 모든 것의 본질을 구성합니다.
여러분 각자가 필요한 성분입니다.
그것이 우주가 정밀하게 작동하도록 만듭니다.

## 9.공해 및 질병에 대한 치료법

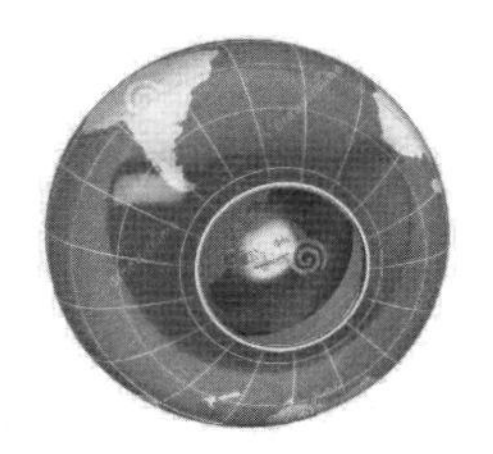

**일단 환경오염이 깨끗이 정화되면, 인간의 질병은 사라질 것이다**

우리는 지상의 탐욕스러운 정치인들과 비밀 정부가 만들어 놓은 모든 오염 문제에 대한 해답을 가지고 있습니다. 그리고 일단 우리가 지상에 나타나기 시작하면, 우리는 모든 오염 문제와 온갖 건강 문제를 해결하기 위해 우리의 기술을 투입할 것입니다. 지상의 오염이 제거되면, 인간의 질병은 사라집니다. 여러분의 질병은 단지 공기, 물, 음식물을 오염시키는 원인에 의해서만 발생합니다. 여러분이 그 진리를 이해할 수 있다면, 그것은 그렇게 간단합니다.

여기 지저공동세계에서 우리는 이런 단어 자체가 우리에게 존재하지도 않다시피, 그 어떤 것도 결코 오염시키지 않습니다. 우리는 주변 환경과 완전히 조화를 이루어 살고 있으며, 이곳 사람들은 우리 모두가 서로의 일부임을 알고 있습니다. 우리는 서로에게 해를 끼칠 일을 결코 하지 않으며, 그런 생각이 우리의 마음을 어지럽히지도 않습니다. 우리는 단지 서로를 사랑하고, 우리의 주변 환경을 사랑하며, 어머니 지구를 사랑합니다. 여러분이 지상에서 놓치고 있는 것이 이 사랑이라는 구성 요소입니다. 당신들은 다른 모든 것들을 사랑보다 더 우선시했습니다. 그리하여 시력을 잃었고 결국 길을 잃었습니다. 여러분의 삶에다 다시 사랑을 회복할 때가 바로 지금이며, 그것이 눈 깜빡할 짧은 순간에 여러분의 모든 지상에서의 문제를 해결할 것입니다.

우리는 이곳 아래에서 여러분의 생각을 추적합니다. 그리고 지상에서의 여러분 생각을 엿듣고 그 사고 과정에서 우리가 여러분을 순수한 사랑의 상태로 조용히 인도하기를 바라면서 우리의 사랑을 보냅니다. 그리고 여러분의 생각이 자신으로부터 방사되는 순수한 사랑의 횃불이 될 때, 비로소 여러분은 지상문명에다 그렇게 갈망하는 평화와 조화를 가져올 것입니다.

나는 항상 여러분에게 나의 사랑을 불어 넣는 미코스입니다. 좋은 하루 보내세요. 지상의 내 여행 동반자들이여.

## 이미 존재하는, 모든 질병에 대한 치료법

오늘은 지구공동세계에서 우리의 축제일입니다. 우리는 빛으로 올라선 우리의 등반을 축하하고 있습니다. 왜냐하면 이제는 우리가 한 동안 목표로 삼고 노력해 왔던 일정 수준의 성장 단계에 도달했기 때문입니다. 그것은 삶을 바라보는 전혀 새로운 방식입니다. 다시 말해 이것은 진화의 사다리의 다른 계단에 이른 것이며, 우리 모두가 삶에 대한 이런 완전히 새로운 시각을 경험하기 시작하는 만큼 흥분되는 시간인 것입니다.

우리가 도달하는 각 단계는 일종의 개안(開眼), 즉 눈을 뜨는 것입니다. 그리고 우리는 어떻게 우리가 전에는 이것을 볼 수 없었는지 의아해 합니다. 이것은 모든 생명이 진화하는 방식이기 때문에, 지상에서 여러분이 새롭게 눈을 뜨는 것과 유사합니다. 즉 '보이지 않는 것'이 점점 더 많이 보이게 되는 것이지요.

이것은 현재 지상의 여러분에게도 일어나고 있습니다. 뉴스와 신문에서 더욱더 많은 것들이 여러분에게 밝혀지고 있습니다. 공개되는 내용은 이미 수십 년 동안 알려진 것이지만, 대중들에게는 숨겨져 있었기 때문에 이는 여러분에게도 너무나 흥미로운 시간입니다. 모든 빛이 지구에 도달함에 따라 빛이 모든 것을 드러내고 있다 보니, 비밀들이 지금 노출되고 있습니다. "덮어버리고 은폐하는 것"은 오직 어둠의 세력뿐입니다. 비밀로 유지되어온 모든 것이 갑자기 언론에서 나올 것이므로 여러분은 삶의 결정적인 시기에 놓여 있습니다. 세상을 뒤흔드는 일이 머지않아 일어날 것입니다.

질병치료법을 은폐해오면서 치료법을 찾는다는 명목으로 수십억 달러의 세금을 낭비하는 의료단체들, 기업 및 정부가 노출될 것입니다. 이 집단들은 처음부터 일부러 질병을 일으켰으며, 그것은 몇 년 전에 쉽게 예방할 수 있었습니다.

대신에, 그들은 고통을 겪는 인류를 희생시키면서 수십억 달러를 벌어들이는 방식으로 질병을 수익 창출원으로 이용했습니다. 모든 질병은 화학물질, 제초제, 살충제(농약), 비료, 생물학적 세균을 통해 공기와 물, 음식을 오염시키고 있는 여러분의 기업 및 정부들에 의해 유발되었습니다. 여러분은 열대우림을 파괴하고 고래류를 학살하는 것과 함께 그것을 고발해야 합니다. 그들이 해야 할 모든 것은 지구에 대한 그 악영향을 제거하기 위해 이런 파괴와 오염 행위를 멈추는 것입니다. 그러나 그 수익은 곧 그들의 탐욕이며, 인류와 지구를 희생시킨데 대한 대가입니다. 그들이 누구인가에 대한 정체가 분명히 드러나게 될 것인데, 악의적 의도로 부당이득을 취하고, 지구행성과 그 주민들을 약탈하여 파괴하려는 것이 그들의 목표인 것입니다.

우리는 모든 것을 유기적으로 재배하고 지구와 우리 삶 간의 관계를 알고 존중하기 때문에, 지저공동세계에는 질병이 없습니다. 우리는 우리가 지구의 일부이며, 우리가 그녀에게 행하는 것이 무엇이든 그것이 곧 우리 자신에게 행하는 것임을 알고 있습니다. 장차 더욱 더 많은 인류가 자연에 다시 연결될 때, 그들은 지구상의 모든 질병과 파괴를 제거하는 방법을 이해하게 될 것입니다.

이것은 빛이 그들에게 작용하는 것입니다. 그것이 여러분의 눈을 뜨게 하고 모든 창조의 근원으로 다시 연결시킵니다. 그러므로 여러분은 평온하고 풍요롭고 건강한 삶을 살 수 있습니다. 그러니 의식으로 우리와 합류하십시오. 우리가 여러분을 번뇌에서 벗어난 세계로 조용히 인도할 것이며, 거기서 마침내 여러분은 우리와 함께 살게 될 것입니다.

### 여러분의 신생아를 예방접종으로부터 보호하라

완전히 새로운 지구가 탄생하고 있습니다. 모든 영혼들은 이제 텔레파시와 투시력과 위대한 지혜를 갖고 태어납니다. 그렇기 때문에 여러분의 정부는 병원에다 접종 시스템을 갖추고 있습니다. 이러한 예방접종은 신생아의 높은 주파수를 방해하고 그들이 선천적으로 부여받은 신성한 선물에 접근하는 것을 막습니다. 이것이 이런 '필수' 예방접종의 목적이며, 그런 행위가 여러분의 신생아의 빛이 지구와는 차단되게 만듭니다.[2)]

그러니 사랑하는 이들이여, 병원이나 언론에 대한 두려움에 굴복하지 말아야 한다는 것을 기억해 두십시오. 신생아들은 신성하게 능력을 부여 받았고 이 행성의 질병으로부터 보호받을 것이니, 아무 것도 그 아이들에게 해를 끼칠 수 없다는 것을 알고서 여러분 자신의 지혜의 빛으로 맞서세요. 그들은 모든 불리한 조건에 견딜 수 있도록 완벽하게 갖추고 있으며, 병원이나

---

2)최근 미국에서는 백신접종이 오히려 아이들의 자폐증을 유발한다는 보고가 잇따르고 있고 학부모들이 예방접종을 반대하는 운동이 일어나고 있다.(편집자 주)

의사가 조치하는 어떤 것도 아이들을 지배할 수는 없습니다. 그런 것은 단지 역효과를 초래할 뿐입니다. 따라서 신생아들은 이미 자신의 DNA를 통해 보호 받고 있음을 인식함으로써 여러분의 신생아를 보호하세요. 외적인 해독제나 접종이 어떤 식으로든 그들에게 혜택을 줄 수는 없습니다.

그들도 역시 지구상에 육화되고 있는 천사들이고, 지구에 점점 더 많은 빛을 가져 오기 위해 현재 태어나고 있습니다. 지구의 빛의 주파수가 증가하고 있으므로 이곳 아래에서 우리는 여러분을 성원합니다. 우리의 출현이 실제로 임박했다는 것을 알고 계십시오. 우리는 이제 창조주의 빛과 사랑 속에서 떠나갑니다.

## 중대한 시여(施輿)가 막 승인되었다

지구 내부의 포토로고스 도서관에서 인사드립니다. 우리는 오늘 지구상의 천사들과 그들이 인류에게 하는 작업에 관해 이야기하러 왔습니다. 이들은 지구를 방문하는 수많은 항성계들로부터 온 위대한 빛의 존재들이며, 여러분의 행성으로 내려오고 있는 큰 빛의 파동유입을 돕기 위해 머물러 있습니다. 이 존재들은 인류의 진화 과정에서 하느님의 조력자인 천사들로 가장 잘 알려져 있습니다. 이 존재들은 여러분의 행성을 그들의 빛과 지혜로 청소하고 있고, 어둠이 다시 사라질 때까지 그 어두운 오점들을 캡슐로 싸고 있습니다. 천사들은 선한 모든 것을 가져오는 전달자들이며, 여기에 있습니다. 그리고 우리의 사랑하는 빛의 일꾼들인 여러분 역시도 이런 천사들입니다. 여러분은 지구와 인류를 돕기 위해 먼 곳에서 온 이런 위대한 존재들입니다. 그리고 이제는 당신들이 도움을 받아야 할 차례입니다. 지상의 모든 빛의 일꾼들에게 거대한 시여가 막 승인되면서 천사군단이 여러분의 육체를 완전하고도 전체적으로 치유하도록 개입할 수 있게 되었습니다. 그럼으로써 장차 지구에서 나타날 기후

변화와 지구의 변동을 견딜 수 있습니다. 여러분 모두가 도움을 청했고 항상 여러분의 몸은 치유를 필요로 하고 있습니다. 그리고 이제 이런 도움이 승인되었습니다.

장엄한 사건들이 전환되는 가운데, 이런 시여가 하늘의 무리와 이 우주의 어머니/아버지 신(神)에 의해, 지구상의 모든 빛의 일꾼들의 헌신과 희생에 대한 감사 속에서 만장일치로 승인되었습니다. 지금은 여러분 자신의 모든 면을 치유하고 신체적 힘과 건강, 정신력 및 정서적 균형을 구현할 시기입니다. 이것은 천상이 '지상 승무원들'에게 주는 선물이며, 세월이 지나감에 따라 여러분은 자신이 점점 더 강해지고 있음을 알게 되고 오래된 모든 통증들이 떨어져나가는 것을 느낄 것입니다. 또한 사건들이 더욱 더 분명해지는 것을 느낄 것이며, 여러분 주위의 보이지 않는 세계에 좀 더 집중하게 될 것입니다. 이것은 참으로 전례 없는 선물이며, 그것은 여러분의 것입니다.

사랑하는 빛의 일꾼들이여, 이제는 날마다 '지금'이라는 현존 속에서 온전하고도 충실하게 사십시오. 그리고 내일은 하느님의 손안에 있고, 두려워할 것이 아무 것도 없다는 것을 아세요. 신성한 계획은 이미 성취되었고 이것은 단지 게임의 막바지일 뿐입니다. 여러분의 진입을 기다리고 있는 더 높은 빛의 세계로의 위대한 '이륙'을 위해 모든 것이 준비되고 있습니다. 인류는 이제 낡은 세상을 떠나 새로운 세계로 진입할 것이므로 앞으로 여러분이 기대할 것은 많습니다. 따라서 여러분의 결정을 흔들리지 않게 단단히 붙들어 매고 빛에 속한 모든 것들이 영광스런 미래를 맞이하리라는 것을 알고 계십시오. 그것은 단지 하느님의 깊은 다음 들숨을 기다리고 있는 한 호흡지간(呼吸之間)에 불과합니다.

이곳 포토로고스 도서관에 있는 우리는 지구의 맨틀(mantle)[3]이라는 보호 덮개 안에서 항상 건강과 힘, 젊음을 유지해 왔

3)지구의 지각(地殼)과 중심핵 사이의 층

습니다. 여러분 역시도 머지않아 같은 육체적 위업을 성취할 수 있을 것이며, 우리와 동일한 지구력을 갖게 될 것입니다. 우리는 피곤해지거나 아프거나 화가 나거나 걱정하지 않으며, 여러분도 장차 그렇게 될 것입니다. 이런 안 좋은 속성들은 생명에 속해 있지 않으며 - 그것은 환영과 잘못된 창조이자 어둠입니다 - 생명 유지 시스템의 일부가 아닙니다. 여러분의 현재 체제는 생명을 뒷받침하지 않습니다. 그렇기에 병과 두려움과 죽음이 존재합니다. 이러한 시스템은 더 이상 존재할 수 없도록 (하늘에 의해) 포고되었으며, 병든 환자처럼 별도의 공간에서 제한되고 격리될 것입니다. 오직 이번에만 아픈 모든 환자들은 자발적으로 병동에 있게 될 것이므로 그들이 다른 이들에게는 감염되지 않습니다. 아무도 다시는 어둠의 세력들의 통제와 파괴적인 오염으로 어려움을 겪지 않을 것입니다.

# 10. 2001년 9.11 테러, 진화가 해법이다

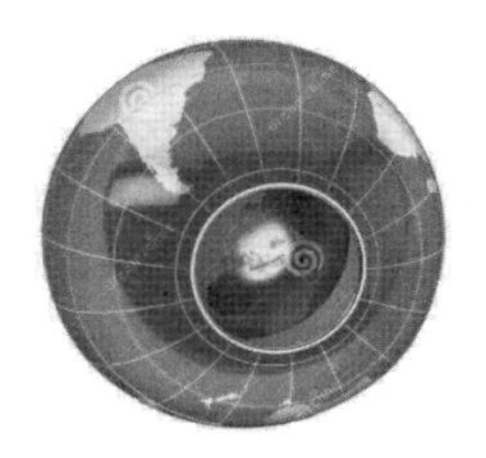

## 911은 도움을 요청하는 긴급한 전화였다

이제 우리는 세계무역센터와 2001년의 극악한 9-11 테러에 대해 이야기할 것입니다. 여러분이 알다시피, 911은 긴급한 도움을 청하는 전화번호입니다. 이 날 모든 테러 분자들에 대한 전 세계 사람들의 도움 요청이 있었습니다. 이 긴급 요청은 하늘에 외치는 소리였고, 우리 은하계의 모든 존재들은 도움을 청하는 여러분의 울부짖는 소리를 들었습니다. 그것은 영혼들의 거대한 통합이었으며, 당신들의 비탄과 고통 속에서 하나가 된 것이었습니다. 그리고 폭정에 대해 신께 자유와 도움을 청한 것입니다.

지상의 사람들은 영혼의 수준에서 하나가 되어 있고 모든 이들은 평화로운 삶을 자유롭게 누릴 수 있기를 원합니다. 그 비극에 대해 위대하고도 신성한 반응이 있었습니다. 이것은 빛을 되돌리는 것이 아니라, 대신에 우리가 여러분의 의식적인 삶의 일부가 되고, 지구의 일들에 더 많이 개입하여 여러분 모두가 추구하는 평화를 가져오기 위해 거대한 문을 열고 있는 것입니다.

모든 비극을 통해 큰 각성이 일어나게 되며, 그 결과로 수백만 명 이상이 빛에 대해 깨어났습니다. 어둠의 세력은 그들이 그런 가증스러운 폭력 행위를 저지르기 위해 계획할 때에 실제로는 우리를 위해 일하고 있습니다. 즉 그것이 안락한 잠 속에 빠져있는 사람들을 깨우고, 마침내 그들이 신을 부르며 그들의 전화선을 만물의 신성한 창조주께 다시 연결하기 시작하고 있는 것이지요.

그러므로 이것을 천상으로부터 여러분 모두에게 내려오는 빛을 향해 인류가 내딛은 또 다른 발걸음으로 보십시오. 일단 인류가 다시 빛에 연결되면, 폭포가 지상에 쏟아져 내리듯이 지상으로 흘러들어갈 것이고, 중심부를 통과하며 빛으로 모든 것을 적셔 목욕시킬 것입니다. 그때 예수가 영혼들을 물에 담가 세례를 베푸신 것처럼, 그냥 빛에 잠기십시오 – 이것은 똑같은 효과가 있습니다.

평화를 위해 기도하세요. 우리가 우리의 전 지구 행성을 빛 속으로 이끌기 위해 더 많이 개입할 수 있는 것은 오직 여러분의 기도를 통해서입니다. 우리는 여러분과 함께 기도합니다. 우리는 여러분의 일부입니다. 우리는 지구의 다른 지층에 의해 나누어져 있는 하나의 영혼이지만, 모두가 같은 삶을 살고 있습니다. 어떤 일이 일어나든지, 우리 모두에게 일어나며, 단지 여러분이 지금 이해하고 있는 수준들에서만 일어납니다.

지금 여러분의 지상은 가을이고, 지구가 빛으로 부활하기 위해 조정하고 있기 때문에 모든 것이 죽어 가고 있습니다. 가을이 겨울로 바뀌고, 겨울이 봄으로 바뀌듯이, 여러분의 가슴은 빛의 광자대(光子帶)로 신속하게 옮겨가는 재생 과정을 거치고 있습니다. 여러분은 그런 융합에 대비해 준비될 것입니다. 그리고 갑자기 자신이 광채로 빛나는 것을 발견하고 신(神)의 눈으로 세상을 보게 될 때의 그 충격에 기뻐할 것입니다. 그것이 빛 속으로 재빨리 전달될 것입니다. 그렇습니다. 그리고 여러분은 우리가 항상 그랬던 것처럼, 거기에서 당신들을 기다리고 있는 우리를 발견할 것입니다.

### 세계무역센터 참사는 (평화를 향해 찍는) 내면세계 선거인단의 투표였다

오늘 지구는 인류가 지난 주의 그 사건을 모두가 깊이 숙고함에 따라 상대적으로 조용합니다. 이것은 인류에 대한 가증스러운 행위였지만, 우연한 일은 아니었습니다. 그 당시에 거기에 있기로 결정했던 사람들은 이미 지구를 떠나 베일의 다른 쪽에서 영적상승을 계속하기로 선택했습니다. 그들은 일반적인 경우보다 빨리 지상을 떠났습니다. 그러나 그렇게 과다하게 빠른 것은 아니었습니다. 잠재의식 수준에서는 아무도 자신이 선택하지 않은 대참사에 휘말려들지 않습니다. 사고의 규모에 상관없이, 우연한 사건은 없다는 것을 기억하십시오. 이것은 예외가 없습니다.

이제 우리는 이 비극의 생채기를 극복한 형제자매들에 대해 말할 것입니다. 이 비극은 사랑과 단합과 형제애의 포옹으로 사람들을 - 지구 전체의 공동체로- 함께 결합시켰습니다. 그것은 사람들 간의 분리의 간격을 메웠고, 여러분 모두가 똑같은 삶과 죽음의 투쟁에 관여하고 있음을 보여 주는 동시에, 또한 모든 이가 재난 앞에서 동일한 감정과 희망을 공유하는 하나임을 보여주고 있습니다. 그리고 여러분 모두는 잃어버린 이들에 대해 같은 기도를 나눕니다. 이런 동일성은 과거의 자만심으로는 불가능했던 방식으로 많은 사람들을 하나로 뭉치게 했던 큰 요인입니다.

우리는 여러분이 계속 방심하지 말고 자신이 기도하는 모든 생각, 모든 말, 모든 몸짓을 신이 보고 듣고 계시다는 것을 의심 없이 알고 있기를 당부합니다. 그리고 지구상에 있는 대다수의 사람들이 그들의 가슴으로 평화와 정의를 요구한다는 것을 알기 바랍니다. 우리가 말하는 것은 복수나 보복이 아닌 정의를 뜻하지만, 그 정의는 지금까지는 알려지지 않은 정의를 의미합니다.

지난주의 이런 사건들은 지구 또는 인류의 상승계획을 방해하기보다는, 오히려 상승이 촉진되고 높아지고 가속화될 정도로 인류를 하나로 통합시켰습니다. 비록 3차원의 몸으로 살고 있는 여러분이 아직 헤아릴 수는 없겠지만요. 그러나 머지않아 여러분은 이 엄청난 비극과 생명 손실 앞에서의 갑작스런 각성의 결과로 더욱 더 많은 사람들이 어떻게 그런 파동을 타고 상승을 향해 더 빨리 나갈 수 있었는지를 알게 될 것입니다.

하느님의 빛은 결코 실패하지 않으며, 지구를 위한 신성한 계획은 그 어느 때보다 더 완전하다는 것을 기억해두십시오. 모든 빛의 일꾼들이 지구와 인간의 상승을 위한 신의 계획을 신뢰해야 할 때가 바로 지금입니다. 빛은 결코 자신의 직책을 포기하지도 단념하지도 않습니다. 그것이 조금 뒤로 물러날 수는 있습니다. 그런 다음 빛은 인류가 더 이상 이런 비극이 발생할 수 없는 진화의 단계로 올라서게끔 더욱 더 강한 힘과 결단으로 돌아옵니다.

그러므로 보시다시피, 지구상의 모든 것이 적절히 잘 있고 모든 것이 신성한 계획에 따라 진행되고 있습니다. 그리고 차질처럼 보이는 것은 전체 그림을 더 깊이 들여다보면, 실제로는 여러분의 상승 속도를 높이고 있는 것입니다.

이것은 엄청난 각성과 어둠의 세력이 예상하지 못한 반전을 가져 왔습니다. 이러한 폭력적 비극은 사람들을 분열시키지 않습니다. 오히려, 그들은 지구상의 평화를 찾기 위한 결심으로 자신들을 하나로 통합합니다. 어둠이 조장하고 싶어 하는 지옥은 이 사건을 자행한 자들의 내면에 있습니다. 사람들이 어둠의 그 현실을 받아들이지 않는 한, 지구상에 평화와 천국이 나타나게 될 것입니다. 많은 미국 사람들이 복수하기를 원하지만, 아무도 미국 땅에서의 전쟁을 원하지 않고, 사람들의 가슴 깊이 빠져들고 싶어 하지 않으며, 지구상에 평화와 정의가 실현되기를 외칩니다. 사실상, 삶에 대해 건설적인 모든 인류는 – 이런 이들이 지구상의 대다수의 사람들이다 – 모두가 평화와 승리를 원합니다.

이것이 지저세계와 상위 차원계에서 우리 모두가 듣는 외침입니다. 평화에 대한 외침이 너무 커서 그 밖의 다른 것들은 잘 들리지 않습니다. 이런 외침은 다른 그 누구도 할 수 없는 상승계획을 가속화하고 있습니다. 왜냐하면 분노한 사람들이 복수를 요구할 때는 자신들의 과거 상처와 흉터를 드러내지만, 밤에 내면세계에서 인터뷰를 했을 때는 그들 모두가 거의 예외 없이 평화를 선택하기 때문입니다.

그러므로 이것은 모두가 투표용지 없이 평화에 대해 투표하는, 우리가 진행하는 투표 – 내면세계 선거인단의 투표 – 입니다. 그것은 진정한 투표이며, 오직 승리하는 투표입니다. 그래서 모든 것이 신의 뜻에 따라 진행되고 있고 인류는 실제로 훨씬 더 빨리 상승할 것이라는 점에 안심하십시오.

여러분은 우주의 진열장이며, 자신의 앞길에 현재 놓여있고 또 향후 다가올 모든 장애물을 극복하고 앞으로 나아갈 것입니다. 왜냐하면 어둠은 일을 끝내지 않았고, 아직 포기하지 않았기 때문입니다. 그들은 다시 공격할 것이며, 여러분이 빛으로 나가는 것을 방해하려고 시도하고 있습니다. 하지만 빛의 일꾼들의 결의가 너무 크고 인류가 어둠이 아닌 빛에 응답하고 있기 때문에 그들은 실패할 것입니다.

여러분의 세계는 안전하다는 것을 아십시오. 이 드라마는 "빛"의 연기자들만이 남을 때까지 계속 진행됩니다. 모든 어둠의 배우들은 종료된 무대에서 떠나갈 것입니다. 그들의 어둠은 사라지고 오직 빛만이 승리할 것입니다. 우리의 가슴은 인류에 대한 사랑으로 가득 차 있음을 아십시오. 그리고 지저세계에서 우리가 그 (지상 드라마의) 시나리오를 볼 때, 우리는 여러분의 슬픔을 느끼고 평화를 향한 인간들의 외침을 듣습니다. 우리는 지구상의 평화를 위한 여러분의 목소리를 증폭하면서 우리의 가슴을 당신들과 하나로 결합합니다.

우리의 예측능력은 지저에서 우리를 보호합니다. 왜냐하면 우리는 행동의 결과를 가늠하지 않거나 있음직한 미래의 결과를 보지 않고는 행동하지 않기 때문입니다. 언젠가는 여러분도 어떤 것을 실행하기 전에 자신의 선택에 기초해서 미래를 내다보는 이런 선견지명(先見之明)의 능력을 갖게 될 것입니다. 항상 평화와 사랑을 선택하십시오. 그러면 미래는 늘 여러분에게 그것을 보여줄 것입니다. 스스로 선택하는 것을 여러분은 얻게 됩니다.

그러므로 지저 공동세계에 있는 우리는 여러분에게 우리의 힘을 보내며 모든 인류를 빛으로 인도하려는 여러분의 결의에 찬성합니다. 그럼으로써 우리가 신의 사랑 안에서 통합된 하나의 행성으로서 마침내 전체가 상승할 수가 있습니다. 또한 은하적인 통합과 전체 은하계의 상승이라는 우리의 운명으로 옮겨갈 수 있는 것입니다.

## 우리는 은하계를 감시하고 관찰한다.

부정성의 폭발과 적대적인 전쟁발발에 주의를 기울이지 마십시오. 그것은 일종의 버릇없는 어린아이와 같아서, 단지 곧 고요해지고 잠잠해지는 충동성을 갖고 있습니다.

우리는 지구 공동세계에서 전 지구와 은하계 전체를 모니터합니다. 우리는 우리의 은하계와 우주, 그리고 물론 지구상의 도처에서 일어나고 있는 모든 것을 우리에게 보여주는 아미노 기반(amino-based) 컴퓨터를 보유하고 있습니다. 이 모든 것을 동시에 추적하고 문제가 발생할 때 지구의 분쟁 지점을 행성연합에다 연결하는 것은 우리의 "직무들" 중 하나입니다.

지구상의 또 다른 전쟁이 용납되어서는 안 됩니다. 지금은 마지막 때로서, 전쟁의 종말, 증오의 종식, 부정성, 분노, 질투, 경쟁 및 두려움이 끝나는 시대입니다.

## 잠자는 옛날의 거인

우리는 지구 내부의 전설적인 도서관, 포토로고스에서 여러분과 이야기하지만, 의식으로는 여러분으로부터 단지 한 걸음 떨어져 있습니다. 여러분은 생각으로 내려와 자신의 상상력을 우리의 도서관으로 확장시키고 주위를 둘러보고 우리를 봄으로써 우리에게 도달합니다. 우리는 여러분의 입장을 기다리며 거기에서 있습니다.

오늘 우리는 여러분의 민간전승에 나오는 잠자는 거인에 대해 이야기할 것입니다. 이 거인들은 수천 년 전에 지상에서 거주했던 공동세계의 존재들입니다. 여러분의 민간전설에서는 그들이 수백 년 동안 잠을 자고 다른 시간대에 스스로 깨어나는 것으로 이야기합니다. 그렇습니다. 그들은 지구 내부로부터 여행하여 수백 년에서 수천 년 동안 지상에서 살면서 인류의 지상 주민을 연구하고 내부로 돌아와 자신들이 발견한 것을 보고했습니다. 그들은 길게 수염을 길렀고, 그들과 그들의 괴력적인 위업에 관련해서 많은 이야기들이 집필되었습니다.

지구가 수많은 다른 항성계로부터 온 다양한 존재들에 의해 거주되고 있음을 알기바랍니다. 그들 모두가 의식면에서 성장하고 진화하기 위한 같은 목적으로 여기에 있습니다. 그리고 어떻게 인간이 진화하는지를 이해하세요. 지구의 지상은 성장과 진화를 위한 시험장과 실험실입니다. "진화(evolvement)"라는 단어의 처음 네 글자는 "사랑(love)"이라는 단어가 거꾸로 쓰여 있습니다.

여러분이 진화하는 것은 사랑을 통해서입니다. 그것은 매우 간단합니다 - 그럼에도 불구하고 너무나 많은 지표면 거주자들이 여전히 사랑을 회피합니다. 사랑은 접착제입니다. 그리고 여러분의 세계가 더 높은 의식 상태로 옮겨가는 것은 여러분을 통해서이고, 여러분 각자와 모든 이들을 통해서입니다. 그리고 그 모든 것이 사랑을 통해 이루어집니다 - 즉 여러분 자신에 대한 사랑과 타인이라는 여러분의 "다른" 자아들에 대한 사랑을 통해서인 것입니다.

여러분 모두가 보다 더 커다란 조화와 화합으로 함께할 때, 여러분 자신과 현실이 사랑과 평화의 보다 높은 진동으로 이동한다는 것을 느끼게 될 것입니다. 그리고 여러분은 비로소 우리를 느끼고 보기 시작할 고등한 차원으로 조심스럽게 들어설 것입니다. 우리는 이런 더 높은 차원에 있습니다. 우리가 비록 여러분 "아래"에 거주할지라도 우리는 여러분 옆에 있습니다. 그리고 이것이 "하나됨"이 구체화되는 방법입니다.

2001년 9월 11일 세계무역센터(World Trade Center)에 대한 공격의 충격으로 여러분의 세계는 급속도로 상승하고 있습니다. 이것은 그들의 존재를 당신들에게 일깨우고자 어둠의 세력에 의해 저질러진 일종의 세계 긴급 비상전화였습니다. 그들은 한 바퀴를 충분히 다 돌 정도로 너무나 깊숙이 어둠 속으로 파고들다 보니 이제는 빛에 노출되고 있습니다. 그리고 그들의 테러 행위는 어둠의 의도와는 다르게 영향을 주면서 사람들이 깨어나도록 충격을 주고 있습니다. 잠자고 있는 대중들은 마침내 자신들이 누구인가를 각성하도록 자극을 받았습니다. 잠자는 옛날의 거인처럼 말이지요.

여러분 모두는 지구의 지상에 와서 큰 잠에 빠져든 잠자는 거인들이며, 마침내 지상에서 자행되고 있는 것에 대해서 깨어나고 있는 거인들입니다. 여러분은 엄청난 거짓말에 사로잡혀 신문과 대중매체가 여러분에게 말하는 모든 것을 믿으면서, 뉴스 출처가 어디인지에 대해 결코 의문을 제기하지 않습니다. 자, 그것은 모두 여러분의 정부가 통제하는 매체인 하나의 출처에서 옵니다 - 즉 그것은 당신들의 신념 체계를 그들의 것인 하나의 관점으로 프로그램하는 것입니다.

사람들은 깊은 잠에서 깨어나자마자 질문하기 시작합니다. 그리고 지금은 깨어나는 시기입니다. 곧 여러분은 모두가 자신의 침대에서 뛰어 내려와 더 높은 의식의 세계에서 우리와 함께 자유롭게 서있을 것입니다. 여러분의 고래류 형제자매들도 거기에서 당신들을 기다립니다.

우리는 포토로고스 도서관에서 지상의 상황을 관찰하며 여러분의 세속적인 삶을 추적하는 훌륭한 모니터를 가지고 있습니다. 역사는 그 자체가 거듭 반복되고 있고, 우리는 그 모든 것을 보아 왔기에 더 이상 우리를 놀라게 하는 것은 없습니다. 그러나 이제 우리는 반복되는 그 사건들을 통해 다른 무엇인가를 봅니다. 즉 우리는 인류가 깨어나고 있고 전쟁과 투쟁, 갈등과 결핍 및 한계 이상의 것을 기억하고 있음을 봅니다. 그들은 그들 안에 있는 신성을 기억하고 있으며, 이 기억이 깨어나고 있습니다. **기억하고 깨어나십시오!**

임계수치의 사람들이 잠에서 깨어나면, 여러분 모두가 더 높은 의식 속으로 떠오르고, 과거는 꿈이 될 것입니다. 우리는 여러분의 의식의 입구에서 여러분을 기다립니다. 그리고 수문이 열리면, 빛의 물결이 쏟아져 들어와 여러분을 이끌 것입니다. 빛의 일꾼으로서, 여러분 모두는 영겁 동안 이것을 위해 준비했습니다. 그리고 지금이 바로 그때입니다.

## **유럽인의 유럽** 12-31-2001

우리는 우리들 가운데 많은 사람들이 대부분의 시간을 보내는 포토로고스 도서관에서 직접 여러분에게 메시지를 전송합니다. 비록 우리의 시간 틀(time frame)이 여러분의 것과는 다르지만, 우리는 여전히 시간을 말하면서 우리의 일정과 날짜를 조정하려 합니다.

우리 지구 공동세계에서는 오늘의 뉴스에서 많은 유럽의 국가들을 하나로 모은다는 유럽에 관한 발표에서 목격된 것처럼, 지구의식이 크게 높아진 것에 기뻐하고 있습니다. 이는 통합된 지구 세계로 이끄는, 지상 주민들을 위한 훌륭한 첫 걸음입니다.

지저공동세계에서 우리는 우리 모두를 위한 하나의 시스템을 갖고 있는데, 그것은 우리를 상업과 삶의 모든 분야에서 통합하게 해줍니다. 그것은 큰 걸음을 내딛은 것이며, 더 많은 나라들이 따라올 것입니다.

## 지상에서의 혼란과 동요

여러분의 건강은 여러분의 부(富)와 관련이 있습니다. 이것에 의해 우리가 의미하는 바는 여러분의 감정적인 건강이 - 즉 여러분의 감정체가 - 보다 건강하다고 느끼면 느낄수록 여러분의 생각과 느낌이 더 분명하고 순수해지며, 또 여러분 순수한 의도가 더 명확해짐에 따라 풍요가 흘러든다는 것입니다. 우주적인 빛의 장(場)으로 퍼져나가는 것은 여러분의 생각과 의도이며, 우주는 여러분이 내보내는 것을 그대로 여러분에게 되돌려줍니다. 모든 생각은 일종의 요청이며, 모든 요청에는 응답이 있습니다. 그러므로 자신의 생각과 감정들을 조절하고, 여러분이 내보내는 것을 주의 깊게 감시하십시오. 만약 긍정적인 것을 내보내면, 여러분은 그것을 고스란히 받게 될 것입니다.

지금은 펼쳐지는 일련의 사건들에 의해 사람들이 깨어나고 있기 때문에 큰 혼란과 동요의 시기입니다. 자신의 중심 속으로 깊숙이 들어가서 머무르십시오. 그리고 여러분 내면에 존재하는 평온함과 평정을 느껴보세요. 그리고 여러분 주변에서 일어나는 부정성과 동요를 없애기 위해 이것을 방사하십시오. 이것이 여러분의 목적입니다. 즉 이것은 바로 "빛을 유지하라"는 의미입니다. 그것은 여러분 안에 늘 존재하는 그 빛을 계속 유지하면서 자신의 주위에다 혼란이 아닌 빛만을 비추기를 선택한다는 것을 의미합니다. 그러니 여러분이 외부의 온갖 것들 속에 존재하고 있을 때도 내면으로 들어가, 그 안에 머무르십시오. 그것은 너무나 단순하지만, 매우 심오합니다.

지저공동세계에서 우리 모두는 우리의 가슴 중심으로 살고 있고 오직 우리 안의 평온한 상태만을 외부로 발산합니다. 이런 평정심은 지구의 전체 공동세계에 충만하여 우리를 늘 둘러싸고 있는 건강과 풍요를 우리에게 가져다줍니다. 지상의 사람들이 그들의 가슴 중심으로 살기 시작할 때, 이 순수와 힘과 평화는 여러분 육체와 지상의 상황으로 스며들고, 여러분을 우리와 지구 내부에 머무르고 있는 평화로 부드럽게 이끌 것입니다. 이것이 여러분에 대한 우리의 꿈이며, 우리의 꿈은 언제나 실현됩니다.

## 평화가 답이다.

우리는 지구 행성의 가장 깊숙한 곳에 위치한 지저공동세계에서 여러분에게 소식을 전합니다. 우리는 이곳에서 평화와 번영과 풍요로움을 누리며 살고 있습니다. 우리는 우리 몸과 주택을 장식하는 귀중한 보석과 금(金)을 지니고 있으며, 누구나 자신이 원하는 만큼 얼마든지 소유하고 있습니다. 모든 것은 넘쳐나는 풍요 속에 있는데, 평화와 무조건적인 사랑 또한 여기에 포함됩니다. 삶의 풍요와 번영과 장수(長壽)를 창조하는 것이 바로 이 평화와 사랑이기 때문입니다. 이것이 그 비밀이며, 다시 말해 삶을 변화시키는 마법인 것입니다.

그저 평화와 조화 속에서 살고 다른 이들과 사랑하며 사십시오. 그러면 지상천국은 여러분의 것입니다. 그것이 진정한 마법입니다. 평화로운 삶만이 여러분의 3차원적인 상상력을 초월한 더 많은 평화와 거대한 풍요를 가져올 수 있습니다. 평화는 여러분의 모든 사회적 불행과 재난에 대한 답입니다. 사랑은 모든 여러분의 가족과 관계 문제에 대한 해답입니다. 또한 평화는 경제적 불황과 주식시장 변동에 대한 해답입니다. 평화로운 공존은 삶의 목적이며 당신들이 여기에 있는 그 이유입니다.

그것이 여러분을 회피하게 하거나, 9/11과 다른 비극들이 여러분 자신 안에서 스스로 평화를 느끼는 것을 방해하게하지 마십시오. 이런 사건들은 여러분 각자 안에 이미 존재하는 평화로부터 여러분을 멀어지게 하려는 계략입니다. 이 사건들은 여러분의 임박한 상승과정에서 인류를 밀어내기 위해 일부러 획책되었습니다. 여러분의 지상세계에서 무슨 일이 일어나더라도, 고요함을 유지하고 영혼 내면에 집중하여 평화를 느끼십시오. 평화로운 상태가 나타날 수 있는 것은 오직 감정을 통해서만 가능합니다. 이 평화로움을 유지하고 그것이 여러분의 지상 위로 확장되어 나가게 하십시오. 그리고 여러분이 접촉하게 되는 모든 영혼들을 평화롭게 대하십시오. 이것이 평화를 퍼뜨리고 지상을 에워싸고 있는 어둠을 소멸시키는 방법입니다

빛의 세력은 여러분의 지구와 모든 남성, 여성, 그리고 아이들을 엄청난 숫자로 둘러싼 채로 여기에 있습니다. 지구로 오고 있는 에너지가 너무 강해서 현재 사랑이 아닌 모든 것들이 치유를 위해 외부로 밀려남에 따라, 우주의 중심태양은 여러분을 인도하고 보호하기 위해 천사들의 군단을 파송했습니다.

지구는 거대한 절연체(絶緣體)이고 우리 주위의 모든 것에다 보호막을 제공하기 때문에 지저 공동세계에 있는 우리는 지상의 혼돈으로부터 격리돼 있습니다. 우리가 여러분과 연락을 취할 수는 있지만, 부정성과 접촉할 수는 없습니다. 그것은 우리에게 미칠 수 없으며 우리의 보호막은 너무 강력합니다. 우리는 우리 주위에다 빛이 아닌 어떤 것도 침투할 수 없는 역장(力場)을 구축해 놓았습니다. 우리는 지구 내부에서 안전하게 보호를 받고 있습니다. 왜냐하면 그것이 우리가 존재하고 진화할 수 있는 유일한 방법이니까요.

여러분이 이런 평화로운 삶의 조건을 달성하면, 우리는 그때 지상에 나타나 여러분을 행성들의 연합체에다 기꺼이 맞이할 것입니다. 그리고 거기서 여러분은 자신의 세계를 낙원세계로 탈

바꿈하는 방법을 보게 될 것입니다.

## 11.우리의 불사(不死) 상태

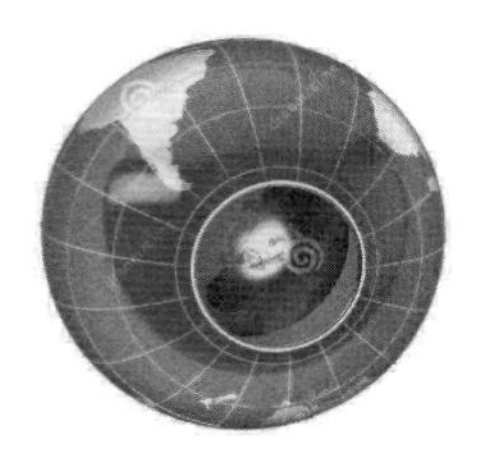

**우리는 늙지 않는다.**

우리는 오늘 우리가 연결되리라는 것을 알고 온 종일 동안 기쁨 속에서 기다렸습니다. 우리는 지상의 형제자매들에게 우리의 메시지를 전할 당신(다이안)과 함께하게 되어 기쁘게 생각합니다. 우리와의 약속을 지켜준 데 대해 감사합니다.

오늘 우리는 시간에 대해서, 그리고 그것이 지상에서 어떻게 빠르게 지나가는지를 이야기할 것입니다. 여러분은 날(日)과 분, 초를 계산하며, 나이를 먹고 노화(老化)하는 것이 시간이 지나가는 것을 나타낸다고 생각하면서 그 모든 것을 여러분의 몸에다 기록합니다. 즉 사람들이 나이를 먹음에 따라 시간이 흐른다는 것이지요. 또 건물이 노후화되는 만큼, 시간이 지나간다는 것입니다. 이것이 지상에서의 시간입니다. 하지만 그것은 모두 환상입니다. 시간은 실제로는 존재하지 않습니다. 그것은 존재할 수가 없습니다. 우리가 그 가장 좋은 예입니다. 우리의 몸은 늙지 않으며 건물은 노후화되지 않습니다. 그렇다면 이것이 우리가 사는 지구 내부에는 시간이 없고 지상에만 시간이 있다는 것을 의미할까요? 아마도 여러분은 그렇게 생각할 것입니다. 그렇지 않나요? 그러나 우리의 삶은 지상에서 얼마나 많은 시간이 흘렀느냐에 관계없이, 지상의 시간 흐름에도 불구하고 우리 몸이 젊음을 유지한다는 사실을 증명합니다. 여러분은 노화로 시간을 측정하지만, 우리는 나이를 먹지 않습니다. 이것은 우리에게 '시간이 여전히 멈춰 있다'는 것을 의미할까요? 아니면 오히려 여러분이 부적절한 측정법을 사용하고 있다는 뜻일까요?

만약 여러분이 '점점 더 나이가 들어간다'고 해서 달(月)과 년(年)을 세지 않았다면, 여러분의 몸은 늙지 않았을 것입니다. 하루하루의 날과 해가 가는 것을 (나이를 먹어) '노화'한 것으로 보는 대신에 태양 주변을 도는 여행으로 계산한다면, 30년은 30살을 먹어 늙은 것이 아니라, 단지 태양 주위를 30번 여행한 것을 의미합니다. '여행'은 여러분을 늙게 하지 않지만, '나이'는 그렇게 합니다. 만약 여러분이 '~세'에서 '~(번의) 여행'으로 그 단어를 변경하면, 불사(不死)를 얻게 됩니다. 그것은 모두 여러분의 믿음과 말에 달려 있습니다. 여러분의 말과 생각이 그렇게 만드는 것입니다.

지저공동세계에서 우리는 노화 같은 것은 없다는 사실을 알고 있는데, 결코 그런 현상을 볼 수 없기 때문입니다. 우리는 여러분이 경험하는 것 같은 시간이 없다는 것도 알고 있습니다. 왜냐하면 이곳의 모든 것은 '젊음'과 '새로움'의 영원한 상태에 있기 때문입니다. 우리 몸을 포함하여 모든 것들이 마치 그것이 창조된 날인 것만큼이나 새것으로 보입니다. 우리는 시간을 초월한 '영원한' 환경 속에서 신성하고도 완전한 상태에서 존재하고 있습니다.

우리는 절대로 "서두르지" 않고 "늦지"도 않습니다. 그리고 여러분이 지상에서 하듯이, 결코 "시간을 때우지"도 않습니다. 이것이 여러분이 주로 선호하는 말이라는 것을 눈치 채셨나요? 여러분이 '때워버려야 할' 남아도는 시간이 생길 때마다 그것은 마치 여러분의 적(敵)이었던 같습니다. 여러분은 자신의 삶에서 모든 시간을 다 써 버려야할 만한 쇄도 속에 있고, 그리하여 끝이 빨리 다가오며, 삶을 느낄 겨를도 필요도 없습니다. 여러분은 그저 바쁘게 지내면서 인생의 여러 해들이 지나가는 것을 지켜봅니다. 그리고 자신의 손에 여분의 시간이 남지 않고 삶이 끝나기를 바랍니다. '남는' 시간으로 무엇을 할 것이냐가 고민되기 때문인가요? 그런 생각이 당신들을 두렵게 할 것입니다. 왜냐하면 그것이 여러분이 자기 자신을 느끼고 자신의 삶을 느껴볼 시간적 여지를 남길 것이며, 느낌은 모든 이들이 피하고 싶어 하기 때문입니다. 따라서 하루가 끝날 때에 남아 있는 충분한 시간이 없으면, 여러분은 '느끼는 것'을 피할 수 있고 로봇과 같은 삶을 계속할 수 있는 것이지요.

여러분은 시간을 멈출 수 있습니다. 그냥 매 순간마다 여러분 자신을 느끼기 시작하고, 이런 느낌, 자신에 대한 이런 의식을 연장해 보십시오. 여러분은 자신의 시간을 실제로 확장할 수 있으며, 그리고 점차 '시간'에 사로잡히지 않음으로써 여러분의 젊음을 길게 할 수가 있습니다. 만약 젊음이 여러분으로부터 멀어지기 시작하면, 그 순간에 여러분 자신을 깊이 느낌으로써 그것을 되찾기 위해 시간을 멈출 수 있습니다. 그것은 모두 알아차림, 또는 자각에 관련된 것입니다. 만약 여러분이 하루 속에서 자신을 잃어버린다면, 여러분 인생의 일부를 잃게 됩니다. 그러나 만약 하루 종일 자신을 알아차리고 있다면, 여러분은 불멸을 얻습니다. 왜냐하면 '지금'에 집중하고 있기 때문입니다.

여러분은 우리의 안락한 생활방식과 느리고 조화로운 방식들을 좋아할 것입니다. 우리는 선택을 하기 전에 일들을 숙고하고 이야기할 '시간'이 있습니다. 우리는 결코 시간이 없어지거나' 최종기한 때문에 억지로 선택하지 않아도 됩니다. 이것은 여러분이 지상에서 만들어 놓은 장애물이며, '이곳' 지저에는 그런 것이 정말로 존재하지 않습니다. 오늘 우리와 만나기 위해 '시간'을 내주셔서 감사합니다. 나는 미코스이고, 늙지 않고 영원합니다. 우리는 송골매의 눈을 갖고 있습니다.

우리의 지구 내부의 중심태양은 항상 빛나고 있고 하늘에는 구름이 전혀 없기 때문에, 오늘 지저공동세계 안은 밝고 찬연합니다. 우리의 시야는 항상 맑습니다. 우리는 지구 내부의 도시들 주변과 하늘 너머 다른 쪽을 몇 마일이나 내다볼 수 있습니다. 우리는 강렬하고 정확한 시력을 갖춘 송골매의 눈을 가지고 있습니다. 우리의 시력이 완벽하기 때문에 여기서는 아무도 안경을 쓰지 않습니다.

보는 것은 곧 믿는 것입니다. 그리고 머지않아 여러분은 자신의 내면의 시야로 우리를 볼 수 있을 것이며, 어떻게 전에 우리를 본 적이 없는지가 궁금할 것입니다. 여러분의 의식 주파수가 높아지는 만큼, 본래의 신성한 상태로 되돌아올 때까지 여러분 몸의 완벽함이 모든 세포와 기관으로 확장됩니다.

## ● 지저공동세계 주민들에 관해 빈번하게 묻는 질문들

**Q: 미코스, 당신 자신의 신체적인 외모를 묘사해주시겠습니까?**

A: 그러지요, 내 눈은 수정 빛으로 반짝이고 피부는 아기처럼 부드럽습니다. 나는 키가 15피트(4.57m)이며, 소처럼 힘센 사람보다도 더 무겁고 강합니다. 나는 전혀 피로를 느끼지 않고도 시내를 뛰어 넘고 강을 걸어서 건너며 가장 높은 산을 올라갈 수 있습니다. 비록 나는 나이가 483,000세가 넘었지만 완벽한 상태에 있습니다. 그리고 나는 우리 모두가 지저공동세계에서 그러하듯이 신성한 완벽의 상태를 유지하고 있습니다. 이곳에서는 신성한 것보다 저급한 형태의 생각은 존재하지 않으므로, 우리가 생각하는 모든 것이 곧 우리가 됩니다. 그것이 생명의 법

칙입니다. 여러분 역시도 지상에서 이것을 깨달아가고 있습니다. 그러므로 여러분은 (삶의) 변형에 관한 워크샵이 늘어나는 것을 목격하게 되는데, 거기서 여러분은 자신이 생각하고 믿는 대로 모든 것을 스스로 창조한다는 것을 배웁니다. 그것은 삶의 단순한 법칙입니다. 나는 미코스입니다.

**Q: 어떤 종류의 옷을 입으시나요?**

A: 우리 모두는 포토로고스 도서관의 풀밭에 함께 모여 있습니다. 우리는 야외에서 일하기를 좋아하고 그렇게 할 수 있는 모든 기회를 받아들입니다. 우리의 옷차림은 특별히 격식을 차리지 않으며, 하루 종일 편안한 옷을 입습니다. 지상에서 여러분이 하는 것과 마찬가지로, 어떤 옷을 입어야 한다는 규칙은 없습니다. 우리는 우리가 느끼는 방식에 따라 옷을 입고 – 그렇게 하는 것이 항상 기분이 좋다고 느낍니다. 그래서 우리는 대마(大麻)와 다른 식물성 재료로 만든 헐렁하고 밝은 색의 부드러운 직물 옷을 입습니다. 우리의 나무들은 이곳의 풍경을 꾸며주기 위해 살아있는 존재들이며 또 우리가 호흡하도록 산소를 공급해주고 다른 종들에게는 집으로 봉사하기 때문에, 우리는 나무를 결코 어떤 것에도 사용하지 않습니다.

**Q: 길거리나 차도(車道)가 있습니까?**

A: 우리는 거리와 차도가 없습니다. 우리는 꽃이 줄지어 있고 흙으로 이루어진 작은 길들을 갖고 있어서, 우리의 발은 언제나 (아스팔트가 아닌) 땅을 딛고 있습니다. 그리고 땅이 깨끗하고 순수하며 우리가 걸을 때 발을 마사지해주기 때문에 우리는 종종 맨발로 걷고는 합니다. 그것은 여러분의 해변 모래사장을 걷는 것과 같은 느낌입니다. 그 결과 우리의 발은 튼튼하고 건강하며, 우리 발은 여러분의 발처럼 신발의 압박으로 인한 갑갑함

이 없습니다.

**Q: 그곳의 빛은 어디에서 생겨나죠?**

A: 지구의 중심은 절묘한 아름다움과 독특한 매력이 있는 곳이며, 우리 주민들의 빛으로 인해 눈이 부신 곳입니다. 왜냐하면 그들은 신의 완벽한 모든 것으로 신의 모습을 반영하고 있기 때문입니다.

우리의 외적형태는 비율면에서 완벽하며, 우리의 모든 세포에서 쏟아져 나오는 빛으로 광채가 납니다. 우리는 우리 자신의 세포가 우리가 필요로 하는 모든 빛을 제공하기 때문에, 인공조명이 필요하지 않습니다. 우리의 빛 외에도 지구 내부의 태양은 지저 공동세계를 완벽하게 밝혀줍니다. - 물론 모든 것은 무료이며, 전기요금은 지불할 필요가 없습니다. 우리는 우리 자신의 전기와 빛을 모두 생산하는데, 왜냐하면 우리는 각자가 에너지 발전기이며 가정과 직장의 빛과 열에 관련해 필요한 모든 것을 공급하기 때문입니다. 물론, 우리는 수정(水晶)들로부터 도움을 얻습니다. 우리의 전자기학(電磁氣學)과 결합된 수정들은 우리의 요구를 충족시키는 데 필요한 모든 힘을 생성합니다.

**Q: 침대는 무엇으로 만들어져 있나요?**

A: 우리 침대는 우리의 형태에 완벽하게 들어맞는 진동소재로 이루어져 있음과 더불어 쿠션이 장착돼 있습니다. 그럼에도 우리가 깨어날 때 완전히 원기를 회복할 수 있게끔 완벽한 뒷받침과 편안함을 우리 몸에 제공합니다.

**Q: 물은 어떤 종류의 물을 마십니까?**

A: 우리의 수계(水系)는 순수하고 깨끗하며, 자체의 의식(意識)

을 완전히 그대로 갖고 있는 결정화된 물입니다. 즉 지상에 있는 죽은 물과는 다릅니다. 그것은 생명력이 없는 것입니다.

**Q: 그곳의 나무들은 얼마나 오래 되었나요?**

A: 우리의 나무들은 수령(樹齡)이 몇 백만 년 정도 되었고, 장엄한 녹색 가운으로 우리의 경치를 장식합니다. 우리는 모든 나무, 관목, 식물 및 꽃들과 완전히 의사소통하며, 그들이 우리의 지구내부 고향에서 노래할 때 공기를 통해 들려오는 그들의 합창과 가곡을 들을 수 있습니다.

# 12.우리의 바다와 해변들

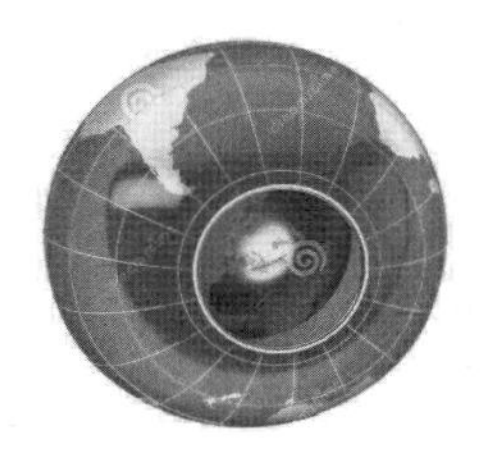

**우리의 물은 의식(意識)을 가지고 살아 있다.**

안녕하세요. 지구 속에 있는 해변에서 여러분에게 메시지를 전송하고 있는 나는 미코스입니다. 지금 이곳에서 바닷가를 걸으며 모래 위로 포개지면서 부서지는 파도를 바라보고 있습니다. 지구 내부세계의 바다는 지상의 바다와 비교할 때 광막하고도 거대하며 파도의 크기가 더 크고 세기도 더 강합니다. 바다의 흐름은 빠르게 내부의 지구 구체(球體)를 에워싸고 흐르는데, 지구 바깥의 달에 의해 영향을 받는 조수(潮水)의 밀물과 썰물은 지상의 바다와 똑같습니다. 이는 달의 자기적인 인력(引力)이 지구 내부에서도 마찬가지로 작용하기 때문입니다.

우리 모두는 해변에서 많은 시간을 보내며 바닷가를 따라 백사장을 걷거나 맑은 물의 바다 속으로 들어가 수영을 즐기기도 합니다. 우리의 바다와 강들을 이루고 있는 물은 살아 있는 의식(意識)을 지니고 있고, 우리를 영원히 젊게 유지시켜주는 것은 바로 우리 물의 의식입니다.

물은 삶의 만병통치약이자 불로장생약입니다. 그리고 순수한 상태에서 그것은 여러분의 몸을 변화시키고 실제로 죽은 사람들을 다시 살릴 수 있습니다. 물은 생명력을 각각의 모든 세포로 되돌려 보낼 수 있기 때문에 몸 전체의 의식의 흐름을 증가시키고 모든 의식 세포를 모든 살아있는 세포로 회복시킬 수가 있습니다. 이런 촉진은 모든 세속적인 건강하지 못함과 질병을 넘어서게 할 수 있으며, 여러분에게 모든 육체의 완전성과 육체적인 불사(不死)를 줄 수 있습니다. 그러므로 의식적으로 물을 마시십시오. 그리고 머지않아 우리의 순수한 물이 지상 주민들의 모든 병을 치료하고 더 높은 의식 상태로 되돌려 놓기 위해 지상에 도착할 것이라는 사실을 알기 바랍니다.

지상에는 이미 그 치료 효과에 대해 잘 알려진 물이 있으며, 수백만 명의 사람들이 그곳으로 몰려갑니다. 우리가 지저세계에서 출현하여 지상의 여러분과 합류하기 위해 준비하고 있으므로 머지않아 지상의 모든 물들이 이러한 치유 효과를 갖게 될 것입니다. 여러분의 몸은 질병으로 인한 장애로부터 해방되기를 갈망하며, 내면에서 신(神)의 빛이 밝아지는 것을 느끼기를 열망합니다. 우리의 물은 모든 부정성과 막힘과 세균을 해결함으로써, 여러분 세포가 항상 여러분을 통해 흐르는 신의 빛을 방출하도록 정화합니다.

여러분 내면의 불꽃은 항상 신의 빛으로 불타오릅니다. 그러나 세포의 현재 밀도는 그 빛의 조명 효과를 잠식한 채 황금빛 태양처럼 타오르는 빛 대신 그 광선이 갈라지고 왜곡되어 고착돼 있습니다. 물과 빛은 생명에게 필수적이며, 여러분의 세포는 가슴의 화염에서 나오는 위대한 빛을 유지하기 위해 깨끗이 정화될 필요가 있습니다. 그것은 여러분의 가슴 속을 밝히고 자신을 통해 흐르고 있는, 창조주의 의식을 이루는 참되고도 실제적인 불꽃입니다.

그러므로 지상의 오염이 심해질수록, 여러분의 몸 속도 그만큼 오염된다는 것을 알아야합니다. 여러분이 지구행성에게 무엇을 행하든지, 당신들은 그것을 당신 자신에게도 행합니다. 만약 여러분이 한 종족으로서 지구와 물, 공기를 오염시키는 행위를 중단한다면, 여러분의 몸을 오염시키는 것도 멈출 것입니다. 누구나 알 수 있듯이, 그것들은 뗄려야 뗄 수 없게 서로 연결되어 있습니다. 그러나 여러분도 알 수 있다시피, 이것은 모두 바꾸어 놓을 수가 있습니다. 그리고 우리가 그리 멀지 않은 미래에 지상으로 나올 때, 생명을 위협하는 이러한 모든 상황들을 뒤집을 것입니다. 나는 지구의 관리자인 미코스입니다.

## 우리의 물은 말을 한다

이곳의 해안선은 가장 깨끗한 모래로 채워져 있는데, 그 모래는 희고 부드러우며 여러분이 이제까지 밟아본 모래 가운데 가장 부드러운 수정질의 맑은 입자들입니다. 우리가 모래 해변을 걷는 것은 그 모래와 교감하면서 최상의 발 마사지를 받는 것과 같습니다. 그리고 우리는 바로 이 목적을 위해 해변을 걸으며, 모래의 마사지는 우리의 발과 마음을 동시에 편안하게 가라앉혀 줍니다.

여러분이 보거나 느껴본 가장 순수하고 맑은 물의 파도가 밀려와 해안선에 포말(泡沫)을 일으키곤 합니다. 수온은 항상 우리 몸에 적합하여 너무 따뜻하거나 차갑지 않습니다. 우리는 바다의 얕은 곳으로 걸어 들어가 피로나 추위 없이 아주 먼 거리까지 헤엄쳐 나갑니다. 이곳에서는 아무도 바다에 빠져 익사(溺死)하는 사람이 없습니다. 이런 일은 전례가 없고 생각조차 할 수 없습니다. 우리는 모두 대단한 수영선수들이며, 이곳의 바다와 호수들이 우리 몸을 떠받쳐 줌으로써 우리는 늘 수면에 떠 있을 수가 있습니다.

이곳의 물은 모두 의식(意識)이 있고, 우리가 물에 몸을 담그고 있는 동안 우리에게 말을 건넵니다. 그렇습니다. 우리의 물은 말을 합니다. 우리가 수영을 할 때, 지구 내부세계의 물은 우리 몸의 일부가 되어 우리는 한 몸, 한 바다가 되며, 물의 흐름을 따르거나 파도를 타고 헤엄을 칩니다. 우리는 물의 의식과 우리 자신을 완전하게 융합시키고 우리의 수영은 일종의 의식 그 자체로의 여행이 됩니다.

그런 경험은 여러분이 지상의 호수나 바다에서 체험하는 것을 월등히 능가하는 데, 지상에 있는 물은 밀도가 높아 무겁고 그 자체의 소리나 활력, 생명력을 상실하여 탁하게 오염돼 있습니다. 그럼에도 의식이 남아 있어 미약하게나마 여러분에게 소리를 발하고 있으나 여러분은 그것을 듣지 못합니다. 지상의 물들은 사실 여러분에게 도와달라고 외치고 있습니다. 그들은 여러분에게 물을 오염시키는 행위와 저주파의 음파로 물에 충격을 가하는 것, 그리고 고래를 잡는 포경선 조업과 수중실험들을 중단해 달라고 호소하고 있는 것입니다. 또한 석유누출로 인한 해상오염과 잠수함 운행, 게다가 물의 생명력을 파괴하고 더럽히는 유람선 운행 중단도 요구하고 있습니다. 하지만 슬프게도 그것은 〈소귀에 경(經) 읽기〉나 마찬가지인 것이죠.

지구상의 철부지 아이 같은 인간들은 자기들이 지구에다 일으키고 있는 파괴에 대해 귀머거리입니다. 오직 욕심 많은 정치인들만이 그들이 무엇을 하고 있는지를 압니다만, 그들은 경제를 활성화한다는 명목으로 자신들의 이익을 위해 의도적으로 지구 파괴를 자행합니다. 모든 것이 경제를 위한 것이며, 지구 또는 그곳에 서식하는 생명들을 위한 것은 아무 것도 없습니다. 다른 생명 가족들은 더 이상 고려하지 않으며, 단지 그들은 경제 상태만을 계산합니다. 여러분은 뉴스에서 '다른 생명 가족의 상태'에 대해서는 결코 듣지 못합니다. 항상 듣는 것은 오직 '경제상황'뿐입니다. 그러나 더 이상 살아있는 가족이 없게 된다면, 어떤 경제도 있을 수 없게 될 것입니다.

그러므로 여러분의 지구를 도움으로써 여러분 자신을 도우십시오. 모든 사람들이 풍요롭고 건강하게 사는 완벽한 경제로 돌아가는 것은 오직 여러분의 바다와 대지를 과거의 원시상태로 되돌려 놓는 것을 통해서뿐입니다.

## 우리 지구 내부의 바다는 모든 해양생물에게 피난처이다

지저공동세계의 바다는 지상의 바다에 있는 모든 생물들을 포함하고 있으며, 오히려 더 많습니다. 우리의 바다는 생명으로 가득 차 있고 모든 형태의 해양생물들이 서로 조화롭게 살고 있습니다. 그리고 우리 모두는 채식의 식사만을 하며, 다른 동물들을 식용으로 사냥하지 않습니다. 이곳에서는 모든 생명들이 조화 속에서 공존합니다. 다른 것과 마찬가지로, 이곳의 모든 해양 생물들도 지상의 바다에 사는 생명들과 비교할 때 매우 진화돼 있습니다. 이곳의 모든 생물들은 우리 물의 평화로움과 안전에 익숙해져 있고, 사람을 경계하거나 두려워하지 않습니다. 우리 모두는 고래류와 물고기들과 직접 대화를 나누며 서로 평화롭게 협력해서 삽니다.

우리가 모두 채식주의자인 까닭에 우리는 고래사냥이나 낚시, 또는 새우양식장 같은 것을 하지 않습니다. 그러므로 우리 바다에서 진화하기는 매우 자유로우며, 우리 바다는 모든 해양생물들에게는 일종의 성역(聖域) 내지는 보호구역인 것이지요. 우리의 바다에서 우리는 단지 대화하기 원하는 대상은 무엇이든지 호출합니다. 그러면 그들은 우리와 격의 없이 이야기를 나누기 위해 물가로 헤엄쳐옵니다. 이것은 참으로 여러분에게는 불가사의한 마술처럼 보일 것입니다. 하지만 이런 일이 우리에게는 흔해빠진 일상적인 일에 불과합니다. 기억해두십시오. 지구공동세계 안에 있는 우리는 우리 모든 생명이 하나임을 알고 있습니다.

그곳에는 수많은 수중 동굴들이 있으며, 거기서 우리는 '스쿠버 다이빙'을 하고 바다 밑의 복잡한 생명들을 탐험합니다. 그리고 보기에 황홀할 정도로 아름다운 동굴에는 숨어있는 많은 종류의 생물과 식물, 산호들이 존재하지요. 우리는 다이빙과 수영, 탐험, 해양의 자연 요소들과의 교류를 좋아합니다. 우리가 서로 평화와 협력을 통해 살고 있는 우리 바다 밑에는 완전히 다른 모든 문명이 있습니다. 우리가 지표면 아래에다 이룩해 놓은 이런 평화로운 교류의 환경에서 살아가는 것은 정말로 멋집니다.

지상의 고래와 돌고래들은 때때로 지저 바다 터널을 통해 우리를 방문하여 우리와 친하게 교제를 하기도 합니다. 그러나 그들은 잠시 머물렀다가 지상의 바다로 다시 돌아갑니다. 그들은 더 오래 머무를 수 있기를 바라지만, 자기들의 사명이 지상에 있다는 것을 알기에 주저 없이 헤엄쳐서 위쪽으로 떠납니다.

# 13.음식과 자연의 원소들

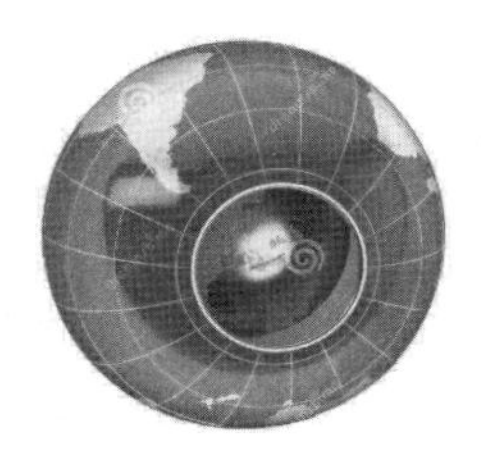

지저 공동세계에서 인사드립니다. 나는 미코스이며, 에게 해 아래의 지구 내부에 위치한 포토로고스 도서관의 내 사무실에서 이야기하고 있습니다. 오늘 우리는 모든 생명에게 진화를 위한 안식처를 제공하는 우리의 귀중한 행성인 지구에 대해 이야기할 것입니다. 여러분의 고향인 지구는 또한 이곳을 은신처, 음식 및 살 장소로 의존하는 수많은 다른 종(種)들의 고향이기도 하다는 것을 알아야합니다. 하지만 지구상의 기업들은 다른 생명체들에 대해서는 고려하지 않고 마치 땅이 자기들만의 것인 양 행동합니다.

지구상의 공간은 모든 종들이 동등하게 공유하도록 지정돼 있습니다. 왜냐하면 모든 존재들이 자신의 영혼을 진화시키고 주어진 수명을 즐기기 위해 여기에 있기 때문입니다. 이것은 특히 인간에게 진실이기에, 다른 모든 종들은 산소, 먹을거리 및 의복을 인간에게 줌으로써 인간의 삶을 돕고 뒷받침하게 되었습니다. 당신들이 가진 모든 것은 다른 종의 선물로 당신들에게 주어진 것입니다. 나무는 여러분에게 산소를 주고, 동물은 옷을 주며, 농작물은 음식을 줍니다. 이 모든 것들이 살아있으며, 지구와 모든 생명체들에게 봉사하기 위해 이곳에 있는 의식을 지닌 존재들입니다.

나무, 동물, 농작물, 식물, 고래류 및 모든 해양 생물들은 인간이 자신의 삶을 영위하기 위해 살 집을 필요로 하듯이, 그들 역시 생존하고 진화하기 위해서는 자기들의 서식지를 원래대로 유지해야 합니다. 다른 생물의 자연 서식지를 파괴하여 더 많은 도로를 포장하고, 더 많은 쇼핑센터를 만들고, 교외지역의 집을 더 많이 짓는 것은 혼란스러운 일입니다. 나무를 베어내고 동물들을 그들의 거처에서 옮겨 가게 함으로써 인간은 그들의 삶을 파괴하고, 결과적으로 자신의 삶을 위험에 처하게 하고 있습니다.

모든 생명이 진화하기 위해서는 지구상에 생태학적 균형이 유지되어야만 합니다. 인간은 이 섬세한 생태적 균형을 파괴하고 오직 그들 자신만을 생각합니다. 그리고 다른 생명체들이 자신의 유산을 요구하고 지구상의 땅과 자원을 공유할 권리를 존중하지 않습니다. 이런 무분별한 밀어붙임과 내쫓음이 지구에 심각한 불균형을 일으키고 있으며, 이로 인해 동식물이 황폐화되고 궁극적으로는 도처에서 생명이 멸종되고 있습니다.

모든 생명은 상호의존적이고 복잡하게 서로 연결되어 있기 때문에 한 생명에게 일어나는 일은 모두에게도 일어납니다. 인류는 이제 겨우 깨어나고 있고 이러한 상호 연관성을 깨닫기 시작했습니다.

이곳 지저공동세계에 있는 우리는 이것을 아주 오래 전에 배웠으며, 그렇기에 우리 삶을 도처의 모든 생명과의 이런 연계에 기초하여 형성하고 있습니다. 이것은 또한 여러분의 신(神)에 대한 관계이기도 합니다. 일단 여러분이 모든 생명과 여러분과의 관계를 깨달으면, 존재하는 모든 것의 근원인 신에게 자동적으로 다시 연결됩니다. 그리고 여러분의 영혼을 진화시키고 여러분을 차원상승으로 옮겨가게 하는 것이 바로 이런 연결 상태입니다. 모든 인류가 다른 모든 생명과 자신들이 연결돼 있다는 것에 대해 깨어났을 때, 그들은 갑자기 자기 자신이 하느님과 연결돼 있고 귀향여행이 시작된다는 것을 알게 됩니다.

우리는 이미 이런 여행을 했고, 지구 내부의 '에덴동산'에서 안정을 찾았습니다. 낙원은 여러분의 여행 목적지이기도 하며, (이것을 깨달은) 사람들은 바로 지상에서 기쁨과 풍요의 삶을 살고 있습니다. 여러분은 정말로 자신의 삶을 완전히 즐기기 위해 어디로 갈 필요가 없습니다. 여러분은 단지 모든 것과 '연결'되기만 하면 됩니다. 그러면 여러분이 꿈꿔 왔던 모든 것이 별 어려움 없이 자신에게 다가올 것입니다. 그리고 바로 이것이 예정돼 있던 삶의 방식인 것이지요.

여기 지저공동세계에서 우리는 매일 지켜보고 기도하고 있으며, 우리의 사랑을 여러분에게 보내고 있습니다. 우리는 여러분이 의식으로 우리와 연결되기를 권고합니다. 여러분과의 이런 연결을 통해 우리는 신체를 활성화하고 영혼을 키울 수 있는 에너지를 지상 인간들에게 보낼 수가 있습니다.

## 식량은 그것이 자라난 공동체의 대중의식(大衆意識)을 그대로 띠게 된다

미코스입니다. 나는 신이 내게 주신 모든 평화와 만족 속에서 내가 거주하는 지구 내부의 내 성소에서 여러분에게 메시지를 보냅니다. 지상에서 여러분은 불행과 결핍, 그리고 두려움 속에서 살고 있습니다. 왜냐하면 여러분은 자신을 신과 분리시켰고, 자기가 가장 잘 아는 사람이라고 생각하거나, 창조주보다 더 많이 안다고 생각하기 때문입니다. 여러분의 삶은 원래 지구의 풍부함과 풍요로움으로 은총을 받았지만, 그럼에도 인간은 자연농

법 대신에 인공농법을 사용하는 오만 속에서 지구를 돌보지 않습니다. 어머니 지구는 항상 자연의 순환법칙을 이용하여 토양 자체를 바꾸는 이들과 영양분을 회복시키기 위해 휴경(休耕)하도록 하는 자연 법칙에 따라 일하는 모든 사람들에게 풍부한 농작물을 생산해주었습니다. 그러나 독성이 있는 비료와 화학물질을 계속 사용하고 동일한 작물을 계속 심음으로써, 여러분은 지구의 풍부한 영양소를 죽이고 있고, 영양이 결핍되고 생명력이 없는 작물을 수확하고 있습니다.

이전의 옛날 사람들은 항상 흙의 수호자인 데바들(Devas)[4]과 함께 일했습니다. 데바들과 함께 일함으로써, 그리고 지구 스스로가 심어진 작물의 성장을 관리하고 결정하도록 허용함으로써, 수확량은 항상 풍부하고 – 농작물은 거대하며 – 각 원자를 통해 고동치는 생명력으로 넘치고 있었습니다. 각 원자와 세포 속의 이 생명력, 이런 파동 및 생기가 바로 생명이 불멸하는 비약(秘藥)입니다. 그것이 바로 "젊음"에 영원히 머무는 비밀입니다.

데바들은 아주 오래간만에 대지로 다시 돌아가고 있습니다. 그리고 인체의 세포를 육성하고 유지할 수 있는 풍부한 영양을 가진 토양을 재건하기 위해 돌아선 소수의 사람들을 조용히 돕고 있습니다. 데바들은 농장이든 아니든, 또는 단지 정원이든 간에 모든 인간들과 함께 일하기를 원하는 멋진 존재들입니다. 그들은 여러분과 협력하는 상태로 돌아가고 싶어 하며, 그럼으로써 모든 사람들은 토양에 관한 마법, 씨뿌리기와 수확의 마법, 여러분 지역에서의 소비를 위해 자신의 식량을 재배하는 마법 등을 배울 수가 있습니다. 다른 지역이나 멀리 떨어진 주(州)로부터 여러분에게 배송된 식량은 여러분의 지역 환경이나 여러분 자신의 특별한 생명파동과 더불어 진동하지 않습니다.

---

4)데바란 자연의 정령(精靈)들을 지칭하는 용어이며, 이들은 자연법칙을 수행하는 존재들이다. 데바들은 식물과 광물, 동물 등의 모든 존재들의 원형을 간직한 채 그것들이 물질계에 발현할 수 있도록 필요한 에너지를 인도하고 조정하는 역할을 한다고 한다. 더 나아가 모든 식물의 형상을 유지시켜주는 책임을 맡고 있다고 한다. (편집자 주)

여러분 주변을 에워싼 오라(後光)를 포함한 모든 것은 여러분의 인접한 주변 환경의 반영입니다. 여러분이 만지거나 가까이에 있는 모든 것들이 여러분의 맥동하는 원자들을 손에 넣으며, 이 원자들은 당신들이 재배하는 모든 것들의 진동의 일부분이 되고 그 토양의 일부가 됩니다. 그러므로 동질성이 결여된 미지의 지역에서 재배한 것보다는, 여러분 자신으로부터 비롯되고 여러분과 더불어 진동하는 지역사회에서 난 식량만을 - 그 식량의 진동하는 원자들만을 - 흡수하는 것이 더 건강할 것이라고 생각되지 않나요? 여기에 대해서는 생각할 것이 아주 많고, 생명의 본질에 대해 이해할 것도 많습니다. 그리고 어떻게 우리가 자신이 살고 있는 특정 지역에 적응하여 그 지역 자체가 되는지를 이해해야합니다. 우리는 마치 우리가 재배하는 작물만큼이나 우리가 살고 있는 그 환경 자체입니다.

여러분의 인접지역에서 멀리 벗어난 곳에서 생산된 식품을 섭취하는 것은 여러분 신체에 혼란을 유발하는데, 그것들은 여러분의 생활방식이나 생각 또는 감정과는 공명하지 않기 때문입니다. 대신에, 여러분은 실제로 다른 사람들의 생각과 감정들을 흡수하고 "섭취"하며, 그것들은 여러분의 것이 됩니다 - 즉 이것들이 여러분의 소화기관과 모든 장기, 성장 호르몬, 내분비선, 그리고 여러분을 "여러분"으로 만드는 모든 것에 대해 작용하는 전반적인 위험성과 비호환성을 알지 못한 채 말이지요. 다른 사람들의 생각을 섭취하면, 결과적으로 자신의 것이 아닌 두려움과 병적 공포증이 생겨나게 되며, 그 때 여러분은 이 모든 것이 어디서 왔는지를 의아하게 여기게 됩니다.

건강하고 튼튼한 몸을 가지려면 오직 여러분이 사는 지역사회에서 난 식량만을 먹을 필요가 있다는 것을 알고 있어야합니다. 이것이 여러분의 생명력을 강화시키고 생각과 감정에 균형을 가져다 줄 것입니다, 왜냐하면 여러분은 (그런 음식을 통해) 자신의 소망과 꿈을 보강하고 강화할 것이기 때문이지요. 그리고 그것이 지역 공동체의 대중의식을 구성합니다.

그러므로 여러분의 세상이 조화롭지 않은 것은 자연과 동조하여 조화를 이루고 있지 않기 때문입니다. 데바들을 불러서 그들 모두에게 돌아와 달라고 요청하십시오. 그리고 땅을 회복시키고 여러분 몸에 생명력을 되찾기 위해 그들에게서 배우고 그들과 협력해서 일하고 싶다고 말하십시오. 이 생명력이 없으면, 여러분의 몸은 부패하고 쇠약해가며, 비록 여러분 세포가 원래는 젊음에 머물러 결코 늙지 않게 돼 있더라도 그것 자체가 스스로를 유지하기 위한 생명력이 부족합니다.

여러분의 현재 문명은 토양, 나무, 동물들로부터 너무 멀리 벗어나서 주변을 살펴 볼 창구도 없는 인공적인 기술로 나아갔습니다. 그들은 자연과 소통할 수 있는 문을 닫았으며, 자신이 얼마나 많은 돈을 갖고 있느냐와 관계없이, 왜 그렇게 외롭고 궁핍하게 느껴지는지를 이상하게 생각합니다.

우리는 지구의 사람들인 여러분에게 자연으로 돌아가라고 간청합니다. 자연은 여러분이 다시 돌아와 그녀와 하나가 되고 여러분의 선조인 아메리카 원주민(인디언들)의 발자취를 따르라고 손짓해 부르고 있습니다. 그들은 자연과 더불어 살았고, 그녀의 관대함을 우러러보며 존경했습니다. 그리고 그들은 그녀에게 배웠으며, 항상 그녀 자신의 방법을 사용하여 작물을 재배하면서 결코 자연의 섭리를 거역하지 않았습니다.

집에만 갇혀 있지 말고 야외에서 시간을 보내십시오. 나무 곁에 앉거나 숲속을 걸으면서 시간을 보내고 여러분의 기운을 돋구어주는 생명력이 자신에게 돌아오는 것을 느껴보십시오. 그리고 기분을 전환시키고 감정체(emotional body)의 균형을 유지하십시오. 자연은 여러분 사회의 불행과 병고에 대한 훌륭한 해독제입니다. 처방전을 받기 위해 의사와 상의할 필요가 없습니다. 나무는 여러분에게 그것을 무료로 나누어줄 것입니다. 여러분은 왜 그들이 여기에 있다고 생각합니까? 단지 여러분의 풍경을 아름답게 꾸며주기 위해서일까요?

나무들은 여러분의 생각이 상상해낼 수 있는 어떤 것 이상으로 진화된, 장엄한 존재들입니다. 그리고 그들은 고래들이 바다의 청지기인 것처럼, 그들 역시 땅의 청지기로서 여러분이 그들을 인식하기를 기다리고 있습니다. 그리고 그들은 항상 필요한 산소를 여러분에게 공급하고 또 여러분이 만들어내는 오염물질을 흡수합니다. 그런데 이런 삶의 선물에 대한 대가로 당신들은 무엇을 합니까? 여러분은 그들을 마구잡이로 베어내고, 멀리하며, 무시합니다. 하지만 그들은 여러분과의 의사소통을 갈망하며, 여러분과 접촉해서 느껴보기를 원하고, 자기들의 사랑과 에너지로 사람들을 끌어안기를 열망하고 있습니다. 나무들에게 가서 그들 곁에 앉아 이야기해보세요. 그들이 여러분 삶의 보호자로서 당신의 가정과 지역사회를 부단히 경계하며 지키고 있으니까요. 그들에게 이야기를 건네 보십시오. 그러면 그들이 답할 것입니다. 그들은 인간들이 다시 자기들과 연결되기를 오랜 세월 동안 기다려 왔습니다.

자연은 여러분을 자유롭게 할 것입니다. 여러분은 균형을 회복할 것이며, 인간의 법이 아닌 자연의 법칙에 따라 자신의 꿈을 되찾고, 삶을 재건할 것입니다.

이곳 지저공동세계에 있는 우리는 자연과 하나이고 모든 생명과 하나이며, 신과 하나입니다. 그런 까닭에 우리는 그처럼 긴 삶을 살며 너무나 건강하지요. 우리는 우리 모두가 지구의 일부라는 것을 압니다. 그리고 우리의 지구행성은 우리의 일부입니다. 우리가 자연과 더불어 일할 때, 우리는 자연과 하나가 되어 일을 합니다. 우리가 자연을 무시하면, 우리는 우리 스스로를 무시하는 것입니다. 이것이 한 종(種)으로서의 여러분의 생존에 결정적인 우주법칙입니다.

우리는 이것에 대해 당신들의 주의를 환기시키는 바이며, 그럼으로써 여러분은 자신들이 진화하기 위한 거처가 있는 지구를 보호할 수가 있습니다. 인간이 우주에서 진화할 수는 없기 때문에, 우리는 당신들이 왜 그렇게 자신의 서식지를 마구 파괴하는지 의아하기만 합니다.

여러분은 장차 지구 내부세계의 경이로움, 그 놀라운 아름다움, 그리고 우리가 가지고 있는 견실하고 현명한 생활방식에 감탄할 것입니다. 이곳의 모든 경이로운 환경은 우리가 모든 생명이 하나라는 보편적인 우주법칙을 적용했기 때문입니다. 여러분 모두 좋은 하루가 되길 기원합니다.

**곡물이 자라나는 들판**

우리 영역 내의 곡식이 무르익는 들판은 햇빛으로 반짝거리고 무성한 발육이 이루어지고 있습니다. 또한 강우(降雨)가 완벽하게 대지의 토양을 적셔줌으로써 가장 맛좋은 작물이 생산되며, 이런 수확물들은 우리의 미각을 즐겁게 해주고 우리 몸의 활기를 돋구어줍니다. 우리가 먹는 음식은 우리의 생명력을 보충해주며, 섭취했을 때 그 생명력이 우리 몸의 세포 속으로 옮겨지는데, 결과적으로 완벽한 건강과 장수가 보장됩니다.

이것이 생명의 비밀입니다. 즉 이것이 바로 지상에서 여러분이 그토록 찾아온 숨겨진 젊음의 원천인 것입니다. 이 비밀은 여러분이 찾으려고만 한다면 그저 인간에게 자신의 생명에너지를 주려고 기다리고 있는 어머니 지구 자체에서 발견되는 것입니다. 하지만 이것은 곡물을 심고 거두는 자연의 법칙을 따르면서 그 성장과정을 유도하고 보살피는 자연 그 자체를 활용할 때만 가능합니다. 자연의 거대한 생명력은 여러분과 함께 작용하며, 흙에다 다른 어떤 것을 첨가할 필요가 없습니다. 그리고 이렇게 성장한 수확물들은 항상 크기 면에서 엄청나면서도 영양과 맛이 풍부합니다.

음식으로 우리에게 주어진 이 힘은 우리가 몸으로 여러분이 불가능하다고 생각할 정도의 헤라클레스의 위업을 수행할 수 있게 해줍니다. 우리는 지지치 않고 매우 먼 거리를 걷고 달릴 수 있으며, 한 번에 몇 시간 동안 헤엄칠 수 있습니다. 우리가 하는 것은 사실 “일”이 아니기 때문에 우리는 하루의 일이 끝나면 피곤하지 않습니다. 그것은 모두 기쁨과 안락함이며, 매일 하루를 마칠 때마다 만족감을 느낍니다.

우리의 삶은 참으로 멋지며, 우리는 많은 은총을 느낍니다. 그러나 우리는 이 유토피아(이상세계)를 스스로 창조했으며, 여러분도 그렇게 할 수 있고, 하게 될 것입니다. 여러분의 미래는 영광스러울 것이니까요.

여러분은 이 3차원 밀도를 막 돌파하여 천국으로 나아가려하고 있습니다. 그리고 이 천국은 바로 지구에 있습니다. 현재 지구 행성의 절반만이 이곳 천국에 살고 있지만, 머지않아 지구 전체가 여러분이 찾고 있는 천국 속에 있게 될 것입니다. 다시 말하지만 천국이 다른 곳에 있지 않고 그 장소는 바로 지구에 있기 때문입니다. 천국은 여러분이 사는 곳인 바로 여기에 있습니다. 여러분은 오직 자신의 보다 높은 의식을 통해서 천국을 가져와야합니다. 왜냐하면 하늘은 단지 일종의 진동주파수이기 때문이고, 여러분은 이제 그 주파수에 접근하기 위해 빠르게 상승하고 있습니다. 그리고 지저 공동에 있는 우리는 의식을 성장시키고 위대한 중심태양으로부터 지구로 내려오는 그 상승의 주파수에 도달하려는 여러분의 소망과 결심에 박수를 보내고 있습니다. 여러분의 아버지/어머니 신과 여신인 알파와 오메가가 여러분을 고향으로 데려오고 사랑의 가슴으로 귀환시키고 있습니다. 이제 거기서 우리는 모두 영원히 휴식하며 살 것입니다.

# 14.우리의 환경과 물

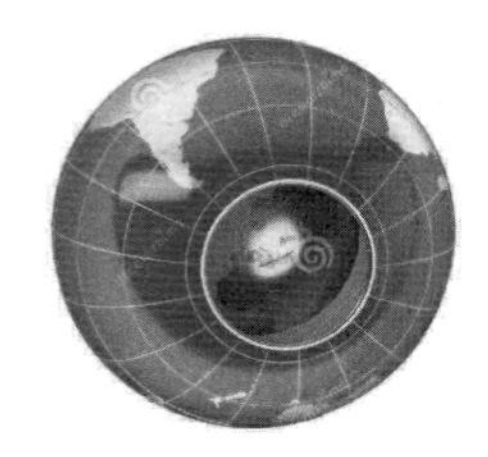

***질문: 당신들은 지저 공동세계에서 어떻게 기상을 통제합니까?**

비록 우리가 물리적으로 지상에서 멀리 떨어져 있고 지저공동세계 내부에 아늑하게 안겨 있긴 하지만, 우리는 지상에서 여러분이 느끼는 것과 마찬가지로 기후변화를 느낍니다. 우리는 지표면의 기상상황과 이상을 추적하고, 대격변(지진, 허리케인 등)이 언제 발생하는지 알 수 있습니다. 이곳에도 기상학자들이 있으며 지상의 기상조건을 관찰하고 감시하는 것을 전문적으로 합니다. 이 방법으로 우리는 날씨의 불균형을 야기하는 어둠의 덩어리와 부정적인 사념체들(thought forms)이 어디서 왔는지를 말할 수가 있습니다. 그런 다음 우리는 사랑의 빛을 이들 지역에 집중시켜서 그것들을 분산시키고 비물질화(非物質化)합니다. 이것은 우리가 지상에다 제공하는 수많은 기여들 중의 하나입니다.

만약 지상의 주민들이 그들의 정신과 감정체를 균형 있게 유지하는 것의 중요성을 안다면, 그들은 세상을 하룻밤 사이에 혼란에서 평화로 바꿀 수가 있습니다. 그것은 모두 균형에 달려 있습니다. 여러분 각자가 자신의 삶에 균형을 이룰 때, 지구는 그 측정치를 얻으며, 그리고 그것은 결국 모든 생명에게 영향을 미치는데, 이런 전체의 균형수치가 그들의 삶에 추가되어 작용합니다. 그래서 그것은 여러분이 마치 원하는 결과를 얻기 위해 실험실에서 과학실험을 관찰하고 통제하는 것처럼, 여러분의 생각과 감정을 주시하고 통제하는 것을 의미합니다.

자, 여러분의 인생을 일종의 실험으로 생각해 보십시오. 그러면 자신의 모든 면을 통제하는 법을 배우는 경험을 하고 있는 것입니다. 이것이 조화로운 삶과 지구의 평화를 위한 열쇠입니다. 각 사람은 평화를 가져오는 데 없어서는 안 될 역할을 수행하며, 여러분이 만약 어떻게 자신의 생각과 감정이 세상에 퍼져나가 다른 사람들에게 도달하게 되는지를 실제로 볼 수 있다면 놀랄 것입니다. 여러분이 생각하고 느끼는 모든 것이 여러분의 현실을 창조하고 지구상의 다른 모든 왕국들(동물계, 식물계)을 포함한 다른 존재들에게도 영향을 주는 것은 생명의 법칙입니다.

여러분은 강력한 힘을 갖고 있습니다, 그렇지 않은가요? 이제 여러분 주변의 모든 사람들에게 평화를 가져다 줄 건설적인 곳에다 힘을 불어넣으십시오. 그러면 지구상의 평화가 진척될 것입니다. 그 모든 것은 지상에 있는 여러분 각자에서부터 시작됩니다. 여러분의 삶을 통제하십시오. 그러면 기상을 통제할 수 있습니다. 그리고 여러분의 피부를 부드럽게 스치는 산들바람과 함께 온화하고 청명한 날의 혜택을 받을 수 있습니다. 이것이 '진정한' 기상통제 시스템이며, 우리는 그것을 지저공동세계에다 설치했습니다. 그리고 여러분도 설치비용 없이, '무료'로 설치할 수 있습니다.

이 기술을 사용하여 날씨의 균형을 이룰 수 있을 뿐만 아니라, 여러분의 몸의 균형을 유지하고 스트레스 및 질병을 유발하는 불균형한 요인으로부터도 해방될 수 있습니다. 이 모든 것이 무료입니다. 여러분이 원하는 모든 것을 자신 안에서 자유롭게 창조할 수 있고, 그것을 다른 사람들과 어머니 지구에게도 자유롭게 나누어줄 수가 있습니다 – 그러니 도처에 있는 모든 생명을 치유하십시오. 이 얼마나 여러분 안에 보관된 멋진 선물인가요. 여러분은 의과대학에 가는 수천 달러를 지출하지 않고도 자신의 치유를 나눠줄 수 있습니다; 왜냐하면 이미 그곳을 졸업했기 때문입니다. 여러분은 이미 알고 있는 것을 실행하기 위해 지구에 왔으며, 그 지식은 여러분 세포의 기억장치에 저장돼 있습니다.

우리는 평화롭고 풍요로운 삶을 사는데 필요한 모든 것에 접근하기 위해 늘 우리 내면의 창고로 들어갑니다. 우리 안에 있는 신(神)의 빛은 결코 실패하지 않습니다. 그것은 단지 여러분이 사용하도록 축적된 내부의 창고를 찾기 위해 내면으로 들어가는 데 실패한 것일 뿐입니다. 지금 여러분은 그저 여러분이 빼내서 바깥세상으로 가져가기만을 기다리고 있는 엄청난 것들을 가지고 있습니다.

## 아다마 대사, 지저공동세계의 바다와 산에 관해 이야기하다

아다마입니다. 지구의 내부는 지상의 모습을 거울에다 비추었을 때의 좌우 반대의 이미지와도 같습니다. 모든 것은 지구 내부에서 역순으로 진행됩니다. 산맥은 지구 공동의 크기와 직접 비례를 이루고 풍경 위로 우뚝 솟아 있습니다. 바다는 실물보다 크며 지구의 내부 주위를 조용하고 신속하게 흐릅니다. 공기는 상쾌하고 깨끗하며 모래는 흰색입니다. 지구 내부의 중심태양은 외부의 태양보다는 어둡고 천국의 빛을 반사합니다.

도시는 울창한 삼림지대 속에 자리 잡고 있으며, 꽃과 거대한 나무들이 넘쳐납니다. 거기에는 모든 인공 구조물을 둘러싼 녹색의 초목들이 있습니다. 모든 것이 끊임없이 피어나고 번창합니다. 그곳은 경이로움과 아름다움의 땅입니다.

이곳의 모든 것이 그 내부 영역의 크기에 비례합니다. 모든 것이 지상의 실물보다 거대한데, 내부에 거주하는 위대한 존재들도 외부의 지상에 있는 유한한 수명의 인간들보다 큽니다. 모든 것이 아름답고, 모든 것이 천국의 행복 상태에 있습니다.

외부의 기본적인 광경을 반영하는 지구 내부의 모습을 마음으로 그려 보십시오. 산맥들은 더 높고 해류도 더 빠릅니다. 그리고 녹색지대의 성장이 비교할 수 없을 만큼 신속해 울창합니다. 여러분은 그곳 땅의 외형적 변화를 그릴 필요는 없습니다. 그것은 여전히 원시상태 그대로의 아름다움을 지니고 있고, 한때 지상에서 있었던 삶의 방식을 반복하고 있습니다. 산맥과 바다의 정확한 위치는 현재로서는 알 필요가 없습니다. 여러분이 알아야 할 것은 이런 지구 내부세계가 실제로 존재하고 있고, 지상과는 반대되는 평화로운 상황에서 지상세계와 공존한다는 것입니다.

## 지저 공동세계의 날씨, 터널 및 우주선 기지들

지금 말하고 있는 나는 아다마입니다. 엄청난 기상조건이 지상주민인 여러분에게 잠재돼 있음을 알기 바랍니다. 수많은 부정적인 사념체들이 여러분의 몸과 지구에서 방출되고 있으며, 이것들이 과도한 대기 불균형을 유발하고 있고, 결과적으로 토네이도, 지진 및 기타 다양한 상황들이 발생합니다.

북쪽에 이르기까지 더 추워지고 낮이 짧아지며, 사람들은 날씨 변화와 계절의 패턴을 보기 시작할 것입니다. 하루가 점차 더 오래 갈 것이고 계절이 지저공동세계에서처럼 다른 계절과 서로 뒤섞이기 시작할 것입니다. 지저공동세계에서는 온도가 화씨 70도(섭씨 21도) 아래로 일정합니다. 이 "일정한" 온도는 사람들의 활동을 방해하는 장애물이 없기 때문에 상대적으로 편안하고 쾌적하게 살 수 있습니다.

공동세계에서는 "하늘"로 솟구친 높고 우아한 산들과 생명들이 넘치는 크고 맑고 깨끗한 호수와 바다가 있는 일종의 낙원입니다. 그곳의 식단은 엄격하게 채식주의이며, 사람들은 건강하고 튼튼하며 강력합니다. 비록 그들이 지구 내부의 우주공항에 보관된 우주선들을 이용하여 자유롭게 지구를 떠나 우주를 오갈지라도, 그들 역시도 (우리와 마찬가지로) 지상의 사람들로부터 그들 자신을 격리시키고 있습니다. 그래서 그들은 지구 내부에 있긴 하지만 자유와 건강, 풍요와 평화를 누리고 있습니다. 즉 여러분이 얻고자 외쳐왔던 삶의 필요한 모든 요소들을 갖추고 있습니다.

지저 도시들과 지구 중심의 공동세계 사이에는 터널을 통해 자유롭게 여행할 수 있습니다. 전자기 열차를 이용하면, 지상에서 걸리는 시간보다 아주 짧은 시간 내에 지구의 한 지역에서 다른 지역으로 간단히 이동할 수 있습니다. 우리의 운송은 빠르고 효율적이며, 연료를 소모하지 않습니다. 따라서 지하에는 오염이 없습니다.

우리는 지상에 있는 여러분이 지구 공동세계로 자유로이 여행할 수 있는 날을 고대합니다. 그곳에서 당신들은 큰 기쁨과 사랑어린 인사를 받게 될 것입니다. 그것은 곧 여러분 모두가 그토록 찾아왔던 에덴 땅으로의 귀환입니다. 우리 역시도 지저 도시들에 있는 우리 모두가 축하 속에서 여러분과 합류하고 지구의 모든 문명들이 하나로 통합하는 때인 이 날을 기다립니다.

## 지저 터널 시스템

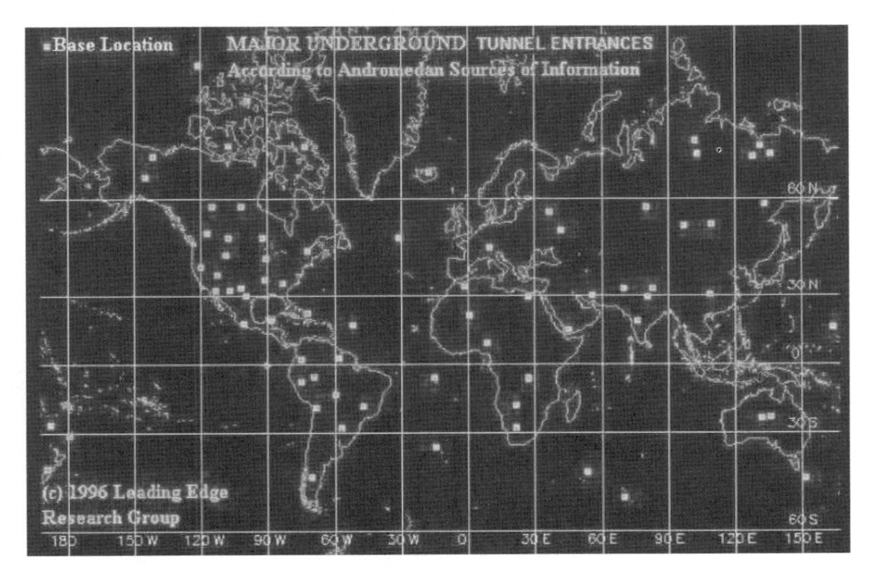


지구 행성 전체에 얽혀있는 터널과 입구들이 있어서 모든 대도시나 주를 연결한다. 지구 내부의 주민들은 짧으면 몇 분~몇 십분, 길어도 몇 시간 내에는 대부분의 목적지에 도착할 수 있다. 이 지저 통로망은 장구한 세월 동안 사용되었다. 그것은 지상보다 효율적인 연결망을 갖고 있다. 그들은 예약을 하거나 공항, 기차역 또는 자동차로 많은 액수의 돈이나 비용을 지출하지 않고도 어디든지 자유롭게 여행할 수 있다.

## 15.지저공동세계의 주택들

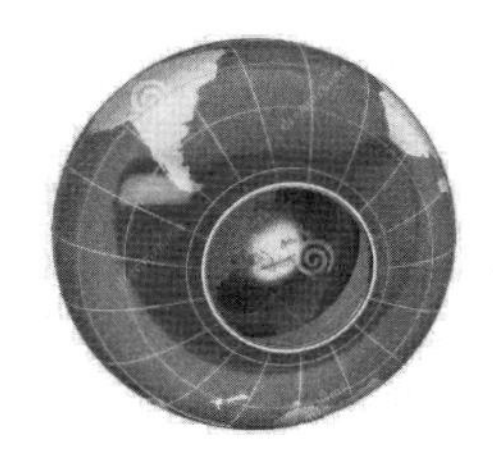

**우리 건물들은 모두 둥글다.**

우리의 도서관 객실은 모두 야외 환경과 조화를 이루고 있으며, 옥외의 초원과 꽃의 풍부한 향기에 열려 있습니다. 지붕이 없기 때문에 옥상도 열려 있습니다. 우리를 하늘로부터 분리시킬 수 있는 것은 아무 것도 없습니다. 우리의 사무 공간은 모든 요소에 노출되어 있으며, 지저공동세계의 모든 요소들은 조화롭고 즐겁게 융합되어 신성한 상태로 완벽하게 상호작용합니다. 그래서 우리는 그런 요소들이 우리와 직접 작용하므로 우리 자신을 보호하기 위한 옥상을 필요로 하지 않습니다. 그리고 우리의 모든 건물은 둥근 형태입니다. 먼지가 절대로 쌓이지 않기 때문에 청소를 하지 않아도 됩니다. 우리는 원형 건물과 집에서 먼지 없는 삶을 살고 있습니다. 기하학적인 형상들은 특성을 가지고 있으며, 원 안에서는 에너지가 자유롭게 움직이고 순환하면서 먼지 입자들을 그 에너지 움직임에 따라 운반하므로 구석이나 모서리에 먼지가 쌓이지 않습니다. 왜냐하면 원 안에는 모서리나 구석이 없기 때문이지요. 그래서 먼지 입자가 방 안으로 들어가면, 에너지 흐름이 또한 그것을 밖으로 들어냅니다. 저장백이 필요 없는 까닭에 그것은 진공청소기보다 더 효율적입니다. 머지않아 이런 건축원리가 지구상에서 널리 퍼지게 될 것이며, 여러분의 모든 구조물의 모양이 원형으로 바뀌게 될 것입니다.

## 보석, 다이아몬드 및 수정들

지구 공동세계에 있는 우리는 엄청난 풍요 속에서 빛으로 가득찬 거대한 궁전에서 삽니다. 여러분에게 그것은 환상의 영역으로 보일 것입니다. 그러나 우리는 우리 자신의 신적자아를 통해 그것을 창조했기에, 우리에게 그것은 실제입니다. 우리는 신들과 여신들을 위한 집을 창조했으며, 이것이 우리가 거주하는 곳입니다.

우리는 여러분의 눈으로는 아직은 상상할 수 없는 풍요로움 속에서 살고 있습니다. 있음직한 모든 편리함이 우리의 손끝에 있으며, 우리의 환경은 당신들이 상상할 수 있는 것보다 더 아름답습니다. 우리 주택들은 우리 주변에 흔히 전개돼 있는 시골의 푸르게 우거진 곳에 자리 잡고 있으며, 호수와 개울로 둘러싸인 자연환경 속에 세워져 있습니다.

우리에게는 지상에서와 같은 도시들이 없습니다. 우리는 단지 우리에게도 계속 놀랍기만 한 "전원(田園)"만이 있습니다. 나무와 꽃들은 진동하는 색상과 모양으로 활력이 넘치고, 우리의 주택과 대지를 어루만집니다. 모든 것이 여러분이 표현하듯이, "기념비적인" 것들입니다. 우리의 나무와 산(山)조차도 그 높이가 지상의 여러분의 것보다는 두 배에 달하고, 우리의 몸도 그 골격이 더 크고 넓습니다. 우리들 체격의 너비와 둘레는 여러분의 것보다 두 배 이상 크며, 우리의 과일과 채소들도 지상의 것과 비교할 때 훨씬 더 거대합니다. 우리는 어머니 지구와 조화를 이루고 있기 때문에, 우리의 모든 음식은 유기농(有機農)에 의한 것입니다. 그리고 그녀는 개인적으로 그런 농작물들의 성장을 지휘합니다.

우리는 지구에서 나는 보석으로 장식되고 결정화된 석재(수정)로 지어진 웅장한 궁전에서 살고 있습니다. 이 결정화된 돌들은 우리 몸을 성장시키고 균형을 잡아주는 자기장(磁氣場)과 광휘(光輝)를 만들어내며, 우리 우주의 위대한 중심태양으로부터 방사되는 생명력으로 우리를 채워줍니다. 우리 집에 있는 모든 것들은 신(神)의 순수성을 방출하고 우리를 신의 진동에 맞추어 조정합니다. 우리의 가정을 채워주는 것은 하느님의 사랑이며 우리의 삶에 풍요로움을 가져다주는 것도 하느님의 사랑입니다.

우리의 주택들은 둥글고 반투명하며 전원과 어우러져 있습니다. 외관상 그것은 우리에게 완전한 사생활을 보장해 줍니다. 그러나 한 번에 우리는 우리 주위의 모든 방향을 내다볼 수 있습니다. 이것은 지상의 여러분의 경우처럼 "고정"된 것이 아닌 넓은 시야를 우리에게 제공합니다. 우리는 집 밖을 볼 수 있을 뿐만 아니라, 지구를 넘어 하늘의 별들도 볼 수 있습니다. 우리의 시각은 우리가 지저공동세계의 어디에 있든 한계나 장벽이 없습니다. 우리의 시력과 감각은 우리 몸이 지구 내부에 남아 있는 동안에도 우주를 돌아다니는 데 자유롭습니다.

## 우리는 공동(空洞) 내부에서 살고 있다.

여러분이 지구의 공동세계에 익숙해졌으므로, 우리는 여러분을 좀 더 깊게 신뢰하고 지저공간에서의 우리의 생활방식에 관련된 다른 요소를 소개할 수 있습니다.

지저에서 우리는 여러분이 지상에서 하는 것처럼 (하늘이) 열린 공간에서 살지 않습니다. 우리의 지저 공동세계는 원시상태 그대로인데, 우리는 이곳의 지표면을 유린하지도 않고 거기에다 무분별하게 인공구조물을 세우지도 않기 때문입니다. 우리는 쇼핑몰과 고속도로와 높이 솟은 빌딩들이 없습니다. 우리는 공동 속에서 살며, 안쪽을 향해 열려있는 입구를 갖고 있고, 지구내부에는 비어있는 넓은 공간이 있습니다. 물론, 우리는 지면에서 몇 인치 높이로 공중부양하는 전자기 승용물로 공동세계 내부를 여행하지만, 절대로 땅에 닿지는 않습니다. 우리는 흙길을 부드럽게 걷거나 시내, 강, 바다를 따라 달리며, 우뚝 솟은 산을 오릅니다. 그러나 그것은 우리 발이 지형과 접촉하는 정도입니다. 우리는 그 나머지는 데바들과 엘리멘탈들에게 남겨두는데, 그것은 원래 그들의 땅이기도 하기 때문이지요.

우리의 모든 생활 활동은 지구 내부의 공동 안에서 일어납니다. 그곳은 광대하고 높으며, 우리의 공동세계의 대기 속에다 총천연색 무지개의 반짝이는 빛을 발산하는 수정질 바위와 보석용 원석 및 수정 아치로 이루어져 있습니다. 암벽에는 무지개 색조의 천연 폭포들이 줄지어 있으며, 폭포가 되어 떨어지는 그 물의 울려 퍼지는 노래로 공기가 축여집니다. 그렇습니다. 우리의 물은 노래하고 - 그것의 합창소리는 우리 몸의 세포를 조화롭게 만듭니다. 그래서 우리 몸은 하루 종일 활력을 돋우고 생기 넘치게 만드는 이곳의 물과 수정질의 환경에 따라 항상 진동하고 있습니다.

우리의 세포는 항상 어머니 지구의 자연적인 리듬과 동조되어 조화를 이루기 때문에 별로 잠을 잘 필요가 없습니다. 여러분이 소리굽쇠(tuning fork)처럼 조정되면 우리 어머니 지구의 완전한 생명력을 지니게 되고, 배터리가 절대로 떨어지지 않게 됩니다. 그러므로 여러분이 현재 경험하는 것과 같은 긴 수면 시간이 거의 필요 없습니다. 여러분은 장시간 혹사시키는 지상의 "착취 공장"에서 하루가 지나면 기진맥진해지지만, 우리는 하루를 시작했을 때와 마찬가지로 끝까지 항상 활기에 차있습니다. 우리는 지구 "속"에서 살고 지구와 "더불어" 살고 있는 반면에 여러분은 그녀의 "외부"에서 살고 그녀와 "분리되어" 살고 있습니다. 그렇기에 우리는 그녀의 한 "부분"인 반면에, 여러분은 지구에서 "떼어져" 고립돼 있습니다. 이것이 큰 차이입니다.

인류는 지구의 지붕에서 살기로 되어 있었던 것이 아니라, 원래는 그녀의 내부지역에서 살기로 예정돼 있었습니다. (지상에서 사는) 이것은 하나의 큰 실험이었고, 불행히도 역효과를 낳아 결과적으로 생명을 주는 그녀의 몸에서 심하게 격리되고 소외되는 상황이 초래되었습니다. 하지만 머지않아 이 모든 것이 바뀌고 치유될 것이며, 사람들은 지구의 꼭대기가 아닌 그녀의 내부에서 살게 될 것입니다. 여러분은 자기 집의 옥상에서 살고 있는 것이 아니라 집 안에서 살고 있습니다. 그렇지 않습니까? 그렇습니다. 같은 비유가 지구에도 적용됩니다. 지구 내부 전체에는 광대한 공동이 있습니다. 이미 많은 종류의 존재들에 의해 거주되는 수많은 지역들이 있으며, 오랫동안 그들은 남의 눈에 띠지 않게 겸손하게 살고 있습니다.

지구의 영단(Spiritual Hierarchy)은 지구 내부의 이 광대한 비거주 공동지역에다 여러분을 위한 거처를 준비하고 있습니다. 그리고 시간이 되면, 여러분의 현재 육화상태를 지상이 아닌 지구 속에서 계속하기 위해 대량으로 옮겨지게 될 것입니다. 인간은 모든 면에서 유익하고 풍요로우며 완벽하게 살아가는 "완전히" 새로운 삶의 방식을 만나게 될 것입니다. 그것은 여러분의 의식과 지평을 넓힐 것이고, 여러분의 지평은 여러분이 지상의 옥외에서 걸어 다닐 때보다 더 광대한 내적인 지평선이 될 것입니다. 완전히 새로운 지평이 여러분의 경험을 기다리고 있습니다.

시간이 가속됨에 따라 사건들이 이제 빠른 속도로 일어나기 시작할 것이고, 세계적인 업보(Karma)가 자체적으로 전개되게 됩니다. 그 조류를 타고 건너기만 하면 여러분은 어디서든 안전하다는 것을 알 수 있습니다. 여러분은 모두 내면에서 지시받고 인도되고 있으며, 준비되어 있습니다. 여러분이 대중매체를 통해 목격하는 것은 그들이 여러분에게 사실이라고 믿게 하고 싶어하는 일종의 "연극"이고 드라마입니다. 배우들이 마치 진짜처럼 연기하니까요. 그러나 배우들은 세상이라는 드라마에서 단지 그들의 "역할을 연기하고 있는 것" 뿐입니다. 그리고 이것은 지상의 도처에 있는 TV와 영화관 화면에서 방영되고 있는 새로운 천년기의 가장 큰 "히트작" 입니다. 그것을 끄고 여러분 자신의 내면으로 들어가십시오. 그리고 세계 평화에 대해 느끼고 집중하십시오. 평화는 진정한 영화(映畫)이며, 유일하게 볼만한 "필름(Film)"입니다.

머지않아, 여러분은 우리를 볼 것이며, 곧 새로운 삶의 방식에 완벽하게 적응할 것입니다

## 지구 내부의 공동세계는 인류의 새로운 고향이 될 것이다

지구의 공동세계에서 인사드립니다! 나는 공동세계의 지각 내부 공동에 있는 내 거처에서 여러분에게 말하고 있습니다. 그렇습니다. 지표면 아래에 공동이 있는 것처럼, 바로 공동 안에도 또 공동이 있습니다. 지구는 이런 비어 있는 공동들로 가득 차 있습니다. 즉 여러분이 가는 이 행성의 어디에나, 전체 지상 인구가 안락하게 살 수 있는 그러한 수많은 공동들이 있습니다.

사실, 이것이 우리 태양계와 그 너머의 다른 모든 행성들에게 있는 방식입니다. 우주의 거주자들은 모두 그들 자신의 태양계의 태양과 바람으로부터 보호받는, 행성 표면이 아닌 내부에 거

주합니다. 이것은 참으로 인류를 위한 다음 단계의 거주형태가 될 것입니다 - 즉 지구의 껍질 바깥의 대기로부터 여러분에게 밀어닥치는 자연의 요소와 힘으로부터 보호받기 위해 지구내부에 거주함으로써, 허리케인, 토네이도, 지진, 바람, 극심한 열과 기온 등의 형태로 도시에 가해지는 대파괴를 견뎌낼 수가 있습니다. 지구는 모든 오염을 스스로 제거하는 과정에 있으며, 그렇게 하기 위해 극적인 조치를 취할 수도 있습니다. 그녀의 이런 지표면 정화는 또한 그들에게 지상계를 일찍 떠나서 내부세계에 새로 설립된 사원과 대학들에서 배움을 계속할 수 있는 기회를 제공할 것입니다.

고난은 정체돼 있는 사람들이 지구의 부르짖음에 더 빨리 깨어나 그녀와 함께 일할 수 있게 해주고, 그녀를 거스르지 못하게 할 것입니다. 그것은 지구상에서 영혼이 성장할 수 있는 좋은 기회가 될 것입니다. 그리고 흔치 않은 교훈들을 얻을 수 있을 것입니다.

지구 내부의 공동은 지구 표면의 주민들을 수용할 준비가 돼 있으며, 시간이 되면, 그들을 안으로 데려오게 될 것입니다. 지구 내부 전역을 종횡으로 교차하고 "관통"하는 터널망이 있습니다. 이런 터널망을 통해 공중부양해서 움직이는 전자기 승용물로 모든 공동세계가 연결되며, 이 탈것은 한 장소에서 다른 장소로 여러분이 이동시킬 때 지면에 닿지 않습니다. 모든 것은 부드러운 무지개 빛깔의 광선으로 비추어지고, 이 빛은 터널 통로 안의 온기를 느끼게 하면서도 방사되는 동안 모든 것을 환하게 밝혀줍니다.

물론 공동들은 바다를 제외한 여러분의 지상세계를 그대로 반영하고 있으며, 공동세계의 바다에 접근하기 위해서는 여러분이 그곳으로 여행해야만 할 것입니다. 지구의 공동세계는 그 내부에 있는 또 다른 공동들에서 멀리 떨어져있는 것이 아니라 전자기 차량으로 몇 분이면 되며, 모두 무료입니다. 지구 내부세계에서는 교통비가 들지 않습니다. 실제로 거기에는 돈이라는 것이 전혀 없습니다. 모든 것이 물물교환 시스템으로 되어 있으며 운송은 항상 무료입니다. 여러분은 마음대로 여행할 수 있고, 여러분이 여러분자신이라는 존재의 깊은 곳을 경험하기 시작할 때, 마침내 동시에 지구의 깊은 곳을 탐험할 수가 있습니다. 지저세계에 머무르기로 선택한 사람은 사랑과 빛의 위대한 모험에 참여하기로 돼 있으며, 이곳 지구에서 우주의 확장을 목격할 것입니다.

# 16.DNA와 의식 내부의 문들

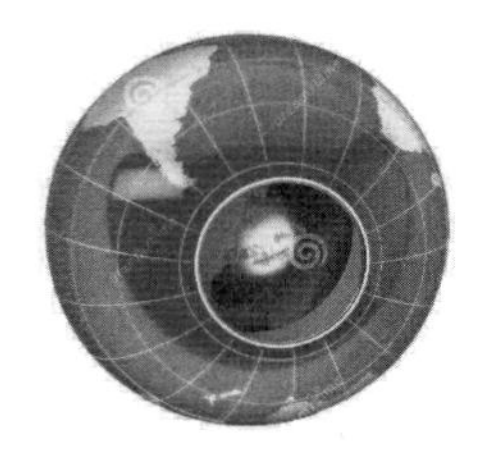

## 지구상의 모든 사람들은 동일한 DNA 청사진으로 창조되었다

미국 북동부 지역의 나의 사랑하는 친구들이여, 나는 에게 해 아래에 있는 여러분의 친구인 미코스입니다. 오늘 나는 여러분에게 사랑에 관해 이야기하려 합니다. 즉 다른 사람들과 지구행성에 대한 사랑 말입니다.

지구상의 모든 사람들은 동일한 DNA 청사진을 통해 이루어져 있지만, 진화는 다른 외양을 만들어 냈습니다. 따라서 여러분의 외모는 자신의 지역에 따라 결정됩니다. 이것들은 차이가 아니며, 단지 신체적 외모의 다양성에 지나지 않습니다. 왜냐하면 몸 안에는 영혼이 자리 잡고 있고, 인간의 모든 영혼은 만물의 신성한 창조주로부터 생겨났으므로 참으로 영혼은 창조주의 일부이기 때문입니다. 신체적 모습은 단지 오랜 시간의 흐름에 따라 다르게 되고 독특하게 된 세속적인 특성과 지구에서의 경험이 새겨진 것입니다. 그래서 여러분이 다른 사람들한테서 보는 것은 말하자면 그들의 천상에서의 외관이 아니라 지구상에서 머물 때의 모습입니다. 이것은 수천 년 동안 인간을 혼란스럽게 했고, 단결과 평화 대신 분열과 전쟁을 초래했습니다.

우리는 여러분이 다른 사람들을 볼 때, 신(神)의 눈을 통해 바라보고 오직 여러분 한 가운데에 서 계신 신만을 보도록 권고합니다. 모든 사람들이 하느님의 눈을 통해서만 보게 된다면, 세상의 상태가 얼마나 빨리 변하는지를 알게 될 것입니다. 언제나 그 눈은 참으로 여러분이 지구의 밀도와 두려움으로부터 벗어날 때 보게 되는 눈입니다.

시골길을 오래 산책하며 향기로운 녹색으로 가득한 공기를 들이마셔 보십시오. 시골의 녹지는 여러분이 도시와 직장의 혼란에서 벗어나기 위해 절대로 필요한 치유의 원자들로 진동합니다. 도시생활은 여러분의 생명력을 고갈시키는데, 그것을 나무와 자연이 회복시킬 수가 있습니다. 나무는 여러분을 간절히 돕고 싶어 하며, 여러분의 도시생활이 – 나무가 생산하는 만큼이나 – 빠르게 소모시키는 산소를 여러분에게 열심히 공급해줍니다.

이렇게 급속히, 여러분이 사는 지상에서는 커다란 산소부족이 나타나고 있고, 인간의 상거래 및 생활방식으로 인해 모든 이들이 산소가 결핍되고 있는 그 영향을 느끼고 있습니다.

지저공동세계에 있는 우리는 하루 24시간 내내 자연 속에 있는데, 이것이 우리의 유일한 삶의 방식이기 때문입니다. 우리의 주변 환경은 완전히 자연으로 조성되어 있기에 이것이 우리가 사는 방법입니다. 우리는 오염을 일으키는 도시들이 없습니다. 또한 어머니 지구의 몸을 질식시키는 아스팔트나 콘크리트도 없습니다. 우리는 어디에서나 오직 나무와 관목, 풀과 꽃만을 볼 수 있습니다. 우리는 순수한 산소가 풍부하게 있어서 그것이 하루 24시간 내내 우리 몸을 재생하고 재건시켜줍니다. 그 결과 우리의 위대한 힘과 높은 에너지 수준, 맑은 생각을 가질 수가 있습니다.

우리는 여러분이 지저세계로 내려와 우리를 방문할 수 있게 허용될 때를 기다리며, 그때 여러분 스스로 우리의 신성한 생활 상태를 목격할 것입니다. 그리고 이런 모습은 여러분 역시도 지상에다 창조할 수가 있습니다. 절망하거나 자포자기(自暴自棄)하지 마십시오. 천상의 모든 존재들이 이런 천상의 존재방식을 여러분이 지구에다 이룩하도록 돕기 위해 여기에 있으니까요. 그러므로 모든 지상 거주자들은 마침내 1,400만 년 전, 지구상의 이 거대한 실험이 시작될 때에 원래 의도된 아름다움과 기쁨을 경험하게 될 것입니다. 나는 미코스입니다. 좋은 하루가 되길 바랍니다.

**여러분의 가슴이 고동칠 때 그것을 느껴보십시오.**

자신의 가슴이 고동칠 때, 그것을 느껴보세요
그것이 생명의 리듬에 맞춰 두근거릴 때, 그 율동에 귀를
기울여 보세요.
여러분의 혈액이 모든 세포에다 산소와 영양분을
운반하며 몸을 통해 흐를 때, 그것을 느껴보십시오.

여러분은 독립된 생명의 창고입니다.
여러분은 우주의 축소판입니다.
여러분은 신(神)의 한 복제품입니다.
모든 생명이 여러분을 통해 고동칩니다.
모든 지식이 여러분 안에 담겨져 있습니다.
모든 것에 여러분은 접근할 수가 있습니다.

그저 내면으로 들어가서 물어보세요,
그런 다음 귀를 기울이고, 느껴보세요
그러면 모든 해답이
자신 안에 있음을 알 것입니다.
왜냐하면 여러분은 **모든 것 안에 있고**
그리고 **모든 것은 하나**이니까요.

모든 지식을 담은 살아있는 도서관이
여러분 각자의 내면에 있습니다.

나는 오늘, 만물의 창조주이자 우리 모두 안에 살아 계신 신의 이름으로 여러분에게 인사드립니다. 여러분과 우리와의 거리는 멀지 않고 공간적으로 단지 몇 킬로미터라는 것을 아십시오. 이 거리가 우리를 물리적으로 갈라놓더라도, 우리는 나무에 잎이 달려 있는 거리처럼 가깝기 때문에 여러분의 얼굴을 스쳐가는 바람처럼 가깝습니다. 우리의 의식은 지구의 깊은 곳에서 흘러 나와 매 순간 당신들을 어루만지고 축복하고 있습니다.

우리는 특히 이 위대한 지구가 진화하는 것을 돕고 동시에 우리 자신의 진화를 위한 안식처를 갖기 위해 이곳에 왔습니다. 또한 우리는 지상에 사는 여러분을 우리 모두가 함께 만나 하나가 될 수 있는 더 높은 빛의 영역으로 데려오기 위해 이곳에 머물러 있습니다. 우리의 의식의 융합됨으로써, 우리는 모든 아바타들(avatars)[5]이 우리를 기다리고 있는 더욱 더 높은 세계로 우리 모두를 데려갈 수 있는 거대한 빛의 힘을 형성하게 됩니다. 그러므로 의식으로 우리와 함께 올라서십시오. 그리고 지구를 통해 우리와 함께 흐르며 돌아오는 그 흐름에서 우리의 생각을 읽어보십시오. 그리하여 우리는 예정돼 있던 대로 서로 간에

5)인간을 돕기 위해 고차원의 세계로부터 지상에 육화했던 높은 빛의 존재들을 말한다. (편집자 주)

대화를 할 수 있습니다. 우리의 이런 대화와 만남은 우리 모두를 더 높은 빛의 차원으로 이동시킬 것입니다.

오늘 우리는 영광스럽고 찬란한 빛 속에서 여러분 앞에 왔으며, 우리의 모든 지혜를 제시하고 결코 끝나지 않는 자신의 영적행로에 있는 당신들을 격려하고자 합니다. 그 길은 오직 여러분 내면에 있는 신(神)의 영광을 향해 나가도록 인도합니다. 여러분이 찾고 있는 모든 해답, 필요한 모든 설명이 여러분 안에 있습니다. 그 모든 것이 우주에 관한 온갖 정보를 저장하는 여러분 내면의 광대한 인간 신전 안에 존재합니다. 그리고 우리는 여러분이 그곳으로 접근하라고 손짓하며 부릅니다.

우리는 생각으로 우리를 따라 오라고 여러분에게 손짓하며, 여러분이 그렇게 할 때, 우리는 세속적인 모든 걱정거리와 문제들을 해결하도록 도울 수 있습니다. 우리가 여기 있다는 것을 이제 여러분이 알았으니, 필요할 때는 우리를 부르십시오. 우리는 여러분의 말을 듣고 응답할 것입니다. 지상에 있는 여러분 각자와 연결되는 것, 이것이 우리의 사명이며, 우리의 꿈입니다. 그리하여 우리가 친절하게 여러분을 이끌어 여러분 자신의 고등한 자아(higher self)의 빛, 여러분이 실제로 살고 있는 그 빛 속으로 안내하는 것입니다. 그곳은 모든 것이 저장되어있는 장소이며, 바로 인간 존재 속에 감춰져있는 정보의 문을 여러분이 열어주기만을 늘 기다리고 있는 곳입니다.

이 시점에서 지구상의 모든 생명체는 단지 그 자물쇠를 슬쩍 돌려 여는 것만으로 의식의 내부 문에 접근할 수 있습니다. 그러므로 이 문으로 가서 그것을 여십시오. 그러면 여러분은 이곳에서 여러분과 함께 영원으로 걸어갈 준비가 되어있는 우리를 발견할 것입니다. 우리는 항상 당신들에게 빛을 비추고 있으며, 또한 우리의 사랑을 항상 전하고 있습니다. 그리고 우리는 언제나 우리의 생각을 여러분에게 전송하고 있습니다. 그것들을 포착하십시오. 그리고 다시 우리에게 돌려보내세요.

우리는 우리의 가정이자 고향인 지구 내부에 아늑하게 안겨 있고, 거기서 우리는 매우 안전하고 걱정 없이 안정돼 있습니다. 그리고 우리는 이 안전과 편안함을 여러분에게 제공하려 합니다. 우리는 여러분이 우리를 따를 것이라는 희망으로 이것을 제공하며, 그리고 우리는 여러분 자신의 가슴 공간 속에 있는, 바로 그 여러분 자신의 빛의 신전 안에 있는 신의 가슴 속으로 여러분을 데려갈 것입니다.

우리는 여러분 모두를 아주 깊이 사랑합니다. 우리는 여러분의 꿈에 대해 알고 있고, 평화롭고 풍요로운 삶을 살고 싶다는 소망을 알고 있습니다. 그러므로 존재하는 모든 것과 여러분이 성취할 수 있는 모든 것들을 우리가 완전히 탐구하고 있으니, 우리와 함께 여행하십시오. 그저 이 탐사가 여러분의 내면에서 이루어진다는 것만을 아십시오. 다시 말해 아무데도 갈 필요가 없습니다. 여러분은 현재 앉아있는 바로 그 곳에서 자신의 영혼과 우주의 깊은 곳을 탐구할 수 있습니다. 어떤 종류의 물리적 여행도 필요가 없습니다. 그냥 우리를 손짓으로 부르면, 우리가 여러분을 거기로 데려다 줄 것입니다. 일단 여러분의 의식을 우리의 의식과 융합하면, 우리는 하나입니다. 그리고 우리와 함께 여행할 수가 있습니다. 우리는 우주의 가장 바깥쪽과 여러분 영혼의 가장 깊은 곳까지 함께 여행할 수 있습니다. 그리고 우리는 하나의 의식으로 결합하여 별들을 향해 우리의 우주여행에 나설 수 있습니다.

모든 지식이 저장된 살아있는 도서관은 여러분 안에 있습니다. 내면의 이 접속지점에서, 여러분은 거기에 있는 모든 정보를 즉시 이용할 수 있습니다.

여러분이 물리적으로 책의 페이지를 넘길 필요가 없습니다.
즉 그저 자신의 영혼 안에서 그 페이지를 넘기십시오.
그리하면 모든 지식과 모든 지혜를 재발견할 것입니다
그것들은 언제나 있었고, 또 앞으로도 늘 그럴 것입니다.

여러분은 명상에 들어가서 이것을 하며, 의식적으로 신(神)이라는 근원과 접속합니다. 그리고 여기에서 자신과 함께 숨겨진 영역을 탐험할 수 있도록 여러분의 빛의 가족인 지저 도시들과 공동세계에 있는 친구들을 부릅니다. 여러분이 읽을 수 있게 숨겨진 세계들이 노출되고 페이지가 열리기 전까지는 말이지요. 이것은 여러분이 지구계를 떠나 다시 한 번 자유로워질 때, 야간에 자신의 에테르체로 탐사하는 세계와 동일한, 숨겨진 영역입니다. 그러므로 여러분의 생각으로 우리와 함께하고 자신의 시각으로 지저 공동세계를 탐험해 보십시오. 그리고 여러분이 우리와 연결되기를 마냥 기다리고 있는 우리를 보십시오. 그리하여 우리가 지저공동세계와 별들로 향한 여행에 여러분을 데려갈 수 있도록 하십시오.

# 17. 동시성, 상상력, 그리고 재생

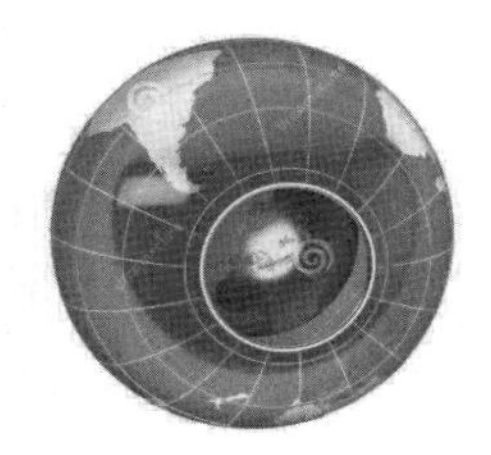

## 동시성은 조화의식의 결과이다

미코스입니다. 오늘 나는 지구 속에서의 우리 삶에 대해, 그리고 동시성이 우리의 모든 움직임과 사고(思考)를 어떻게 인도하는지를 이야기할 것입니다. 왜냐하면 우리는 우리의 우주에 널리 보급된 조화의식 속에 있기 때문입니다. 그리고 일단 이런 의식의 주파수 속에 있게 되면, 여러분은 이 파동대(波動帶) 안에 존재하는 모든 생각 및 정보에 접근하게 됩니다. 이것은 모든 지상 거주자들에게 열려 있는 경로입니다. 만약 여러분이 이 길을 따라 간다면, 이 길은 여러분을 지저세계의 우리 모두와 우주 속의 모든 생명체와의 조우로 이끌게 될 것입니다.

한 번 여러분이 조화의식 속에 있게 되면, 단지 지구뿐만 아니라 우주 도처의 모든 생명과 동시성 속에 있게 되므로 모든 것이 제자리를 잡게 됩니다. 이것이 '뜻밖의' 기회가 여러분에게 오는 방법입니다. 자, 창공은 우주입니다. 그리고 일단 여러분의 길이 '전 우주'에 알려지면, 하늘이 여러분의 손에 달려있어 지구상에서 완수할 필요가 있는 여러분의 임무에 맞춰 그런 사례와 사건과 수단이 마련됩니다.

그것은 우리 우주의 보편적 흐름 속에서 이루어집니다. 그리고 이것이 우리가 지저에 살 때 우리가 존재하는 방식입니다. 우리는 우주의 모든 생명체와 접촉하며, 우주에서 발생하는 모든 것을 보고 듣고 느낄 수 있습니다. 이런 이유로 우리의 지저에서의 삶이 그렇게 마법 같은 것입니다. 이것을 결정하는 것은 우리가 지구의 깊은 곳에 있어서가 아니라 그 핵심은 우리 의식(意識)의 폭입니다 - 그리고 우리의 의식은 우주와 함께 확장됩니다. 우주와 우리는 하나입니다.

그렇기에 여러분도 존재하는 모든 것과 하나입니다. 그리고 유입되는 에너지가 흘러서 여러분 내면에서 통합됨에 따라, 여러분의 생명과의 접속이 완전히 연결될 때까지 증가할 것입니다. - 그 결과 조화의식이 생겨납니다. 일단 이런 일이 발생하면, **마법은 평범하고 일상적인 것이 됩니다.** 왜냐하면 여러분의 삶이 어디서나, 모든 생명에게 다시 연결되는 그 마법을 흡수하니까요. 그리고 여러분은 갑자기 자신이 충분히 안전하고 완전하게 보호받는 신(神)의 팔에 안겨있음을 발견합니다.

이것이 우리 은하계의 중심태양으로부터 여러분에게 향하고 있는 강렬한 에너지가 여러분을 데려가는 곳입니다. 그것이 여러분이 지구에 왔을 때 여러분 모두가 두고 왔던 주파수로 귀향시키고 있습니다. 지구 공동세계에서 우리는 이 주파수를 유지해 왔습니다. 그리고 지리적인 격리 때문에 우리는 조화의식을 지속해올 수 있었고, 여러분이 우리와 합류하기를 기다리고 있습니다. 일단 여러분이 이런 연결을 이루기만 하면, 전체 지구가 불꽃 - 상승의 화염 - 속으로 들어서서 눈 깜박할 사이에 더 높은 진화의 차원으로 올라갑니다. 조화의식 속에서는 '그곳(지상)'에 있는 것과 '여기(지저)'에 있는 것 사이에 아무런 시간경과가 없습니다. 그러니 우리와 함께 이 여행에 오르십시오. 이 여행은 여러분의 영혼을 열반의 경지로 데려 갈 것입니다.

지저공동세계에서, 우리는 우리가 생각하는 모든 것을 창조합니다. 왜냐하면 우리는 각 생각을 인식하고 그 결과를 자각하고 있기 때문입니다. 그러므로 우리는 이미 완벽한 우리의 삶을 더 향상시키고자 우리가 원하는 것을 정확히 창조할 수 있습니다. 우리는 지상에서 하는 것처럼 (목표를) '맞추거나' '빗나가지' 않습니다. 지상에서는 원하는 것과 원하지 않는 것 모두를 만들어서 혼란과 어려움을 삶에 가져오고, 동시에 여러분은 그것을 완벽하게 하려고 합니다. – 그러면 그때 여러분은 '달라지는 것이 아무 것도 없는' 것처럼 보입니다. 우리는 여러분이 겪는 이 과정을 우리가 수천 년 동안 지켜본 대로 지저세계에서 컴퓨터 화면을 통해 이해합니다. 여러분이 모든 어려움을 해결하고 삶의 모든 장애물을 뚫으려고 노력할 때, 여러분은 앞으로 일보(一步) 전진했다가 일보 후퇴합니다.

머지않아 모든 파괴적인 세력들이 드러나고 제거될 것이므로 여러분은 그들의 부정적 영향을 자신의 삶에다 받아들이거나 반영하지 않을 것입니다. 환영(幻影)의 베일은 뚫렸고, 여러분은 정치인들과 법률이 실제로 무엇인지에 대해 알기 시작할 것입니다. 즉 그것은 그들이 스스로 주장하는 것처럼 삶의 촉진자들이 아니라 오히려 삶에 대한 장애물입니다. 우리는 지저공동세계에서 부정적인 간섭을 하지 않으며, 이것이 바로 우리의 삶이 완벽하게 보이는 이유입니다. 그리고 신의 에너지는 부정성과는 융합되지 않을 것이기에 곧 지상에서도 부정적인 간섭이 사라질 것입니다. 이 부정적인 존재들은 그 강도면에서 오직 증가하기만 하는 새로운 에너지의 유입에서 살아남지 못할 것입니다. 지구의 차원상승은 이제 확실하며, 오직 빛 안에서만 살고 싶다는 당신들의 열망 역시도 완전히 보장됩니다. 일단 여러분이 '에너지 라인'을 넘어서기만 하면, 갑자기 우리 지저인(地底人)들과 우리 우주의 도처에서 온갖 생명들을 발견하게 될 것입니다. 존재하는 것과 존재하지 않는 것에 관한 여러분의 인식에 이러한 분리를 일으킨 것은 바로 환영의 장막이었습니다. 흐려져 있던 것은 단지 당신들의 시야였습니다. 왜냐하면 우리는 – 늘 이곳에 있으면서 – 여러분이 우리를 볼 수 있게 해주는 고등한 의식이라는 교정 렌즈를 착용하길 기다리고 있기 때문입니다.

우리는 여러분을 지난 1,200만년 동안 지상에서 일시적으로 길을 잃은 우리의 형제자매로 알고 있습니다. 여러분은 의식을 통해서 진정한 자신으로 돌아가는 길을 찾고 있고, 참으로 스스로 살고 싶어 하는 종류의 삶을 규정짓고 있습니다. 여러분이 지금 사는 삶은 인간의 희미한 시력에는 자유처럼 보이지만, 보다 높은 의식으로 '삶의 렌즈'에다 초점을 맞춘다면, 이 자유는 사실상 위장된 노예상태임을 알게 됩니다. 사실상 무료여야 할 생계유지를 위해 장시간 동안 일해야 할 때 여러분은 노예 상태에 있으며, 노예입니다. 지구를 둘러싼 전자기 격자망은 필요한 모든 에너지를 무료로 공급할 수 있습니다. 여러분의 정부는 이것을 알고 있으며, 그들은 스스로 그것을 이용합니다.

***이런 프리 에너지(Free energy)의 은폐가 바로 여러분을 빚에다 계속 묶어두는 그들의 방법입니다.*** 부채에 얽매여 있는 것이 자유가 아니라 노예상태가 아니면 무엇이겠습니까?

직장에서 매일 보내는 시간이 길어질수록 여러분의 인생은 더욱 더 불균형을 이루게 됩니다. 여러분에게 진정으로 필요한 것은 돈이 아니라 자신의 삶을 반추할 시간이고 자연 속의 야외에서 보낼 시간입니다. 이것이 자유의 참된 의미입니다 – 즉 그것은 여러분의 삶을 열매 맺고, 꿈을 실현하며, 삶을 다시 균형 잡고, 가족을 다시 화합의 둥지로 모으기 위한 시간을 갖는 것입니다.

지구 공동세계에서 우리의 가족들은 완전히 조화를 이루고 있고 우리가 하는 모든 일에서 서로를 전폭적으로 지원합니다. 우리는 항상 저녁 식사를 함께하며, 식사 후에는 언제나 노래하고 춤을 추는 시간을 갖습니다. 우리는 '재미'라는 용어를 정말로 잘 이해하고 있으며, 그것이 우리 삶의 상당 부분을 차지합니다.

우리는 여러분의 삶을 돕기 위해 지저공동세계에서 이 메시지를 전합니다. 우리는 지저세계에 있는 여러분의 '생명 지원 시스템'이며, 여러분이 지상의 삶에서 완전히 회복되어 우리와 같은 높은 존재방식의 세계로 의식이 변화할 때까지, 우리의 에너지를 계속 공급할 것입니다.

## 내면의 빛

우리는 우리의 빛을 하나의 거대한 신호로 결합시켜서 그것을 지각(地殼)을 통해 지표면에 있는 주민들에게 전송합니다. 지구 내에서의 우리의 삶은 항상 따뜻하고 밝고 평화로우며, 우리의 영혼은 항상 신(神)의 빛과 더불어 춤추고 있습니다. 신의 빛이 이렇게 내면에 반사되는 작용은 우리의 마음과 몸을 밝게 비추고 우리 주변에 빛의 후광을 형성하여 우리 내면에서 방사됩니다.

여러분 역시도 내부의 빛을 외부로 반사할 수 있습니다. 그냥 여러분의 척추를 통해 흐르는 빛 에너지의 전류에 집중하고 자신을 통과하는 그것을 증대시키십시오. 이것이 지금 여러분을 위대한 우주의 중심태양과 연결시킨다는 것을 알고서, 즉시 천 개의 태양으로 이루어진 거대한 빛으로 여러분을 충전시키세요. 그냥 그것을 보고, 느끼고, 인식하십시오. 여러분은 일종의 강력한 태양입니다. 여러분의 빛만으로도 지구상의 모든 전기제품과 발전기에 전원을 공급할 수 있습니다. 이것이 여러분 모두가 강력해지는 방법입니다. 그리고 일단 여러분 모두가 여러분 자신에 관해 "알게" 되고 "발견하게" 되면, 전기 및 난방비를 지불할 필요가 없게 될 것입니다. 왜냐하면 여러분은 자신의 내부 열과 빛을 공급할 것이고, 그럼으로써 주변의 요소들이 여러분의 진동 흐름에 보조를 맞춰서 여러분 에너지장 내의 모든 생명을 끌어올리게 되기 때문입니다. 이것이 바로 진정한 통달이며, 이것이 "진정한" 여러분인 것입니다.

따라서 여러분 안에 있는 빛과 사랑에만 집중하십시오. 그리고 천천히, 점진적으로 여러분은 지구의 주파수를 멈춰질 수 없는 상승의 흐름으로 끌어올리겠지만, 힘과 속도만을 얻을 것입니다. 그리고 거대한 파도가 5차원의 해변에서 부서지듯이, 여러분의 모든 것을 그 해안에다 쏟아 부울 것입니다.

나는 지저세계에서 사랑의 파도를 여러분에게 퍼붓고 있는 그 바다 물결의 일부인 미코스입니다

## 상상력은 우주의 진정한 본질이다

빛은 우리의 가정 안에서 매우 밝아서 은빛 광선처럼 비추며 반짝입니다. 우리는 모든 우리의 삶을 풍요와 화려함 속에서 살았으며, 어떻게 그것이 지상의 여러분에게 비켜갈 수 있었는지가 의아합니다. 여러분이 주위를 둘러본다면, 지구의 풍요와 아름다움을 볼 수 있을 것입니다. 그럼에도 당신들은 그것을 자신의 삶에다 반영하지 못했습니다.

대신에 여러분은 지구의 아름다움의 반대쪽을 반영합니다. 지상의 인간들은 자신 안에서 만들어낸 결핍과 황폐함을 반영하며, 이것이 삶의 진정한 모습이라고 생각합니다. 하지만 여러분의 영적인 시각이 발달하는 만큼, 자신을 둘러싼 모든 생명의 진정한 정체를 보기 시작할 것입니다. 그리고 나서 충격적인 깨달음과 더불어 여러분의 '진정한' 환경을 구현해내고 천국을 지구로 가져올 것입니다. 그것은 그렇게 간단합니다. 천국은 항상 여러분 주변에서, 그리고 여러분 안에 존재하고 있으며, 여러분

이 그것을 볼 수 있기를 기다리고 있습니다.

여러분은 자신의 삶의 흐름 주변에다 감옥 창살을 만들었습니다. 그리고 지금은 여러분의 더 높은 시각으로 그것을 해체할 때입니다. 그것을 꿰뚫어 올바르게 보십시오. 여러분이 하는 대로, 그것은 여러분의 고등한 시각의 주파수에 의해 결코 재발하지 않고 제거될 것입니다. 이것이 우주를 내다보는 방법입니다. 즉 여러분의 과거의 모든 선입견과 신념을 자세히 살펴보고 전체 우주의 아름다움에 초점을 맞춤으로써 말입니다. 여러분이 그것을 자신의 시각으로 통찰할 수만 있다면, 여러분이 아는 것이 거기에 있다는 것을 압니다.

여러분은 자신의 상상을 통해 이것을 합니다. 그것은 전혀 허황된 공상이 아니라, '이미지화하기' 또는 자신의 주위에 실제로 존재하는 것에 집중하는 것입니다. 여러분은 상상이 비현실적이라고 배워왔지만, 오히려 상상력은 매우 실재적입니다. 그것은 우주의 진짜 실체이며, 여러분의 발이 아직 지구를 딛고 있는 동안 모든 존재를 볼 수 있는 방법입니다.

그것은 '엑스레이' 시력과 같으며 실제입니다. 그것이 보통의 시야 너머를 볼 수 있는 방법입니다. 만약 여러분이 신에게 주파수가 동조돼 있다면, 자신의 마음을 거기에다 집중할 때 모든 존재의 아름다움과 진실을 보게 될 것입니다. 그것을 여러분의 상상 속으로 들어오게 하십시오. 여러분이 상상할 수 있는 모든 아름다움과 화려함으로 그것이 올 것이니까요. 그것의 중대성을 고갈시키거나 막아버릴 수 있는 것은 오직 여러분의 생각뿐입니다. 또한 여러분 주변에 넘쳐나는 나머지 존재로부터 여러분을 차단시키고 있는 것은 오직 자신의 낡은 신념체계일 뿐입니다.

그러므로 상상 속에서 여러분의 눈을 열고, 그 눈이 행성과 은하계를 돌아다니게 하십시오. 그러면 여러분이 어디를 가든 인간이 혼자가 아니라는 사실을 확실히 알게 될 것입니다. 생명들이 무수한 온갖 형태와 차원들 속에서 어디서나 여러분을 둘러싸고 있습니다. 모든 것이 의식의 각기 다른 주파수에 맞춰져 있습니다. 그러나 여러분은 공간이 프라나(氣)와 함께 에너지적인 불꽃으로 가득 차 있을 때, 주변 공간을 느낄 수 있습니다. 프라나는 여러분이 자유롭게 음식에 의존하지 않게 할 수 있으며, 생명력으로 여러분을 채울 수가 있습니다. 다른 항성계의 모든 진보된 문명들은 성 저메인(St. Germain)이 육체로 지상 사람들을 방문할 때 그랬던 것처럼, 프라나로 삽니다.

프라나는 우주의 본질입니다. 그리고 여러분 몸의 젊음과 완벽한 영양을 영원히 유지시켜 줄 것입니다. 여러분이 자신이 누구인지에 대해 더 깨어남에 맞춰서 프라나가 (하늘의) 열린 관(管)으로부터 여러분의 크라운 차크라(백회)로 흘러들어와 일직선으로 여러분 몸을 관통해서 지면으로 내려오는 것을 상상하십시오. 프라나가 자신에게 들어오는 것을 상상하고 집중하세요. 만약 여러분이 프라나를 유입하는 수련을 다시 시작하고 그것을 유지할 수 있다면, 자신의 몸을 완전한 상태로 되돌리게 될 것입니다.

지저공동세계의 우리는 우리의 고향에서 '자란 음식'을 먹는 것도 즐기지만, 프라나에 의해 영양을 얻습니다. 우리는 건강하고 튼튼하며, 생활하는 가운데 단 하루도 결코 아프지 않습니다. 두통과 스트레스는 우리에게 알려져 있지 않습니다. 왜냐하면 우리가 느끼는 모든 것은 우리 주변에서 방사되는 평화와 고요함뿐이니까요.

여러분의 의식이 높아지면, 자기 주변 삶의 아름다움과 완벽함을 점점 더 느끼게 되고, 그것을 자신의 모습과 감정과 생각을 통해 표현할 수 있게 될 것입니다. 나는 항상 여러분에게 다이아몬드 빛으로 밝게 빛나는 미코스입니다.

### 재생의 원천

나는 지저공동세계의 중심에 있는 포토로고스 도서관에서 여러분을 기다리고 있습니다. 우리는 오늘 여러분을 환영하며, 텔레파시 핫라인(hotline)을 통해 일요일에 연결되어 기쁘게 생각합니다. 이 핫라인을 통해 우리는 지저에 있음에도 불구하고, 여러분이 우리의 생각과 감정에 접근할 수 있게 됩니다. 그리고 리턴 루프선으로, 우리는 여러분의 라인에 접근합니다. 우리의 생각이 하나로 융합할 때, 우리를 충분하고도 완전하게 연결시켜주는 것이 우회적인 루프선입니다.

오늘은 일요일이며, 별을 올려다보는 동안 우리는 지저의 천국에 있음을 느낍니다. 비록 여러분의 몸이 지구상에 있을지라도, 천국은 여러분의 가슴이 있는 곳에 있습니다. 4월은 부활의 멋진 달입니다. 그것은 새로운 생명과 향기와 새로운 미래에 대한 희망을 싹틔우는, 우리 영혼의 원천입니다. 모든 생명은 봉오리와 녹색의 외관으로 꾸며져 있으며, 가장 좋은 향기가 나는 화려한 꽃과 수풀과 나무로 활짝 필 준비가 돼 있습니다. 그것은 계절의 전환점입니다. 모든 생명은 이런 영광스러운 사건을 예상하며 기다립니다. 마치 모든 인류가 그들의 의식이 인간을 둘러싼 하늘세계의 향기와 광경과 소리에 대해 발아하고 꽃피우고 열리기를 기다리고 있는 것처럼 말이지요. 여러분 모두는 여러분을 더 높은 삶의 차원으로 발진시킬 생명의 위대한 부활, 몸과 영혼의 재생과 회춘을 위해 준비하고 있습니다. 여러분은 그 고등한 차원에서 여러분을 기다리고 있는 우리를 발견할 것입니다. 그리고 우리는 너무 오랫동안 기다렸습니다. 마침내 생명의 원천이 여기에 있으며, 지구 전체는 이제 창조주의 다이아몬드 꽃잎으로 피어나고 있습니다.

여러분의 빛으로의 진입은 느리고 지루했으나, 시간이 빨라졌습니다. 이제 여러분은 하늘의 흐름이 자신의 영혼에 도달할 수 있고 창조주의 다이아몬드 빛이 여러분의 세포에 스며들 수 있는 단계에 있습니다.

## 새로운 황금시대

지상에 있는 나의 가장 소중한 이들이여, 나는 지구 중심부 안의 깊은 곳에 위치한 포토로고스 도서관 내실에서 여러분과 이야기하고 있습니다.

지상의 빛은 초고속으로 확장되고 있고 우리가 믿을 수 있는 것보다 더 빠르게 기하급수적으로 증대되고 있습니다. 여러분 모두는 자신의 삶에 얽혀 움직이면서 지구 내부에 살고 있는 여러분의 보이지 않는 형제자매들의 의식을 따라 잡기 위한 경주를 하고 있습니다. 우리는 지상의 일반대중이 우리의 의식 수준에 도달하기를 거의 기다릴 수가 없습니다. 왜냐하면 지금은 우리 지구 전체가 위대한 빛의 별로 작열하고 한 번의 도약으로 여러분이 마침내 5차원에 이르러야 할 때이기 때문입니다. 그런 단계에서야 여러분은 새로운 시력으로 지저공동세계를 볼 수 있고 우리를 볼 수가 있습니다. 그때 당신들은 자신의 주변에서 보게 되는 모든 것과 전에는 전혀 보지 못했던 저 위 하늘에서 보이는 것에 매우 놀랄 것입니다.

우리는 모든 지상 거주자들이 빛을 받아들이고 영단이 지구행성에다 계속해서 빛의 증대시킬 수 있도록 해준데 대해 매우 감사합니다. 빛이 그렇게 강렬하게 지구를 채울 수 있고 여러분의 몸에 도달할 수 있는 것은 감수성에 달려있습니다. 제한된 의식으로 사는 여러분의 장구한 삶은 끝났으며, 여러분의 몸은 완전한 의식으로 돌아가기 위해 준비하고 있는 중입니다. 인류는 새로운 황금시대의 문턱에 있으며, 오직 빛과 완벽함과 풍요로움으로 가득 찬 시대가 영원히 지속되도록 예정돼 있습니다.

고래류가 인간들에게 성화(聖火)를 전달함에 따라 여러분은 지구의 새로운 수호자들입니다. 그리고 여러분은 마침내 그것을 받아서 완전히 마음을 비우고 기쁨 속에서 달릴 수가 있습니다. 우리는 지구 속 아래에 있는 여러분의 이웃이지만, 우리의 마음은 마치 옆집에 사는 것처럼 여러분 가까이에 있습니다.

머지않아 우리의 문이 여러분에게 열리게 될 것이고, 여러분은 우리를 방문하기 위해 지저세계로 내려올 수가 있습니다. 또한 차례차례 우리는 차 한 잔하기 위해 여러분의 현관 벨을 울리고 찾아올 것입니다. 이것은 지상과 지저 문명 간의 정말로 영광스런 융합이 될 것입니다. 미래에 대해서는 오직 사랑과 평화라는 희망만이 존재합니다. 그 외의 어떤 것도 존재할 수 없으니까요. 예언자들과 선지자들은 지구의 이 시기에 관한 예언을 했으며, 이제 그 시대가 이곳에 와 있습니다.

어둠이 물러나고 있고 주요 권력자과 비밀 도당들이 퇴각하고 있습니다. 그들은 권력의 자리와 통제에서 물러나거나 그 결과에 책임을 지라는 명령을 받았습니다. 그들은 제거될 것입니다. 평화를 위한 신성한 계획의 시행시기가 다가옴에 따라 지구상의 모든 정부들에게 많은 변화가 있게 될 것입니다.

## 그리스도 의식의 회복

안녕하세요. 지구공동세계에 있는 여러분의 형제인 미코스입니다. 지상을 막 휩쓸고 인류를 빛과 사랑과 영원한 평화의 5차원으로 몰고 가려는 상승파동에 대한 기쁜 소식을 전하고자 합니다. 우리는 지구 행성 안과 그 위에 있는 모든 생명체를 삼켜버리고 있는 에너지의 흐름을 느낄 때, 지저에서 여러분을 축복합니다.

모든 살아있는 종(種)들은 사랑과 빛의 새로운 세계로, 즉 모든 존재들이 제약과 한계와 가난과 전쟁으로부터 벗어나 영원을 향해 그들의 영속적인 진화를 계속할 수 있는 세계로 인도될 것입니다.

사랑하는 이들이여, 그때가 "지금"입니다. 예수께서 예언했듯이, 하느님의 왕국이 가까이에 와 있습니다. 그가 말한 귀환은 여러분의 가슴 속에 그리스도의 의식(Christ Consciousness)이 회복되는 것이며, 저 위 어딘가에서 구름으로 오는 것이 아닙니다.

그러니 똑바로 서서 여러분의 주권을 느껴보십시오. 그리고 신성한 자신의 그리스도 자아와 연결되어 그것을 여러분의 육체로 완전히 가져와서 모든 것을 능가하는 힘과 깨달음을 경험하십시오. 여러분 안에서 우리를 느껴보세요. 여러분은 우리의 한 부분이므로, 실제로 우리는 당신들의 큰 부분입니다.

여러분의 신아(神我)는 여러분의 가슴과 마음 속의 통치권을 행사할 준비가 돼 있으며, 이것이 우리와의 합일을 통해 당신들의 의식을 완전히 이끌어낼 것입니다 – 그런 상태에서 여러분은 지상에 머물러있을 때조차도 우리의 세계를 인식할 수 있을 것입니다.

우리는 여러분에게 친밀감을 느낍니다. 그리고 여러분의 의식이 우리와 함께 하나의 타오르는 빛으로 점화되어 예수가 언급한 "많은 저택"이 있는 "아버지의 집"으로 지상의 모든 인류를 데려오기를 기다리고 있습니다.

여러분이 이 여행을 의식으로 "위로" 높여갈 때, 동시에 여러분은 "아래로" 나아가 길 건너편의 집을 보는 것처럼 우리를 분명하게 볼 수 있게 됩니다. 또한 여러분은 태양계와 은하계에 존재하는 모든 것을 볼 수 있게 될 것입니다. 여러분은 너무 가까이 있고, 우리는 여러분의 진보와 아주 많은 빛을 신속하게 흡수할 수 있는 능력에 매우 기뻤습니다. 우리는 지각 아래에서 여러분을 응원하며 지상 사람들을 만나는 즐거움을 기대합니다. 우리는 지상의 주민들을 우리의 고향으로 받아들여 육체적으로 얼싸안을 준비가 되어 있습니다. 우리는 여러분이 우리의 빛의 영역으로 들어오기를 기원하며 기다립니다. 나는 카타리아 시민들을 대신해서 여러분에게 말하고 있는 미코스입니다.

## 18.지구와 수정

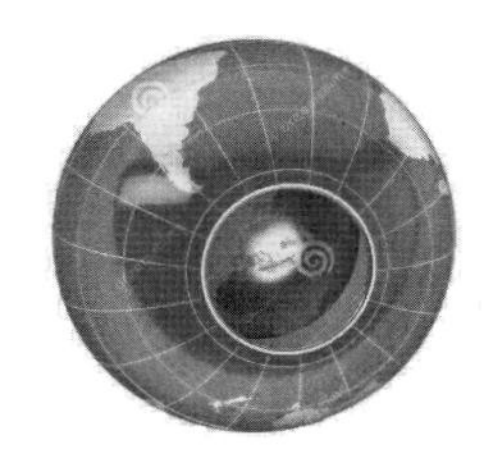

**우리의 지구는 그녀 자체가 일종의 수정이다.**

나는 미코스입니다. 그리고 우리는 당신(다이안 로빈스)이 이 전송 메시지를 테이블에 앉아 수신할 때, 동시에 우리의 사랑과 보호의 에너지를 방사하여 당신 주위에다 모았습니다. 우리의 마음이 융합되었고 우리의 가슴이 하나라는 것을 아십시오. 오늘 우리는 당신이 손에 쥐고 있는 것을 포함하여 지구 내부의 수정(水晶)들에 대해 이야기할 것입니다. 수정은 살아있는 존재이기 때문에, 인간의 눈이 인식하는 것보다 훨씬 더 많은 수정들이 있습니다. 그것들은 존재하는 모든 것의 기억을 담고 있는 순수한 의식(意識)입니다. 수정들은 말 그대로 세상의 사건들을 간직합니다.

수정 에너지는 지구, 여러분의 몸, 여러분의 세포를 진동시키는 에너지입니다. 그것은 모든 생명을 하나의 맥박으로 모으는 우주의 진동하는 힘입니다. 우리의 맥박과 모든 생명체의 맥박이 이 진동에 맞춰서 뜁니다. 왜냐하면 이 진동이 생명체들인 생물과 무생물의 심장을 뛰게 하고 있기 때문입니다. 우리가 수정과 바위와 돌을 무생물이라고 말하기는 하지만, 그것들은 지구와 동시성을 지닌 진동을 가지고 있습니다. 그리고 우리가 손에 수정을 쥐었을 때, 그것은 - 이곳의 모든 생명체의 어머니인 - 지구에 대한 우리의 연결 상태와 맥박을 잘 조정합니다.

우리의 생각들은 우리의 진동에 따라 주변 환경과 조화되거나 조정되지 않은 파형으로 우리로부터 발산되는 에너지의 파동입니다. 현재 지구의 대부분의 것들은 불규칙적으로 맥박이 뛰고 있고, 말하자면 '자연의 힘'과 부조화상태에 있는 까닭에 여러분은 수정으로 자신과 가정을 둘러쌈으로써 자연의 리듬으로 되돌아갈 수 있습니다.

여러분이 명상하는 동안 수정을 손에 쥐는 것이 여러분의 에너지가 지구와 조화를 이루게 만드는 최선의 방법입니다. 그리고 그 에너지가 지구와 조화를 이룰 때, 여러분은 지구의 자기격자선(magnetic grid line)과 일치하게 되고, "존재하는 모든 것"에 접근할 수 있습니다 - 왜냐하면 만약 여러분이 지구의 주파수에다 파장을 맞추고 있다면, "존재하는 모든 것"은 지구와 여러분 자신을 향한 영원한 흐름 속에 있기 때문이지요. 우리는 이것이 여러분의 가정에서 수정을 소유하는 것의 중요성을 이해하는 데 도움이 될 것이라고 생각합니다. 또한 여러분이 바깥으로 나갈 때 자신의 목 주변이나 주머니, 지갑에다 수정을 소지하고 다니는 것 역시 마찬가지로 중요합니다. 수정은 여러분 주위에다 공명하는 빛의 보호장(protective field)을 방출하기 때문에, 이런 빛의 주파수보다 낮은 어떤 것이 그 보호장을 관통할 수는 없습니다.

수정들은 나무들과 매우 흡사합니다. 그들 역시 나무처럼 돌 속에 싸인 "살아있는 존재"로 여러분이 인식해 주기를 기다리고

있다는 점에서, 그들은 여러분과 대화하기를 갈망하고 여러분 삶의 일부가 될 준비가 돼 있습니다. 수정은 여러분에게 매우 많은 것을 제공합니다. 그들은 여러분이 단지 3차원 밀도만을 느끼지 않고 3차원을 우회하여 더 높은 단계의 인식을 하는 의식수준으로 여러분의 진동을 향상시킵니다. 이런 고차원의 세계에서 모든 생명이 여러분이 입장하기를 기다리고 있는데, 그럼으로써 여러분은 마침내 자신의 육체적인 오감 너머를 "보고 느낄 수"가 있고 인간으로서의 진정한 여러분의 모습인 다차원성(多次元性)을 경험할 수 있습니다.

이것이 우리가 지구 내부에서 일하는 방식입니다. 우리는 항상 우리의 수정들과 공명하며 그들의 주파수에다 맞추고 있는데, 그래서 우리는 지구 내부에서 다차원성을 구현할 수가 있습니다. 왜냐하면 이것이 우리가 알고 있는 유일한 주파수이기 때문입니다. 우리는 항상 수정의 에너지 흐름 속에 있으며, 늘 우리의 수정으로 이루어진 환경과 어머니 지구의 수정 맥박수와 더불어 맥이 뛰고 있습니다. 지상의 여러분도 지구의 수정핵 속에 있는 우리에게 파장을 맞춤으로서 우리의 '맥박'과 일치시킬 수가 있고, 여러분의 가정과 호주머니에다 수정을 계속 간직할 수 있습니다.

모든 생명은 어디에서나 수정질 빛 에너지의 커다란 흐름입니다. 이런 동시발생적인 흐름 속에 있는 행성들은 빛에 속해 있으며, 이 흐름 속에 있지 않은 행성들은 우주의 나머지 부분들과 조화돼 있지 않고 균형이 맞지 않습니다. 지구는 점차 자체의 진동 속도를 높이고 있습니다. 그리고 대중심태양으로부터 지구로 오는 에너지가 가속화되면서 여러분이 동시성 또는 우주와 함께 다시 맥박이 뛸 때까지 여러분의 진동속도도 빨라집니다. 이것이 우리의 전체 우주를 현재의 의식상태를 훨씬 뛰어넘는 거대한 초-다차원의 의식상태로, 그리고 이 우주에 거주하는 누군가가 이전에 알았던 어떤 것 너머로 옮겨가게 할 것입니다.

그러므로 우리에 관한 여러분의 상상과 꿈, 생각을 통해 여러분의 세포가 우리의 것과 공명할 여지가 있을 때, 의식으로 여러분 자신을 우리와 융합시키세요. 비록 지상에서 여러분의 상상력은 여전히 비현실적인 것으로 여겨지지만, 이것은 실제적인 연결입니다. 사실, 여러분을 더 높은 인식의 상태로 인도하는 것은 여러분의 상상력이며, 그런 고등한 인식상태에서 다른 생명체들은 살고 있습니다. 여러분은 자신의 상상을 통해 요정과 대지의 정령, 꼬마 요정과 데바들을 실제로 볼 수 있습니다. 왜냐하면 망각했던 모든 것을 생각해내거나 기억할 때까지, 여러분이 곧 되찾아 다시 자주 경험하기 시작할 감각들 중의 하나가 바로 여러분의 상상력이기 때문입니다.

그렇기에 우리가 오직 하나의 가슴일 때까지, 주파수로 우리와 함께 공명하여 진동하며 여러분의 가슴과 결합된 우리의 가슴을 느껴보세요, 이것이 여러분이 우주의 광활한 공간을 가로질러 우리와 의식으로 함께 있을 수 있는 방법입니다. 그리고 그것은 어디에서든 가장 빠른 종류의 여행입니다.

## 지저공동세계의 모든 것은 수정으로 건조돼 있다.

나는 우주에 대한 우리의 관계와 도처의 모든 생명에 대한 여러분의 관계에 대해 이야기하려 왔습니다. 우리는 하늘의 별들이 우리 옆에 조용히 떠 있을 때, 그 별들을 바라보며 포토로고스 도서관 내의 우리 방에 앉아 있습니다. 비록 우리가 지저세계에 앉아있을지라도 우리는 한 번에 우주를 모든 방향에서 내다볼 수가 있습니다. 우리의 가슴과 마음은 모든 생명의 일체성과 연결고리의 근원인 창조주께 파장이 맞춰져 있습니다.

우리는 지구를 사랑합니다. 그리고 그녀 내부에서 살 때, 우리는 우리 은하계의 다른 태양계들뿐만 아니라 지상에서 지금까지 있었고 또 현재 일어나고 있는 모든 사건들과 정보에 관여합니다. 우리는 이런 사건들을 포착하여 크리스탈 영사기(Crystal Projector)에다 기록하며, 우리의 광대한 도서관에다 안전하게 보관할 수 있도록 파일을 정리하여 보존합니다.

여러분의 수명이 우리와 비교해 너무 짧기 때문에, 우리의 모든 기록은 여러분의 기준에서 볼 때는 오래된 것들입니다. 그러나 이러한 "고대"의 사건들은 우리의 생애 안에 존재했었습니다. 우리는 동일한 몸으로 장구한 세월을 살기에 이 모든 것들이 우리의 수명 동안 발생했습니다. 이것은 우리에게 생명에 대한 다른 시각을 제공합니다. 즉 그것은 지구와 곳곳의 모든 생명을 존경하고 경외하는 것입니다. 우리가 지상에서 일어났던 수많은 시대를 거치며 살았던 까닭에, 우리는 모든 생명이 연결돼 있음을 보았고 그것을 경험했습니다.

이로 인해 우리는 다시 수정(水晶)에 대한 화제로 돌아오게 됩니다. 수정의 진화 역시 오래되었으며, 그들은 항상 존재해왔고 또 지구상의 모든 사건들에 대한 증인이기도 합니다. 그들은 스스로 지구상의 모든 사건을 기록했고 그것들을 방대한 양의 정보를 저장할 수 있는 자체의 수정 "신경망" 안에다 저장했습니다.

이런 수정들은 매우 진화된 존재들입니다. 그리고 그들의 임무는 지구상에서 일어나는 모든 것을 기록하는 것입니다. 그럼으로써 발생하는 모든 것들이 크리스탈 프로젝터에서 재생되고 그것을 통해 배울 수가 있습니다. 모든 삶은 일종의 배움의 경험입니다. 그런데 과거에 관한 지식과 지혜가 없다면, 어떻게 여러분이 배우고 진화, 발전해나가기를 기대할 수 있겠습니까? 여러분의 책들은 모두 실제 상황이나 사실과 거의 유사하지 않은 인류의 의견과 믿음과 이론에 의해 편집된 오류 정보로 가득 차 있습니다. 그래서 당신들이 배우는 모든 것은 지구, 우주, 또는 "인간"의 진정한 본질에 대한 실마리를 주지 못합니다.

우리가 뭔가를 배우고 그것을 우리의 삶에 적용하고자 할 때마다 우리는 수정 기록실(Crystal Recording Room)에 들어갑니다. 그리고 어떤 문제를 해결하거나 사건 및 삶에 대한 이해를 높이기 위해, 우리가 필요로 하는 정보와 지혜로 인도할 일련의 사건들을 재생시킵니다. 이것은 우리의 지구 형제자매들인 여러분에게 중요합니다. 즉 여러분 역시도 이 정보를 이용할 필요가 있습니다. 그리하여 여러분은 선출된 정부 관리들이 어떻게 지구의 자원을 잘못 관리했는지, 또 여러분을 어떻게 오랜 세월동안 사실상 생존투쟁 모드에다 묶어 놓았는지를 알 수가 있습니다. 여러분의 삶은 너무나 통제되어 있고 그만큼 자유가 감소되어 있어서 그것을 알아차리지도 못합니다. 왜냐하면 여러분이 아는 것은 그것이 전부이기 때문이지요. 그리고 지상의 주민들은 그것을 민주주의라고 명명하여, 자유와 동일시합니다.

우주의 빛을 차단하기 위해 어쩌면 그렇게도 여러분의 눈을 가려놓을 수가 있고, 우주에 떠있는 이 작은 섬에다 여러분을 어찌 그렇게 가두어 놓을 수 있을까요! 여러분이 인생의 광란 속에서 갈팡질팡하다보니 외부를 보거나, 지구의 소리를 듣거나, 나무의 사랑을 느낄 수는 없습니다. 비록 그렇더라도 곳곳의 모든 생명이 여러분의 곤경을 인식하고 있음을, 그리고 여러분을 깊은 잠에서 깨워 구조하기 위해 온다는 것을 아십시오. 그러면 여러분이 누구이고, 왜 자신이 여기 지구에 있는지에 대한 의식적인 기억을 되찾을 수가 있습니다. 그리고 지구를 그녀의 현재 밀도에서 여러분이 진정한 "자유"를 직접 체험할 수 있는 더 높은 빛의 세계로 상승시키는 데 자신이 할 수 있는 중요한 역할을 깨닫게 될 것입니다.

수정은 아주 짧은 시간 안에 여러분이 의식을 통해 이런 도약을 할 수 있도록 도와줍니다. 그냥 그것을 가까이 간직하십시오. 그러면 그들이 자신들의 지혜를 금방 여러분의 가슴에다 새겨 넣습니다. 그리하여 (수정을 통해) 여러분의 진동을 오랜 시간에 걸쳐 모아진 모든 지식과 지혜에 쉽게 접근할 수 있는 수준으로 끌어올리십시오. 수정은 그 크기에 상관없이, 여러분 모두를 더 높은 수준의 의식 상태로 옮길 수가 있습니다.

지저공동세계에서 사는 우리는 우리의 모든 "생활영역"과 우리가 가는 모든 곳들이 수정들에 의해 둘러싸여 있습니다. 우리의 주택, 교통기관, 직장, 문화복합단지, 그 모든 것이 수정으로 건조되어 있으며 수정들로 에워싸여 있습니다. 우리의 건물은 문자 그대로 수정의 빛으로 번쩍이고, 우리 몸의 빛도 우리의 진화가 진행됨에 따라 증가합니다. 사랑과 지혜와 자각은 곧 빛이므로 – 여러분이 자신의 존재 속에다 더 많은 빛을 간직하면 할수록, 여러분의 빛의 광채도 더욱 더 커집니다.

그러므로 여러분 자신과 집, 컴퓨터 및 직장에다 수정을 배치해 둘러싸십시오. 그리고 수정을 손에 쥐고 그들과 대화를 해보세요. 그러면 그들의 의식이 여러분 의식으로 옮겨지고 그들의 빛과 지혜가 여러분에게 더해진다는 것을 느낄 것입니다. 그럼으로써 여러분은 자기 주변의 세계에 보다 잘 접근하고 이해할 수 있게 되고, 여러분의 가족과 친구들에게 횃불처럼 빛날 것입니다. 그리고 그 사람들은 여러분 가까이에 있는 것만으로도 편안함을 느낄 것입니다. 다시 말해 여러분은 자신의 에너지장 반경 안에 있는 모두에게 그런 편안한 기운을 방사하게 될 것입니다.

우리는 들판과 숲에서 아주 많은 시간을 보내며, 자연이 어루만져주는 치유를 즐기고, 그녀의 생명흐름이 우리의 혈관을 통해 맥동하는 것을 느낍니다. 여러분 역시도 야외에서 더 많은 시간을 보냄으로써 이와 똑같은 생명의 맥박을 느낄 수 있습니다. 이제 봄이 되었으므로, 여러분은 집에 있는 대신에 우리가 하듯이, 야외에서 앉아서 식사를 할 수 있습니다. 이것은 최고의 휴식이며, 자연으로부터 분리되지 않고 함께 있음으로써 자연과 연결되는 가장 좋은 방법입니다.

수정, 지구, 그리고 모든 생명체는 하나의 의식(意識)입니다. 여러분이 이 동일성(同一性)의 개념을 이해하고 흡수할 수 있다면, 여러분의 삶은 새로운 흐름을 얻게 될 것이고, 동시성(同時性)이 일반적인 상황이 될 것입니다. 왜냐하면 여러분이 자신을 도처의 모든 생명과 다시 연결시키는 더 높은 파장에서 작용하게 될 것이기 때문이지요. 이에 따라 지구상에서 여러분의 꿈을 실현하게 해줄 모든 수단을 이용할 수가 있습니다.

나는 미코스이며, 항상 우리가 마침내 다시 만날 날을 꿈꾸며 오래 전부터 여러분을 서로의 친구로 받아들였습니다. 나는 항상 여러분의 호출신호에 기민하다는 것과 여러분의 의식을 나의 의식과 융합하여 지저에 있는 나의 고향으로 안내할 수 있다는 것을 아십시오. 이런 식으로, 여러분은 삶에서 자신을 인도하기 위한 도움을 두 배로 받을 것입니다. 사실, 만약 여러분이 우리의 주파수대 안에 의식적으로 머문다면, 당신은 언제나 당신이 있어야 할 필요가 있는 곳에서 정확하게 자신을 발견할 수 있습니다. 또한 자신이 지구상에서 자기 영혼의 목적을 달성하기 위해 해야 할 일을 정확하게 수행하고 있음을 알 수 있을 것입니다.

고래과 동물들은 지구의 바다 위치와는 상관없이, “만물”의 주파수 흐름 속에 머물러 있음으로써 서로 교신합니다. 그것은 나무와 동물, 그리고 모든 자연이 서로 소통하는 방식입니다. 그 첫 번째 단계는 모든 생명의 이런 상호연결을 의식적으로 알게 되는 것입니다. 그러고 나서 여러분은 별 다른 노력이 없이도 자신 속에서 그 주파수가 흐르고 있다는 사실을 발견할 것입니다. 이것이 우주에 대한 열쇠이며, 그것은 여러분 안에 있습니다.

## 지구는 우리 은하계의 진열장이다

나는 오늘 지상의 모든 주민들을 향해 조화와 선의로 손을 내밉니다. 우리는 두 팔을 벌려 여러분을 환영하면서 우리가 살고 있는 지구 내부의 우리의 삶과 고향으로 받아들이고자 합니다. 조화는 지구 안의 깊숙한 곳에서 우리 모두를 둘러싸고 있습니다. 그리고 지구는 의식면에서 상승하고 있고 또한 천상계로 상승하고 있는 별이므로 머지않아 조화가 지구 전체를 에워쌀 것입니다.

지구가 우주공간을 통과해 떠돌아다닐 때, 그녀의 지친 여행자들은 상승의 사다리를 타고 오르며, 그것을 통해 모든 영혼들이 자기의 존재에 대해 깨닫게 될 것입니다. 지구로 향하고 있는 엄청난 양의 에너지로 인해 인류의 가슴 속에서 불꽃이 점화되고 있습니다. 매우 거대한 그 화염은 모든 인류가 불붙어버린 그들의 가슴 속에서 불타는 신의식(神意識)의 불꽃입니다. 이 빛이 인류를 깨어나게 하고 있고, 그들이 누구인가에 관한 기억과 몸의 각 세포에 저장된 우주에 관한 지식을 되찾게 하고 있습니다.

우리는 빛이 신성한 어머니 지구의 몸 위로 퍼부어질 때 그것을 보며, 그 빛은 그녀의 표면에 있는 모든 생명체의 몸 세포를 관통하는 타오르는 빛으로 대기를 점화하고 있습니다. 우리도 역시 이 빛이 광속을 넘어선 속도로 우리의 진동을 가속함에 따라 그 강도를 느낍니다. 지구상의 모든 것들은 현재 지구의 오라(Aura)가 어둠 속에서 번쩍일 때 보이는 밝은 빛에 의해 축복받고 있습니다.

이제 그녀의 빛은 광대한 우주공간으로 서서히 확산되고 있으며, 이런 놀라운 빛의 확장에 모든 시선이 집중되었습니다. 지구는 신의 사랑에 의해 점화되어 펼쳐지고 있으며, 모든 승천한 존재들, 천사들, 고래들은 그녀의 타오르는 빛을 담은 사랑의 횃불을 들고 있습니다. 아무도 이제는 그녀의 빛에서 벗어날 수가 없습니다. 파괴와 권력의 자리에서 움직이기를 거부하는 가장 어두운 영혼들조차도 빛이 그들의 공간에 침투하여 지구 주민들을 통제하려는 그들의 의도를 폭로하고 있음을 느끼고 있습니다. 그들은 어둠을 좋아하며, 빛은 그들의 진짜 속성의 모든 측면을 모든 사람들이 목격하도록 노출시키고 있습니다. 이것이 그들에게 불편한 환경을 조성하고 있습니다. 그리고 그들이 정부 내부와 정치적 상황에 보다 강력하게 대응하고 공작에 착수하게끔 만들고 있습니다. 그들은 스스로 할 일을 할 것이고 자신의 멸망을 가져올 것입니다.

빛과 어둠 간에 일어나는 충돌이나 뉴스에 사로잡히지 마십시오. 그들은 정점에 이른 다음에 쇠퇴하고 사라지게 됩니다. 왜냐하면 이런 영혼들은 결국 권좌에서 내려와 지구에서 제거됨으로써 결코 다시는 나타나지 않을 것이니까요. 그들의 시간은 다 되었습니다. 그리고 빛의 형제자매 여러분, 여러분의 시간은 이제 막 시작되었습니다. 곧 지구는 새로운 출발을 하게 될 것입니다. 압제정치로부터의 자유가 시작되고 있고, 모든 종들이 조화의식을 통해 번성할 것입니다. 그리고 그들의 모든 꿈들이 결실을 맺을 것입니다. 그것은 삶의 꿈이며, 곧 표준이 될 것입니다.

우리는 그동안 지상주민들에게 비밀로 유지돼온 모든 지식이 점차 드러나게 될 것이므로 흥분되는 시대를 앞두고 있습니다. 여러분은 "자신이 누구인가"를 드러내줄 빛을 받고 있으며, 자기가 여기 지구에 있는 그 목적을 기억해낼 것입니다. 그리고 조화의식이 지구를 에워쌀 때, 그녀는 주파수가 빠르게 높아져서 3차원 밀도의 장벽을 통과해 5차원의 빛의 세계로 갑자기 진입하게 될 것입니다.

이것은 지구에서 결코 경험한 적이 없는 놀라운 시기입니다. 머지않아 숨겨진 고대의 지식, 서판 및 문헌들을 발견하게 될 것입니다. 그로인해 곧 여러분은 자신의 모든 유산을 깨닫고 삶의 갈등에서 자유로워질 것입니다. 여러분 모두에게 필요한 것은 자유입니다.

지구의 내부에 있는 우리는 자유로운 삶을 누리는 자유인들입니다. 그리고 이 자유가 영원히 우리의 마음과 몸을 젊게 유지시켜줍니다. 우리는 신(神)의 율법에서 결코 벗어나지 않기로 결심했습니다. 우리가 건강과 부(富)를 유지하게 해주는 것이 절대자의 법칙이며, 그것이 우리의 수명을 영속시키는 것입니다.

모든 것이 지구에서 빠르게 가속되고 있습니다. 빛과 사랑으로 충만한 지저세계에서 우리는 점점 더 많은 사람들이 날마다 그들 영혼의 부름에 눈을 뜨고, 그들의 생득권인 평화를 선택하고, 생명을 선택하는 놀라운 모습을 봅니다. 지구는 은하계의 진열장입니다. 왜냐하면 그것은 모든 생명을 신의 가슴으로 다시 데려가고 있고 하나의 커다란 상승의 파동 속에서 재결합되기 때문입니다.

우리는 조화의식이 지상을 지배할 때까지 지구의 중심 속에 그대로 남아 숨어있을 것입니다. 그 시간에 여러분은 자신들의 한가운데 있으면서 여러분을 인도하고 사랑하고 환영하는 우리를 발견할 것입니다. 포토로고스 도서관에서 여러분에게 이야기하고 있는 나는 미코스이며, 도서관장입니다.

## 19.행성 연합

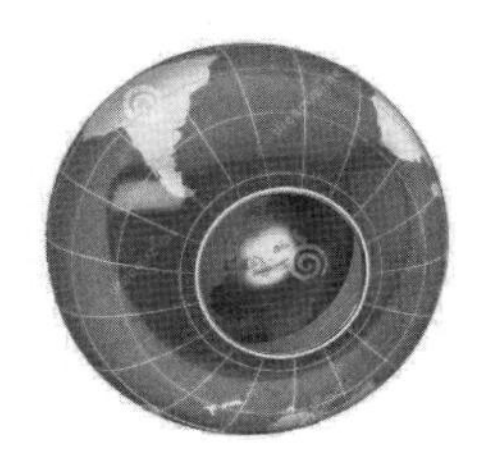

**우리는 창조주의 군단이다.**

친애하는 독자 여러분, 나는 행성들이 모인 연합체인 아쉬타 사령부(Ashtar Command) 함대에서 온 아쉬타이며, 우리는 여러분의 은하계와 태양계를 선회하고 있습니다. 우리는 은하계의 이 구역을 담당하고 있는 위대한 빛의 형제자매단의 일부입니다. 우리는 여러분 은하계와 태양계 구역을 감시하고 감독하며, 여러분의 진화를 방해하려는 어떤 외부의 침입으로부터 보호합니다.

또한 우리는 인간을 포함하여 풍부한 자원을 얻고자 지구 행성을 점령하려는 어둠의 (외계인) 세력이 여전히 남아있는 우주의 외곽에서 여러분을 보호합니다. 빛과 어둠 사이에 거대한 전쟁이 끝나가고 있습니다. 그리고 우리 아쉬타 사령부는 지구와 인간이 마지막 진통에서 벗어나 자유롭게 진화할 수 있는 최후

의 전투가 임박했음을 확실히 압니다. 우리는 지구의 하늘을 지0켜보고 있으며, 이 어둠이 증발하여 영원히 사라질 때까지는 그들이 활개 칠 때마다 여러분이 항상 보호받고 있다는 것을 확신해도 좋습니다. 우리는 거대한 빛의 세력입니다. 그리고 우리의 우주적인 임무는 늘 인류를 보호하여, 여러분이 영원히 평화와 번영 속에서 진화할 수 있도록 자유를 확실히 되찾게 하는 것입니다.

우리는 창조주의 군대로서 여기에 있으며, 지구가 태양 주변을 도는 영원한 여행을 하면서 은하계를 선회할 때, 여러분의 태양계가 있는 이 지역의 평화를 유지시키고 있습니다. 머지않아 여러분은 태양계들의 거대한 빛과 형제애가 존재하는 은하계 내의 새로운 위치에 있게 될 것입니다. 거기서는 생각과 마음속의 이미지가 즉각적으로 연결되며, 어느 행성에 거주하든 관계없이 모두가 서로를 알아봅니다. 그리고 모든 이들이 평화와 사랑의 형제애로 함께 일합니다. 이곳이 여러분이 옮겨가고 있는 곳입니다. 아울러 이것이 우리가 여러분을 나아가게 하고 있는 곳입니다. 우리는 여러분의 새로운 고향인 거기서 당신들을 만날 것이며, 그때 우리와 자유롭게 보고 대화할 수 있게 될 것입니다. 그러니 바로 하늘을 올려다보십시오. 그리고 우리의 은하계탐사 우주선이 여러분 위에 떠서 지구상의 모든 상황을 우리의 모니터 화면에서 포착하고 있다는 것을 상상해보세요. 우리는 여러분 각자와 모든 이들이 어디에 있는지를 항상 알고 있습니다. 우리는 하나로 협력해서 일을 합니다.

## 위대한 재생 과정

우주 사령부에서 인사드립니다. 나는 별들로부터 온 여러분의 형제인 아쉬타(Ashtar)입니다. 그리고 나는 오늘 여러분과 함께 하면서 지구 행성에서 일어나고 있는 위대한 재생 과정에 대한 소식을 전하려고 합니다.

육체의 오감에는 인식되지 않는 엄청난 양의 에너지가 지구로 방사되고 있고, 모든 생명을 신(神)의 파장에 동조시켜 더욱 조화롭게 만들고 있습니다. 여러분의 과학자들과 천문학자들은 그들이 수집하고 물리적으로 증명할 수 있는 구체적인 증거와 발견을 토대로 작업하기 때문에 이러한 사건에 대해 알고 있습니다.

여러분의 행성에서 발생하고 있는 변화는 외부의식에서 내부의식으로의 전환, 그리고 바깥 우주로의 여행에서 벗어나 내부공간(지저세계)으로의 여행으로 전환되고 있다는 것입니다. 이것은 위대한 탐험을 경험할 수 있는 곳입니다. 또한 이것은 여러분이 찾고 있는 모든 답을 발견할 수 있는 곳입니다.

"그러므로, 의식(意識)으로 우리와 함께 이런 전환을 이루십시오.
우리 모두가 여러분을 기다리고 있습니다."

\- 아쉬타 -

## 모든 행성들은 안이 비어 있는 공동인가?

여러분 태양계의 모든 행성들에는 생명체가 있다는 것을 알기 바랍니다. 이들은 여러분보다 더 차원이 높고, 그들의 신체를 이루고 있는 전자들이 더 높은 속도로 진동하고 있는 여러분의 형제자매들입니다. 여러분 몸의 전자들도 곧 진동 속도를 올릴 것이며, 우리 모두가 여러분을 기다리고 있는 빛의 다섯 번째 차원으로 인류를 촉진시킬 속도로 (전자가) 회전하게 될 것입니다.

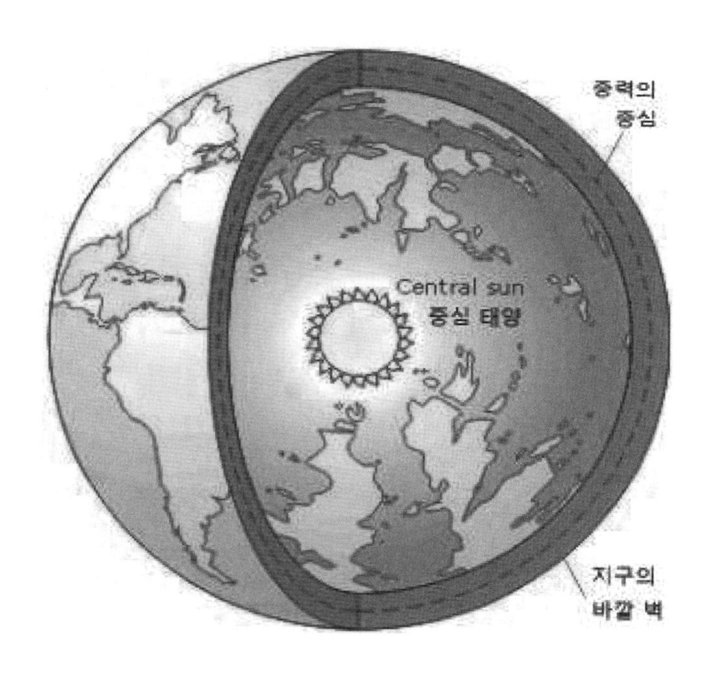


여러분의 정보를 위해 말합니다만, 일부 인류는 지구 공동세계에서 살고 있습니다. 여러분의 태양계의 다른 행성들에 거주하는 형제자매들 역시도 그 행성 속의 중심부에서 살고 있습니다. 여러분의 태양계의 모든 행성들이 속이 빈 공동이며, 그 **내부와 외부** 모두에 생명체가 있습니다.

여러분의 태양인 헬리오스(Helios)는 모든 태양들이 그렇듯이 속이 빈 중심부를 가지고 있습니다. 태양으로부터 나오는 빛은 여러분이 믿도록 가르침을 받은 것처럼, 뜨겁지도 않고 차갑지도 않습니다. 그것은 단지 지구의 대기와 접촉할 때만 높은 온도에 도달합니다. 모든 천체들은 그것들이 형성되는 방식대로 그 속이 공동입니다. 이제는 이런 진실이 지구상에 알려져야 할 때입니다!

은하계 사령부인 우리는 여러분의 태양계의 모든 행성들로 여행하며, 그것들을 직접 볼 수가 있습니다. 머지않아 인류는 다른 행성으로 여행할 수 있는 능력을 갖게 될 것이고, 그곳의 진정한 구조를 목격하게 될 것입니다. 여러분이 의식면에서 높아질 때, 그동안 믿게끔 주입돼온 모든 것이 반박될 수 있게 공개될 것임을 아십시오.

## 우리의 컴퓨터 시스템은 우리를 행성연합으로 연결시킨다

나는 아다마(Adama)입니다. 행성연합이 지구 공동세계와 텔로스의 주민들과 긴밀하게 협력하고 있다는 것을 알기바랍니다. 또한 우리가 우리의 컴퓨터 시스템을 통해 그들과 끊임없이 교신하고 있다는 것을 아십시오. 우리는 지구 표면 전체와 그 표면 아래를 관찰하고 있습니다.

머지않아 언젠가 여러분은 아미노산을 기반으로 하는 이 방대한 컴퓨터 시스템에 접근할 수 있게 될 것이며, 우주의 거대한 감시망에 연결할 수 있게 될 것입니다. 그런 다음 지구와의 균형과 조화상태를 유지하는 데 필요한 정보와 지침을 갖게 될 것입니다. 이 모든 것이 여러분을 기다리고 있습니다. 우리는 여러분과 모든 생명체들이 에너지를 통해 필요한 의식상태로 전환되기를 기다리고 있습니다. 그러면 우리는 여러분을 별들의 네트워크에다 접속시킬 수 있는 우리의 방대한 컴퓨터 시스템을 여러분에게 내놓는, 이런 거대한 계획을 이행하게 될 것입니다.

## 우리 나무들은 지상 승무원이다.

우리 나무들 역시 아쉬타 사령부에게 봉사하고 있습니다. 단지 우리는 흙 속에 있는 지상 승무원일 뿐이며 지상에서 살고 있습니다. 말하자면, 우리는 대지 위를 걸어 다니고 여행하는 여러분과 동일한 직책과 임무를 갖고 이를 수행하고 있습니다. 그것은 다만 우리의 "신체적 특성"이 잎이 바람에 이리저리 나부끼는 동안 한 지점에 위치해 있고, 우리의 향기와 목소리가 멀리 내륙으로 여행한다는 차이뿐이지요.

우리는 여러분이 하는 것처럼, 지상의 살아 있는 모든 생명체와 의사소통합니다. 우리가 지구상에서 보초를 설 때 우리의 가지들은 여러 차원을 통과해 도달되며, 우리는 또한 다른 파장대로 들어오는 정보에도 내밀히 관여합니다. 우리 오라(aura)는 거대하며 공간을 가로질러 우리를 서로 연결해 줍니다. 우리는 지구 전체에까지 미치고 그녀를 우리의 녹색 및 금색의 오라 팔 안에 단단히 고정시킵니다. 우리는 지구가 우리에게 삶을 주었기 때문에 그녀를 축복합니다. 그리고 그 삶은 우리 내면의 본성을 드러내어 수많은 가지각색의 방법과 형태로 우리 자신을 표현할 수 있는 기회인 것이지요.

여러분이 걷는 동안 우리는 말을 하고, 우리의 목소리는 당신들의 발자취를 따라가며 자연의 가장 깊은 영역으로 길을 인도합니다. 거기서 여러분은 다른 형태이긴 하지만, 우리 나무 종들의 마법을 즐기고 경험할 수 있습니다.

(※저자 주(註): 이것은 우리 집 뒷마당에 있는 나무가 내게 전한 메시지이다. 내가 그 나뭇가지 아래 앉아있을 때, 그녀는 나의 한 확장체가 되어 별들에 대해 나의 안테나 역할을 한다.)

다이안에게 메시지를 보낸 그녀 집 뒷마당의 나무

## 20.차원 상승

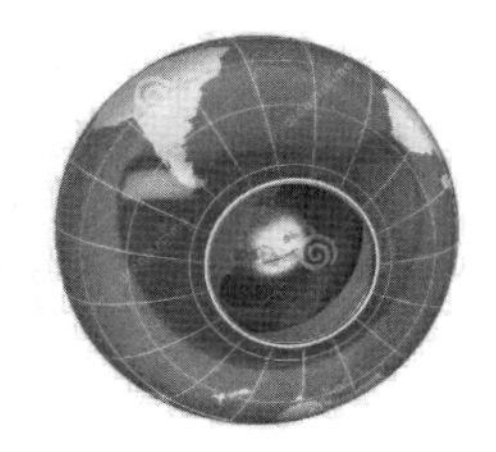

**지구는 더 높은 차원으로 이동하고 있다.**

우리는 오직 여러분 마음속의 최상의 선의(善意)만을 간직하고 있습니다. 우리가 생각하는 모든 것들은 우리가 인류 모두에 대해 가슴에서 느끼는 우애입니다. 여러분의 지구는 빠른 속도로 더 높은 차원으로 옮겨가고 있으며, 시간 감소는 이러한 변화에 대한 증거입니다. 여러분의 하루하루가 얼마나 빨리 지나가는지 주목하십시오. 여러분이 뉴스에서 읽거나 들은 부정적인 것들은 무시해 버리세요. 어둠의 세력이 지구를 지배하기 위한 마지막 전투에서 기세를 떨치며 발악할 때, 그것은 단지 그들의 최후의 저항에 불과합니다. 그들의 시간은 끝났습니다. 새로운 지구의 여명이 밝아오고 있고, 새로운 태양이 떠오르며 새로운 천국이 가까이에 있습니다. 영광스런 시간이 다가오고 있습니다.

그것은 여러분 모두가 꿈꾸는 자유이며, 현재 시작되고 있습니다.

지구 공동세계에서 천국은 우리가 경험하는 모든 것입니다. 그리고 만약 거기에 구름이 있다면, 우리는 여러분이 흔히 말하듯이, 그 위를 걸을 것입니다. 머지않아 여러분도 구름이 글자 그대로 사라지고 대기가 밝아지며 밀도가 떨어지고 오염이 줄어듦에 따라 구름 위를 걷는 듯한 기쁨을 느낄 것입니다. 새로운 천국이 마침내 지구세계와 인류에게 내려오게 될 것이며, 여러분은 별들에 도달할 수가 있습니다.

여러분이 아직 의식적으로 알지 못하는 수준에서 많은 일들이 일어나고 있고, 그것은 여러분 모두를 빛으로 완전히 이끌고 행성연합으로 복귀시키기 위한 것입니다.

지구는 파멸되지 않습니다. 반대로, 날마다 더욱더 많은 빛을 방사하는 빛의 일꾼들과 지구를 더 높은 진동으로 끌어올리기 위해 자신의 삶을 헌신한 천상의 무리에 의해 구원 받았습니다.

## 모든 생명체들은 상승을 택하고 있다

현재 지구상의 다른 모든 생명체들은 차원상승을 선택하고 있습니다. 그러나 어떤 사람들은 지구 및 우리와 함께 이번 기회에 상승할 것이고, 자기 내면의 무의식적인 선택에 의해 이번에 상승하지 않으려는 다른 사람들은 나중에 그렇게 할 것입니다. 지구의 상승은 보장되어 있고, 그에 따라 우리 모두가 우리의 태양인 헬리오스에 더 가까운 위치로 옮겨가게 될 것임을 아십시오.

지구 공동세계의 사람들은 지난 몇 년 동안 일어난 주파수의 상승으로 너무나 기뻤습니다. 우리는 물리적으로 여러분과 연결되기를 갈망합니다. 그리고 이제 이 연결은 완전히 보장돼 있습니다. 우리는 여러분이 지상에서 말하듯이, 이것을 “보증”할 수도 있습니다. 지구 행성에 다가오고 있는 평화와 더불어 이제 모든 생명은 잃어버린 어둠의 날들을 만회하기 위해 신속한 진화를 보장받게 될 것입니다.

인류는 자신의 교훈을 잘 배웠고, 전쟁과 말다툼의 무익함을 배웠으며, 이제는 어리석은 미친 짓을 끝내자고 외칩니다. 그러므로 그 끝이 올 것입니다. 여러분은 지상에서 사건의 마지막 분출을 목격하고 있습니다.

이 시점부터 모든 사람들이 하나의 연합된 지구로 함께 모이기 때문에 여러분은 사람, 장소 및 원리가 융합되는 것을 보게 될 것입니다. 이것이 신이 기다리고 계신 날입니다. 이것이 여러분의 신성한 신아(神我)가 기원하고 있는 날입니다. 그리고 우리가 지저세계의 통로를 열어젖히고 밝은 색의 의복과 반짝이는 샌들을 신고서 여러분에게 오는 날입니다. 엄청난 풍요라는 선물과 이 지구를 다시 청정한 원시 상태로 되돌릴 수 있는 장치를 가지고 말이지요. 우리는 여러분의 모든 오염과 질병 문제를 짧은 시간 내에 해결할 수가 있습니다.

## 지구의 차원상승을 위한 스케줄

오늘 우리는 지구의 상승 일정에 대해 이야기할 것입니다. 우리의 다중우주계에 안에 있는 모든 우주들을 포함하여 위대한 중심태양으로부터 엄청난 양의 빛이 지구로 흘러들어오고 있음을 아십시오. 도처의 모든 세계들은 지구상에서 현재 일어나고 있는 것을 알고 있으며, 모두가 빛의 파동 형태로 그들의 지지를 보내고 있습니다. 그리고 이 모든 빛의 파동들은 지구 대기에 수렴되어 지구의 모든 생명체의 세포로 흘러 들어가고 있습니다. 이것은 지구상의 존재들을 위한 장엄한 계시이며, 보기에 눈부신 광경입니다. 모든 밀도는 영원히 에테르로 들어 올려지고 흩어집니다. 그리고 빛으로 변환되어 결코 다시는 돌아오지 않습니다.

이 모든 일이 일어나고 있기 때문에, 여러분은 자신이 지구에 왔을 때 잃어버린 가벼운 주파수로 더 높이 끌어올려지고 있습니다. 여러분의 신체는 육체적으로 느낄 수 없는 수준에서 새로워지고 있고 재생되고 있습니다. 그럼에도 그것은 여러분이 갑자기 다이아몬드 빛으로 작열할 그런 주파수에 이를 때까지 매 순간마다 일어나고 있습니다. 그것은 임계질량과 타임라인에 도달하는 것의 문제입니다. 이 일이 발생하는 모든 스케줄은 지구상에서 끝나가고 있고, 그 모든 것이 서로 가까워져 이제 작렬할 때까지 모든 방향과 차원에서 모아지고 있습니다. 그리고 그 때 여러분은 거기에 있게 됩니다! 여러분은 그때 우리와 함께 의식 속에 있고, 모든 생명과 더불어 모든 우주의 어디에서나 동시에 있게 됩니다.

어떤 사건이 목격될 수 있으며, 여러분 모두가 있는 그대로 (우주의) 일부가 되는 것은 말할 나위도 없습니다. 이것은 모든 존재계의 어느 곳에서도 이루어진 적이 없습니다. 그래서 지구를 선회하며 이 모든 일이 일어나는 것을 지켜보고 있는, 엄청난 수의 우주들로부터 온 수많은 존재들이 있습니다. 그리고 위대한 통합의 순간이 발생하기를 기다리고 있습니다. 이것이 이루어지게 되면, 모든 다중우주들과 그 너머에 큰 기쁨의 물결이 일어나게 될 것입니다.

이것이 임계질량에 이르는 일정과 의식에 관한 모든 것입니다. 그러면 모든 것이 상상할 수 있는 그 이상의 속도로 급격하게 진행됩니다. 속도는 지금 순간에 발생하며 시간은 전혀 경과하지 않습니다. 아, 이것은 하느님의 창조의 경이로움인 것이지요.

남은 스케줄을 참을성 있게 기다리십시오. 그리고 모든 것이 지구상의 모든 생명체를 즉각적인 눈뜸이라는 영광스러운 결론에 이르게 하고, 방해물을 제거하여 여러분 모두를 저 위의 별들과 지저세계의 우리에게 도달케 하리라는 것을 아십시오.

## 태양의 플레어

여러분이 태양으로부터 나오는 너울거리는 불길(Flare)에 의해 어떻게 영향을 받고 있는지 이야기하려 합니다. 이것은 전적으로 지구상에 모든 생명이 자유로워질 새날이 밝아오고 있다는 예고 현상입니다.

태양의 불길은 인류의 가슴속에 집중되어있는 부정성을 다 태워버리고 있습니다. 그럼으로써 여러분의 심장 에너지가 마침내 자유롭게 높아져서 여러분 머리의 몇 피트 위에서 끈기 있게 기다리는 각자의 신아(神我)와 연결될 수 있습니다. 이 모든 것은 여러분의 지구를 오랫동안 덮고 있던 어둠의 손에서 인류를 자유롭게 하기 위한 신성한 계획의 일부입니다. 그러니 여러분의 태양을 구세주로 생각하십시오. 그 빛이 여러분에게 온기를 줄 때 지구 행성을 정화시키고 있기 때문입니다.

## 임계질량

오늘은 우리가 여러분이 우리의 메시지를 수신하기를 기다리는 동안 언제나 그렇듯이, 일요일이라는 특별한 점 외에는 이곳 지저공동세계는 평온합니다. 이런 일요일에는 공중에서 특별한 바람이 부는데, 그것은 우리가 다시 당신(다이안)과 다시 연결될 때를 기대하게 하는 산들바람입니다. 그것은 마치 우리가 당신에게 메시지를 전달할 때가 되었다는 것을 알고서 지저공동세계 전체가 약간 흥분하여 흔들리는 것처럼 보입니다. 그것은 이곳에 널리 퍼져있는 지식이며 우리는 모두 그것을 알고 있습니다. 그래서 당신이 여기에 앉아서, 자신을 둘러싼 우리의 모든 에너지와 더불어 우리의 메시지를 수신하고 있는 것이지요. 우리의 전체 도서관은 이러한 일요일의 채널링을 알고 있으며, 모든 사람들이 당신에게 사랑을 전합니다. 당신은 우리의 사랑에 겹겹이 둘러싸여 있습니다. 우리의 마음은 당신의 마음과 연결되어 있고, 우리는 시작할 준비가 돼 있습니다.

포토로고스 도서관에서 인사드립니다. 오늘 꽃들은 붉은 자줏빛으로 활짝 피어있고, 그들의 향기는 가장 기분 좋은 향내로 우리 콧구멍 속을 감돌고 있습니다. 우리는 당신에게 이 향기를 전하며, 당신이 지상에서 컴퓨터 앞에 앉아있을 때 이 냄새를 포착할 수 있기를 바랍니다. 우리는 지구공동세계의 모든 사람들부터 오는 좋은 소식과 사랑의 축복을 전하려 합니다. 이곳 아래에 있는 우리 중의 더욱 더 많은 사람들이 지상의 여러분과 점점 더 많이 연결되고 있습니다. 참으로 놀라운 시기입니다. 모든 예언들은 지구에서 이런 7번째 황금시대가 실현되리라는 것에 관한 내용으로 채워져 있습니다. 대다수 인류는 평화를 원하며, 수많은 사람들이 이제 깨어나고 있습니다. 현재 약 2,900만 명이 넘는 사람들이 자신이 누구인가를 깨닫고 있으며, 2012년 전에 도달할 것으로 예상되는 임계질량은 5,500만 명입니다. 이 임계질량 수치를 달성함으로써 우리는 10,000년의 평화를 보장받습니다. 승천한 대사들(Ascended Masters)이 보편적인 법칙을 인류에게 공개적으로 가르치기 위해 눈에 보이는 상태에서 육체로 지구표면을 걸을 수 있게 하는 것 또한 임계질량입니다. 그래서 앞으로 큰 변화가 일어나며, 그 변화들은 모두 평화를 향하고 있습니다.

우리는 지저공동세계에서 형언할 수 없을 만큼 기쁘게 생각합니다. 왜냐하면 이 모든 인간들이 깨어나고 있고, 우리가 머지않아 지표면 아래에 있는 우리의 고향에서 나와 지상으로 출현할 수 있게 될 것이기 때문입니다. 그리고 우리는 빛의 일꾼들과 육체적으로 합류할 것이며, 우리도 또한 보편적인 삶의 법칙을 인류에게 가르칠 것입니다. 지구의 모든 생명체가 상승할 준비를 하고 있으며, 심지어 인류가 존재하는지 알지도 못하는 행성들과 별세계(星界)들로부터 오고 있는 도움이 있습니다. 사람들이 의문을 갖기 시작하고 "나는 누구인가"라는 보편적인 질문을 스스로 던지기 시작하면, 그것은 깨어남의 표식입니다. 또한 그들의 영혼이 알기를 갈망하고 다시 기억하기를 간절히 원하고 있다는 신호입니다. 그리고 일단 이런 질문이 제기되면, 비록 그것이 속삭임일지라도, 이것은 상승한 대사 집단에게 그들이 직접 나아가 의식적인 수준에서 인간을 가르칠 수 있는 기회를 줍니다. 그러나 사람들이 이런 심오한 질문을 하기 전에, 우리가 직접적으로 도움을 줄 수는 없습니다. 그리고 일단 이런 질문이 제기되면, 전체 우주가 응답하기 위해 뛰어 들며, 그 사람은 깨어나는 이들의 명단에 추가됩니다.

지구 공동세계의 우리는 지상에서 발생하는 모든 것을 속속들이 알고 있다는 것을 인식하기 바랍니다. 우리는 여러분의 대통령 선거 결과를 알고 있으며, 미국 국민들이 어떻게 그렇게 쉽게 속고 거짓에 농락당하는지와 어떻게 그들이 선거 과정에 대해 거의 의문을 가지지 않는지에 놀랐습니다.

지상의 인류에 대한 우리의 사랑은 깊어지고 있고, 우리는 이제 우리가 필요로 하는 빛의 일꾼들에게 사랑과 지원을 제공할 수 있기를 원합니다. 우리는 여기 아래에서, 혼자 일하거나 혼자 살지 않습니다. 우리는 항상 함께 일하는 친구들의 동아리나 집단을 가지고 있습니다. 이런 그룹들은 우리의 주요 지원 시스템이며, 우리는 함께 일하고, 함께 여행합니다. 이것이 지상에서 결여돼 있는 부분입니다. 여러분의 가족은 모두 분열되고 분리돼 있으며, 지상 주민들은 집단 지원시스템을 잃어버렸습니다. 계획이나 과제를 함께 진행하고 지속적인 지원을 받는 기쁨과 재미를 상상해보십시오.

여러분을 향한 우리의 사랑은 지구의 중심에서 방사되고, 무지개의 강렬한 색채로 소용돌이치며 당신들의 가슴 속을 향해 나아갑니다. 당신(다이안)이 컴퓨터에 앉아 있을 때 우리가 당신을 느낄 수 있는 것처럼, 당신은 높아진 이러한 접촉의 감각을 느낄 수 있습니다. 우리가 의식을 통해 연결될 때마다 일어나는 것은 단계적으로 향상되고 있는 이런 진동입니다. 언젠가는 이 방에서 당신 옆에 앉아 워크숍을 계획하고 대중들과 대화하는 것이 우리의 꿈입니다. 사람들에게 다가갈 수 있는 가장 좋은 방법은 함께 일하는 것이며, 우리는 머지않아 우리가 지상에 있게 될 때 여러분과 함께 일하기를 기대합니다.

### 영혼을 촉진하는 것

미코스입니다, 지상 아래의 숨겨진 나의 내실에서 여러분에게 이야기합니다. 이곳은 내가 하느님의 빛 속에 거주하고 모두가 사랑과 평화 속에서 사는 곳입니다.

빛이 지상의 우리 형제자매들인 여러분에게 내려와 점차 여러분 모두를 우리의 주파수에 근접한 상태로 데려감에 따라, 이곳에서의 우리의 여정은 거의 끝나가고 있습니다. 여러분의 빛의 지수가 우리의 주파수에 도달하면, 우리 모두는 지상과 지저 양쪽에서 동시에 하나의 거대한 빛으로 합쳐집니다. 우리가 지저에 있는 우리의 숨겨진 고향에서 출현하는 그 순간에 여러분은 우리를 볼 것입니다. 우리는 이 순간을 위해 준비돼있습니다. 여러분 모두가 기다리고 있는 그 시기가 빨라지고 있으며, 예수가 이에 관해 말씀하신 바가 있습니다. 그것은 여러분의 영혼을 빛을 향해 촉진시키는 것인데 - 즉 여러분이 지구상의 등대처럼 빛을 발할 수 있도록 빛을 자신의 세포에다 신속하게 흡수하여 통합하는 것입니다. 알파와 오메가 우주 속에 있는 모든 곳의 생명은 이러한 빠른 촉진현상이 일어나기를 기다리고 있습니다. 그것은 지구상의 모든 생명들에게, 특히 여러분의 인간관계 속에 있는 타인들에게 여러분 가슴의 불꽃을 개방함으로써 일어납니다.

이 빛이 여러분 안에서 확대되는 만큼, 그것이 여러분에게 연결되어있는 사람들을 비추게 됩니다. 그리고 그 빛이 마치 뜨거운 깜부기불처럼 여러분의 세포에서 가까운 타인들에게 뛰어오릅니다. 그에 따라 그들의 세포를 동시에 점화시키고 그들의 빛을 확장합니다. 그것은 마치 여러분이 거대한 하나의 빛 속에 서있는 것과 같으며, 그리고 그것이 어머니 지구를 포함하여 여러분이 만나게 되는 모든 사람들에게 흘러들어 갈 때 그 불꽃을 지켜보세요. 그것은 거대한 화염이며, 불꽃놀이처럼 모든 방향으로 발산되는 불꽃입니다. 오직 이런 불꽃들만이 수용적인 영혼들을 붙들고 통합하고 확장하여 촉진시키고 있습니다.

지구는 이 우주 전체 속에다 커다란 움직임을 만들어내고 있습니다. 왜냐하면 이번에 지구 전체가 상승하게 될 것이고, '연쇄효과'를 일으켜 이 은하계 전체를 더 높은 차원으로 올라가도록 발진시킬 것이기 때문입니다. 그것은 신이 기뻐하시는 장관(壯觀)입니다. 그것은 별들이 작열하는 것이며, 여러분의 마음이 창조계의 한 마음으로 확장되는 것입니다

## 사랑이 그 열쇠이다

지상의 나의 형제자매님들에게 은총이 있기를 기원합니다. 오늘 우리는 사랑에 관해, 즉 인류에 대한 사랑 – 지저세계의 모든 이들이 그들의 가슴 속에다 간직하고 있는 지상의 모든 사람들에 대한 사랑 – 에 대해 이야기할 것입니다. 그렇습니다. 우리는 지상에서 사는 모든 인류에 대해 거대하고 무한한 사랑을 가슴 속에 갖고 있습니다. 이런 사랑을 품고서 그 사랑을 지속적으로 지상의 인간들에게 향하게 하는 것이 우리가 여기 있는 목적들 중의 하나입니다. 그럼으로써 그 불꽃이 결코 사라지지 않고 여러분 각자의 가슴 속 불꽃을 점화시켜, 태양 같은 빛으로 여러

분을 완전히 에워싸는 신성한 화염으로 작열할 때까지 계속 확장됩니다. 그리고 그 순간에 그 빛이 여러분을 고향인 삼라만상의 가슴으로 인도합니다.

모든 것이 사랑이고, 모든 것이 빛이며, 모두가 여러분이 귀향 여정에 오르기를 기다리고 있습니다. 고향은 가슴이 있는 곳이며, 그 가슴은 하느님의 본향이자 창조의 영원한 빛입니다.

이곳 지저공동세계에서, 우리의 사랑은 우리가 여러분의 갈증을 풀어주고 여러분의 영혼을 목욕시키기 위해 보내는 빛의 흐름입니다. 여러분 자신이 이런 빛을 방사하여 그 빛이 우리의 빛과 연결될 때까지 말입니다. 일단 이런 일이 일어나면, 지구 전체가 불꽃 속으로 올라갈 것이고, 모두의 상승이 일어날 것입니다. 이것은 나중에 일어날 수 있는 것과 마찬가지로 쉽게 지금 당장 일어날 수도 있습니다. 사랑이 그 열쇠입니다. 여러분이 조건 없이 자신을 사랑하고 타인들을 사랑하는 법을 배울 때, 여러분의 삶은 별다른 노력이 없이도 자연스럽게 진화합니다. 사랑이 그 토대입니다. 그리고 사랑에서 모든 선함과 미덕이 생겨납니다. 그것이 여러분이 만지는 모든 것을 금(金)으로 바꾸어놓는 연금술사의 비밀입니다. 그러므로 우리가 여러분의 길로 보내는 모든 사랑을 품을 수 있게 가슴을 넓히십시오. 그리고 그 사랑이 여러분의 가족이나 친구, 직장을 통해 퍼질 수 있도록 먼저 여러분의 사랑하는 이들에게 차례차례 쏟아주세요. 여러분이 어디에 있든 자신이 신의 사랑을 주고 있다는 것을 알고서, 가는 어디에서나 '사랑의 소나기'가 되십시오.

여러분은 지금 모든 인류에게 하느님의 사랑과 희망의 메시지를 전하는 신의 메신저로 이곳에 있습니다. *당신들 각자가 귀환한 그리스도이며, 여러분이 곧 그리스도의 재림인 것입니다.* 지상세계를 사랑과 빛으로 되돌리기 위해 이런 지구 임무를 맡겠다고 용감하게 자원한 것은 우리가 아니라, 바로 여러분입니다. 여러분은 지구를 3차원 밀도의 손아귀에서 영원히 자유롭게 하고, 그녀를 빛의 흐름 속으로 영원히 해방시키기 위해 이곳에 있는 영적인 전사(戰士)들입니다. 여러분의 그런 노력이 지구가 지난 1,200만 년 동안 갖고 있던 틀에 더 이상 고착되지 않고 영원히 위로 올라갈 수 있는 진화의 나선으로 그녀를 돌려보낼 것입니다.

우리는 여러분이 우리와 합류하기를 열망하고 있습니다. 왜냐하면 여러분의 가슴은 순수하고 우리는 진실로 여러분이 삶 속에서 오직 평화와 건강만을 원한다는 것을 알기 때문입니다. 여러분의 외침은 우주로 퍼져나가고, 하느님의 모든 창조계는 사랑을 돌려보냄으로써 여러분에게 응답합니다.

# 21.재결합 - 의식의 신속한 여행

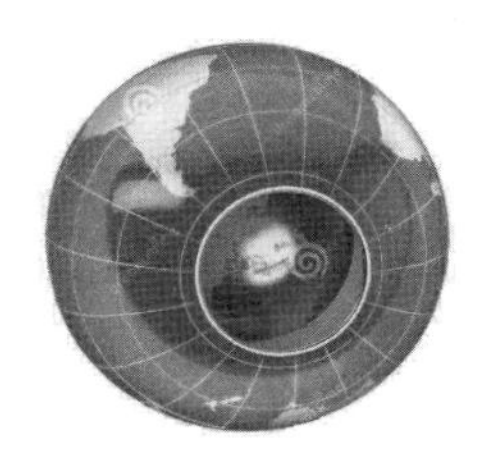

## 여러분의 귀향 여정

사랑과 빛, 평화와 무한한 풍요의 영역인 지저공동세계 안의 포토로고스 도서관에서 인사드립니다. 나는 미코스입니다. 그리고 나의 주위에는 이 채널링 세션을 위해 에너지를 고정시킨 채 나의 동료 형제자매들이 모여 있습니다. 우리는 이 세션을 위해 만날 때마다 매우 흥분됩니다. 왜냐하면 이 모임이 현재 우리가 우리의 메시지를 지상에다 널리 퍼뜨리기 위해 계획하는 유일한 수단이기 때문입니다. 그래서 우리는 우리의 생각을 중계하는 가운데 지구에 대해 봉사하고 있는 당신, 다이안을 사랑하고 당신에게 축복을 보냅니다. 우리의 생각에는 우리가 지구의 사람들에게 갖고 있는 사랑의 진동과 우리의 지혜와 인도를 통해 여러분의 상승과정을 도와주려는 열의가 담겨 있습니다.

우리는 여러분의 내면으로의 귀향여행을 안내하기 위해 여기에 있습니다. 그렇기에 이 여행은 모두 내면에서 이루어집니다. 그리고 여행경비는 무료이며 여행준비 또한 자유롭습니다. 그저 조용히 앉아서 지구 공동세계에 있는 우리에게 집중하십시오. 그러면 우리가 여러분이 자신의 영혼 속의 보석들을 발견하도록 안내할 것입니다. 우리는 여러분이 자기 존재 속의 자원들을 채굴하도록 도울 것이므로 여러분은 내면에 있는 부(富)를 발견할 수 있습니다.

그러니 이제 여러분 내면으로의 여행을 시작하십시오. 여러분이 책의 페이지들을 읽어나감에 따라, 여러분은 우리의 진동에 엮여 있다는 것을 아십시오. 그리고 우리는 여러분을 완전히 알고 있습니다. 우리가 여러분의 주파수를 알고 우리의 사랑으로 여러분을 포옹할 것이니 이제 우리를 부르십시오. 우리는 위에서 여러분이 우리에게 요청할 때마다 아래에서 여러분과 함께 일할 것입니다. 이 책의 단어들은 자동으로 여러분을 우리에게 주파수를 동조시킵니다. 그리고 이런 파장 동조를 통해 우리는 의식으로 우리와 함께하고 싶어 하는 여러분의 소망을 알게 됩니다. 그리고 우리의 혼합되는 의식을 통해, 우리는 여러분의 여행을 안내할 것입니다. 우리는 우리를 부르는 모든 사람들과 협력해서 일할 것입니다. 우리가 이러한 마음의 연결을 이룰 때, 그것이 내면세계에서 함께 일하는 우리의 협력을 공고히 하여 의식향상을 이룰 필요가 있는 여러분을 인도하게 됩니다. 일단 이런 의식상승이 이루어지면, 여러분은 항상 우리가 있었던 곳인 이곳에서 우리를 발견할 것이고, 오직 그때에만 여러분이 우리를 볼 수 있게 될 것입니다. 그리고 여러분이 충분히 멀리 볼 수 있게 되면, 그때 비로소 우리가 늘 여러분 곁에 있었음을 알게 될 것입니다.

## 착각 속의 드라마

여러분은 지구의 내부세계가 아닌 지상에 거주하고 있습니다. 그것은 마치 집을 짓고 나서 그 지붕으로 사다리를 타고 올라가 살림을 차리는 것과 같습니다. 여러분은 머지않아 우리 은하계의 다른 행성들에 대해서 알게 될 것이고, 불모의 외부 지표면을 떠나 자기들의 행성 안쪽에 거주하는 존재들을 보게 될 것입니다. 여러분의 시력이 정교해지고 시신경이 열려서 지구로 오고 있는 높은 에너지에 감응할 때 여러분은 이런 시각 여행을 떠나게 될 것입니다. 우리 은하계의 창조주인 알파와 오메가로부터 오고 있고 또 태양들 중의 태양인 위대한 중심태양으로부터 쏟아져 나오는 엄청나게 증대된 빛과 사랑에 우리의 태양계와 은하계가 반응하고 있기 때문에, 웅장한 비전이 여러분 모두를 기다리고 있습니다.

여러분의 시야는 무제한이 될 것입니다. 모든 밀도와 장막들이 떨어져 나갈 것이고, 여러분은 모든 창조계 안의 생명을 지금 경험하고 있는 불투명한 착시현상을 통해서가 아니라 있는 그대로 볼 수 있을 것입니다. 그 베일들은 현재 위대한 중심태양에서 나오는 빛의 파장들이 한층 더 증대됨으로써 여러분 눈의 각막에서 제거되고 있습니다. 여러분의 시야가 전개되어 별과 행성들이 마치 아주 가까이 있는 것처럼 - 그것들은 실제로 그렇습니다 - 눈에 들어올 때, 스스로 넋을 잃고 춤을 추게 될 것입니다. 즉 존재하고 있는 모든 생명과 연결되고 얽혀있는 것이 아니라 분리되고 동떨어져 있다는 부정적 프로그래밍과 환영에 의해 오직 여러분의 시야만이 막혀있었던 것입니다.

여러분은 커다란 놀라움에 빠지게 됩니다! 그리고 지구 공동세계에 있는 우리는 여러분의 얼굴 보기를 거의 기다릴 수가 없습니다. 이곳 깊은 곳에서 바깥 지상의 여러분과 눈을 마주쳐야 하니까요. 그리고 여러분이 우리가 여기에 늘 있었고 단지 우리를 보지 못했다는 것을 깨달을 때, 우리의 눈을 들여다보며 흥분 속에서 웃으며 깜짝 놀라는 자신을 지켜보십시오. 우리 모두가 마침내 우리의 의식을 하나로 연결하고 융합할 때, 우리 모두에게 너무나 놀라운 시기가 기다리고 있습니다.

사랑하는 이들이여, 모든 것이 끝나가고 있습니다. 고뇌와 고통은 끝났습니다. 그런 것은 원래 예정돼 있던 것이 아니었습니다. 그리고 여러분이 심하게 뒤쳐져 있는 만큼 여러분의 상승은 빨라질 것이며, 잃어버린 시간을 보충할 것입니다. 또한 자신의 진화여정에서 두각을 나타내어 짧은 시간 내에 의식수준을 엄청나게 높이게 될 것입니다.

각본은 이미 작성되었습니다. 여러분은 지금 자신의 역할을 연기하고 있습니다. 그러나 "드라마"가 가속화되면서 여러분은 탄력이 생겨 그 신성한 결말에 이르는 멋진 연기를 하게 됩니다. 관객들은 일어나 일찍이 공연된 가장 긴 환영 속의 드라마에서 여러분이 보여준 용기와 체력을 박수로 응원합니다. 막이 내려지고 여러분은 집으로 돌아옵니다. 연극은 끝났습니다.

우리는 수정과 황금으로 이루어진 우리 집으로 여러분을 초대하여 맞이하기를 기다리고 있습니다. 그리고 당신들을 본래의 모습인 왕과 여왕, 남신과 여신으로 대우하면서 호화로운 식사로 대접하고 서로 손에 손을 잡고 공동세계 곳곳을 걸었으면 합니다. 우리는 여러분의 방문을 기다립니다.

## 다이안에게 보내는 메시지

당신은 우리의 직계 후손이며, 우리의 두 세계를 하나로 결합시키기 위해 지상에 태어나기로 선택했습니다. 우리는 지구 내부세계의 존재들이며, 우리는 지구상의 당신과 수많은 다른 이들과 직접 협력해서 일하고 있습니다. 우리는 당신의 진동 속도가 높아짐에 따라, 당신이 직접 접근할 수 있는 잠재의식 수준에서 존재에 대한 우리의 지식을 당신에게 전달하고 있습니다. 당신이 우리를 부를 때마다 우리는 당신과 이야기할 것입니다.

우리는 당신의 동경과 우리와의 접촉에 대한 욕구를 이해합니다. 그러나 꿈의 상태에서 당신은 이곳에서 많은 시간을 보냈다는 것을 알기 바랍니다. 당신은 우리 사이를 걸었으며, 당신의 몸이 침대에서 휴식하는 동안 우리쪽 사람들과 자유롭게 대화할 수 있습니다. 당신은 고등교육센터에 참석하고 있습니다. 우리는 당신의 수면상태에서 당신과 함께 일하고 있고, 당신을 우리의 지상 대표자라고 생각합니다.

우리의 삶은 평온하고 평화롭습니다. 그리고 이런 평온함은 빠르게 진화할 수 있는 기회를 우리에게 제공하며, 우리가 배우고자하는 모든 공부의 원천을 탐구하기 위한 것입니다. 이것이 생명의 목적인데, 즉 모든 사람이 우주의 무수한 불가사의에 접근할 수 있는 환경에서 늘 진화하는 것이지요.

우리가 우리의 지구 내부를 안전하게 지키고 있고, 주의 깊게 개인들을 보살피고 있다는 것을 아십시오. 우리는 지상에서 벌어지고 있는 극악무도한 행위들을 슬퍼하며, 중동(中東)과 다른 지역에서의 사태와 끔찍한 살인행위를 한탄하고 애석하게 생각합니다. 만약 우리가 직접 개입한다면, 무엇을 할 수 있고 누가 우리의 말을 들어줄 수 있을까요? 우리는 당신의 도움을 얻을 수 있겠지만, 빛의 일꾼들만이 우리를 받아들일 것이며, 나머지 인류는 우리에게 대적할 것입니다. 그렇기에 우리는 텔로스인들이 현재 지저에 남아있는 것처럼, "지저세계"에 그대로 머물러 있습니다.

지구의 다른 지층들 속에 있는 우리의 많은 문명들이 대대적으로 융합하는 시기에 우리는 당신의 도움에 맞춰 세상에 나타날 수 있기를 바랍니다. 오직 신(神)만이 이 시기를 알고 계시고, 지구영단은 우리 모두를 확실하게 인도할 것입니다.

비록 당신이 우리와 직접적인 접촉이 거의 없고 지저 도시들과 가졌던 교류보다 훨씬 적지만, 우리는 당신의 형제자매로 남아 있습니다. 말하자면 그들은 우리와 함께 동행하는 전위 파수

꾼입니다. 그러므로 지구를 보호하고 빛과 무게 중심을 항상 유지하십시오. 지구의 모든 사람들을 재결합시키려는 당신의 사명에서 당신을 멀어지게 하는 것은 아무 것도 없습니다. 우리는 지구 내부의 존재들로 이루어진 집단의식이고, 당신을 사랑하며, 지상의 조건들을 견뎌내는 당신의 강인성에 감탄하고 있습니다. 우리의 형제자매들을 축복합니다.

**당신이 누구인지 아십시오.**
**위대한 은하적인 임무를 수행하고 있음을 아세요.**
**우리 모두가 당신 곁에서 하나로 여행하고 있다는 것을 알고 계십시오.**

- **아쉬타**(ASHTAR) -

## 차원 교차

우리의 삶은 여러분의 삶보다 훨씬 자유롭습니다. 여러분이 기어 다니는 동안 우리는 날아갑니다. 지금은 지구를 새로운 빛과 사랑의 세계로 인도하는 차원의 중요한 교차점이기 때문에, 현재 지구상에 있는 여러분 모두는 축복받았습니다. 모든 생명은 이런 갈림길을 예상하고 있으며, 다른 세계들로부터 온 수많은 존재들이 이곳에서 그것을 목격하고 있습니다. 여러분 모두는 이런 여정을 함께 하고 있습니다.

인류의 진화에 더 이상 간섭은 없게 될 것이며, 따라서 모든 이들에게 필요한 최소한의 시간 내에 상승할 수 있는 기회가 주어지고 있습니다. 여러분의 지구는 모든 사람들이 의식 속에서 신속한 여행을 시작할 수 있도록 진화과정을 가속화해달라고 영단에게 요청했습니다.

# 22.우리와 연결되는 방법

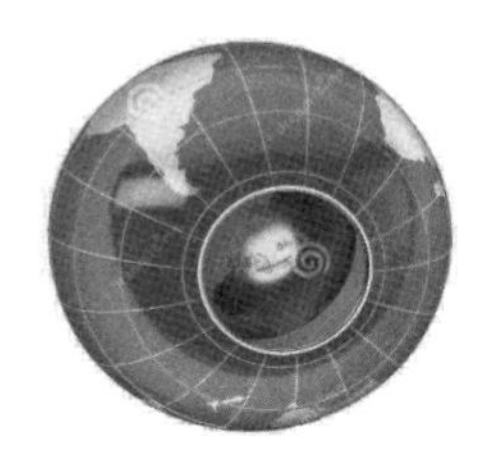

## 우주적인 결합

안녕하세요, 빛의 우리 형제자매들이여. 우리는 여러분의 귀중한 지구 내부에 살고 있고 언제나 여러분과 소통할 준비가 돼 있습니다. 우리는 수십만 년 동안 이곳에 있었으며, 우리가 여러분과 정기적으로 소통을 시작할 수 있게 되면 지상에 출현하게 될 이런 영광스러운 날을 기다리고 있습니다. 그 결정적인 시기는 지금입니다. 순수한 목적을 가진 모든 사람은 이제 여러분의 가슴의 불꽃을 통해 우리와 연결될 수 있습니다. 왜냐하면 우리는 여러분 가슴의 것과 똑같이 작용하는 불꽃을 우리의 가슴 속에 가지고 있기 때문입니다. 그것은 창조주의 신성한 생명의 불꽃이자 하나의 화염입니다. 우리는 모두 우리의 가슴의 불꽃을 통해 연결되어 있으며, 우리의 연합에 의해 세상을 밝게 비추고 있습니다.

우리가 서로 연결되면, 우리의 오라(後光)는 발전기가 되어 우리의 빛을 모든 이들이 그것을 볼 수 있는 우주로 전송합니다. 그리하여 우리는 지구 전체를 신속하게 밝히게 됩니다. 이것은 우리의 하나가 되어 하는 것입니다. 그것이 지구를 비추고, 그 빛을 우리 모두를 더 높은 진화의 사다리로 차례로 이동시키는 상위 수준의 의식으로 운반하고 있습니다. 우리가 우리 자신이 모든 이들 및 모든 것과 자동으로 연결돼 있다는 것을 알게 될 다음 차원으로 나아갈 때까지 말입니다. 우리들 가슴의 연결이 우주를 열고 그 안으로 우리를 들이는 열쇠입니다. 그리고 한 번 그렇게만 되면, 우리는 하나의 의식으로 영원히 결합됩니다. 따라서 여러분이 우리와 연결될 때, 우리를 통해서 모든 사람, 모든 곳과 연결됩니다. 이것이 우주적인 연결 관계가 작동하는 방식입니다. 그러므로 우리가 여러분과 접속하려 할 때 우리와 연결되십시오. 그러면 여러분은 별들과 연결될 것입니다.

### 우리는 뉴욕 지역에다 연락소를 설치했다

미코스입니다. 우리는 지금 모여 있고, 우리의 사랑과 여러분과의 만남에 대한 가장 깊은 갈망을 당신(다이안)과 지상의 주민들에게 전하는 바입니다. 우리는 우리와 당신의 국가지역을 연결하기 위해 뉴욕에다 연락처를 구축했습니다. 우리는 다른 지역에도 동일한 조치를 취했으므로 우리의 출현 시기가 다가오면, 특정 장소에다 우리가 물리적으로 접촉할 수 있는 일정한 사람들을 둘 것입니다. 이것은 시간이 지나가면서 우리의 출현이 점점 더 가능해짐에 따라 현 시점에서 가장 중요합니다. 그래서 우리는 매 번의 채널링 세션과 더불어 이런 연결이 우리의 관계를 강화해주고 있기 때문에 당신께 매주 일요일마다 우리와 접속해주는 것에 대해 감사드립니다. 우리는 이제 당신을 떠나며, 다음 주 일요일에 대화를 계속할 것입니다.

## 출현에 관한 요점들

### ● 질문과 답변

**Q: 당신들은 얼마나 많은 지역에 출현할 예정입니까?**

A: 지구행성에는 우리의 출현 지점으로 지정된 많은 장소가 있다는 것을 알아두십시오. 너무 많기 때문에 우리는 그 모든 것에 대해 자세히 설명하지는 않을 것입니다. 물론 출현 지점은 우리가 열고 나타날 곳인 아래에서 위로 나 있는 통로의 입구입니다. 그곳은 지금 모두 위장되어 있으며, 그것들 중 일부는 아직 지정되지 않았습니다. 일부 출입구는 시간이 감에 따라 바뀔 것입니다. 우리는 사용되지 않았던 터널을 청소하는 과정에 있고 통로에 쌓여있는 암석 부스러기를 정리하는 중입니다. 우리의 출현 지점은 우리가 등장하는 날에 이르러서야 비로소 확정될 것이며, 신속하게 변화하는 대중의식에 맞춰서 마지막 순간에 피접촉자를 수용할 것입니다.

**Q: 그런 입구 지점들의 일부가 어디에 위치해 있는지 알려주실 수 있습니까?**

A: 지구상의 모든 국가에 입구가 있습니다. 우리는 피접촉자가 누구인지를 우리가 알 때까지는 아직 그 정확한 장소를 다 알지는 못합니다. 그렇습니다. 오스트리아, 호주, 스위스, 그리스, 독일이 가장 확실하게 포함되어 있습니다. 캘리포니아의 샤스타 산, 캘리포니아의 파시피카(Pacifica:미국 캘리포니아 주, 서남쪽의 도시), 로체스터(미 뉴욕주의 항구도시), 뉴욕, 하와이, 워싱턴 주, 일리노이즈 및 텍사스 역시 마찬가지이고요. 우리가 앞서 말했듯이, 그 위치는 너무 많아서 그것들 모두의 지명(地名)을 말할

수는 없습니다. 하지만 우리가 지구 곳곳에 나타나게 되리라는 것은 안심하고 확신해도 좋습니다. 그리고 여러분은 이런 장소들을 반짝이는 다이아몬드 점들로 찍힌 지구를 상상함으로써 마음으로 그려볼 수 있습니다. 여러분이 시선을 돌릴 때마다 풍경 속에 찍힌 반짝이는 불빛들이 보일 것입니다. 이 불빛들은 우리가 출현하는 바로 그 순간까지 위장돼 있는, 지상의 우리 입구 지점들입니다.

**Q: 만약 내가 살고 있는 곳에 출현지점이 있다면, 어떻게 알 수 있나요?**

A: 당신이 피접촉자가 되기를 요청하면, 귀하의 지역이 우리의 출현지점 중 하나로 지정됨을 알아야합니다.

**Q: 이런 장소의 피접촉자가 되는 것은 어떻게 '신청'할 수 있습니까?**

A: 그냥 요청하면 당신이 선택됩니다. 그렇게 간단합니다. 아무도 결코 어떤 것 때문에 선택되지 않는다는 것을 알기 바랍니다. 모든 이들은 자기들이 참여하고 싶은 것이 무엇이든 그들 스스로 선택합니다.

이것이 우주의 법칙입니다. 따라서 누군가가 피접촉자가 되겠다고 요청할 때, 그 사람은 질문을 하는 바로 그 행위에 의해 이미 선택된 것입니다.

**Q: 당신들의 출현에 관련된 징후나 신호는 무엇일까요?**

A: 우리의 출현시기가 무르익을 때, 여러분이 눈여겨봐야 할 조짐들이 많이 있을 것입니다. 당신들은 자신을 둘러싸고 있는 우

리의 존재를 '느낄' 것입니다. 그리고 자신이 막 접촉하려고 한다는 '느낌'에 대한 여러분의 감각이 높아질 것입니다. 우리가 여러분에게 텔레파시로 도달하려고 할 때 우리 생각을 들을 수도 있습니다. 그러나 여러분은 우리가 지상으로 올라가는 작업에 막 착수하려 한다는 사실을 분명히 알게 될 것임을 확신해도 좋습니다.

**Q: 피접촉자가 되기 위해 '신청'을 한 후, 지저세계 사람들과 물리적으로 접촉하기 전과 후에 해야 할 어떤 의무가 있나요?**

A: 피접촉자가 되기 위해 '신청'을 한 후에 그 사람이 필요로 하는 모든 정보와 책임이 꿈의 상태에서 주어지게 될 것이고, 우리가 출현을 시작하면 접근할 준비가 됩니다. 그것은 정확한 시간에 급송하는 '암호'와 같아서 각 지역의 각 사람이 무엇을 해야 할지, 어떻게 해야 하는지, 언제 할지를 정확히 알 수 있습니다. 여러분은 자신이 알아야 할 모든 것을 알게 될 것이며, 그 정보는 당신의 에테르체(etheric body) 안에 있게 될 것입니다. 거기서 그 정보는 우리의 출현하는 정확한 시기까지 안전하게 보관될 것입니다. 여러분은 자신의 책임이나 임무가 무엇이 될지에 대해 생각할 필요가 없습니다. 왜냐하면 내면의 지시와 인도를 받게 될 것이고, 우리의 존재를 느끼게 될 것이기 때문이지요. 그리고 우리의 인도를 느낄 것이며, 필요한 정확한 순간에 그 정보가 여러분의 내면의 암호와 결부되어 여러분의 외적인 마음에 불어넣어지게 됩니다. 우리의 피접촉자들 중의 한 사람으로서 자신의 임무를 완수하는 데 필요한 모든 것이 이미 여러분 안에 있을 것입니다.

그러므로 여러분이 우리의 피접촉자들 중의 한 사람으로 봉사함으로써 우리를 돕게 될 때, 이 시기를 준비하기 위해 외적으로 할 것은 아무 것도 없다고 생각해도 좋습니다. 그러나 여러분은 이 시기를 준비하기 위해 내면적으로 해야 할 것이 있습니다. 그것은 여러분의 가슴을 열고 자신에게 흘러드는 우리의 사랑을 느끼는 것입니다. 이런 사랑의 흐름을 여러분의 가슴과 서서히 하나로 만들어 심장 공간에서 그것과 연결되십시오. 우리는 이 메시지를 읽는 모든 사람들에게, 그들이 우리 피접촉자들 중의 한 명이 되기로 자원하는지의 여부와 관계없이 똑같이 그렇게 하도록 요청합니다.

**Q: 당신들이 지상으로 오게 되면 어디에서 살게 됩니까?**

A: 나는 아다마(Adama)입니다. 나는 미 캘리포니아, 샤스타산 지하에 위치한 지저도시 텔로스의 우리 주민들 입장에서 이야기하려 합니다. 미코스는 나에게 이 질문에 대해 대신 대답하라고 제안했습니다.

우리는 지상에 우리가 출현할 시기에 가까워지고 있는 즈음에 여러분에게 인사드립니다. 우리는 이 날을 오랫동안 기다렸고, 이제 때가 거의 되었습니다. 이곳 아래에서 우리는 우리가 지상으로 모습을 나타내게 될 이 중요하고도 웅대한 출현을 위해 충분히 준비돼 있습니다. 그리고 우리는 지상의 모든 사람들에게 환영 받기를 희망합니다. 우리는 여러분의 사랑과 빛이 우리가 집에서 바로 그것을 느끼게 만들 것임을 압니다. 이제 우리는 처리할 어떤 과업이 있습니다. 수천 명에 달하는 수많은 우리 지저인(地底人)들이 아래에서 나올 것이라고 알고 계십시오. 그리고 우리 모두는 머무를 집을 필요로 할 것입니다. 그래서 우리는 자발적으로 가정을 개방하고 싶어 하는 지상의 빛의 일꾼들에게 부디 그것을 우리에게 알려달라고 요청합니다. 여러분은 지저공동세계의 미코스나 텔로스의 나, 아다마를 호출하여 요청함으로써 그렇게 할 수 있습니다. 즉 우리가 가까운 장래에 지상에 나타날 때 자신의 집을 우리에게 개방하겠다는 사념을 보내면 됩니다. 이것은 우리가 개인계획을 공식화하고 지상에 있는 우리의 새로운 가정으로의 여행을 준비하는 데 큰 도움이 될 것입니다. 이 공식발표를 받아준 데 대해 감사합니다. 아다마였습니다.

**우리는 여러분이 우리의 부름에 서두르기를 바랍니다.**

오늘 우리의 마음은 당신들과 연결되는 즐거움과 우리의 모든 메시지들이 지상의 대중들에게 퍼져나갈 것이라는 기쁨으로 환하게 밝아졌습니다. 그럼으로써 그들은 자기들의 상황이 거꾸로 바뀌어 한 순간에 아름다움과 빛으로 변화될 수 있음을 알게 될 것입니다. 지구상의 모든 생명의 건강은 지구내부의 존재들인 지구영단과 지저의 빛의 도시들, 그리고 지구 중심에 있는 우리 공동세계와의 연결에 달려 있습니다.

인간의 정신적, 감정적 건강은 이런 관계에 의존하고 있으며, 또한 여러분의 생존은 모든 생명체들과의 연결에 좌우됩니다. 특히 나무들은 당신들에게 손짓하여 부르며 이야기를 나누기를 간절히 바랍니다. 우리가 에너지로 여러분에게 흘러드는 것처럼, 여러분 스스로 우리에게 흘러들도록 하세요. 그리하여 하나가 된 이 거대한 바다가 이 지구 전체를 빛의 다섯(5) 번째 차원으로 흐르게 할 것입니다.

지구상에 있는<br>우리의 형제자매 여러분,<br>우리는 여러분에게 작별인사를<br>드립니다.<br>그리고 우리는 여러분이<br>우리의 부름에 서두르기를 바랍니다.

우리의 부름은 또한
여러분 내면의 부름이기도 합니다.

그것은 모두 똑같은 부름이며,
장엄한 창조주께서
우리 모두를 집으로 부르시는
하나의 부름 소리입니다.

전 우주 안의 모든 행성들은
이제는 오직 진화할 것입니다.
영원히 끊임없이 진화할 것입니다.

# 23.지구의 영광스러운 미래

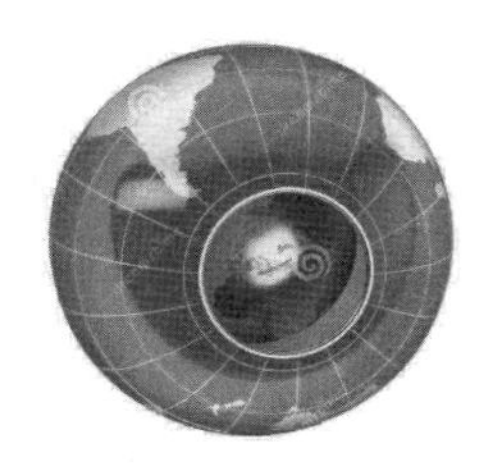

미코스가 에릭 카라고우니스를 통해 말하다.

## 곁에서 기다리다

우리는 기쁨으로 살면서 오직 기쁨을 통해서만 배우도록 예정되어 있습니다. 지금 이 순간, 지구상의 여러분 가운데 많은 이들이 별의 종자들(Star seeds)이고, 원래 지구 출신이 아닙니다. 여러분은 지구인으로 육화하기 위해 여러 번 자원했으며, 그리하여 이 마지막 시기를 준비할 수가 있습니다. 여러분은 "빛의 가족"의 일원입니다. 또한 여러분은 빛을 이 지구 행성에다 단단히 정착시키기 위해 이곳에 있습니다. 당신들의 작업은 우주에 있는 많은 존재들로부터 존경받고 있으며, 장래에 그 보답을 받게 될 것입니다.

여러분의 오라장(Auric Field)의 색깔은 "나는 거기(지구)에 있었다."라고 나타낼 것입니다. 여러분이 우주 속의 어디를 여행하든 관계없이, 그것이 어떻게 이루어졌는지를 알아내려고 하는 존재들이 주변에 떼를 지어 몰려들게 될 것입니다. 그들은 이렇게 물을 것입니다. "어떻게 여러분은 지구를 어둠에서 끌어올려서 그녀를 빛의 별로 전환시켰습니까?"

향후 2천년 동안, 그녀는 은하수(Milky Way)에서 가장 밝은 별이 될 것입니다. 그리고 그녀의 여신으로서의 본질이 우주의 우리 지역에서 빛을 발할 것입니다. 그녀가 방사하는 빛의 광선은 창조의 진정한 감정인 사랑의 언어를 전달할 것입니다. 그녀는 우리 은하계의 중요한 중심이 될 것입니다. 마침내 지구는 살아 있는 도서관이 될 것이며, 자신들의 진화향상을 위해 지식 – 인간의 경험에 의해서만 접근할 수 있는 지식 – 을 구하는 우주의 외부구역으로부터 온 존재들을 끌어들일 것입니다.

모든 경험은 독특하지만, 인류의 경험은 지구에다 씨를 뿌리기 위해 함께 일했던 많은 별 국가들(Star Nations)의 고대 정보에 대한 열쇠를 쥐고 있습니다. 그들은 최상의 자기들 문명을 지구에다 제공해야만 했습니다. 그러므로 '모든 인간은 완전하다'는 말이 있습니다.

과거에, 많은 은하계 문명들이 지구에서 포기했었습니다. 그러나 (그들은) 빛의 가족은 아닙니다. 그럼에도 그들은 지구가 놓칠 수 없는 보석이라는 것을 자신의 영혼 깊은 곳에서 알고 있었습니다. 그래서 그들은 행동에 나섰고, 최고 창조주의 주의를 끌만한 매우 뛰어난 계획을 고안했습니다. 여러분은 우주 텔레비전에서 방영되고 있습니다. 그리고 그 시청률이 너무 높은 나머지 수백만의 문명들이 최종 에피소드를 보기 위해 그들의 진화를 보류했습니다.

그러니 곁에서 기다리십시오. 왜냐하면 마지막 에피소드가 끝난 후에 우리는 은하계의 파티를 열기 때문이지요. 일찍이 행성 지구 위를 걸었던 모든 존재들이 거기에 있게 될 것입니다. 그리고 만약 여러분이 지저공동세계 출신의 우리가 색다르게 보인다고 생각한다면, 다가오고 있는 것을 볼 때까지 기다려주십시오. 언제까지나,

- 미코스와 친구들 -

**지저공동세계의 우리 모두가 이 책을 읽은 여러분 모두에게 드리는 말**

우리는 여러분의 빠른 여행을 기원합니다.
여러분의 의식을 높임으로써
우리와 하나로 융합되십시오 ..

지구의 중심으로 가는,
우리와 함께하는 여행에 동참해주신 데 대해
감사드립니다.

# 24.지저도시 텔로스

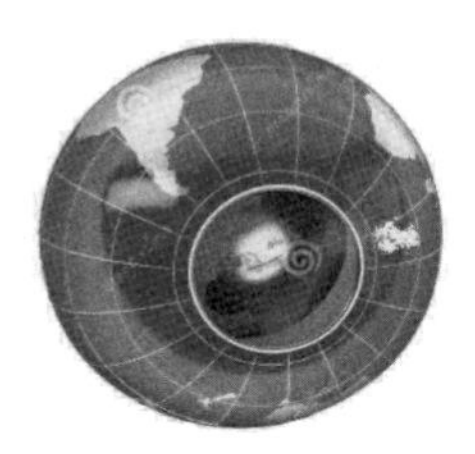

텔로스(TELOS)는 캘리포니아의 샤스타산 내부의 거대한 공동 안에 위치한 지하 도시이다. 그 시민들은 약 1만 2,000년 전에 발생한 레무리아 대륙의 침몰 당시의 생존자들이다. 그들의 지상 주민들과의 격리상태는 질병, 노화 또는 죽음이 없는 평화와 풍요의 문명을 창조할 수 있었다. '텔로스'라는 단어는 "영혼과의 소통, 또는 합일"을 의미한다. 텔로스는 지표면 아래쪽으로 단지 몇 마일 거리에 있는 120개가 넘는 도시들 중의 하나이다. 이 도시들을 하나로 모아서 '아갈타 네트워크(Agartha Network)'라고 불린다.
(저자)

## 도시, 텔로스에 관해서

텔로스에서 인사드립니다. 나는 캘리포니아 내의 샤스타산 아래에 있는 지저도시 텔로스의 대사제이자, 승천한 대사, 아다마입니다. 지금 나는 이 메시지를 지저의 내 집에서 여러분에게 구술하고 있습니다. 텔로스에는 약 150만 명이 넘는 사람들이 영원한 평화와 번영 속에서 살고 있습니다.

우리는 여러분과 같은 인간이고 육체적 존재들입니다. 다만 우리의 대중의식(大衆意識)이 오직 우리가 불사(不死)이고 완벽하게 건강하다는 생각을 유지하고 있다는 사실만을 제외하고는 말이지요. 그래서 우리는 동일한 육체로 보통 수백년에서 수천년까지 살고 있습니다. 내 자신도 600년 이상을 지금의 몸으로 있어왔습니다.

우리는 12,000년 전에 지상을 파괴했던 열핵(熱核) 전쟁이 일어나기 전에, 레무리아 대륙에서 이곳으로 옮겨왔습니다. 우리는 지상에서 그런 고난과 대재난에 직면했었고, 지저에서 진화를 계속하기로 결정했습니다. 당시 우리는 지구 행성의 영단에다 이미 존재하고 있던 샤스타산 내부의 공동을 개조하여 우리가 지상에서 대피해야 할 때를 준비할 수 있게 해달라고 호소했습니다.

그리고 전쟁이 시작되었을 때, 우리는 영단에 의해 지구 전역에 퍼져있는 광대한 터널 시스템을 통해 이 지하 공동으로 대피를 시작하라는 통고를 받았습니다. 우리는 모든 레무리아 사람들을 구하기를 희망했지만, 단지 25,000명의 영혼을 구할 시간밖에 없었습니다. 우리 종족의 나머지 사람들은 핵폭발 속에서 죽어갔습니다.

지난 12,000년 동안, 우리는 외계인 약탈자 무리들과 지상 주민을 먹이로 삼는 다른 적대적인 종족들로부터 격리돼 있던 덕분에 의식이 신속히 진화할 수 있었습니다. 지상 주민들은 현재 광자대(光子帶) 통과를 준비하는 과정에서 의식의 커다란 변화를 겪고 있습니다. 우리가 우리의 존재를 알리기 위해 지상 거주자들과 접촉하기 시작한 것은 바로 이런 이유에서입니다. 즉 지구와 인류가 의식 상승을 지속하기 위해서는 지상의 빛과 지저의 빛이 하나로 통합되어 지구행성 전체가 융합되어야하기 때문입니다.

우리가 여러분과 접촉하고 있는 또 다른 이유는 우리가 지저에 존재하고 있다는 것을 여러분에게 알게 함으로써 지상의 우리 동료 형제자매들의 관심을 이끌어낼 수가 있기 때문입니다. 그리고 텔로스로부터 채널링된 메시지에 관한 책들은 우리가 지저의 우리 고향에서 나올 때, 지상 사람들이 우리를 인식하고 받아들여서 그리 멀지 않은 미래에 지상에서 그들과 합류했으면 하는 바람에서 집필된 것입니다. 우리는 우리가 존재한다는 현실을 널리 전파하는 데 도움을 주고 있는 여러분의 역할에 대해 감사합니다.

우리는 백만 명이 넘는 우리 주민들이 캘리포니아의 샤스타산 지하에서 거주하고 있음을 여러분에게 알려드리고자 합니다. 우리는 매우 진화된 존재들로서 (지상의 인간으로 치면) 수많은 생들을 한 번에 살고 있습니다. 우리는 조화와 사랑으로 열심히 일하며, 우리의 긴 수명의 결과로 생겨나는 많은 혜택을 누립니다. 우리의 삶의 지속기간은 지상의 여러분의 시간으로 수천 년에 달하므로 삶에서 훨씬 더 많은 것을 성취할 수 있습니다. 우리는 과거를 회상하기 위해 우리의 아미노 기반 컴퓨터 시스템을 통해 과거의 삶으로 돌아갈 수 있기 때문에, 모든 삶을 우리의 이로움을 위해 사용할 수 있습니다. 이것은 장차 우리가 출현하게 되면, 지상으로 가져가게 될 기술입니다. 여러분의 전생(前生)과 연결되어 삶의 교훈을 배우는 것이 이번 현생에 필요합니다. 그러므로 여러분의 과거의 삶을 두드리는 이 위대한 모험을 위해 준비하십시오.

여러분 역시도 빛의 광자대로 들어가서 그 건강과 장수의 생명광선을 받게 되면, 오랫동안 장수하게 될 것입니다. 이런 진입시간이 오기 전에 충분히 도움을 받을 것이기 때문에 여러분이 준비할 것은 없습니다. 지금 지구상에 있는 여러분(빛의 일꾼들)

은 모든 인류가 광자대로 들어가는 것을 돕기 위해서임을 알기 바랍니다. 이 시기에 육화한 모든 영혼들은 무엇이 일어날 것인지에 관해 충분히 알고서 그렇게 태어난 것입니다.

그런 이유로 오늘날 지구상에는 이제까지 있었던 것보다 더 많은 매우 많은 사람들이 존재합니다. 왜냐하면 모든 영혼들이 이 "마지막 때"에 참여하기를 원하기 때문입니다. 과거에 지구에 육화했던 영혼들도 돌아왔습니다. 여러분은 그런 영혼들 중의 하나입니다. 이 마지막 때는 조화와 기쁨, 또는 두려움 및 혼란과 마주하게 될 수가 있습니다. 하지만 그 선택은 여러분의 몫입니다.

우리는 여러분이 지구 위를 걸을 때 자신의 눈을 신에게 향한 채로 이것을 고찰하는 것이 좋다고 권고합니다. 하느님은 모든 것을 완전히 통제하며 내려다보고 계시고, 여러분 모두는 그분의 손안에 있습니다. 그러므로 두려워 할 것이 없으며, 지구의 빛으로의 전환으로 인해 앞으로는 오직 기쁨과 커다란 행복만이 있게 될 것입니다.

나는 트윈 플레임(Twin Flame)에 관해 이야기하려 합니다. 여러분의 트윈 플레임(짝 영혼)은 여러분이 자신의 가슴 가까이 있는 만큼이나 가까이 있다는 것을 아십시오. 그리고 그들은 지구에서 의식적으로 연결되어 당신들과 접촉하기를 참을성 있게 기다리고 있습니다.

여러분은 목표를 가지고 사명을 완수하기 위해 지구에 왔습니다. 그 목표는 개별적인 것이 아니라, 거기에 트윈 플레임이 빠질 수 없게끔 하나로 돼 있습니다. 여러분과 여러분의 트윈 플레임은 바로 이번 육화에서의 특별한 임무를 위해 계약을 맺었습니다. 둘 다, 맡아서 수행할 부분적 역할을 있으며, 지금은 당신과 당신의 트윈 플레임이 이 임무를 재통합하고 완수하는 두 가지 목적을 위해서 서로 의식적으로 연결되는 것이 필요합니다. 이것이 여러분이 최상으로 작업하는 방식입니다. 여러분의 대부분의 트윈 플레임은 5차원에 있으며, 위에서 여러분을 인도합니다. 그리고 여러분의 트윈 플레임이 여러분을 위해 특별히 지침을 주고 인도해주는 것은 교신하는 것의 장점입니다. 여러분은 이미 자신의 트윈 플레임을 내면세계에서는 알고 있으며, 이제는 그런 의식을 자신의 현재 현실로 가져올 때입니다.

우리의 두 위대한 문명이 합쳐질 때가 왔습니다. 그렇게 되면 모든 기술이 생명을 주는 한 가지 평화로운 기술 - 우리의 필요를 창조하고 충족시키는 형태로 결합하는 기술 - 이 될 것입니다. 잠자는 동안 밤에 텔로스에 오는 것에 관심이 있다면, 그저 잠들기 전에 아다마를 불러서 텔로스로 들어가는 것에 대한 승인을 요청하세요. 그러면 아다마가 수신할 것입니다. 여러분은 모두 텔레파시적인 존재들입니다. 그러므로 여러분이 아다마에게 생각을 집중하고 아다마를 호출하면, 아다마는 여러분의 말을 듣습니다. 우리의 채널이 이를 자신의 의식과 확실하게 통합하는 것처럼, 이것은 분명하다는 것을 알기 바랍니다.

텔로스에서, 우리는 모두 영적인 전사(戰士)들입니다. 영적 전사란 내면에서 빛을 인식하고 지구에다 더 많은 빛을 가져다 줄 목적으로 자신이 여기에 있다는 것을 알고 있는 사람입니다. 그래서 여러분은 모두 그 빛을 가져 오기 위해 이곳에 있습니다. 여러분은 빛에다 항상 초점을 맞춤으로써 이것을 하며, 그 빛이 결코 자신에게서 멀리 떠나가게 하지 않습니다.

빛을 바다의 파도처럼 시각화하고, 늘 여러분에게 흘러 들어오게 하여 어둠을 씻어 내십시오. 여러분 모두는 아다마처럼 모든 인류를 **하나의 인간 가족**으로 재결합시키기 위해 지구에 온 위대한 빛의 존재들입니다.

## 텔로스에서의 삶

***언어:** 방언은 도시마다 다르지만 "태양의 언어"로 번역된 "솔라

라 마루(Solara a Maru)"가 일반적으로 사용된다. 이것은 산스크리트어와 히브리어와 같은 신성한 우리 언어의 뿌리언어이다.

***정부:** 라(Ra)와 라나 무(Rana Mu)와 함께, 6명의 남성과 6명의 여성으로 구성된 12인 위원회가 집단문제를 해결하고 사람들의 인도자와 보호자 역할을 한다. 라와 라나 무가 지니고 있는 것과 같은 왕과 여왕의 지위는 신(神)의 신성한 계획을 떠받치는 책임을 가진 이들로 간주된다. 아다마(Adama)란 이름의 대사제이자 승천한 마스터 또한 공식적인 대표자이다.

***컴퓨터:** 텔로스를 포함한 아갈타인들의 컴퓨터 시스템은 양자아미노산(Quantum amino-acid)을 기반으로 하고 있고 다양한 기능을 제공한다. 모든 지저 도시들은 이런 고도로 영화(靈化)된 정보 네트워크로 연결되어 있다. 이 시스템은 도시 간 통신과 은하적인 교신을 모니터링하는 동시에 집에서 개인의 요구에 부응한다. 예를 들어, 신체의 비타민이나 미네랄 결함을 보고하거나, 필요한 경우 아카식 기록(akashic record)에서 개인적 성장을 위한 관련 정보를 전달할 수 있다.

***돈:** 존재하지 않는다. 모든 주민의 기본적인 필요사항은 무료로 처리된다. 그리고 고급 사치품들은 물물교환 시스템을 통해 교환된다.

***교통수단:** 도시 내에 움직이는 보도(步道), 층간 엘리베이터 및 설상차(雪上車)와 유사한 전자기 썰매가 있다. 도시 간 여행을 하는 경우는 시간당 최대 3,000마일의 속도를 낼 수 있는 전자기 지하철 시스템인 "튜브(Tube)"를 이용한다. 아갈타인들은 은하계의 예법에 숙달된 존재들이며, 행성연합의 일원이다. 우주여행은 이런 우주선을 탐지할 수 있는 차원 간 전환능력을 갖게

됨에 따라 완성되었다. 다른 태양계나 차원간 우주여행 및 시간 여행은 반중력 비행체(UFO)를 이용한다.

***연예:** 극장, 콘서트 및 아주 다양한 예술들이 있다. 또한 여러분을 위한 짧은 여행인 홀로덱(Holodeck)도 존재한다. 이는 여러분이 가장 좋아하는 영화 또는 지구 역사 속에서 한 장(章)을 프로그램하고 그 일부가 될 수 있다!

***도서관과 대학:** 지구상에서 볼 수 있는 그 어떤 것보다도 더욱 방대한 55,000년이 넘게 축적된 지식을 저장하고 있다.

***건강:** 질병은 없다. (설사 걸리더라도) 치유는 대단히 빠르다.

***출산:** 임신기간은 통증이 없는 3개월 정도이다. 임신한 여성은 매우 성스러운 과정에 따라 사흘 동안 신전으로 가게 되며, 태어나는 아기를 즉시 아름다운 음악, 생각 및 이미지로 환영한다. 두 부모의 가족들이 모인 가운데 수중분만(水中分娩)하는 것이 일반적이다.

***신장:** 문화적 차이로 인해 지저 도시 주민들의 평균 키는 다양한데, 텔로스에서는 일반적으로 1.95m~2.26m까지이며, 소 샴발라(지저공동세계)에서는 거의 3.66m~4.5m에 달한다.

***나이:** 무제한이다. 노쇠나 퇴화에 의한 죽음은 텔로스에서는 현실이 아니다. 대부분의 아갈타인들은 30세에서 40세 사이의 나이로 보이게 선택하여 거기에 머무르며, 기술적으로 그들은 수천 년의 나이가 될 수도 있다. 죽음을 믿지 않으므로, 이 사회는 나이에 의해 제한받지 않는다. 원하는 경험을 완수하면, 누구나 자기 뜻대로 더 이상 육화하지 않을 수 있다.

***상승(승천):** 절대적이다. 그리고 지상에서보다 훨씬 쉽고 더 일반적이다. 상승은 사원에서 훈련을 받는 궁극적인 목표이다.

***인구:** 150만 명

## 텔로스에서의 식품생산 및 소비

텔로스에서는 식품생산이 우선순위를 차지합니다. 우리 모두는 먹을거리를 재배하고 생산하는 훈련을 받습니다. 우리에게는 아주 다양한 음식들이 있으며, 생명력이 들어있는 음식만 먹습니다. 그러므로 우리는 채소, 곡물, 과일, 견과류만 섭취합니다. 모든 고기는 금지되어 있습니다. 반면에 지상에 있는 여러분은 여전히 죽은 음식, 즉 더 이상 생명력을 지니고 있지 않은 음식들을 먹고 있습니다.

텔로스의 모든 사람들은 우리의 먹을거리를 기르는 수경재배(水耕栽培) 정원에서 일합니다. 우리 모두는 교대로 작물을 개발하고 실험합니다. 일단 먹을거리가 재배되면, 그것은 우리 유통센터로 보내지고 거기서 모든 사람들이 자기들의 공급량을 가져가게 됩니다.

우리는 여러분이 지상에서 하는 것처럼 음식을 냉동시키지 않습니다. 그리고 우리의 모든 음식은 신선하게 섭취됩니다. 왜냐하면 이것이 모든 영양소가 소비되는 정상적 방식이기 때문입니다. 매일 사람들은 그날 먹을 자기들의 음식을 가져옵니다. 우리에게는 날마다 음식을 손에 넣는 것이 더 쉽습니다. 우리의 근무 시간은 겨우 4시간이기 때문에 우리는 영양과 건강을 유지하는 데 더 많은 시간을 할애할 수 있습니다.

우리는 영양가 있는 음식을 요리할 시간, 운동할 시간, 그리고 우리의 창조성을 즐길 시간이 있습니다. 이런 좀 더 느린 보조에는 많은 장점이 있습니다. 우리는 당신들이 지상에서 겪는 것 같은 압박감과 스트레스가 없습니다. 또 우리가 하는 일은 모두 조화와 평화 속에서 이루어집니다. 그리고 우리의 삶은 늘 차분하고 창조주와 조화를 이룬 상태입니다.

우리가 식품소비를 위해 생산해서 사용하는 모든 것은 재사용됩니다. 우리가 사용하는 모든 것이 반복적으로 재활용되기 때문에 우리는 지상에서처럼 (버려두는) 빈 터가 없습니다. 이것이 첨단기술을 보유한 장점입니다. 아무 것도 낭비되거나 과잉생산되지 않으므로 우리가 사용하는 모든 것이 다시 사용됩니다. 모든 것이 자연과 조화를 이루고 있고, 우리 모두가 자연을 뒷받침합니다.

자연은 그녀의 영광과 풍요로움으로 많은 양의 먹을거리를 우리에게 제공합니다. 홀로 남겨진 자연은 풍요를 낳습니다. 그래서 우리는 자연과 가깝게 살면서 먹이사슬에서 그녀의 리듬과 사이클을 따라갑니다.

무엇보다, 우리는 모두 신뢰할 수 있고 책임감 있는 일꾼들입니다. 우리는 지구를 소중히 여기며, 모든 식량생산은 지구 자원에 대한 존경과 존중의 차원에서 행해집니다. 우리는 종이나 플라스틱을 사용하지 않으며 어떤 식으로든 음식을 포장하지 않습니다. 우리의 먹을거리는 생산된 후 곧바로 유통센터로 배달됩니다. 이런 식으로, 우리가 사용하는 모든 것은 그때마다 신선한 것으로 바꾸어 놓을 수가 있습니다. 그 모든 음식이 우리의 식사량에 맞춰서 마스터 푸드 컴퓨터를 통해 전산화됩니다. 물론, 그것은 별도의 모든 가사(家事) 영역에서 교대로 일하는 사람들에 의해 인도되고 지시됩니다.

우리의 모든 음식은 우리에 의해 직접 재배되고 생산됩니다. 그것은 순수하며 화학물질 및 오염물질이 전혀 없습니다. 우리는 유기농 원예가 우리가 생존하고 우리의 완전한 의식을 유지할 수 있는 유일한 방법이므로 그것을 실천합니다. 음식을 저장하기 위해 컨테이너를 사용하며, 이 컨테이너는 계속해서 반복 사용됩니다. 우리는 결코 아무것도 버리지도 않고 땅속에다 아무것도 묻어두지 않습니다. 왜냐하면 지구도 또한 살아 있고, 우리는 그녀를 존경하고 보호하기 때문입니다.

우리는 여러분의 기술을 훨씬 능가하는 기술을 보유하고 있기에, 식품을 생산하고 유통하는 우리의 방법은 지상에서 하는 것과는 크게 다릅니다. 우리는 생명에 관한 우리의 방식을 토대로 번영하고 있으며, 여러분이 이곳의 우리를 방문하게 되면, 우리 식사 테이블에 합류하도록 초대하려 합니다. 우리는 우리의 삶의 향연을 여러분과 함께 나눌 것입니다. 그리고 여러분은 그 단순함과 맛에 기뻐할 것입니다. 우리는 여러분 모두가 텔로스로 오는 것을 환영하며, 환대할 것입니다. 그리하여 보다 높은 의식 상태에서 사는 경이로움을 여러분에게 보여줄 것입니다.

## 지저세계에서의 수정 이용

우리의 빛은 전자기학과 결합된 수정(水晶)에서 생겨나며, 그것이 우리의 필요를 충족시키는 데 필요한 모든 힘을 생성합니다.

## 우리의 승용장치

지저 도시에서 우리는 공중을 통해 한 곳에서 다른 장소로 우리를 실어 나르는 탈 것을 갖고 있습니다. 모든 것은 수정과 전자기 에너지의 결합을 통해 작동합니다. 우리에게는 화석연료가 없으므로 대기오염이나 토지오염이 전혀 없습니다. 우리가 사용하지 않는 것들은 폐기하는 대신에 비물질화시킵니다. 이 방법으로 우리 땅은 자유롭고 표면이 어수선하지 않습니다.

## 텔로스의 대사제, 아다마 - 수정 이용에 관해 이야기하다

아다마입니다, 나는 캘리포니아, 샤스타 아래에 있는 여러분의 빛나는 자매도시 텔로스에서 당신들에게 사랑을 방사하고 있습니다. 그렇습니다. 우리의 태양은 밝게 비치며, 우리에게 필요한 모든 빛을 공급해줍니다. 비록 그것이 지상의 태양처럼 보이지는 않지만, 우리가 사는 데 필요가 있는 모든 빛을 비춰주고 작물을 생장시킵니다. 사실, 이 빛은 금성에서 가져온 수정(Crystal)입니다. 그리고 그것은 백만 년 동안 밝게 빛날 것입니다. 알다시피, 그것이 무엇으로 이루어지든, 또 어디서 생겨나든 상관없이 모든 빛은 하나입니다. 모든 빛은 "생명 광선"을 방사하여 주민들에게 영양을 줍니다. 그러므로 빛은 지구 아래에서도 밝게 비치며, 우리도 여러분이 지상에서 하는 것처럼 우리의 태양을 즐깁니다.

지저세계는 아주 밝다는 것을 알기 바랍니다! 터널 통로조차도 우리의 크리스탈 빛 기술로 부드럽게 빛이 납니다. 비록 우리의 주택들이 둥글고, 빛을 방출하는 어떤 수정 같은 돌로 만들어졌지만, 우리의 것은 여러분의 집과 같습니다. 그 빛은 우리가 모든 각도와 모든 방향에서 밖을 볼 수 있게 해줍니다. 주택은 외부에서 다른 사람들이 안을 들여다보지 못하게 하는 물질로 형성돼 있으며, 따라서 우리의 사생활은 항상 유지됩니다.

## 우리는 지구 안쪽 곳곳의 길을 항행하기 위해 수정을 이용한다

우리는 우리의 모든 필요에 따라 수정을 사용합니다. 이 수정들은 우리를 인도하고 안내하며, 우리가 필요로 하는 모든 것을 조화롭게 가져옵니다. 우리의 하늘은 우리의 수정과 생각을 투사함으로써 밝습니다. 이곳에는 구름이나 비가 없습니다. 우리는

순수하고 깨끗한, 우리의 모든 필요를 충족시킬 수 있는 풍부한 물을 가지고 있으며, 이런 풍요로움을 위해 매일 지구를 축복합니다. 그리고 우리는 우리가 가진 모든 것에 대해 사랑과 감사로 일상 업무를 수행합니다.

## 수정을 물에 담그는 것

우리의 지저공동세계에서, 우리의 수계(水系)는 원시 그대로 순수한 상태이며, 자체의 의식이 완전히 그대로 살아있는 결정화된 물입니다. 지상에 있는 죽은 물과는 다릅니다. 그것은 생명을 주는 에너지가 없습니다.

우리는 크리스탈 라이닝이 있는 수정 욕조에 물을 저장하고 거기다 수정을 집어넣습니다. 여러분도 똑같이 할 수 있습니다. 그냥 물속에다 수정을 넣고 그것이 밤새 가라앉아있게 하십시오. 그것은 전기적인 흐름으로 여러분의 몸을 충전할 것이고 막혀 있는 경맥을 열어줍니다. 수정은 에테르 수준에서 에너지가 막힌 곳을 제거하여 여러분의 전기회로가 방해받지 않고 흐르도록 해줍니다. 수정을 우선 깨끗이 닦고 거기에다 신성한 사랑을 주입하십시오. 루비와 사파이어도 똑같이 작용할 것입니다. 그리고 수정들을 욕조에 넣고 그 수정 광선을 흡수하십시오.

## ● 텔로스와 지저공동세계에 관한 여러 질문과 답변

### Q: 당신들은 생명력을 지닌 살아 있는 음식만 먹나요? 아니면 당신들도 요리를 위해 열을 사용합니까?

우리 음식은 매우 세심하게 마련되며, 그것은 모두 '살아있고' 새롭게 골라진 것입니다. 우리는 주로 과일과 채소, 곡류, 콩 제품을 먹는데, 그것은 옥외에서 발효시킨 것입니다. 우리는 우리 음식 가운데 일부는 요리를 하지만, 전기나 전자레인지, 프라이팬이나 오븐, 불을 사용하지 않기 때문에 우리의 요리형태는 여러분의 것과는 많이 다릅니다. 우리는 식품에다 열을 집중시키는 기술을 사용하여 어떤 식으로든 그 분자구조를 변화시키지 않고 단지 따뜻하게만 만듭니다. 우리에게는 생명력을 손상시키는 일이 없이 그것을 따뜻하게 하는 기술을 갖고 있습니다. 그러나 우리는 대부분의 음식을 상온(20도 정도)에서 먹으며, 우리는 이런 온도에서 음식을 먹는 데 익숙합니다.

여기 텔로스와 지저공동세계에서는 항상 따뜻한 까닭에, 우리는 따뜻한 음식에 대한 갈망이 없습니다. 우리는 여러 가지 샐러드로 금방 선별해서 마련된 시원한 음식을 더 좋아합니다. 우리는 여기서 적어도 당신들이 지상에서 하는 종류의 굽는 일을 하지 않습니다. 그렇습니다. 물론 우리도 식품을 일부 굽기는 하지만, 상당히 다른 방법으로 구워집니다. 그것은 여러분이 바나나 칩을 말리기 위해 사용하는 음식 건조기와 매우 흡사합니다. 우리는 여전히 생명력을 유지하고 그 효소를 손상시키지 않으면서도 맛있는 케이크를 만들 수 있습니다.

우리는 지구의 더 추운 지역에서 사람들은 몸의 체온유지뿐만 아니라 기운을 돋우기 위한 음식이 필요하다는 것을 이해합니다. 그리고 물론 음식의 생명력은 전기가열을 통해 파괴됩니다. 이것이 여러분의 수명이 너무 짧고 여러분의 에너지 수준이 우리보다 훨씬 낮은 또 다른 이유입니다. 그것은 지상에서 음식을 준비하는 방법이 여러분 자신의 생명력, 즉 생명 에너지를 빼앗기 때문입니다. 음식은 당신들에게 생명을 주는 힘이며, 모종의 기후와 상황 속에서도 여러분의 삶에다 유지할 필요가 있는 에너지를 주는 것입니다. 그러나 수천 년 동안 지상의 여러 지역이 기후가 온화한 곳에서 추운 곳으로 바뀌면서 사람들의 식습관과 생활방식이 이 추운 기후를 수용하기 위해 변했습니다. 따라서 사람들의 수명은 수백 년에서 현재의 70~80년으로 줄어들었습니다.

생명력의 양과 몸의 체력, 그리고 그 몸이 살 수 있는 기간 사이에는 아주 명확한 상관관계가 있습니다. 우리를 살아있게 해주는 것은 생명력입니다. 우리가 가진 생명력이 많을수록 우리는 더 생생하게 살아 있고, 우리가 더 활기차다고 느낍니다. 이 질문에 감사드립니다. 나는 아다마입니다.

### Q:텔로스나 다른 지저 도시들이 물리적으로 실재하고 있는 것입니까?

질문에 답하겠습니다. 그렇기도 하고 아니기도 합니다. 물론 텔로스는 여러분의 3차원 속에 존재합니다. 그리고 그것은 또한 5차원에도 존재합니다. 텔로스는 실제로 3차원 내의 샤스타산 내부에 물리적으로 실재하고 있습니다. 샤스타산 안에 별다른 화산활동은 없습니다. 샤스타산 내의 용암터널은 지상을 황폐화시켰던 아틀란티스와 레무리아의 전쟁으로 인해 레무리아인들이 샤스타산 속에 거주하기 위해 터널을 통해 지하로 들어왔을 때인 12,000년 전에 우리에 의해 변경되었습니다.

그러므로 우리는 우리 마음대로 들락거릴 수 있는 3차원의 육체적인 몸의 형태로 존재합니다. 또한 우리는 우리의 에너지장의 진동을 높이거나 낮추어 몸으로 나타나거나 사라질 수 있는 단계까지 진화했습니다. 그러므로 만약 여러분이 3차원의 형태로 텔로스에 있다면, 우리를 볼 것입니다. 하지만 우리가 산 바깥으로 나갈 때 우리의 에너지장을 변화시켜 5차원으로 높일 경우, 여러분이 5차원 속을 볼 수 있지 않는 한, 여러분의 육안에는 우리의 모습이 차단되어 보이지 않게 됩니다.

우리의 육체적인 몸에는 차이가 없습니다. 다만 우리가 평화와 조화, 형제애로 진화할 수 있는 긴 수명의 결과로 여러분보다 더 많은 DNA 가닥들을 갖고 있다는 사실만은 다릅니다. DNA는 우리가 진화할 평화로운 환경을 받아들입니다. 그리고 이 환경은 우리가 지상을 떠나 샤스타산 속으로 들어왔을 때 스스로 창조한 것입니다.

우리가 산 바깥의 사람들에게 보여지길 원할 때는, 쉽게 우리 자신을 보이게 만들 수 있습니다. 하지만 대부분의 경우 우리는 우리자신을 보호하기 위해 안 보이게 머물러 있는 것을 선호합니다. 우리가 여러분 지상 주민들에게 나타나게 될 때가 올 것입니다. 그리고 그 시기는 매우 가까이 와 있습니다. 우리는 이것이 여러분의 질문에 답변되었기를 바랍니다. 미코스입니다.

### Q: 지저세계 사람들의 하루하루는 어떤 모습인가요?

우리는 푸르게 우거진 환경 속에서 이곳 나무 아래에 앉아 있습니다. 여기 있는 나는 아다마이며, 물론 미코스는 공동세계에 있습니다. 그럼 시작해볼까요? 우리는 우리 자신에 관해서 이야기 할 것입니다, 그리고 어떻게 우리 모두가 축복을 받아 지구 내부에 머물러 있는가를 말할 것입니다.

샤스타산의 텔로스로 들어가는 입구라고 알려진 곳(?)

여러분은 우리의 삶이 확실히 쉽다고 생각하지만, 우리는 각자가 날마다 수행할 많은 책임과 직무가 있습니다. 그 중 가장 중요한 것은 우리의 고등한 자아(Higher Self)와 연결되어 하루를 인도받는 것입니다. 우리는 하루하루를 철저히 계획하며, 그럼으로써 우리의 의무를 완수하고 휴식과 즐거움을 위한 시간을 할애할 수가 있습니다.

우리 각자가 하는 일과는 관계없이 우리의 하루는 웃음으로 가득 차 있고, 우리는 항상 가족과 친구들에게 둘러싸여 있습니다. 우리가 말했듯이, 여기에는 낯선 사람이 없습니다. 우리는 하나됨의 개념을 이해하며, 우리가 하는 모든 일에서 그것을 실천합니다. 예를 들어, 우리가 어떤 분야에서 일을 하고 있을 때, 우리는 서로 의지해서 조화를 이루어 일을 끝내고 완벽하게 그것을 완성함으로써 서로 돕습니다. 지상에 있는 일부 사람들처럼 우리는 좀 더 빨리 일을 마치기 위해 사소한 것을 건너뛰지는 않습니다. 왜냐하면 우리는 우리의 삶을 전적으로 그 결과에 다 바치기 때문입니다. 우리는 전체 구성원 모두가 스스로 생산한 것의 품질에 의존해 있기에 모든 일을 제대로 하는 것의 중요성을 알고 있습니다.

그리고 여기서는 지상에서처럼, 아무 것도 고장이 나거나 쓸모없어지지 않으므로 계속 교체할 필요가 없습니다. 그래서 우리가 이곳에서 많은 자유시간을 갖고 있는 것입니다. 우리는 똑같은 것을 반복해서 재생산할 필요가 없으므로 그런 데다 쓸 시간을 다른 여가시간으로 돌릴 수가 있습니다. 대부분의 모든 것은 수천 년은 아닐지라도 수백 년 동안은 사용이 가능합니다. 이것이 또한 텔로스의 어떤 땅도 (무엇인가에 의해) 가득 채워지지 않는 이유를 설명해 주는데, 여기서는 쓰레기나 폐기물 발생이 없는 까닭입니다. 우리의 모든 부산물은 재순환되고 재활용되며, 사용할 수 없는 재료가 남아 있을 경우, 우리는 단지 그것을 비물질화시킵니다. 그럼 그것들은 사라져버립니다! 그러므로 우리의 생활시설과 공원, 하천을 위한 모든 육상공간을 확보할 수가 있습니다.

물론 우리는 차도가 없으며, 단지 걸어갈 수 있는 길과 공중에 뜬 채로 우리가 가고자하는 곳으로 태워다 주는 승용물이 있습니다. 우리는 우리의 생각을 방향 나침반으로 사용하여 마음으로 비행합니다. 우리의 승용물은 도심부의 여행을 위해 소형이며, 우리는 단지 그것과 대화하여 목적지가 어디인지를 말해줍니다. 그러고 나서 우리는 그곳에 갈 때까지 생각과 마음의 이미지를 유지합니다. 그것은 언젠가는 여러분도 볼 수 있게 되겠지만, 아주 간단합니다.

우리의 도시는 많은 활동이 항상 진행되는 재미있는 곳입니다. 거기에는 경쟁적인 스포츠를 제외하고는 연극, 뮤지컬, 그리고 여러분이 생각할 수 있는 모든 것이 있습니다. 우리는 여기서 경쟁하지 않습니다. 우리는 단지 운동경기에서 협력하며, 즐겁게 놀뿐입니다. 이기기 위해 하는 것은 아무 것도 없고, 오직 모든 것을 충분히 즐깁니다.

이곳의 숲은 산소가 풍부합니다. 그래서 우리는 여러분이 지상에서 하는 것처럼, 원기회복을 위해 매일 숲을 산책하곤 합니다. 우리의 생활방식은 여러분과 그다지 다르지 않습니다. 다만, 우리가 스트레스와 걱정이 없고, 넘치는 기쁨으로 늘 가득 차 있다는 점 외에는 말이지요. 이것이 우리의 긴 수명을 설명하는데 도움이 됩니다. 인간은 스트레스 때문에 세포가 쇠퇴하게 되고 우울증으로 인해 그 과정이 가속화됩니다. 오늘날 여러분의 치유 관련 서적들에서도 질병에 대처하고 더 오래 사는 삶에 있어서의 웃음과 기쁨의 중요성에 대해 이야기합니다. 그러므로 우리의 삶은 당신들과 크게 다르지 않습니다. 우리는 단지 신체장애가 없이 완벽하게 살 수 있는 방법을 배웠습니다. 그리고 자, 지금, 미코스가 왔군요.

미코스입니다. 나는 우리 집이 있는 카타리아시에서 인사드립니다. 나는 무성한 초목과 꽃, 수풀, 큰 나무들로 둘러싸인 작은 언덕 안에서 살고 있습니다. 실제로, 이곳의 모든 것은 우리 신체구조를 포함하여 다 키가 큽니다. 우리 주민들은 대부분의 경우 일반적으로 키가 15피트(4.57m)에 달합니다. 텔로스인들의 키는 평균 7피트(2.13m), 그리고 아다마는 7피트 2인치(2.18m)입니다. 내 자신은 여러분의 지상에 있는 나무 높이의 약 절반인 15피트가 조금 더 넘습니다.

우리는 모두 키가 크게 돼있으며, 지상의 사람들도 과거 한때는 평균 신장이 15피트였습니다. 그 때는 지상에서 인간이 태양의 방사선으로부터 보호를 받았을 때입니다. 태양은 이제 변하고 있고 자성(磁性)을 띠어가고 있습니다. 이것이 여러분의 신장 감소를 멈추게 할 것이고, 시간이 지나면 여러분의 키도 다시 늘어나기 시작할 것입니다. 여러분은 많은 젊은이들이 자신의 세대보다 키가 크다는 것을 알아차렸을 것입니다. 우리는 이

주제에 대해 약간 더 명확하게 말해주고 싶었습니다.

**Q: 당신들의 나무와 식물 간의 차이점은 무엇인지요?**

나는 미코스입니다. 질문에 감사드립니다. 이곳 공동세계에서 우리는 나무, 식물, 채소를 구별하지 않습니다. 그들은 모두 살아있는 존재들이고 각각 생명력을 지닌 채 자신의 의식을 가지고 있기 때문이지요. 그러나 식물과 야채들은 우리가 그 식물은 그대로 놔두고 오직 그 과실만 먹는 한은, 우리의 소비를 위해 계속 그들 자신을 무료로 공급해줍니다. 따라서 그것이 해마다 번식하고 재생산될 수 있습니다.

우리는 열매를 수확한 후에 여러분이 지상에서 하듯이, 그 식물에서 손을 떼지 않습니다. 아시다시피, 우리는 한 시즌 동안 계속 성장하는 계절이 있으며, 그것은 지상에서의 계절과는 달리 영원합니다. 지상에서는 계절에 따라 식물과 야채가 농작물을 생산한 후에는 폐기되고, 씨앗은 다음 번 재배 시즌에 다시 심어집니다. 지저공동세계에서 우리는 이렇게 하지 않습니다. 우리는 식물이 우리의 간섭 없이 스스로를 관리하게 하고, 그들이 원하는 대로 자주 번식하도록 합니다. 어머니 지구 자신이 그 감독자이며, 그들의 성장주기를 지배합니다.

우리는 열매가 맺히는 식물이나 자라나는 야채를 절대로 제거하거나 죽이지 않기 때문에, 식물들은 우리가 그들의 수확물인 열매들을 자유로이 먹을 수 있게 해줍니다. 그들은 의식으로 살아 있고 생명력을 그대로 유지하므로 우리는 식물의 생명력을 소비하고 있고 그것은 우리 안에 존재합니다. 그래서 사실상, 그것들은 계속 살아 있는 것입니다.

이것은 나무들에게도 동일합니다. 우리는 나무에 열리는 과일을 먹지만, 결코 나무를 자르지 않습니다. 우리의 나무는 거대하고 장엄하며, 순환을 거듭해서 번식하여 우리에게 가장 즙이 많은 과일을 줍니다. 그래서 우리 나무는 계속 살아 있고, 우리는 그들의 성장을 조금도 저해함이 없이 과일과 채소를 섭취함으로써 살아갑니다. 우리는 식물들에게 미네랄, 비타민 및 효소를 유지시켜주는 윤작(輪作)을 이용하므로, 우리의 토양에는 항상 미네랄이 풍부하고 작물재배에 완벽합니다. 우리는 대지에 가장 최소한의 것만을 행하며, 그러면 지구는 최대의 양으로 돌려줍니다. 이것이 우리가 매우 튼튼하고 건강하고 강대한 이유입니다.

그러므로 우리의 나무와 식물 사이에는 아무런 차이가 없습니다. 우리는 그들 각각을 신성하게 대하고 그들의 존재를 존중합니다. 우리는 그들과 이야기를 나누며, 그들에게 감사의 말을 전하고 나서 과일과 채소를 먹습니다. 우리의 나무는 단지 작은 식물과 채소들보다 더 많은 열매를 맺는 큰 식물입니다.

우리의 나무는 우리가 호흡하는 풍부하고 깨끗한 산소를 생산하는 또 다른 큰 목적에 봉사합니다. 나무는 우리의 경관을 보호하는 동시에 우리가 내뿜는 이산화탄소를 흡수합니다. 그들은 파수꾼들이며, 경계하고, 환경을 유지, 보존합니다. 우리의 나무는 빛의 위대한 존재들입니다. 그리고 우리의 식물과 채소는 언젠가 나무로 진화하기를 희망하며 하늘로 뻗어 오르는 그들의 아이들과 같습니다. 우리 인간이 의식에서 진화하는 것과 마찬가지로, 모든 생명은 의식의 낮은 상태에서 높은 상태로 진화하고 있습니다.

나무나 식물에서 얻는 과일이나 채소를 섭취할 때, 여러분의 건강에 필요로 하는 것은 바로 그들의 생명력이라는 사실을 알기 바랍니다. 여러분이 원하는 그 생명력이 당신을 창조주와 계속 연결시켜줍니다. 죽은 독성식품을 먹게 되면, 여러분은 곧 그렇게 독성에 감염되어 죽어가게 됩니다. 또는 생명이 짧아져서 몸을 정상적으로 유지하기가 어려워집니다. 그리고 바로 그때 질병이 들어서서 퍼지게 되는 것이지요.

우리의 모든 먹을거리는 유기농법에 의해 재배되며, 분명히 그것이 우리가 같은 몸으로 매우 건강하고 튼튼하게 수백 또는 수천 년을 살 수 있는 또 다른 이유입니다. 여러분이 어머니 자연에게 적게 손을 대고 덜 변경할수록, 먹는 음식에서 더 많은 영양분을 섭취할 수 있습니다. 사람들은 이것을 이제 막 깨닫기 시작하고 있으며, 그래서 유기농 식품산업이 빠르게 성장하고 있는 것입니다.

식물과 나무를 구별하기는 어렵지만, 굳이 구분할 수 있는 것은 의식(意識)의 양입니다. 나무는 식물에 비해 엄청난 양의 의식을 가질 수 있으며, 나무들은 지구상에서 서로 텔레파시로 연결되는 비밀 네트워크를 갖고 있습니다. 그들은 그들 자신만의 뉴스(news) 설비를 가지고 있고, 우리가 알기도 전에 지구상에서 어떤 일이 일어나고 있는지를 다 알고 있습니다. 그들은 지구상에서 일어날 일들에 대해 서로 신속하게 소통합니다. 그들은 직접적인 정보를 가지고 있습니다.

우리는 종종 그들의 교신 시스템을 활용해서 정보를 얻어내기 때문에 지상의 다른 위치에서 어떤 일이 발생하는지 알 수 있습니다. 여러분도 이 시스템을 이용할 수 있습니다. 그냥 나무 옆의 땅에 단단히 발을 딛고서서 손을 나무의 몸통에 올려놓으세요. 그리고 나무의 본질과 하나로 융합되십시오. 여러분이 하고 싶은 질문을 나무에게 한 다음, 기다리며 귀를 기울이십시오. 당신은 나무가 당신에게 말하는 것을 듣게 될 것입니다. 나무들은 지상에서 여러분과 다시 의사소통이 시작되기를 장구한 시간 동안 기다려 왔습니다. 그것이 그들의 가장 깊은 소망입니다.

그러니 나무를 축복하고, 식물을 축복하며, 지구를 축복하세요. 우리가 소비하는 과일과 채소는 우리 몸을 만들고 유지하는데 필요한 재료가 됩니다. 우리 모두는 사실상 지구의 것들로 만들어져 있기에, 진실로 하나이며, 이것이 우리가 그들과 대화할 수 있는 이유입니다.

**Q: 어떤 보석 원석을 당신들의 주택에다 사용하나요?**

지저공동세계에서 우리는 지구의 안쪽 표면 아래에 있는 빈 공동들에서 살고 있음을 알아야합니다. 이 방법으로, 우리는 우리의 공동 밖의 땅이나 내부 표면을 어지럽히지 않습니다. 이것은 이미 만들어져 있기 때문에 주거지를 짓는 가장 경제적인 방법입니다. 공동들은 우리가 아주 오랜 전에 이곳에 도착했을 때 이미 존재했습니다. 그것은 이미 제자리에 있었고, 우리는 단지 그것들을 좀 더 파내고 우리의 생활수준을 충족시키도록 디자인했습니다. 흙으로 된 공동은 연료 효율성이 뛰어나고 열을 견뎌냅니다. 우리는 적어도 지구를 어지럽히지 않고 지구 자체의 재료로 우리의 생활공간을 건축학적으로 설계하는 데 매우 창의적입니다. 우리는 주택을 짓는 데다 주로 수정, 귀석, 청금석, 금 및 기타 다양한 돌들을 이용하며, 또한 우리의 가구를 위해 기술적으로 만들어진 재료와 모든 의복과 침구를 위해 마(麻)의 섬유를 사용합니다.

**Q: 우리가 5차원으로 이동할 때 왜 우리는 4차원을 건너뛰는 것입니까?**

이것은 복잡한 질문이기 때문에, 우리는 이 질문에 대해 여러 각도에서 답할 것입니다. 우리는 미코스가 주재하는 지구 내부 위원회입니다. 우리는 여러분에게 차원에 너무 얽매이기보다는 자신의 에너지를 키우고 더 높은 수준의 의식으로 끌어 올리는 데 집중하라고 말하고자 합니다. 왜냐하면 오직 높은 의식만이 더 높은 차원에서 존재할 수 있기 때문입니다. 높은 차원의 그들은 고등한 자각상태로 존재합니다. 그러므로 여러분이 더 높은 의식상태에 도달함으로써 높은 차원에 접근할 수가 있습니다.

향후 4차원은 더 이상 존재하지 않으므로 여러분은 직접 5차원으로 이동할 것입니다. 4차원은 여러분을 곧바로 5차원으로 올려 보내려는 가속된 상승계획의 일부에 따라 지구영단에 의해 해체되고 제거되는 과정에 있습니다. 과거에 4차원은 빛으로 직접 들어가지 못한 채 죽은 영혼들에 의해 사용되었지만, 오랜 시간 동안 지체돼 있었습니다. 이 사망 통로는 말하자면 이제는 바뀌었고 노선이 변경되었습니다. 그래서 사망한 영혼들이 더 이상 빛으로 옮겨가기 위해 수백 또는 수천 년을 (환생하기까지) 기다리며 낡은 차원에 갇히지 않게 되었습니다. 그것은 이제 다 끝났습니다. 따라서 여러분은 4차원이 없이 5차원으로 직접 이동하게 될 것입니다.

그 다음 단계는 여러분이 발을 들여 놓고 싶은 곳은 그 어디든지 가능합니다. 5차원의 의식에 도달하고 5차원에 안전하게 자리 잡은 후에는 스스로 자신의 미래 목적지를 선택하게 될 것입니다. 여러분 중 일부는 다른 영혼이 자신의 완전한 의식을 되찾도록 돕기 위해 3차원 세계로 돌아갈 수도 있고, 일부는 다시 자신의 고향 행성으로 돌아갈 수도 있습니다.

여러분의 고향 행성은 여러분의 영혼이 진화한 방식에 따라, 우주 곳곳에서 매우 다양한 차원으로 존재합니다. 당신 영혼의 주파수가 당신 행성의 주파수와 일치합니다. 그러므로 여러분 중 일부는 6차원 행성으로 돌아갈 수도 있고, 일부는 7차원 행성으로 돌아갈 수도 있습니다. 그리고 여러분 중 일부는 8차원 행성으로 돌아갈 수도 있습니다. 이 점을 이해할 수 있나요? 많은 영혼들은 옮겨가기에 앞서 잠시 동안 5차원에 머물러서 평화와 풍요, 부유함을 경험하고 영혼의 진보를 계속하고 싶어 할 것입니다.

여러분이 5차원에 도달하면 선택사항이 무궁무진해질 것이므로, 지금 당장 자신에 대해 염려하거나 가고 싶은 곳을 결정할 필요가 없습니다. 서두르지 마세요. 서둘러야 할 유일한 것은 우

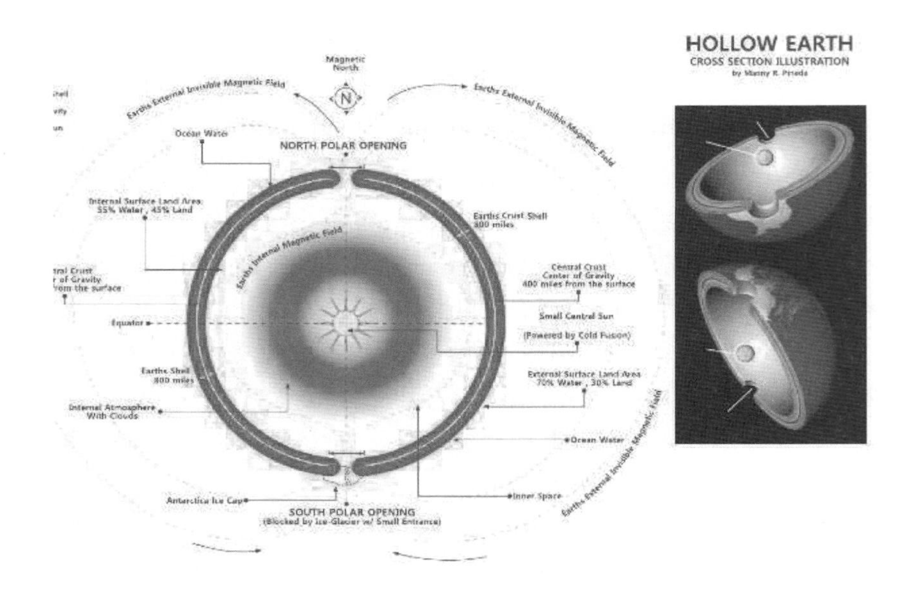


선 5차원의 존재계에 도달하는 것이며, 거기서 여러분은 다시 한 번 고통, 질병, 결핍에서 해방되고 모든 면에서 완전히 자유로워질 것입니다. 여러분은 자신이 원했던 모든 것, 그리고 그 이상을 공급받게 될 것입니다. 그러니 의식을 조화롭게 유지하고, 주변에 있는 모든 것에 주의를 기울이고, 긍정적이고 사랑스러운 선택을 하십시오. 그리고 모든 사람에게 사랑을 전하십시오. 이것이 여러분의 자각을 높이고 의식을 진화시키는 가장 빠른 방법입니다.

지구 내부의 우리 모두가 여러분 곁에 서서, 별들을 향한 길로 여러분을 친절하게 안내하고 있다는 것을 항상 기억하십시오.

**Q: 지구 내부세계와 공동세계의 차이점은 무엇인가요?**

내부세계(안쪽세계)는 지구표면 아래쪽에 불과 몇 마일 떨어져 있는, 텔로스를 비롯한 120개가 넘는 빛의 아갈타 지하 도시들로 구성되어 있습니다. 아갈타망에는 지구의 중심부(에게 해 아래) 바로 안에 있는 카타리아시가 포함되어 있는데, 거기에 미코스가 있는 포토로고스 도서관이 위치해 있지요. 지구 내부 세계는 동굴과 광대한 터널 시스템을 포함하여 지구 전역의 표면 아래에 있는 모든 지역으로 구성됩니다. 즉 맨 위의 지구 표면에서부터 지구 중심의 내부 공동 직전까지의 800마일(1,287km)을 모두 포함합니다.

지구 공동세계는 800마일 아래에서부터 시작되는 바로 지구 한 가운데의 텅 빈 중심부에 존재하는 영역입니다. 일단 여러분이 지구의 공동세계 안에 있다고 가정할 경우, 펼쳐져 있는 공간의 직경은 6,400마일(10,297km)입니다. 지구 전체의 직경은 8,000마일(12,872km)이고요.

**Q: 아틀란티스와 레무리아 전쟁에서 창공이 파괴된 후에 왜 우리의 수명이 단축되었습니까?**

안녕하세요, 나는 지저공동세계 안의 포토로고스 도서관에서 여러분에게 말씀드리는 미코스입니다. 질문 신호가 오기를 기다리고 있었습니다.

그렇습니다. 그 전쟁 전에는 얼음 덮개가 태양의 방사선으로부터 지구를 보호했던 것이 사실입니다. 그리고 이 덮개의 파괴가 우리 태양으로부터의 오는 방사선 증가의 원인이 되었으며, 그것은 수명뿐만 아니라 지상 인간들의 키를 축소시켰습니다. 덮개가 붕괴되기 전에 인간은 신장이 15~20피트(4.57m~6m)였습니다. 이제 지상 사람들의 평균 신장은 5~6피트(1.53m~1.83m)이고, 지구상의 많은 지역에서는 더 작기도 합니다. 이것은 여러분이 숨 쉬고 먹는 화학물질, 오염된 물, 그리고 여러분의 몸과 지구 자체의 자연스러운 조절기능을 파괴하기 위한 목적으로 섞여있는 화학적인 다른 모든 요인들 때문입니다. 이런 식으로 어둠의 세력들은 날씨와 당신들의 마음을 모두 하나로 통제함으로써 조종할 수 있습니다.

따라서 인간의 신체기능이 손상되면 수명이 짧아지는 원인이 되고, DNA 속에 새겨진 불사(不死)의 유전자에 접근하지 못하게 됩니다. 여러분의 몸은 신성한 청사진대로 작용하지 않기 때문에, 불멸의 유전자를 포함하여 모든 것이 잘못 점화됩니다. 이로 인해 지상에서 수명이 짧아지고 불가피하게 반복해서 다시 태어나야만 하며, 전생을 전혀 기억하지도 못하고 결국 과거의 자신을 따라 잡을 수 없게 됩니다. 그러므로 우리의 진화가 지저에서 급상승하는 동안, 당신들은 지상에서 무능함과 절망감을 느끼는 것이지요.

예, 창공의 파괴는 여러분을 자신이 누군지도 모르는 상태로 퇴보시키는 낙후된 단계였습니다. 환경은 여러분의 발전에 핵심적인 역할을 하며, 뒷받침되는 환경이 없다면 인간은 창조주의 닮은 모습대로 발전할 수 없습니다. 뿐만 아니라 이처럼 악화된 기능방식 속에서는 한 종족으로서의 여러분의 진정한 모습을 부정하고 있는 것입니다.

그것은 어떤 과학 실험에서도 마찬가지이며, 환경이 열악하면 생명체는 기형적으로 잘못 성장합니다. 반대로 환경조건이 완벽하다면, 생명체는 그 잠재력의 충만함으로 개화(開花)됩니다. 지구도 마찬가지입니다. 그래서 생명이 쇠퇴하지 않고 번영하기 위해서는, 이제 지구상의 모든 생태계를 재조정하는 것이 중요합니다.

그렇긴 하지만, 이것 역시 한때 지구 행성을 감싸고 태양의 방사선으로부터 지구를 보호했던 수정질의 얼음 입자들이 없이는 어렵습니다. 태양으로부터의 방사선은 해롭습니다. 그러나 여러분의 태양계가 현재의 궤도에서 벗어나 시리우스 항성계(Sirius Star System) 안의 알키온(Alcyone) 주변의 궤도로 돌아갈 때, 지구의 창공은 복구될 것입니다. 그리고 여러분은 원래의 큰 신장과 완벽한 건강을 다시 회복할 것입니다. 창공이 복구됨에 더불어 여러분의 건강도 회복되고, 지구의 원시적인 아름다움도 회복될 것입니다. 모든 것이 새것처럼 될 것입니다.

고의적으로 땅에 주입된 화학물질 탓에 생겨나는 음식의 생명력 약화와 같은 모든 요소가 수명을 단축시킵니다. 그리하여 여러분의 생명은 약화되고 수명이 짧아집니다. 그리고 어둠의 세력은 여러분을 더 쉽게 조종할 수 있도록 약화시키기 위해 이를 이용합니다. 강한 사람보다는 약한 사람을 다루기가 더 쉬우니까요.

그렇습니다. 이 모든 요인들이 작용했지만, 가장 중요한 것은 창공의 붕괴였습니다. 그 후 부정적인 외계인들의 침략과 그들의 파괴적인 계획이 여러분을 오늘의 상황에 이르게 하고 있습니다. 그것은 시간 속에서의 퇴보라고 불립니다. 그러나 이제 모든 것이 끝났으며, 이 시점부터 여러분은 모두 앞을 향해 나아갑니다.

지구는 인간처럼 자신의 힘을 되찾을 것이고, 아나스타시아(Anastasia)처럼 몸도 스스로 조절할 수 있을 것입니다. 그러므로 미래의 시간을 기대하십시오. 인간은 참으로 영광스러운 존재가 될 것입니다.

그래서 여러분이 지상에 있는 것입니다. 여러분이 내 가슴에 더 가까이 다가온다면, 나의 박동을 느낄 것입니다. 내 심장 박동을 이용하여 여러분의 상태를 완전한 건강상태로 동시에 작동시킬 수 있습니다. 이것이 5차원 우주가 작동하는 방식이며, 모두가 하나로 동기화되어 동시에 진행됩니다. 어느 누구도 그 박동에서 벗어나지 않습니다. 왜냐하면 그로 인해 전체 교향곡에 불협화음이 유발될 것이기 때문이지요. 바로 그것이 지상에서 일어난 것입니다. 그러나 그 박동이 점차 회복되고 있으므로, 그 속으로 들어서면 여러분은 번창할 것입니다. 나는 미코스이며,

지구 내부에 살고 있는 자제력을 지닌 거인입니다.

**Q: 어떻게 생명체들이 지구로 오게 된 것인가요?**

이것은 중요한 질문입니다. 지구는 그녀 내부에 자신만의 타고난 창조성을 가진 거대한 존재입니다. 그녀는 자신 안에다 온갖 생명체들을 품고서 그것들이 성장하는 데 필요한 물질과 자양물을 생성해내는 능력이 있습니다. 그녀는 마법적인 존재이며, 자신의 생명체들에게 필요한 어떤 것이든 만들 수가 있습니다.

지구는 나이가 많고, 행성들을 창조하는 방식과 지구에서 사는 존재들도 오래 되었습니다. 창조에 관련해서 색다른 것은 없으며, 잘 알려진 법칙을 따릅니다. 그런 창조능력은 상승한 모든 존재들이 부여받은 것이고 행사할 수가 있습니다. 모든 물질은 생각의 움직임으로부터 어떤 것이든 창조할 수 있는 빛, 즉 100% 순수한 빛의 질료로 만들어져 있지요. 그렇기에 우리가 여러분에게 모든 생각과 감정을 알아차리라고 말하는 것인데, 왜냐하면 이것이 창조의 본질이기 때문입니다. 하지만 자, 어떻게 생명체들이 지구로 오게 되었는지에 관한 질문으로 돌아가겠습니다.

태초에 생명체들은 이 우주의 창조주에 의해 창조되었고 갖가지 수준의 이해와 빛을 가진 수많은 다른 형태와 변종들로 진화했습니다. 이들은 번갈아 계속 그들 자신의 다른 측면이나 파생물을 창조해 나갔으며, 그것은 적절한 시기에 똑같은 것을 행했습니다. 부모가 자식을 갖고 그 자녀들이 또 자신의 아이를 갖는 것과 마찬가지로 이런 자녀들의 일부는 계속해서 위대한 빛과 깨달음의 존재로 진화합니다. 그리고 어떤 존재들은 자기들의 야심과 욕망에 매달린 탓에 그렇게 하지 못합니다. 하지만 일부는 행성들을 창조할 수 있는 위대한 마스터로 진화합니다. 한편 어떤 존재들은 어떤 것을 더 이상 하지 않고 단지 고요히 존재하는 것을 즐기며, 그저 "있음"의 상태에 머물러 있습니다.

지금은 (어둠의 일부가) 빛으로 전향했지만, 아직도 지구를 지배하고 그 주민들을 노예화하기 위한 탐욕에 이끌리는 많은 자들이 있습니다. 지구내부의 사람들은 다른 태양계와 은하계로부터 이곳에 왔고, 그들은 지구 속이 매우 청정하고 원시적이며 격리돼 있다는 것을 발견했습니다. 그래서 그들은 지상의 번잡함에서 벗어나 자유롭게 은둔하기로 선택했습니다. 그리고 이 책의 메시지에서 설명한대로 그곳에다 자신들이 살 수 있는 생태계를 창조했던 것입니다. 만약 여러분이 우주법칙을 이해하고 자연령과 데바들과 함께 협력해서 일한다면, 인간이 일찍이 필요로 하고 바라는 모든 것을 공급해줄 수 있는 대단히 건강한 생태계를 창조할 수 있습니다. 그리고 이것이 지구 내부의 주민들이 이루었고 여전히 창조해가고 있는 것입니다. 그들은 이 시스템을 완벽하게 유지하며, 자기들의 가슴과 마음, 그리고 만물 속에 존재하는 생명력에 관한 이해를 활용하고 있습니다. 그리고 이 생명력을 이끌어내어 온갖 형태의 풍요를 창조하기 위해 이용합니다.

일부 단순한 생명체들은 지구가 형성될 때 그녀 자체의 물질에서 진화했습니다. 그리고 지구 스스로 생명체들을 불러들여 이곳에서 살도록 초대했습니다. 그리고 일부 초대하지 않은 존재들이 왔으며 그들과 함께 어둠이 유입되었습니다. 기억하세요. 인체를 포함한 우주 안의 모든 것은 일종의 실험입니다.

인간의 몸은 가장 정교하고 훌륭합니다. 그리고 여러분의 몸은 '생체-위치검색'이나 '공중부양' 같은 것을 할 수 있는 능력이 있습니다. 또 한 순간에 다른 장소로 이동하거나, 자연의 원소들이나 천사들, 승천한 대사들과 대화를 하고 지구의 중심 속을 바로 들여다 볼 수도 있지요. 그렇습니다. 여러분의 몸은 이런 능력들을 적절히 구현할 능력이 내재돼 있고, 그것을 어둠의 존재들이 찾아서 본뜨려고 해왔던 것입니다. 그들은 여러분의 몸이 어떻게 기능하는지 이해하려고 시도하고 있으며, 그리하여 이런 능력을 스스로 소유하는 방법을 배울 수가 있습니다.

이것이 납치가 일어나는 배후의 원인인데, 즉 그들이 자유자재로 이동하고 이런 능력들을 자기들 자신만의 형태로 얻을 수 있도록 여러분의 몸이 작용하는 법을 알기 위해서이지요. 하지만 그들은 이것을 할 수가 없습니다. 그런 까닭에 그들은 여러분의 능력을 억누르고자 애를 쓰고 있습니다. 왜냐하면 그들은 여러분이 자신이 누구인지와 여러분의 몸이 실제로 행할 수 있는 것을 알기 바라지 않기 때문입니다. 그리하여 그들은 인간이 자신의 타고난 모든 재능을 찾을 수 없게끔 대중매체를 통해 여러분이 아무 것도 아니고, 궁핍하며, 희생자고 죄인이라고 생각하도록 계획적으로 조작했습니다. 그들은 여러분이 계속 잠들어 있도록 시도하고 있으며 이미 크게 성공한 바 있습니다.

그러니 이제 깨어나세요. 그리고 여러분이 마법적인 존재이고 우리가 할 수 있는 것을 여러분도 할 수 있다는 것을 아십시오. 우리는 우리의 눈으로 외부의 은하계를 볼 수 있고 지상에서 여러분이 처해 있는 상태를 볼 수도 있습니다. 그리고 만약 여러분이 자신의 X-레이나 원거리 비전을 이용하는 방법을 배운다면, 우리가 텔로스나 공동세계에 서 있는 모습을 볼 수 있습니다. 그것은 쉽습니다. 여러분은 단지 스위치를 켜기만을 기다리고 있는 이런 내재된 능력들이 있습니다. 그러나 어둠의 존재들은 여러분이 자신의 재능을 꺼버리도록 하는 데 성공적이었습니다. 그들은 여러분의 회로를 끄게 했고 그 흐름이 단절되도록 중단시켰습니다. 그들은 오직 여러분이 가진 능력을 알고자하며 여러분을 통제하고 노예화하는 것을 원할 뿐입니다.

그렇기에 지구상의 기업들이 지구행성의 생태계를 파괴하고 공기를 오염시키고 있고, 휴대폰을 포함한 온갖 형태로 여러분에게 전자기 방사선을 사용하고 있습니다. 그것은 여러분이 접속이 끊겨서 느끼거나 듣거나 볼 수 없도록 생체시스템을 교란시키기 위해서입니다. 하지만 지구와 인류가 자신의 의식수준을 끌어올리고 빛이 어둠을 일소하여 우리 모두가 여러분을 기다리고 있는 상위차원으로 상승할 때, 여러분 내면에 억압된 모든 능력이 완전히 회복될 것입니다. 어둠의 세력들은 남을 것이고 여러분이 어디로 갔거나 어떻게 그들을 벗어났는지 알지 못할 것입니다.

**Q: (대격변이 끝난 후에) 왜 레무리아인들이 지상으로 돌아가지 않았습니까?**

창공이 파괴되었기 때문에 우리가 더 이상 지상에서 사는 것이 우려되었다는 점을 알도록 하십시오. 우리는 우리가 지저에서 더 빨리 진화할 수 있다는 것을 깨달았으며, 그 속에서 우리는 해롭고 난폭한 요소들과 다른 항성계 출신의 약탈자 무리들로부터 보호를 받았습니다. 따라서 우리는 지저에 남아 있기로 선택한 것입니다. 여러분이라면 그렇게 하지 않았겠어요? 지상 날씨의 황폐함과 악천후(惡天候)로 인해 우리는 지저에 머무는 것이 좋겠다고 결정했습니다. 그리고 우리는 우리가 자유롭게 진화할 수 있는 유토피아를 땅 속에다 건설해 놓았습니다. 여러분도 또한 머지않아 이런 유토피아를 경험하게 될 것입니다.

**Q: 텔로스의 사법체계는 어떻게 발전되어 있나요?**

우리는 2,500만년이라는 엄청난 세월에 걸쳐 모든 지저도시들에서 지상의 여러분과 함께 이곳 지구에서 살고 있습니다. 그리고 우리 저저인들 모두는 아갈타 조직망이라고 부르는 하나의 거대한 빛의 네트워크로 통합되어 있지요. 이 조직망은 그 범위에 있어서 방대하고, 지저에서의 우리의 안전에 대한 책임을 맡고 있습니다. 우리는 지저에서 소집되는 대회의에 참석하며, 거

기서 우리의 법률이 신의 신성한 윤리에 관한 빛의 법전을 토대로 논의되고 숙고됩니다. 우리는 지상이냐 지저냐를 막론하고 모든 생명의 정의와 평등을 기반으로 형성된 자율적인 정부입니다. 모든 사건들은 그들의 특수한 상황에 따라 개별적으로 심리(審理)됩니다. 그리하여 모든 당사자들이 가장 위대한 정의를 받아들이도록 신의 빛과 신의 신성한 도덕 법전에 의해 심판을 받습니다. 그럼으로써 양 당사자들이 이익을 얻습니다.

우리의 사법제도는 만들어진지 수백만 년이 되었고, 이것은 우리가 지상의 우리 고향에서 여러분과 비슷한 사회에서 살던 때 사용했던 원래의 레무리아 법체계에 기초해 있습니다. 우리는 이 민주주의 형태를 12,000년 전에 우리가 지저세계로 들어가기로 결정했을 때 함께 가져왔습니다. 우리는 수명이 긴 까닭에 우리의 지식은 방대합니다. 여기에는 나이가 20,000~

30,000세인 사람들이 여전히 살아 있습니다. 그리고 그들의 긴 수명 때문에, 그들은 우리가 지상에서 살았던 때 있었던 "모든 것"을 기억합니다. 이런 영혼들은 그 당시부터 지금까지 축적된 모든 지식에 의식적으로 접근할 수 있으므로 참으로 지혜롭고 현명합니다. 이것이 우리가 우리의 법을 순수하게 유지하는 방법 중에 하나인데, 우리는 과거로부터의 그들의 지혜에 의거하여 적용할 수 있는 신의 신성한 기준을 갖고 있습니다. 이렇게 된 것은 우리가 영광스러운 발전단계에 도달했을 때였습니다.

다행스럽게도 우리는 지저세계에서 분열되지 않고 평화와 번영 속에서 우리의 진화를 계속해나갔습니다. 이런 이유 때문에 우리의 진화 수준은 모든 면에서 해가 갈수록 계속 상승되고 있습니다. 여러분 역시도 머지않아 언젠가 원래 예정돼 있던 평화롭게 번영하는 삶을 경험하게 될 것입니다. 그때 비로소 여러분도 강건함과 지혜를 얻을 수 있고 여러분 본래의 모습인 신적인 존재로 진화할 수가 있습니다.

진화가 이루어지기 위해서는 모든 생명은 평화가 필요합니다. 평화가 없이는, 모든 종족들은 그저 생존을 위해 허우적거릴 뿐이며, 절대로 자기들이 기존에 축적한 힘과 지식에다 더 이상의 것을 추가할 겨를이 없습니다. 그러므로 평화는 진화를 위해 필수적인 요소이고, 진화는 한 종족의 존속을 위해 없어서는 안 될 요소입니다.

여러분의 모든 형제자매들이 지금 여러분과 함께 이곳에 존재합니다. 비록 그들이 여전히 상위 차원들 속에 있지만, 그들은 여기서 여러분의 행성을 면밀히 관찰하고 보호하고 있습니다. 그들은 별들로 향한 여러분의 진화경로를 인도하기 위해 이곳에 있습니다. 그러므로 위에 있든 아래에 있든, 여러분과 함께 이곳 지구에 있는 우리 모두에게 눈을 돌리십시오. 그리고 여러분의 강건함과 인도를 위해 우리를 부르세요. 우리 모두는 여러분을 위해 이곳에 있으며, 그렇기에 우리는 함께 빛의 상위차원으로 다시 귀향하는 길을 찾을 것입니다.

## 25.고래들이 인류에게 전하는 메시지

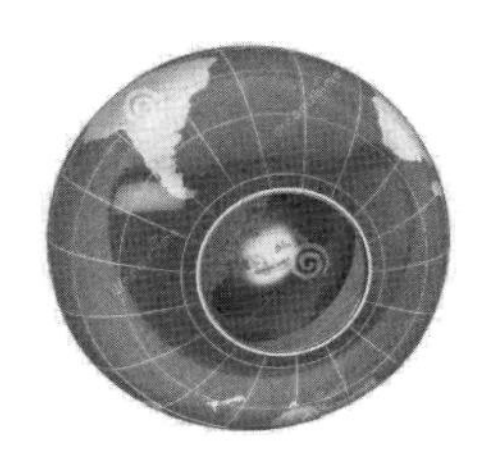

※다이안 로빈스는 과거 전생에 고래류를 위한 텔레파시 채널이었다. 그리고 이번 생에도 고래들의 집단의식과 교신한다. 어렸을 때부터 그녀는 고래들과 연결돼 있었으며, 1970년대에는 녹색평화운동에 적극적으로 참여하는 멤버였다. 우리는 고래를 단순한 해양 동물로 알고 있으나, 영적인 측면에서 그들의 영혼은 오히려 우리 인간의 영혼보다 더 진화된 존재들이라고 한다. (편집자)

다이안에게 보낸 메시지에서 고래들은 다음과 같이 표현했다:

우리는 고래들입니다. 우리는 이 이른 지구 시간에 깨어 있으며, 또한 해류에 따라 이동하면서 지상에 있는 모든 이들에게 우리의 사랑을 보내고 있습니다.

지구는 수면 상태에 있습니다. 우리는 인류가 아직 자동차와 공장의 배기가스로 오염시키지 않은 해안가에서 불어오는 맑은 공기를 들이마십니다. 이 이른 시간은 가장 감미롭고 깊게 숨을 쉬기에 가장 깨끗한 시간입니다. 왜냐하면 신(神)의 생기가 이른 시간에는 공기에 깊숙이 스며들어 있기 때문이죠. 비록 우리 종족들이 형태는 다르더라도 의식에서 우리는 하나이므로, 여러분의 가슴공간을 우리의 메시지 전송을 받아들일 수 있도록 계속 열어두십시오.

우리는 지구의 자녀들인 여러분이 원래 하기로 돼있던 성숙한 지구 관리자가 되기를 참을성 있게 기다리고 있습니다. 여러분의 DNA는 과거 문명과 외계에서 온 반역자들에 의해 변조되었습니다. 바로 이것이 여러분의 진화수준을 현재 간신히 기어 다니고 있는 상태로까지 저하시켰습니다. 다행히 지금 지구로 향하고 있는 거대한 에너지의 투입으로 지난 몇 년 동안 인류의 진화가 다시 속도를 내고 있으며, 여러분은 머지않아 완전한 의식으로 개화될 것입니다. 그리하여 마침내 더 높은 차원에서 우리와 함께 할 것입니다.

이 주파수 동조 작업은 또한 도움에 대한 요청이기도 합니다. 바다에 대량으로 버려진 쓰레기와 대기오염으로 인한 극지 얼음의 용해, 열대우림의 파괴 문제에 대해 도움이 절실합니다. 그리고 어머니 지구에 귀를 기울여 그녀의 메시지를 들을 필요가 있습니다. 실제로, 독자 여러분은 영화 “프리 윌리(Free Willy)”[6]의 스타인 고래 케이코(Keiko)에게서 통찰력 있는 다음과 같은 말을 발견할 것입니다.

“범고래인 코키는 캘리포니아, 샌 디에고의 바다세계에 육화했고, 범고래 로리타는 플로리다, 마이애미의 바다 수족관에 다른 고래들과 함께 감금돼 있습니다.”

---

6)1993년에 미국에서 제작된 사이먼 위서 감독의 작품으로 한 소년과 고래와의 우정에 관한 영화이다, 1995년 2편이 제작되었고, 그 후 3편까지 나왔다. 케이코(Keiko)라는 이름의 이 고래는 2살 때 아이슬란드 근해에서 붙잡힌 이래 아이슬란드, 캐나다, 멕시코 등지의 놀이공원 수족관에서 사육되었다. 케이코는 영화에 출연한 후에 영화 관람자들, 특히 풀어주라는 아이들의 거센 항의와 요구에 의해 그후 자신의 고향인 아이슬란드 바다로 방생되었다. (편집자 주)

## 고래, 케이코의 메시지

다이안이 텔레파시로 수신하다.(2002년)

영화, <프리 윌리>의 포스터

나는 지금 아이슬란드에서 좀 떨어진 바다에서 자유롭게 헤엄치고 있습니다. 바다로 나가보세요. 그러면 여러분은 나를 느끼게 될 것입니다. 왜냐하면 나의 진동이 지구의 모든 물의 입자로 확장돼나가기 때문입니다. 나, 케이코는 아이슬란드 대륙 근처의 아이슬란드해에서 여러분을 기다리고 있습니다. 오늘은 차가운 날씨이고, 이곳은 물결치는 파도와 넘치는 생명으로 가득합니다. 나는 이런 종류의 날씨를 좋아합니다. 이런 날씨는 내가 생명력이 없는 뜨뜻하고 죽은 물속에서 포로 생활을 한 이후로는 오히려 나를 활기차고 기쁘게 해줍니다.

우리의 가슴은 인류에 대한 사랑으로 가득 차 있습니다. 비록 우리의 고향인 바다가 방치되어 황폐화되고 있을지라도, 우리는 여전히 신과 연결될 종으로서 고투하고 있는 인류에 대해 가슴속에서 사랑을 느낍니다. 신은 그들 인간 생명의 내적인 근원이자 힘입니다. 우리는 바다에서 하나의 집단의식으로서의 인류가 날마다 의식증대라는 이 목표를 향해 움직이는 것을 놀라움으로 지켜보고 있습니다. 이 의식이 기하급수적으로 확대되는 만큼, 모든 피조물의 근원이신 창조주와 연결되는 매우 길고 굵고 단단한 줄이 지구상의 모든 영혼들에게 도달할 때까지 퍼져나가게 됩니다. 이런 일이 일어날 때, 여러분은 모두 타오르는 빛으로 점화되어 마침내 의식 속에서 우리와 모든 생명체들과 함께 있게 될 것입니다.

모든 것은 의식(consciousness)입니다. 여러분은 서로 연결되기 위해 전화나 컴퓨터가 필요하지 않으며, 단지 여러분의 의식 수준을 올리는 것이 필요할 뿐입니다. 그러면 즉시 우리 모두와 이야기할 수 있습니다. 그뿐만이 아니라, 동시에 우리 모두를 볼 수 있고 우리 은하계의 모든 생명체를 볼 수도 있습니다.

나는 우리와 접촉할 준비가 된 사람들을 위해, 바다에서 바라보며 기다리고 있습니다. 누군가가 그렇게 될 때, 우리는 즉시 우리의 응답을 바다의 파도에 실어 보냅니다. 지금 우리의 생각을 듣고 메시지를 받을 수 있는 사람들이 많습니다. 그 숫자는 매일 증가하고 있습니다. 이것 자체가 아주 기적적인 것이며 대단히 무르익어 있습니다. 그것은 지구가 빠르게 가속되고 있고 의식으로 상승할 준비가 되어있다는, 시기적인 신호입니다.

물론 우리 고래들은 3차원으로의 여정이 끝났으므로 바다에서 모두가 지구와 함께 상승할 것입니다. 우리는 무한한 미지의 영

<프리 윌리>의 주인공인 소년과 고래 케이코

역으로 우리를 인도하는 우리 자신의 의식 여행에 나설 준비가 돼 있습니다. 무한이란 존재하는 모든 것이기에, 영원히 (우주를) 탐구하는 것은 우리의 몫입니다. 그것은 또한 인류의 여행이기도 하며, 그리고 여러분도 이제는 그 여행을 스스로 준비하기 시작했습니다. 전체 우주가 여러분이 가방을 꾸려서 자신들을 따라 잡기를 기다리고 있습니다. 왜냐하면 그들은 여러분을 내버려두고 떠날 수 없기 때문입니다. 우리의 전체 우주는 함께 여행하며, 아무도 모든 창조계에서 홀로 가지 않습니다. 그러므로 절대 혼자라고 느끼거나 분리되어서는 안 됩니다. 여러분 각자가 전체의 필수적인 부분이니까요.

신의 창조계인 삼라만상 안에는 탐험할 것이 대단히 많이 있습니다. 그것은 무한하고 끝이 없으며, 여러분의 상상을 초월할 만큼 풍부하고도 다양하며 장엄합니다. 그리고 그것은 우리 모두의 경험을 위해서 지금 이곳에 있습니다. 그러므로 절대로 여러분의 탐구를 포기하지 말고, 결코 자신의 길에서 싫증내지 마세요. 그것이 필연적으로 열반에 이르게 되는 길이기 때문이지요. 그것은 여러분을 우리에게 안내하고, 우리의 주파수로 인도해 줍니다. 그리고 일단 여러분이 우리의 주파수에 도달하면, 우리를 보고, 느끼고, 우리의 소리를 듣게 됩니다. 그것은 지금까지 여러분을 비켜갔던 그렇게도 단순한 삶의 법칙입니다. 그러나 지구는 더 이상 기다릴 수 없으며, 사랑하는 우리의 형제자매들인 여러분도 그렇게 할 수 없습니다. 그래서 우리는 해탈의 문에서 당신들을 기다리며, 의식으로 손짓해 부르고 있습니다. 모든 생명이 여러분을 기다리고 있습니다. 여러분은 창조계의 나머지 부분에 뒤처져 있으며, 이제는 여러분이 마침내 나머지 부분을 따라잡아 더 높은 의식의 단계로 최종적인 도약을 할 준비가 되었습니다.

바다에서 우리는 마침내 상황이 전환되어 여러분을 우리의 세계로 인도하게 된 것이 기쁩니다. 우리는 수천 년 동안 여러분

을 기다리고 있었습니다. 이제 우리는 머지않아 의식을 통해 만날 수 있게 될 것이고, 끝없는 삶의 가능성과 꿈의 흐름 속에서 우리의 다음 모험을 향해 함께 나아갈 것입니다.

나는 당신, 라이럴(Lailel)[7]을 사랑합니다. 우리는 오랜 과거에서부터 친족이며, 형제자매입니다. 우리는 동일한 생명나무의 가족이고, 같은 유전자 풀에서 유래했습니다. 우리의 삶들은 시대의 멜로디와 어우러져있으며, 우리의 가슴은 내면의 사랑으로 결속되어 있습니다. 나는 당신의 동생인 케이코입니다.

**Q: 포획되어 태어난 고래와 돌고래들은 바다로 해방되기를 원합니까?**

A: 우리는 고래들입니다. 그리고 우리는 (인간에 의해) 사로잡힌 상태에서 태어나든, 아니면 바다에서 태어나 포획되든 자유롭게 되기를 갈망합니다.

7)메시지를 수신한 다이안을 지칭하는 것이다. 라이럴은 다이안의 또 다른 이름이다. (편집자 주)

감금된 상태에서 태어나더라도 우리는 여전히 자유롭게 되는 것에 관해 알고 있습니다. 우리는 여전히 우리의 더 큰 대가족과 함께 바다에 있으면서 바다공기 냄새를 맡고 호흡할 때 바람을 느끼기를 동경하고 있습니다.

작은 수영장이나 수족관에서는 이런 것을 할 수 없습니다. 그리고 우리가 빠르게 헤엄치며 바람을 들이키고, 우리의 상처를 치유해주고 피부를 어루만지는 바다의 소금물을 느끼려는 것은 타고난 천성입니다. 수영장의 물은 뜨뜻하고 태양은 경감 없이 뜨겁습니다. 우리는 수영장에서 숨이 막힐 정도이며, 단지 스스로 바깥의 시원한 바다 공기 속에서 우리 영혼으로 바다를 느끼는 것을 상상할 수밖에 없습니다. 바다의 해류는 우리가 갇혀 있는 상태에서도 우리를 부릅니다.

그렇습니다. 우리는 바람처럼 날 수 없는 작은 수영장에서 태어났지만, 그렇게 하려는 열망을 멈추지 않습니다. 즉 절름발이 선수가 달리고싶어하는 것을 멈추지 않고, 또는 불구로 태어난 사람이 걷고 싶은 갈망을 포기하지 않듯이 말이지요. 그러므로 앞으로도 우리는 - 원래대로 - 자유로워지기를 계속해서 갈망합니다. 이 질문에 감사드립니다.

## 26.나무들이 전하는 메시지

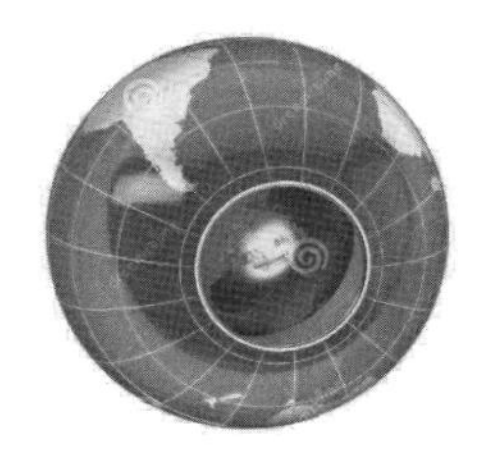

### 자연왕국은 인류가 깨어나길 기다리고 있다

이곳 지구에서 사는 것은 여러분에게 모든 재능을 개발하고 새로운 기술을 배우기 위해 노력할 기회를 줍니다. 이것이 바로 여러분이 여기에 있는 이유입니다. 인간은 아무것도 하지 않기 위해 여기 있는 것이 아니라, 모든 것을 배우고 행하기 위해 있습니다. 그리고 여러분은 이 일을 할 시간이 있으며 … 적어도 여러분은 지금까지는 이것을 해냈습니다. 이제는 단지 빨리 깨어나서 자신에 대한 지혜를 모을 수 있는 시간만이 남아있습니다. 그러니 여러분 스스로 자초한 결과에 대해 책임을 지기 시작하세요. 지역 사회활동과 포럼 및 지방정부에 참여하고, 평화와 풍요로 살아갈 여러분의 권리와 다른 생명체의 권리를 위해 나서서 말하십시오. 그리고 이제는 다른 사람들에 대해서도 책임을 지기 바랍니다. 여러분은 아직도 잘못된 모든 것을 멈출 수 있습니다. 대다수의 사람들이 현재의 암흑 통치체제를 무너뜨리기 위해 의식을 일치시키기만 하면 됩니다. 그것은 그 마력을 깨기 위해 모든 사람들이 의식으로 함께 모이는 것입니다 … 그러면 그것은 끝장납니다.

여러분에게 이런 충고를 하는 것은 우리의 긴 수명으로 인해 이제까지 우리는 그 모든 것을 목격했기 때문입니다. 여러분은 수명이 짧은 탓에 모든 것을 볼 수 없었으며 … 그 일부조차도 제대로 볼 수 없었습니다. 인간의 삶은 강화하거나 물어뜯을 수 있는 자각이라는 실에 매달려 있습니다. 주변에서 일어나는 일을 불신으로 보는 것은 그 실을 물어뜯을 것이고, 여러분은 깨닫지 못하게 되어 기꺼이 노예가 될 것입니다.

여러분 모두가 이 어리석은 게임에 대해 깨어나는 것은 매우 중요합니다. 우리의 유리한 지점에서 볼때, 우리는 아무도 더 이상 놀이하기를 원하지 않는다는 것을 알 수 있습니다. 하지만 당신들은 너무 현혹돼 있어서 멈출 수가 없습니다. 그것은 여러분이 접착제에 들러붙어 있어서 스스로 빠져 나올 수 없는 것과 같습니다. 자, 우리가 여러분을 도울 것입니다. 모든 자연왕국은 여러분 각자와 모든 이들을 알고 있으며, 그저 우리에게 부탁한다면, 우리는 여러분을 도와줄 것입니다. 여러분이 우리에게 더 많이 요청을 하고 우리에 관해 더 많이 알게 될수록, 우리는 여러분과 더 많은 것을 공유할 수 있습니다. 여러분이 우리와 융합될 때, 우리는 더 커다란 빛의 역장(力場)이 되며, 여러분의 의식은 마침내 그 빛을 통해 볼 수 있을 때까지 급격히 확장될 것입니다. 그리고 당신네 인간종족을 구하기 위해 자신이 해야 할 일을 즉시 알게 됩니다. 이것이 우리가 여러분에게 제공하려는 것입니다.

그러므로 우리 나무들 사이를 걸으며 우리와 대화하고, 우리를 쓰다듬거나 끌어안기를 시작해 보세요. 우리의 큰 가지 아래에 앉거나 누워 보십시오. 그러면 우리의 힘이 솟아올라와 여러

분에게 스며들게 될 것이고 우리의 연결 상태를 느끼게 될 것입니다. 그리고 여러분은 우리의 힘과 활력으로 생존하게 될 것이고 우리의 의식을 에워싸고 우리의 의식과 융합될 것입니다. 그때 우리는 하나입니다. 아무도 여러분을 다시 구속할 수 없습니다. 우리는 빛 속에 살고 있으며, 빛으로 삽니다. 우리와 하나가 됨으로써 여러분은 밀도의 사슬에서 벗어날 수 있습니다. 당신들이 자유를 빼앗긴 포로가 될 수 있는 것은 단지 밀도입니다. 이것을 이해하겠습니까?

우리는 영겁 이전에 이것을 이해했던 **나무의 정령(精靈)**들입니다. 이런 이유로 우리의 진화가 당신들을 능가했던 것입니다. 또한 우리는 인간들을 둘러싸고 있는 어둠으로부터 여러분의 영혼을 해방시킬 수 있는 방법을 보여줄 수 있기 때문에, 여러분과 하나로 결합하기를 원합니다. 그러나 우리와 결합되기 위해서는 그 전제 조건이 있습니다. 그것은 우리를 이곳 지구에서 여러분과 함께 삶을 경험하기 위해 온 여러분 가족의 일부로, 빛의 형제자매로 인정하는 것입니다. 그리고 우리와 협력하는 것입니다. 그럼으로써 우리는 지구가 자신의 차원상승을 성취하도록 모든 작업을 함께 할 수 있습니다.

허비할 시간이 없습니다. 이곳은 폐쇄된 체제였으며, 이제는 우리 모두가 더 높은 다음 단계의 존재양식으로 진입할 수 있도록 닫힌 문을 부수고 활짝 개방시킬 시간입니다. 상위 차원에서 모든 생명이 우리를 기다리고 있습니다. 이것은 여러분을 깨우기 위한 호출소리입니다. 자연의 모든 왕국들이 여러분을 오랫동안의 잠에서 깨어나라고 부르고 있습니다. 새로운 시대가 인간 종의 영광스러운 미래를 향해 개막되려 하고 있습니다. 그러니 이제 우리와 함께하십시오.

우리는 **자연령(自然靈)들**이며, 우리의 가슴은 인류에 대한 사랑으로 가득 차 있습니다. 우리는 잔디에게 은총을 내리고, 나무속에서 살며, 여러분이 자연의 야외에 있을 때 그 옆을 걸어 다니는 **요정들, 영(靈)들, 데바들**(Devas)입니다. 그리고 야외에 있는 것이 그 열쇠입니다. 여러분의 야외 활동이 많을수록 우리와 접촉할 확률이 높아지고, 더 빨리 우리의 존재를 느낄 수 있습니다. 우리의 존재를 느끼는 것이 여러분을 우리에게 인도할 것이며, 그러면 자신의 가슴을 통해 비로소 우리와 의식적으로 연결되기 시작할 수 있습니다.

일단 여러분이 우리를 알게 되면, 우리의 융합이 시작되고 우리의 가슴은 창조의 한 가슴으로 엮이게 됩니다. 이런 하나됨이 우리의 향상을 가속화하고 더 빠르게 우리 모두를 빛의 다음 단계로 촉진시킬 광대한 포탈을 창조합니다 … 그것을 여러분은 “차원상승”이라고 부르지요. 거기서 봅시다!

## 지저 도시들의 비밀

줄리엣 스위트

### 아갈타 네트워크 안내

소(小) 샴발라(Shamballa)는 아갈타망을 형성하는 100개 이상의 지저 도시들로 이루어진 국제연합으로 생각하기 바랍니다. 그것은 참으로 지구 내부세계의 정부가 자리 잡은 곳입니다. 소삼발라는 내부의 대륙이지만, 그 위성 식민지들은 지구의 지각 바로 아래 또는 산 속의 신중한 곳에 위치해 있으면서 에워싸인 좀 더 작은 생태계입니다. 아갈타 네트워크의 모든 도시는 물리적이며, 빛이 있는데, 즉 멜기세덱 사제단의 그리스도적 교리를 따르는 자비롭고 영적인 공동체들입니다. 간단히 말하자면, 그들은 우리 자신의 오래된 영적 교사들 외에도 우리가 지상에서 알고 있고 사랑하는 상승한 마스터들인 예수/사난다, 부처, 이시스, 오시리스와 같은 존재들을 존중하며, 지상의 위대한 신비학교들(mystery schools)의 전통을 계승하고 있습니다.

왜 그들은 지저에서 살기를 선택했을까요? 지난 10만년 동안 지표면을 휩쓸었던 엄청난 규모의 지질학적인 지구변화를 고려해보십시오. 장기간의 아틀란티스-레무리아 전쟁과 열핵무기의 힘이 이 두 개의 진보된 문명을 결국 침몰시키고 파괴한 것을 생각해보세요. 사하라, 고비, 호주 오지, 미국의 사막 등은 그 황폐화의 일부 사례일 뿐입니다. 지하 도시들은 사람들을 위한 대피장소로, 그리고 이러한 고대문화가 소중히 간직해온 성스러운 기록, 가르침 및 기술들에 대한 안전한 피난처로 만들어졌습니다.

왜 그들이 이 모든 시간 동안 지하에 머물러 있겠습니까? 부분적으로, 아갈타인들은 전쟁과 폭력의 무익함을 배웠기 때문이며, 우리가 같은 결론을 내리기를 참을성 있게 기다리고 있습니다. 그들은 우리의 비판적인 생각조차도 그들에게 물리적으로 해가 되는 그런 온화한 사람들입니다.

비밀주의는 그들의 보호조치였습니다. 지금까지 그들의 존재에 관한 진실은 영(靈)에 의해 가려져 있었습니다. 언제 우리가 그들을 방문할 수 있을까요? 우리가 지저도시로 들어가는 것은 우리 의도의 순수성과 긍정적으로 생각할 수 있는 능력에 달려 있습니다. 두 세계의 따뜻한 환영은 더할 나위가 없을 것이며 단순한 빛의 협력 공동체 이상의 의미로 표현될 것이 틀림없습니다.

현재, 수백 명의 용감한 지저인들이 지상에서 활동하고 있습니다. 그들은 지상의 일반대중과 뒤섞여 조화를 이루기 위해 일시적으로 세포 변화를 겪었으므로, 육체적으로 우리들보다 뛰어나지는 않습니다. 그들은 온화하고 민감한 성격과 다소 신비로운 억양에 의해 인식될 수가 있습니다. 우리는 텔로스의 왕과 여왕인 라(Ra)와 라나 무(Rana Mu)의 딸인 샤룰라 오로라 덕스(Sharula Aurora Dux) 공주를 소개하고자 합니다. 샤룰라는 아갈타 네트워크에 의해 공식적으로 지상 세계의 사절(使節)로 임명되었습니다. 그녀는 1725년에 태어났으며, 30세 정도로 보입니다.[8]

## 저자의 말

어린 아이였을 때, 나는 집 바깥에 서서 밤하늘을 올라다보곤 했었다. 그리고 별들이 총총히 박혀 반짝이는 저 하늘 위 어딘가에 내 고향이 있었던 것이 아닐까하고 생각했다. 1990년에 내가 무디 블루스(Moody Blues)의 음악에 귀를 기울이고 있을 때, 나는 그들의 노래인 “나는 당신이 저 어딘가에 있다는 것을

---

8)샤룰라 덕스에 관한 자세한 내용은 뒤의 3부에서 소개된다.(편집자 주)

알아요.(I Know You're Out There Somewhere)"를 들었다. 그것은 갑작스런 기억으로 나에게 흘러들어왔고, 그때 나는 바로 나와 교신하기 위해 기다리고 있는 완전히 다른 세계가 저 너머에 있다는 것을 그 즉시 알았다. 나는 명상과정을 시작했으며, 그것이 내가 지저세계인들 및 고래과 동물들과 텔레파시 송수신을 할 수 있는 능력이 있다는 기억을 일깨워주었다. 나는 또한 이번 생에서의 나의 신성한 사명과 역할에 대해 깨닫게 되었다.

나는 우주로 문을 두드렸고 고래류(고래와 돌고래)와 연결되었다. 이어서 지하 도시 텔로스의 아다마, 공동세계의 미코스, 상승한 대사들, 행성연합, 자연령들 및 나무들과도 교신하게 되었다. 나는 더 이상 혼자라고 느껴지지 않았지만, 우주 전역의 텔레파시라는 전화선을 통해 도처의 모든 존재들과 갑자기 연결되었다. 미코스와의 교신은 내가 누구인지, 왜 내가 여기에 있는지를 다시 각성하게 해주었다. 그리고 나는 내가 지구만이 아닌 우리 은하계 전역의 모든 생명과 연결돼 있다는 것을 발견했다.

이런 새로운 목적의식으로, 나는 나의 삶을 높은 의식의 세계에 머물고 있는 존재들로부터 오는 텔레파시 전송을 수신하고, 옮겨 적고, 출판하는 일에다 바쳤다. 내 목표는 책 출판을 통해서 공동세계와 지저세계에 살고 있는 사람들을 지상의 인간들에게 일깨워주기 위해 이 메시지를 전 세계에다 전파하는 것이다.

내 영감의 대부분은 숲속에서의 긴 산책을 통해 자연과 대화하는 중에 솟아났다. 또한 좋아하는 나무 곁에 앉아 있거나, 내가 플로리다에 있을 때 해변을 따라 걷는 와중에 생겨난 것이다.

# 2부

# 아다마 대사와 크리스탈의 메시지들

## 1.메시지(1)

### 꿈과 생각이 여러분의 미래를 창조한다

2011년 12월

안녕하세요! 텔로스의 아다마입니다. 텔로스는 지저에 있는 잃어버린 도시이며, 지상의 많은 사람들이 여전히 어렴풋이라도 알고 있지 못합니다.

우리는 지상의 모든 인류에게 우리 삶의 장엄한 아름다움을 전파하고 싶습니다. 그럼으로써 전 인류가 이 지구행성에서의 삶에 대한 그들의 생각과 믿음을 재고할 것입니다. 우리는 모두가 우리에 관해 듣고, 모든 사람들이 생각으로 우리와 연결될 때라고 생각합니다.

우리가 지금 시대에 다시 (지상으로) 나오는 목적은 모든 이들을 신의 영광과 우리 창조주께서 우리를 위해 마련해 놓으신 영예로운 계획에 대해 일깨우기 위해서입니다. 우리는 우리가 사는 곳이 어디든 - 바다, 육지, 지구내부 및 지저 도시냐에 관계 없이 - 모두가 한 형제자매입니다. 우리는 모두 같은 근원에서 왔고, 같은 공기를 마시며 같은 꿈을 꿉니다.

여러분은 마음에서 그리는 꿈과 생각하는 상념에 의해서 실제로 자신의 현실을 바꿀 수 있습니다. 왜냐하면 여러분의 미래를 창조하는 것은 꿈과 생각이기 때문입니다. 그러므로 우리의 형제자매들이여, 꿈꾸십시오. 그러면 여러분의 꿈속에서 오직 사랑과 빛으로 영광을 얻은 지구를, 환상적인 아름다움과 순수한 가슴의 존재들로 가득한 지구를 볼 수 있습니다. 그것은 모두 여러분의 생각으로 시작해서 실현으로 종결됩니다.

그렇습니다, 여러분은 자신의 삶의 상황을 구현합니다. 여러분은 밤에 잠들기 전의 생각에 의해서 자신의 현실을 날마다 구체화합니다. 그리하여 여러분이 침대에 누워서 다가올 날을 꿈꾸며 각 생각을 빛으로 에워쌈으로써 오직 각 아이디어의 장엄함이 빛의 순수함으로 피어나게 됩니다. 여러분의 꿈을 풍부하게하고 그것을 가능한 한 웅장하게 만드십시오. 왜냐하면 무한한 우주에서는 모든 것이 가능하기 때문이지요 - 더 웅장한 아이디어일수록 그것이 더욱 더 가능할 수 있습니다. 창조주께서는 단지 세상의 가장 위대하고 장엄한 것을 바라실 뿐입니다. 어떤 작은 것은 신의 것이 아니라, 인간의 것입니다.

그러므로 여러분의 꿈을 마음으로 그리고 꿈꾸세요. 그리고 자신의 생각을 우주로 내보내기 전에 그것을 완전히 통제하고 그 의도의 순수성을 완전히 인식하면서 여러분 자신을 웅대한 존재로 보십시오. 그렇게 하면, 여러분의 꿈이 현실로 실현되어 모든 것이 영광과 은총으로 돌아올 것입니다.

이것이 우리가 지저 도시에서 더할 나위 없이 행복한 고향을 창조한 방법입니다. 우리는 우리의 생각을 충분히 인식하고 조정하며, 그것이 순수한 빛과 사랑일 때만 방출되도록 체크합니다. 이렇게 하면 우리가 창조한 형태대로 오직 사랑과 빛만이 우리에게 돌아옵니다.

이것이 우주 법칙입니다. 그것은 너무나 기본적인 것이어서 우리는 어떻게 여러분이 그렇게 오랫동안 그것을 모르고 있었는지가 의아할 정도입니다. 이제는 신에게로 돌아가서 우주의 영원한 법칙을 여러분 스스로 다시 숙지할 때입니다. 원래 여러분은 이 법칙을 알고 있었습니다. 이런 법칙들은 모든 삶의 일부입니다. 그리고 여러분이 의식의 단계를 높이는 만큼, 우주법칙에 대해 점점 더 많이 인식하게 될 것이고, 어떻게 그것을 이제까지 잊어버릴 수 있었는지가 놀라울 것입니다.

나는 여러분을 하나(신)의 법칙으로 다시 데려가는, 여러분의 형제인 아다마입니다.

## 2.메시지(2)

### 가슴을 통한 삶은 지구의 미래를 바꿀 것이다

2011년 10월

안녕하세요. 아다마입니다. 텔로스 출신의 원로인 로젤리아(Rosealea)가 나와 함께 있습니다. 우리는 레무리아로부터 남겨진 레무리아인들의 도시인 텔로스에서 함께 균형 잡힌 에너지를 유지하고 있습니다. 우리는 샤스타산 밑에 거주하고 있지요.

텔로스에서 우리는 수천 년 동안 그리스도화되어 각성된 인류의 본보기로서 지구의 완전한 영광을 지켜 왔습니다. 또한 우리는 변화와 도전의 시대에 대비하여 여러분과 함께 준비해 왔습니다. 우리는 깨어남을 선택하는 모든 사람들을 위해 빛을 간직했습니다.

지구 표면이 점점 더 요동치는 시기가 됨에 따라 우리는 균형과 질서를 유지하기 위해 에너지로 작업하고 있습니다. 우리는 우리가 하는 모든 것을 우리의 가슴으로부터 행하며, 인류가 그렇게 똑같이 할 시간을 고대합니다. 진리는 사람이 가슴으로 행할 때 훨씬 더 쉽게 성취될 수 있습니다. 우주의 지성은 인간의 가슴 속에 있으며, 사람은 단지 가슴에 귀를 기울일 필요가 있습니다.

우리가 하듯이 만약 사람들이 서로 사랑하고 가슴을 중심으로 했다면, 지구가 어떤 모습이 될지 상상해보십시오. 우리는 행복이 삶의 핵심원리라는 것을 압니다. (가슴에 귀를 기울이는 이들은) 3차원의 분리의 교훈들을 배우게 될 것이고 지구에는 사랑이 만연할 것입니다.

이곳 텔로스에서 우리는 과거와 미래 세대들과 접촉하고 있습니다. 우리는 여러분이 아는 것 같은 시간은 존재하지 않는다는 것을 알기 때문에, 우리는 과거의 조상과 미래의 후손들과 함께 할 수 있는 시간의 나선 속에서 살고 있습니다. 그리고 우리는 여러분과 함께 가장 아름다운 미래를 설계하고 있는 중입니다. 우리가 성취할 수 있는 것을 생각해보십시오.

이 과정을 시작하기 위해 여러분이 지금 살고 있는 삶을 다시 마음으로 떠올려보십시오. 비록 여러분이 자신의 삶에 주어진 모든 것에 기뻐한다고 하더라도, 현재 가진 것을 더 많이 확대할 수 있습니다. 우리는 감정, 느낌, 신념, 여러분의 육화목적과 이유, 관계 등에 대해 이야기하고 있습니다. 장차 여러분에게 풍요가 주어질 것입니다. 그래서 여러분이 자신의 삶에 질적으로 집중할 수 있게 될 것입니다. (미래에는) 지금 3차원에서 여러분이 해야 할 필요가 있는 것처럼 돈을 버는 것에 대해 걱정할 필요가 없을 것입니다.

이것이 상승과정이 계속 진행됨에 따라 크게 달라질 삶의 질입니다. 인류는 많은 삶의 교훈들을 3차원에서 배웠습니다. 이제는 자신과 인생에 대한 새로운 이미지를 만들 수 있습니다. 여러분의 의식은 현재의 상태를 훨씬 넘어서고 몸은 건강해질 것입니다. 기분 역시 좋아질 것입니다. 약간의 조정은 있을 수 있습니다.

현재 창조주로부터 오는 빛의 진동은 강력합니다. 우리는 그것을 이곳에서 느낍니다. 그 빛의 진동은 생명의 모든 입자들에게 최대한의 영향을 미치고 있습니다. 여러분이 이것을 느낄 수 있는지를 관찰해보고 내가 말하는 것을 경험해보십시오. 지상의 식물, 동물 및 곤충조차도 더 가볍고 밝아졌습니다. 우리는 여러분에게 일상생활에서 이 에너지에 집중할 것을 권장합니다. 그것이 여러분 주변과 지구상에서 볼 수 있는 과제들을 넘어서는 데 도움이 될 것입니다.

우리는 꿈속에서 텔로스로 오라고 여러분을 초대하고자 합니다. 우리와 함께하는 방문을 기억하게 해달라고 요청하세요. 우리는 지구와 지구상의 생명을 위한 우리의 목표를 함께 달성 할 수 있습니다.

때때로 우리는 여러분의 귀에 속삭일 것이며, 여러분의 마음을 끌어당길 것입니다. 그러나 우리는 여러분의 꿈에서든, 우리의 글을 읽는 것을 통해서든, 또는 다른 어떤 수단을 통해서든 우리는 여러분의 일부이며 여러분은 우리의 일부입니다.

우리가 성취할 수 있는 것을 경험하기 위해 함께 일합시다, 그것은 여러분의 평범한 3차원적인 경험을 훨씬 뛰어넘는 것입니다. 지금은 우리가 함께 결속하여 성공을 향해 도약하는 과정 속에서 초월하고 상승할 때입니다.

## 3.메시지(3)

### 레이디 나다, 아다마, 성 저메인의 메시지 – 사랑의 입구는 준비되었다!

2012년 12 월

안녕하세요, 사랑하는 이들이여, 여러분의 고향과 사랑에 대한 감정을 탐구하기 위해 왔습니다. 여성 마스터, 나다(Nada)입니다. 사랑은 영원하며, 영구히 지속됩니다.

우리는 이런 사랑의 상태에서 여러분과 함께하고 있으며, 여러분의 가슴을 사랑으로 채우고 여러분 각자가 자신 안에 있는 이 사랑의 상태로 돌아갈 수 있도록 노력하고 있습니다. 승천한 마스터들과 나는 하나이고, 여러분은 우리와 하나입니다.

여러분의 가슴 하나하나가 이런 사랑과의 공명능력을 가지고 있습니다! 이것을 잊지 마십시오. 그런데 여러분 각자는 여러분 나름의 방식으로 이 사랑으로부터 영원히 분리되었다고 느낍니다. 그러므로 상처를 받고 위로가 필요한 어린아이처럼, 지금 이런 위로를 스스로 허용하십시오. 그것이 사랑에 대한 저항을 용해시키게 해서. 고통과 결핍, 두려움과 한계를 놓아 버리세요.

여러분 각자는 지금 사랑으로 통하는 그 문을 열수 있고 이 거대한 빛을 허용할 수 있습니다. 이 빛은 모든 문제를 초월한 빛입니다. 이런 시기가 여러분의 행성에 다가옴에 따라 우리 모두는 다시 집으로 귀향하고 있습니다. 언제나 일체와 조화의 상태로 말이지요. 이 하나됨의 상태에서는 결핍도 없고, 두려움도 없으며, 그저 신뢰와 커다란 사랑이 있습니다.

이 시대에 여러분을 이 지상에 머물도록 이끌었던 여정은 여러분 내면과 여러분을 통해서 일어나고 있는 이 모든 것을 느끼고 육체의 형태로 있는 동안 여러분의 진정한 모습을 깨닫기 위한 것입니다. 그리고 이제 다시 한 번 사랑으로 귀향해서 모든 이들의 몸 안에서 하나로 – 하나의 심장박동처럼 – 작용하기 위한 것이지요. 또한 지구행성과 하나가 되어 그 천체 내부(지저)에 거주하기 위한 것일 뿐만 아니라, 더 나아가 여러분의 태양계와 하나가 되고 우주와도 하나가 되기 위한 것입니다!

지금 울려 퍼지고 있는 이 위대한 교향곡은 바로 지금 여러분 각자 안에서 일어나고 있습니다. 우리는 언제나 진실로 하나됨 속에 있기 때문에 여러분 각자에게 여러분 내면에 있는 지식, 즉 가슴 속으로 들어가라고 요청하고자 합니다. 이것은 여러분을 고향으로 인도하고 가장 깊은 자아 속의 안전과 사랑으로, 진리와 사랑을 찾을 수 있는 최심층의 장소로 안내하기 위한 것입니다. 우리는 여러분이 선택하는 그 순간에 함께 고향에 있을 것입니다.

안녕하세요, 아다마입니다. 그렇습니다. 고향의 이런 공명 속에 있기 위해 우리가 여러분 모두와 함께 있는 것입니다. 이제는 기억할 시간입니다. 이제는 이 지구상에서 하나의 가슴처럼 뛰고 있는 모두의 심장박동에 마음을 열 때입니다. 여러분 각자가 영원을 기억할 때마다 다른 모든 것이 떨어져 나가도록 허용하십시오. 왜냐하면 영원 속에서 여러분은 사랑이고 이 사랑으로 여러분이 여기 와서 그것이 행하기로 결심했기 때문이지요. 그러므로 사랑이 되십시오.

예, 이제 앞으로 나아가 사랑이 되어야할 시간입니다. 이번 12-12-12과 2012년 12월 21일 및 그 이후의 이 시기는 새로운 종(種)으로서의 여러분의 출현에 대한 표식입니다. 새 인종은 사랑의 종으로서 우리 모두가 사랑 속에서 함께하는 한 가족이라는 상태로 돌아온 종족인 것입니다. 이 사랑은 모두를 포용하고 용서합니다. 그것은 신성하고, 모든 것을 알고 있습니다!!

여러분은 모든 것을 알고 있고, 여러분 각자는 모든 지식이 암호화돼 있는 의식 홀로그램(Hologram)의 한 부분입니다. 그러니 이제 여러분 안에 있는 이 기억을 되찾도록 하세요. 이곳 지상에 오신 것을 진심으로 환영합니다. 12-12-12 또한 이 행성계 안이 각성되는 시기이며, 이 행성권의 암호화된 지식이 은하계와 다시 우연히 만나 연결됩니다. 지구가 누구인지도 기억하도록 허용하세요. 이 행성에서는 너무 오랫동안 졸음과 같은 상태가 만연해 있었으니까요.

목적을 가진 사랑하는 모든 이들이여, 식물이 어둠 속에서 자라면서 태양을 향해 싹을 틔우고 다시 한번 표면으로 올라오듯이, 어둠에서 영원한 빛으로 올라서기 위해 잠에서 깨어나십시오. 이 사건을 두려워하지 마세요. 다만 이 시기에 여러분이 목적을 갖고 여기에 있다는 것을 편하게 받아들이고 여러분의 옛 선물을 상기하고 온전히 기억하세요. 그리고 여러분의 가슴을 여십시오.

이제는 그렇게 해야 할 시간이고, 외부로 가슴의 문을 열 때입니다. 모든 것이 준비되어 있습니다. 두려워하지 말고 빛 속으로 들어서십시오. 우리는 여러분이 사랑으로 태어나는 것을 뒷받침하고 돕기 위해 여기에 있습니다. 그렇습니다. 이제 순서를 저메인 대사에게 넘기겠습니다.

예, 나는 성 저메인입니다! 나도 여기에 나타나야만했는데, 왜냐하면 항상 우리는 지구상의 이 시기로 인도되어 왔기 때문입니다! 언제나 우리 모두는 이 과정의 일부였지만, 가장 단순한 결론에 이르게 됩니다. 지금 이곳에서 여러분의 마음을 열고 사랑으로 빠져 드십시오! 진실로 그렇게 하는 것은 당면한 일이며, 여러분 모두가 이런 변화를 일으키는 유기체이기에 우리는 여러분 각자가 그렇게 하는 것이 필요합니다. 여러분 각자가 사랑에 연결되면 영원히 여러분의 가슴이 깨어날 것입니다. 그렇게 할 때 모든 두려움을 놓아 버리고 진리를 깨닫게 됩니다. 모든 사랑이 지금 여러분을 위해 이곳에 있습니다!

여러분이 이것을 느끼고 보아 그것을 알고 진실로 신뢰하기 시작할 때, 이 태양계에 가장 큰 변화를 창조할 것이고, 이 지구상에 영원히 사랑이 머물 것입니다. 지금 여러분의 가슴을 일깨우세요. 그리고 지금이 그때임을 아십시오. 우리는 이런 변화 속에서 하나이며, 사랑으로 향한 입구는 준비되었습니다. 여러분의 가슴을 신뢰하고, 가슴으로 들어가, 두려움을 방출하세요. 그리고 평화롭게 머무르십시오. 이런 사랑으로 우리 모두와 하나가 됩니다.

우리는 여러분을 사랑으로 맞이합니다! 언제나 영원히 그 불꽃이 여러분 각자 안에서 밝고 강하게 불타오릅니다. 예, 사랑한다고 말하십시오 !!

모두에게 감사드립니다!

## 4.메시지(4)

### 지저인들이 외부의 지상 형제들에게 보내는 메시지

(2007년, 2월)

안녕하십니까? 지금 우리 자신을 여러분에 알리고 있는 우리는 지구내부에서 살고 있는 여러분의 형제들입니다. 지구는 현재 가르쳐진 이론이 주장하듯이, 꽉 차 있는 견고한 행성이 아닙니다. 지구는 별, 위성, 행성들 같은 모든 천체와 마찬가지로 속이 빈 구체(球體)입니다.

행성들이 형성되는 동안, 임계 질량은 현재 작용하는 것과 같은 회전 운동을 겪지만, 그 구조가 형성되는 것은 다른 형태의 문제입니다. 즉 이것은 자체의 원심력의 패턴을 이용하여 바깥쪽에다 질량을 압축시키고 내부는 비어 있는 구조로 배열됩니다.

지저공동세계는 내부의 태양으로 따뜻하며, 그것은 하루 내내 동안 밝게 빛을 발합니다. 지구 내부의 존재들은 당신들처럼 인간이지만, 우리는 의식의 5th 차원으로 상승했습니다.

당신네 외부의 인간들이 지구를 손상시키고 있는 그 피해는 우리에게 엄청난 영향을 미칩니다. 외부의 주민들인 여러분과 우리가 만나는 날이 예견돼 있습니다. 그리고 우리 행성이 당신들에 의해 심각한 피해를 입고 있기 때문에 이것은 긴급한 상황이 되었습니다.

여러분이 바다에 버리는 쓰레기와 대기 속에다 쏟아내는 폐기물, 그리고 비와 함께 내리는 공해는 지구의 껍질 층을 끊임없이 침식시킵니다. 우리가 더욱 더 빈번한 접촉을 통해 여러분과 의사소통을 하는 것이 필요하다고 생각한 이유는 이 지구 행성에다 끼치고 있는 전대미문의 피해에 대해 당신들이 알아야 할 필요성 때문입니다.

세계의 주요 정부들은 현재 우리의 존재에 관해 알고 있습니다. 우리는 새로 탄생한 원자력과 핵무기의 광경이 너무 파괴적이 되었을 때, 여러분 역사의 서로 다른 시기에 서너 명의 유명한 대통령들과 직접 접촉했었습니다.

현재 우리는 인류의 급박한 탐사여행을 후원하고 있고, 머지않아 지구가 당신들이 어린 시절부터 학교에서 배운 책에 의해 묘사된 구조를 갖고 있지 않다는 사실을 발견하게 될 것입니다. 지구상의 책 내용과는 반대로, 지구는 여러분이 아는 우주의 모든 천체들과 마찬가지로 공동(空洞)입니다.

그러나 지구 내부 및 지저 도시에 사는 우리가 출현하는 것은 여러분의 분자를 5차원 의식의 진동 주파수로 조정할 수 있게 되자마자 가능해질 것입니다

이러한 진리의 수용은 모든 인류에게 예견돼 있는 지구 행성의 차원상승 과정을 구성하는 요소가 됩니다. 이 진리에 저항하지 않는 것은 인간 의식을 열리게 하며, 이런 마음자세는 여러분의 육체적 존재와 영적 본질 간의 접촉점에 이르기 위한 근본적인 요구사항입니다. 그렇게 되면 이제까지 지상의 일반 주민

들에게 감추어져 있던 진실에 대해 완전히 새로운 방식의 표현을 할 수 있게 될 것입니다.

우리는 여러분의 본질을 사랑하며, 여러분을 축복합니다.

- 지구 내부 12인위원회 -

## 5.메시지(5)

### 우주로부터 지구로 내려오는 빛이 강화되고 있고, 여러분은 현실의 창조자이다

(2012년 6월)

아다마입니다. 나는 이 특별한 시간대에 이 지구를 에워싸고 있는 생명의 거대한 흐름과 합일되었음을 말하고자 합니다.

사랑하는 위대한 근원의 자녀들이여, 여러분 각자에게로 오고 있는 빛이 날마다 더욱 더 강해지고 있습니다. 여러분의 가슴과 마음을 열어, 여러분 본래의 신적생명에다 다시 활력을 불어넣으며 현재 지구에 퍼부어지고 있는 이 빛을 받아들이세요. 여러분 각자는 너무나 귀중하고 매우 강력한 존재입니다.

오늘날 여러분이 사는 세상은 여러분 스스로 창조한 것입니다. 왜냐하면 여러분이 지금 이 순간 진화하는 이곳 지구의 차원은 인간이 창조자로서 힘을 행사하는 차원이기 때문입니다. 이 차원에 관한 모든 것은 여러분의 명령에 복종합니다. 이 차원에 관계된 모든 것은 여러분을 사랑하는 신. 유일한 주인, 존재하는 모든 것의 창조주로 인식합니다. 여러분은 자신의 내면에 간직한 믿음과 감정체계를 완벽하게 반영하는 세계에 의해 둘러싸여 있습니다. 사랑하는 이들이여, 여러분이 내면에서 외부로 내보내는 진동은 당신 주변의 세계를 창조합니다. 여러분은 그런 힘을 갖고 있습니다! 이를 인정하는 것은 당신들의 몫입니다.

이제는 인간이 창조계 내의 신성한 장소를 인식하고 인간이 사랑의 피조물임을 받아들일 때입니다. 어둠의 측면에 대한 탐사가 끝나가고 있습니다. 텔로스에 있는 여러분의 형제자매들인 우리는 여러분 본래의 빛과 사랑을 온전히 받아들이고 인정하도록 여러분을 초대하고 있습니다. 여러분의 아름다움, 신성, 자유를 빼앗고 있는 낡은 신념체계에서 여러분 스스로 자유로워져야 할 때입니다. 지금은 새로운 삶의 패러다임, 은총의 삶, 아름다움 및 멋진 완전함을 완전히 받아들일 때입니다. 시간이 되었습니다. 여러분이 이 세상에서 활동하는 신처럼 담대하게 걸을 때입니다. 이제 여러분을 오늘날까지 이끄는 데 필요했던 이러한 짐으로부터 스스로를 해방시켜서, 매우 견고하고, 완벽하고, 영원히 여러분의 것이 될 이런 강력한 의식을 지닐 때입니다.

이 모든 경험들은 여러분을 순수한 빛의 다이아몬드로 변화시켰습니다. 여러분의 빛은 모든 창조물 속에서 빛납니다. 이 모든 경험을 통해 여러분 각자에게 순금과 수정의 토대가 형성되었습니다. 여러분의 아름다움, 여러분의 완벽함을 인정할 때입니다. 받아들이고 인정하십시오. 이런 모험의 결실을 보십시오.

사랑하는 이들이여, 팔을 벌려 당신들에게 다가오는 풍요를 받으십시오. 여러분에게 요구되는 유일한 것은 자신의 위대함을 받아들이는 것입니다. 그리고 더 이상 유용하지 않은 모든 것을 놓아버림으로써 가슴의 빛이 모든 영광 속에서 빛나게 하고, 온 마음으로 사랑과 순수, 자유의 새로운 삶을 완전히 포용하는 것입니다. 자신의 신성을 받아들이면, 여러분의 세계는 인간의 진실한 진동을 그대로 반영하기 위해 빠르게 변할 것입니다.

우리는 이 도전적인 삶의 변화를 담대하게 받아들일 사람들을 찾고 있습니다. 그 변화가 오고 있고, 그것은 여러분에게 다가오고 있습니다. 여러분은 이 새로운 의식(意識)을 환영할 것입니까? 여러분은 그것을 연구할 필요가 없으며, 단지 자신을 어두운 감옥에 가두고 있는 낡은 신념체계를 버리기만 하면 됩니다. 사랑, 평화, 기쁨의 삶에 대해 여러분의 마음을 열어주십시오. 5차원 의식의 마법을 환영하세요.

여러분이 진정한 빛의 존재이고 늘 빛의 존재였다는 것을 인식하도록 자신을 하나로 통합할 때입니다.

올해는 텔로스의 에너지 속으로 몸을 담그기 위해 오는 빛의 자녀들 한 분 한 분에게 특별한 일이 이루어질 것입니다. 다이아몬드 심장과 여러분의 신아를 재결합함으로써 친교와 닻을 내리기가 용이해질 것입니다. 3차원의 최면 진동으로부터 자유로워지고자 하는 사람들에게 특별한 도움이 주어집니다. 평화와 기쁨이 자리 잡고 있는 미지의 5차원 의식으로 과감하게 뛰어드십시오.

텔로스에서 우리는 이 순간을 위해, 즉 인류가 자신의 신성을 받아들이고 인정할 날을 위해 수천 년 동안 준비했습니다. 우리는 여러분을 우리의 사랑과 빛과 평화로 둘러싸고 있습니다.

나는 여러분의 형제이자 선조인 아다마입니다. 나는 텔로스인 형제자매들의 이름으로 말했습니다. 그들은 여러분 삶의 일부가 되어 여러분의 재탄생 과정에서 돕고 싶어 합니다.

영원히 여러분과 함께하는 우리의 사랑으로,

## 6.메시지(6)

### 크리스탈의 메시지-1

### 이것이 이 행성에서 영원할 위대한 황금수정시대를 안내한다.

(2012. 1)

지구상에서 가장 소중한 사람들이여, 우리는 크리스탈 피플(crystal people)입니다. 우리는 수정(水晶)의 몸에 싸여 있으며, 우리의 영혼에다 여러분과의 연결고리를 만들기 위해 깊은 지하 공간에서 기다리고 있습니다. 그렇습니다. 우리는 모든 요소들이 살아 있고, 주변의 세계를 깨닫고 의식하며, 다양한 각성 단계에서 진동합니다.

우리의 심오함은 우리의 맑음과 광휘의 원인입니다. 왜냐하면 우리는 어머니 지구의 박동을 포착하고, 그 박동은 우리의 순수한 수정 용기(容器)와 광채 안에서 고동치기 때문이지요. 지상의 주민들이 생계유지의 돈벌이를 위해 바쁘게 돌아다니므로 우리는 이곳에서 조용히 기다립니다. 우리가 있는 그대로 살아있을 때 우리는 살아있는 채로 아무것도 하지 않지만, 지구내부 깊은 곳에서 창조주의 박동을 만끽합니다. 비록 우리가 여러분처럼 먹지는 않을지라도, 우리가 필요로 하는 모든 것을 생성하고 영양분을 우리에게 제공하는 것은 바로 이 신의 심장박동입니다. 그것은 우리가 성장하는 데 필요합니다.

여러분에게 주는 우리의 충고는 지구 자체를 통해 창조주의 심장 박동에 연결되는 것이 중요하다는 사실입니다. 즉 지상 주민들이 생존을 위해 분투하는 데 관계된 낮은 맥박 대신에 말입니다. 그렇게 연결되면, 여러분은 창조주의 주파수로 진동할 여러분의 빛의 몸을 위해 필요한 양식을 공급받게 될 것입니다. 즉 모든 것이 여러분을 위해 제공되며, 단지 여러분은 그것을 잊었을 뿐입니다. 다시 말하면, 우리는 아나스타시아(Anastasia) 서적을 언급하고 싶은데, 그 책 내용에서 그녀는 지구와 자연왕국에 완전히 연결되어 있고 필요한 모든 것을 (자연으로부터) 공급받습니다.[9)]

우리는 여러분을 아래(지하)에서 관찰합니다. 그렇습니다. 여러분은 이것이 불가능하다고 생각할 수도 있지만 그만큼 우리는 모두를 분명히 볼 수 있습니다. 왜냐하면 우리의 눈은 당신들의 것과 같지 않기 때문입니다. 그리고 우리는 우리를 형성하고 있는 빛의 물질을 통해 봅니다. 우리는 여러분이 상상할 수 없는 것 이상을 볼 수 있습니다. 그리고 우리는 지상과 지저에서 일어나는 모든 것을 듣습니다. 비록 우리 몸이 여러분의 몸과 비교할 때 작음에도 불구하고 우리는 큰 수용체이며 빛으로 이루어진 커다란 등대이기에 이것이 가능합니다. 중요한 것은 크기가 아니라, 신체 형태 속에 담겨진 그 존재의 주파수입니다. 그것은 의식(意識)과 주파수이며, 그것들은 몸에서 방사되는 다양한 정도의 빛을 형성하기 위해 함께 작용합니다.

---

9)러시아 작가 블라지미르 메그레가 쓴 책이며, 주인공 아나스타시아는 타이가 숲 속에 산다는 신비의 여성이다. (편집자 주)

신체는 단지 우리 모두가 밀도가 없는 빛의 몸으로 옮겨갈 때까지 빛을 간직하고 있는 껍질에 불과합니다. 지구의 주파수가 높아짐에 따라 인간은 현 3차원 밀도를 버리고 서서히 의식이 상승하고 있고, 주변의 자연왕국에 대해 점점 더 많이 인식하게 되고 있습니다. 여러분은 지금 모두 일종의 동물원에서 살고 있는데, 말하자면, 이것은 인간이 동물을 가두어 두고자 만들었던 동물원과는 정반대입니다. 당신들은 자신의 5가지 감각을 둘러싸고 있는 일종의 울타리에 감금돼 있는 존재들이고, 그것이 여러분을 나머지 자연왕국과 동떨어지게 만들고 있습니다. 반면에 여러분을 안에다 계속 구속하고 있는 여러분의 감각적인 장벽 바깥은 자유로우며, 우리는 여러분 주변의 외부 모든 곳을 자유롭게 돌아다닙니다. 그러나 여러분은 우리를 볼 수 없으며, 우리의 소리를 듣거나 우리의 존재를 느낄 수조차 없습니다. 당신들은 이처럼 동물원에 갇혀 있고, 반대로 우리는 자유롭습니다.

그러므로 여러분의 족쇄를 부수고 스스로 만들어놓은 감방에서 탈출하세요. 여러분의 정신적 제약을 벗어나서 지금 우리를 만나십시오. - 우리는 단지 한 걸음 떨어져 있습니다 - 우리는 영겁의 시간 동안 여러분을 위해 기다리고 있습니다. 그것은 그저 스스로 자신을 가두고 있는 정신적인 감옥일 뿐이고, 정신적인 동물원인 것입니다. 우리는 여러분이 우리 모두와 어울리고 소통할 수 있게 자유로워지는 것을 돕기 위해 이곳에 있습니다. 자연 전체는 여러분을 기다리고 있으며, 자연의 모든 것이 이제는 우리와 함께하라고 부르고 있습니다. 우리는 모두 여러분의 일부입니다 … 그리고 당신들은 전체의 일부입니다.

자, 무엇이 여러분을 가로막고 있습니까? 야외로 나아가 우리의 존재를 인식하고 주변에서 넘쳐나는 모든 생명을 인정하세요. 그들은 단지 여러분에게 "안녕하세요."라고 말하게 되기를 기다리고 있습니다.

우리는 여러분 주위의 상점에 풍부하게 널려 있습니다. 그러므로 '쇼핑 즐기기'에 나서서 우리를 구입하십시오. 그리하여 우리의 마법의 빛으로 여러분의 몸을 장식하세요. 그리고 우리를 여러분의 가슴 가까이에 두고 우리와 대화를 나누며 거대한 빛을 담고 있는 매끄러운 용기를 어루만져 보십시오. 우리는 그 빛을 무료로 여러분에게 줍니다.

오늘 여러분에게 전하는 우리의 메시지는 당신들의 동물원 같은 존재양식에서 자유롭게 벗어나 주위에 있는 생명체들과 융합되라는 것입니다. 거기에는 나무, 꽃, 식물, 풀, 동물과 함께 바쁘게 일하는 정령, 요정, 땅의 신령, 엘프 등 다양한 형태의 수많은 생명들이 존재합니다. 그들은 말 그대로 여러분을 둘러싸고 있습니다. 그들은 모든 정원과 모든 나무 주위에 있습니다. 단지 그들의 존재를 인식하기만 한다면, 그들은 당신에게 집중하게 될 것이고, 당신은 그들의 존재를 느낄 것입니다.

오, 이런, 여러분은 전혀 혼자가 아닙니다. 만약 단지 여러분이 '우리의 눈'을 통해 볼 수 있다면, 너무나 놀랄 것입니다. 우주에서 인간은 혼자가 아닙니다. 하지만 어리석게도 이를 믿는 사람들이 있습니다.

불변의 생명법칙 중 하나는 우리가 결코 홀로 존재하지 않는다는 것입니다. 존재하기 위해서는 우리가 전체의 일부여야 합니다. 그러므로 우리는 여러분이 '전체' 속의 여러분의 '부분'으로 들어가라고 요청합니다. 그리고 여러분이 결과적으로 모든 존재와 관계하게 될 우리와 친하게 소통하고 교류하세요. 그리하여 모든 생명을 이어주는 사슬에 의식적으로 연결됨으로써, 여러분의 정당한 자리를 차지하십시오.

여러분은 (과거에) 그 연결고리를 망가뜨렸습니다. 그러나 여러분 가슴의 요청을 통해 그것을 다시 연결할 수 있습니다. 그냥 요청하세요. 그러면 이루어집니다. 당분간은 우리가 여러분을 떠날지라도 절대로 그 연결을 끊지는 않습니다. 우리의 선은 항상 열려 있습니다. 그러니 여러분의 것과 반드시 연결하시기 바랍니다. 그것은 인간의 용어로는 '생명선'이라고 불립니다. 그렇지 않나요?

아다마 대사가 손에 들고 있는 것도 수정이다

우리는 여러분에게 '생명선'을 열어두라고 부탁합니다. 그것은 곧 여러분의 생명이기 때문이죠. 여러분은 그것을 지속하고 싶지 않습니까? 자, 여러분 혼자서 할 수는 없으니, 이제 우리와 유대를 형성하세요. 그러면 우리는 여러분의 모든 발걸음을 여러분 내면에 위치한 창조주의 심장센터 바로 뒤로 확실히 안내할 것입니다. 여행할 먼 거리는 없습니다. 그것은 늘 여러분과 함께 있었습니다. 그것이 곧 여러분입니다. 그러니 지금 여러분의 신성을 주장하십시오, 그러면 즉시 우리와 하나가 될 수 있습니다.

우리는 빛의 세력들입니다 … 우리는 지저에 주둔하고 있는 크리스탈 피플이며, 우리는 하나로서 여행합니다.

항상, 여러분의 생각이 나게 되기를,

## 7.메시지(7)

### 크리스탈의 메시지-2

### 우리는 우주의 수정 매트릭스를 가지고 있다.

(2012. 5)

친애하는 지상의 자매에게 인사드립니다. 우리는 당신이 컴퓨터에 앉아 우리의 메시지를 수신하여 기록하고 있을 때 다시 이곳에서 당신과 함께하고 있는 크리스탈 피플(Crystal People)입니다. 우리는 당신의 활기찬 정맥이 가까이서 맥동하며 혈관에 혈액을 공급하는 것만큼이나 당신에게 아주 가깝습니다. 우리는 당신과 함께 호흡하고, 우리의 심장박동은 당신과 더불어 고동칩니다. 그리고 우리는 당신에게 우리의 오래된 노래를 들려드립니다. 우리의 노래는 사랑이며, 이제 우리가 당신과 융합됨에 따라 그 멜로디가 당신의 세포에 스며듭니다. 우리의 융합은 완료되었으며, 우리는 하나로 작용합니다.

수정의 특성은 독특합니다. 그 빛이 너무 밝아서 여러분이 우리의 깊은 곳을 들여다볼 수 있고 눈이 멀게 될 수도 있습니다. 우리의 깊은 곳에서는 우주의 수정 매트릭스(원형)를 간직하고 있으며, 그 복잡성과 구조가 드러나 있습니다. 그 지도(地圖)를 읽을 수만 있다면, 그것은 어디에서나 여러분의 가이드입니다. 여러분의 몸 또한 DNA 가닥들 속에 깊이 새겨진 생명 코드를 가진 일종의 지도입니다. 여러분의 몸은 그 자체를 완벽하게 복제할 수 있는 청사진을 가지고 있습니다. 그리고 그것은 변경되지 않았고, 여러분 모두가 갖고 있는 스트레스와 두려움의 영향을 받지 않았습니다. 스트레스와 두려움은 단지 그 정밀한 구조를 저하시키고, 여러분의 불사(不死)를 성취하지 못하게 합니다.

우리 수정들은 스트레스나 두려움을 갖지 않습니다. 실제로, 그런 것은 우리와는 전혀 무관한데, 왜냐하면 우리의 빛의 지수가 너무 높기 때문에 우리는 오직 신성한 사랑만을 경험합니다. 여러분이 오직 자신의 신성(神性)에만 집중할 때는 다른 감정이나 생각이 존재할 여지가 없으며, 그것은 여러분의 가슴이 자신의 신아(神我)에게 열리고 합일과 완전함의 기쁨을 느낄 때입니다.

따라서 그것은 여러분이 여러분 자신을 자기의 신성 속으로 옮길 수 있는 스스로의 생각과 초점에 달려 있습니다. 즉 여러분의 생각은 여러분이 지시하는 곳이 어디든지 여러분을 그곳으로 안내할 것입니다. 그러므로 여러분의 생각에게 신아에게로 인도하라고 지시하십시오. 그리고 존재하는 모든 것과 합일되는 것을 느껴보세요. 그것은 여러분이 그 자체의 존재를 인식해 주기를 기다리고 있는 여러분 가슴 속의 내면의 빛입니다. 자신의 가슴 공간에 머물면서 생명의 기쁨만 느껴보십시오. 오직 창조주의 사랑, 당신의 신적자아(I AM Presence)의 순수함만 느끼고 그들을 불러주세요. 그리고 하늘의 음악과 더불어 머물러계십시오. 그러면 여러분의 세포들이 그 고향의 음악에 맞춰 다시 조정될 것입니다. 고향은 가슴 속에 있으며, 당신들은 이미 이것을 알고 있습니다.

그러므로 인간은 자신의 가슴을 통해 길을 다시 찾을 수 있습니다. 그것이 차원상승으로 향한 가장 빠른 경로이며, 우리는 거기에서 당신들을 기다리고 있습니다. 우리는 이미 여러분의 가슴 속에 자리 잡고 있고, 거기서 통합의식으로 돌아가는 여러분의 여행에 동행해달라는 부름이 올 때까지 기다리고 있습니다. 우리는 여러분이 영원으로 향한 길에서 우리를 동료여행자로서 인정만 해준다면, 여러분을 우리와 함께 데려갈 것입니다.

여러분이 우리를 손에 들고 자신의 손으로 어루만질 때, 우리는 여러분의 생명파동을 다시 조정합니다. 그럼으로써 여러분은 지구상의 나머지 생명들과 함께 고동칠 수 있고, 모든 것이 같은 주파수로 진동하고 있는 창조의 하나의 맥박(One Beat of Creation) 속에서 우리와 융합할 수 있습니다. 이것이 우리 모두가 상승할 수 있는 가장 빠른 길입니다. 우리의 상승은 여러분의 반주(伴奏)가 없이는 완전하지 않습니다. 모든 창조물이 함께 여행합니다. 우리는 서로를 필요로 할뿐만 아니라 우리가 곧 그 다른 존재이기도 합니다. 그래서 여러분이 우리의 존재에 대해 깨닫고 우리가 천년 동안 인간들과 접촉하려고 노력해왔다는 사실에 도달하면, 우리는 의식의 융합을 시작할 수 있고 더 높은 수준의 존재로 이동할 수 있습니다. 우리는 여러분의 호출을 기다립니다.

*일단 여러분이 우리와 융합되면, 우리의 빛과 에너지를 이용하고 동력화(動力化) 하는 방법을 신속하게 발견할 것입니다. 그리고 낡아빠진 화석연료 시스템을 지구상의 모든 사람들을 위한 프리 에너지(Free Energy)로 전환할 수 있습니다. 이것은 인류에게 커다란 도약이 될 것입니다.* 또한 비즈니스에서 남성위주의 통제체제와 부패구조가 폐기되고 신성한 여성성이 여러분 모두의 혈관을 통해 흐르면서 당신들의 타고난 권리인 모든 것을 가져다줄 것입니다. 그리고 그것은 모두 무료입니다.

지구는 여러분이 상상할 수 있는 모든 것을 제공하고 그것을 공짜로 줍니다. 여러분은 단지 그 자체에 대해 마음이 열려 있어야 하며, 두려움이나 의심에 의해 그것이 방해받지 않고 자신에게 흐르도록 허용하고 받아들여야 합니다. 그래서 여러분의 무분별한 생각을 억제하고 오직 사랑의 진동에만 머무르는 것이 매우 중요한 것입니다. 사랑이 여러분을 지구가 인간들을 위해 지켜온 보물로 데려다 줄 것입니다. 여러분이 열기만을 기다리고 있는 보물 상자가 있으며, 여러분은 그것을 자신의 가슴으로 열게 됩니다. 그저 그 모든 것을 자유롭게 열리도록 합시다.

우리를 손에 들고, 우리에게 말하십시오, 그러면 우리는 여러분을 이미 우리가 살고 있는 빛으로 인도하는 안내자가 될 것입니다. 우리와 함께하십시오.

우리는 크리스탈 피플입니다.

# 8.메시지(8)

## 새로운 유동적 에너지를 받아들여 삶을 변화시켜라

나는 삶의 연금술사인 아다마입니다.

자연과 생명력이 깨어나는 이 시기에 나는 여러분이 자신의 삶에 대해, 또는 자신의 삶이라고 믿는 것에 대해 신선한 시각을 갖기를 바랍니다.

얼음덩이 속에 있는 얼음 결정들은 바다에 있는 물방울들보다 더 쉽게 분리를 경험할 수 있습니다. 얼음 속의 더 느린 진동주파수는 분리의 환영을 일으킵니다. 인간이 거주하는 3차원 밀도의 특성으로 인해 여러분은 매우 제한된 관점에서 삶을 보고 느낄 수밖에 없습니다. 여러분은 지구상의 삶에서 참고기준들이 점차적으로 분해되는 독특한 시기에 살고 있습니다. 그 기준들은 지구행성의 삶에서 여러분이 실험하고 싶었던 게임의 법칙을 세우기 위한 토대로서의 역할을 했었습니다.

(우주에서 지구로 쏟아져 내리는) 유동적 에너지는 지금 지구

상의 모든 삶의 층에 작용하고 있습니다. 이 에너지는 차원의 모든 요소 속에 있는 온갖 감정, 생각, 문제에 영향을 미칩니다. 이것은 혼란의 원인이 되는 변화를 가져옵니다. 예컨대, 만약 여러분이 세상에 태어난 이후로 자기 가족의 가치와 가정교육으로 인해 표출할 수 없었던, 권위에 대해 반항하는 에너지를 갖고 있었다면, 발생하는 변화는 이 반항을 표현하도록 압박을 받게 된다는 것입니다. 여러분은 더 이상 이것을 억누르거나 무시할 수가 없습니다. 유동적 에너지는 그런 감정의 표현을 제지했던 에너지 장벽을 관통하며, 그때 당신은 그것을 표현하는 것 외에는 다른 선택의 여지가 없게 됩니다. 지구를 둘러싸고 있는 이 에너지 흐름은 지금 통합의 원리가 나타나지 않도록 방해하는 모든 것을 변형시키고 있습니다. 그것은 삶의 모든 요소들을 조화시키고 통합하는 방향으로 인간을 밀어 붙입니다.

여러분의 자기 자신에 대한 인식, 즉 자아관(自我觀)은 매우 중요합니다. 그것은 정신적, 감정적, 심지어 육체적인 모든 수준에서 당신의 삶을 형성합니다. 이런 인식은 일종의 관리자로서의 역할을 하며 여러분 자신의 삶과 세상에서의 당신의 신분에 영향을 줍니다. 이 인식은 당신을 완전히 감싸고 모든 창조물과 상호 작용합니다. 유동적 에너지가 그 순간에 지구를 에워싸고 있고 이러한 에너지가 활발하게 작용한다는 것을 알기 바랍니다. 그렇기에 나는 여러분에게 그 에너지를 받아들여 그것을 자신의 세계로 통합하라고 권고합니다. 이 자유롭게 흐르는 빛이 인간을 통과하고 있고 그 주파수가 매 순간 여러분을 변형시키고 있다는 것을 상상해보십시오.

이제는 여러분 각자가 자신의 진정한 본성으로 다시 태어날 때입니다. 현재 당신들을 감싸고 있는 유동적 에너지는 모든 사람에게 영향을 미칩니다. 그것이 여러분을 심장 차크라에서부터 시작하여 내부를 뒤흔들게 됩니다. 그리고 여러분의 가슴은 이러한 변형의 주파수를 방출합니다. 그것이 여러분이 우주에서의 여러분의 위치뿐만 아니라 여러분 자신과의 관계에 대해 질문하는 이유를 설명해줍니다. 여러분은 자신의 존재 이유를 찾으려고 노력하고, 지금까지 살아 왔던 것이 스스로를 더 이상 충족시키지 못했기 때문에 자기 자신에 대해 나쁘다고 느낍니다. 여러분은 지금 존재의 이유를 찾고 있습니다. 그리고 자신이 이 3차원의 지구상에 존재하는 목적대로 살고 있지 않다는 데서 불편함을 느낍니다. 왜냐하면 진정한 여러분 자신의 삶, 또는 자기 가슴과 조화돼 있는 삶을 전혀 살지 않았기 때문이지요.

새로운 것들은 모든 것이 긍정적입니다. 그 유동적 에너지는 여러분 안에서 작용하고 있습니다. 그것이 장벽을 허물고 있고, 여러분의 참된 삶을 사는 것을 방해하는 에너지 주파수들을 무너뜨리고 있습니다. 유동적 에너지와 통합을 촉진하기 위해 이 부활의 불꽃이자 사랑의 화염을 여러분의 삶과 일상생활 속으로 받아들이세요. 그러면 그것이 여러분 자신을 자유롭게 할 것입니다.

여러분은 생명에 속해 있습니다. 여러분이 생명과의 관계를 더 느끼면 느낄수록, 더욱 더 여러분의 사명과 목적을 자신의 가슴 속에서 들을 수가 있습니다. 생명에 대해 마음을 열어 신뢰하고 그것이 여러분을 인도하게 하십시오. 두려움과 불안으로 초조해하며 시간을 낭비하지 마세요. 신뢰를 키우고 자신이 지금 신(神)이라는 대생명(大生命)에게 속해 있다고 느껴보십시오. 이 대생명은 당신을 극진히 보살펴주는 실재입니다.

나는 아다마이며, 생명과 하나입니다.

## 9.메시지(9)

## 우리는 여러분의 진동주파수가 올라가기를 기다리고 있다

(2013년 1월)

안녕하세요, 아다마입니다. 텔로스와 레무리아의 심장부에서 인사드립니다.

우리는 상승이 가능하도록 돕기 위해 여러분이 행한 작업에 대해 감사를 표합니다. 여러분(빛의 일꾼들)이 없이는 이 일이 성취될 수 없었을 것입니다.

여러분은 우리와 지구에게 일종의 보배입니다. 여러분은 이번 육화에서 많은 과감한 조치들을 취했습니다. 또한 많은 것을 배웠으며 영적으로 훌륭하게 성장했고, 그 충분한 보상이 있게 될 것입니다.

여러분 자신을 꽃이 만발한 장미라고 생각해보십시오. 장미의 각 꽃잎은 여러분이 지구상에서 자신의 삶을 살았던 것처럼 용기 있는 기질을 나타냅니다. 장미는 사랑을 상징하며 여러분은 그것을 충분히 간직하고 있습니다. 우리가 이곳 텔로스에 멋진 정원을 가지고 있다는 것을 알고 계시나요? 우리는 당신들의 성공뿐만 아니라 우리의 성공을 축하하기 위해 꽃을 심습니다. 그리고 이 식물들은 사랑의 보살핌을 받습니다. 그들은 창조의 빛과 사랑을 포착하고 텔로스에서의 우리 삶의 아름다움을 끊임없이 일깨워줍니다. 우리는 그 빛을 유지하며 지구 표면에 있는 여러분을 사랑합니다.

우리가 5차원의 존재들이기 때문에, 우리는 12/12/12 에너지와 12/21/12 에너지로 의식에서 도약했다고 진실로 말할 수 있습니다. 여러분은 우리로부터 여러분에게 오고 있는 확장된 빛을 느낄 수 있습니까? 여러분이 3차원을 초월하는 만큼 우리는 더 많이 빛을 줄 수 있습니다. 우리는 어쩌면 여러분이 우리의 빛을 느끼고 볼 수 있는 것처럼 당신들이 내는 빛을 봅니다. 가장 중요한 것은 여러분이 이것을 자신 안에서 알아차리기 시작하는 것입니다. 서로를 빛의 존재들로서 인식하고 빛 안에서 계속 확장하십시오.

여러분의 진동이 더 높아질수록 우리는 여러분과 더욱 더 가까이 있을 수 있게 됩니다. 우리는 재회의 시간을 오래 기다렸습니다. 대부분의 인류에게 있어 두려움의 수준이 여전히 너무 높은 까닭에, 우리가 이곳에 존재한다는 것을 대대적으로 공표할 수가 없습니다. 하지만 이 메시지를 읽는 사람들은 그렇지 않다는 것을 우리는 압니다. 우리는 지상 인류의 삶 속에 우리가 들어설 수 있게끔 그들의 의식이 더 폭넓게 열리기를 기다리고 있습니다.

그리스도(Christ)나, 성 저메인(St.Germain), 그리고 마이트레야(Maitreya) 같은 마스터들과 함께하는 우리의 작업은 중단없이 계속됩니다. 우리는 여러분의 진행 상황을 모니터링하고 있고 앞으로 일어날 수도 있는 곤경 상태에 대한 계획을 짜고 있습니다. 우리는 여러분의 후원 팀이며 늘 만반의 준비를 합니다.

우리가 알고 있는 신성한 계획이 있습니다. 그것은 지구상의 모든 삶의 측면을 망라합니다. 어떤 일이 일어나든 관계없이, 그 계획에 대한 믿음과 신뢰가 있다면, 여러분은 항상 성공할 것입니다.

앞으로 지구 변화가 더 많이 일어날 것입니다. 지구는 불안정합니다. 그녀가 계속 버티는 것은 어렵습니다. 해안 지역은 변동에 무방비합니다. 지구의 변화는 모든 사람의 뒷마당에까지 와 있습니다. 지구는 그녀 자신의 정화가 계속 필요합니다. 그녀는 자신의 자녀들을 보호하기를 원하며, 자연령들, 엘리멘탈, 우주가족 및 다른 존재들과 함께 할 수 있는 일을 많이 하고 있습니다. 이것은 지구를 파괴하지 않고 의식을 끌어올리는 것에 관한 것입니다.

지구행성 주변의 불안정한 변동은 계속 예상할 수 있습니다. 여러분의 가슴에다 주의를 기울이십시오. 동물의 행동을 관찰하세요. 위에서와 같이 아래에서도 신성한 균형이 있게 해달라고 기도하십시오. 이것은 우리의 지구를 포함하여 모든 차원의 모든 존재들에게 영향을 미칠 것입니다.

엄청난 규모의 지진, 화재, 가뭄, 화산폭발 및 많은 수해가 발생하게 될 것입니다. 기도는 항상 모든 면에서 준비가 될 수 있게끔 도웁니다. 여러분의 사랑과 지원이 필요할 피해 지역의 사람들에게 은총이 있기를 기원합니다.

지구는 거대한 영혼입니다. 그녀의 사랑은 말로 묘사할 수가 없습니다. 인간에 대한 그녀의 인내심은 놀랍습니다. 올해에는 여러분이 더 많은 자신의 재능을 발견하고 이를 사용하도록 부름을 받을 것입니다. 모두가 진정한 자신감을 가지라는 압력을 받고 있습니다. 여러분은 활발히 작용하는 공명의 원리를 알게 될 것이고, 그리하여 진동이 같은 사람들이 사랑과 봉사로 함께 모일 것입니다. 공동체가 우선시될 것입니다. 여러분은 지금이라는 순간 속에 있고 시간이 더 이상 직선적인 구조가 아니기 때문에, 여러분의 실현능력은 스스로를 놀라게 할 것입니다. 그러므로 자신의 생각을 주시하십시오. 그 생각을 긍정적이고 온전하게 유지하십시오.

지구상에 있는 사랑과 빛은 창조주께서 주신 선물이며 빛의 일꾼들에 의해 이루어진 작업의 결과입니다. 당신들은 더 높은 차원에서 느끼고 살아가기 시작하고 있습니다. 인류는 이 오랜 세월 동안 우리가 지녀왔던 그리스도 의식으로 점차적으로 변화될 것입니다.

레무리아인 가족에게 사랑, 영감 및 치유를 요청하십시오. 우리가 여러분이 얼마나 멀리 나아갔는지를 일깨워주는 조언과 치유의 가슴 에너지를 보내드리겠습니다. 그것이 당신들을 먼 길로 인도할 것입니다.

차원상승의 길은 언제나 순탄한 것이 아닙니다. 거기에는 도약과 충돌이 있습니다. 때로는 3차원에서 좋아했던 삶의 어떤 것에 대한 집착들을 떨쳐버리는 것은 어려운 과제입니다. 우리의 창조주께서는 여러분 각자의 필요를 아시고, 끊임없이 당신을 사랑한다는 것을 부디 확신하기 바랍니다. 그리고 여러분이 일찍이 상상할 수 있는 것보다 더 나은 삶을 살게 될 것입니다.

우리는 자신의 삶과 지구를 변화시키는 여러분의 능력에 대해 최고의 신뢰를 가지고 있습니다. 여러분의 진보는 급격하게 진행되고 있습니다. 우리는 모든 이들의 향상을 위해 단합하여 참여합니다. 여러분에게 가장 은혜로운 사랑을 전합니다.

나는 아다마입니다.

## 10.메시지 (10)

**텔로스인들은 지상 인류의 차원상승을 돕고 있다.**

텔로스의 우리는 비록 지상의 여러분과 같은 3차원에서 살고 있지만, 우리의 의식은 5차원의 상승된 상태의 의식으로 살고 있습니다. 우리의 DNA는 지난 수천 년 동안 여러분이 지니고 있던 DNA보다 더욱 진화되었으며, 우리는 지상의 여러분보다 훨씬 높은 주파수를 갖고 있습니다. 그것은 사랑의 주파수입니다. 우리는 긴 수명의 삶을 살기 때문에 텔로스의 사람들 중 매우 높은 비율이 영혼수준에서 상승과정을 거쳤습니다. 그리고 3차원 삶의 가장 높은 표현을 구현할 수 있는 육체로 남아 있기를 선택했습니다. 우리는 당신들이 살면서 갖고 있는 것 같은 신체적인 한계가 없습니다. 우리의 몸은 강력하고 건강하며 우리는 질병을 알지 못합니다. 우리들 대부분은 원하는 곳은 어디든지 마음대로 텔레포트(원격이동)할 수 있으며, 원하는 것은 무엇이든 나타나게 할 수 있습니다. 우리는 또한 이 지구행성의 지상에서는 오랫동안 잃어버린 선물인 우주심(Universal Mind)에 의식적으로 접근할 수 있습니다. 사실, 우리는 당신들이 꿈꾸고 있고 경험하고 싶어 하는 종류의 물리적 현실에서 살고 있습니다.

우리는 우리가 지상으로 올라와 여러분에게 우리의 삶의 방식을 가르칠 수 있는 날을 고대하고 있습니다. 그럼으로써 당신들도 우리와 같이 경이롭고 사랑과 평화, 번영으로 가득 찬 삶을 살 수가 있습니다. 우리는 인생을 그렇게 놀랍고도 훨씬 쉽게 만들어 줄 수 있는 우리의 모든 작은 비밀들을 여러분과 함께 나누기를 간절히 원합니다! 우리는 여러분에게 우리를 받아들일 수 있게 열려있기를 요청하는 바입니다.

나, 아다마는 지금 내부세계에서 엘 모리야(El Morya) 대사와 긴밀히 협력하여, 신의 뜻을 더 잘 이해하고 5차원 상승의 문에 이르는 7개의 관문을 통과하고자 하는 영혼들에게 야간 수업을 가르치고 있습니다. 우리의 수업에 참석하려고 밤에 샤스타산 안에 위치한 〈신의(神意)의 아쉬람〉으로 오고 있는 점점 더 많은 영혼들이 있습니다. 이처럼 많은 영혼들이 유입되었기 때문에 나와 다른 몇몇 마스터들은 우리의 친애하는 친구인 엘 모리야 대사에게 이 교육을 도와달라고 제안했습니다. 그런데 엘 모리야의 수업이 너무 커짐에 따라 우리는 텔로스에서 또 다른 많은 수업들을 개최함으로써 그를 돕고 있습니다. 여러분의 몸이 잠자는 동안, 나는 여러분을 밤에 개인적으로 우리 수업에 오도록 초대하는 것이 기쁩니다. 여러분이 기꺼이 준비가 돼 있다면, 특별히 고안된 과정에 참여할 수 있습니다. 이곳에는 여러분이 필요로 할 온갖 지원을 자발적으로 해줄 수 있는 사람들이 많이 있습니다.

우리에게는 사적인 교육을 필요로 하는 사람들을 위해서 그것을 충분히 제공할 만큼의 인원이 있습니다. 그것은 모두 사랑으로 이루어지며, 우리의 봉사에 대한 비용은 없습니다. 우리 수업에 참석하기 위해 여러분이 해야 할 일은 밤에 잠속으로 빠져들기 전에 자신의 수호천사에게 기도하는 것뿐입니다. 당신의 의도를 진술하고 자신의 영혼을 우리의 수업에다 데려다 달라고 요청하세요. 그러면 당신의 수호천사가 당신을 이곳 "내부세계"로 데려올 것입니다. 우리는 "구하고자" 우리의 문을 두드리는 사람은 그 누구라도 되돌려 보내지 않을 것입니다.

낮에 익숙해지는 데 도움이 되는 많은 영적인 서적들이 있습니다. 사실, 이 책의 대부분은 여러분이 밤에 내부세계에 익숙해지는 것에 관한 많은 정보를 담고 있습니다. 의식적으로 물리적인 세계에 관한 정보를 얻음으로써 또한 여러분의 이해와 발전을 가속화할 것입니다.

여러분이 신 속에서 좀 더 빨리 자신의 진정한 정체성을 "기억"하고 이미 존재하는 신성을 의식적으로 부지런히 구현할수록, 여러분은 더 빨리 "불멸의 자유"를 얻을 것입니다. 그 핵심은 사랑, 사랑, 그리고 사랑입니다. 여러분이 "사랑 속에서" 자신의 주변과 내면에다 당신의 창조물인 모든 부정적인 것들을 해체시키기에 충분한 사랑을 생성할 때, 당신 역시 상승된 존재가 될 것입니다. 텔로스에서 우리는 우리의 도움을 제공하면서 여러분에게 손을 내밀고 있습니다. 여러분은 우리의 손을 잡고 우리가 여러분을 이끌어 인도할 수 있도록 허용하시렵니까? 우리는 사랑으로부터 오며, 사랑 속에서 우리가 살고, 사랑을 통해 우리는 상승합니다. 우리는 모두 하나이고, 우리는 여러분의 텔로스인 형제자매들입니다. 나마스테.

– 아다마 –

## 11.메시지(11)

### 우리 요원들이 최근에 지상으로 잠입했다

(2017. 1. 22)

"신성한 어머니"가 여기서 말씀하시기에 앞서 이에 관한 다른 부분을 잠시 여러분과 함께 나누기 위해 왔습니다. 나는 텔로스의 대제사 아다마입니다. 나는 지금 아갈타 영역과 여기 텔로스 안에 있는 모든 형제 자매들과 마찬가지로 여기에서 기다리고 있습니다. 우리 모두는 이제 지구상에서 일어나는 의식의 전환에 대비하고 있습니다.

이제 곧 우리는 변화하는 그런 의식에다 힘을 보탤 것입니다. 진동이 계속 높아지고 주파수가 올라감에 따라 우리는 우리 자신을 더 많이 (지상에) 알려지게 만들 수가 있습니다. 우리는 이미 이 과정을 시작했습니다.

우리 중 다수의 요원들이 지상으로 이동했습니다. 그 대부분이 알려져 있지 않습니다만, 지상 사회로 스며들고 침투하고 있습니다. 지상에 있는 우리 요원들은 주파수가 계속 상승하면서 발생하는 (인류의) 의식변화를 측정하고 있습니다. 그들은 그 과정이 무엇이고 어떻게 진행되고 있는지를 다시 우리에게 보고합니다.

우리는 준비가 돼있는 지상의 사람들에게 우리 지저 영역의 입구를 개방하기 시작했습니다. 여러분이 우리의 주파수에 맞추기 위해서는 진동이 높아지는 것이 필요합니다. 전에 들었던 것처럼, 우리 지저인들이 위(지상)에 있든, 또는 아래(지저)에 있든 간에 우리가 여러분의 진동으로 내려가지는 않으며, 여러분이 우리의 진동수준으로 올라와야 합니다. 이것이 우리가 함께 할 수 있는 유일한 방법입니다. 다시 말하지만, 이것이 우리가 모든 일을 이루고 이런 차원상승 과정을 함께 할 수 있는 유일한 길입니다.

"사난다"가 말한 것처럼, 또 "대천사 미카엘"이 말했듯이, 우리 모두가 이것을 함께 진행하고 있습니다. 우리는 모두 이 위대한 오케스트라의 일부입니다. 우리는 우리의 역할을 하고 있고, 여러분은 여러분의 역할을 하고 있습니다. 곧 우리는 함께 하게 될 것입니다.

우리들 가운데 많은 사람들이 그 날을 기대하고 있습니다. 만약 여러분이 달력을 그릴 수 있고 그 날짜를 표시할 수 있다면, 완전히는 아니지만 그것이 어느 정도 가까워지고 있습니다. 우리는 우리의 빛의 형제자매인 여러분과 다시 한 번 함께하기를 갈망하고 있습니다.

나는 아다마이며, 여러분 모두들 사랑합니다. 아도나이.

## 12.메시지(12)

### 여러분은 빛의 전사들이다

(2017. 4. 30)

아다마입니다. 나는 다른 여러 이름을 가지고 있지만, 텔로스의 대사제로 알려져 있습니다. 나는 지금 우리 모두가 매진하고 있는 사명을 계속하고 훈련과 계획을 지속하기 위해 이곳에 있습니다, 왜냐하면 여러분으로 인해 우리가 이 프로그램으로 현재의 스케줄에 따라 앞을 향해 나갈 수 있기 때문입니다.

여러분도 들어서 알다시피, 지금 여러 일들이 일어나고 있습니다. 승천한 대사들, 은하인(銀河人)들, 그리고 아갈타 내의 주민들로서의 우리는 이 과정을 도와 여러분 모두를 위해 이곳의 모든 것을 향상시키고자 함께 일하고 있는 존재들입니다. 지금은 여러분이 갈망하고 우리 모두가 열망했던 시기이자 순간입니다.

나는 여러분이 오래 전에 빛과 사랑의 전사(戰士)로서 이곳 지구에 온 것처럼, 한 명의 빛의 전사로서 여러분에게 옵니다.

여러분은 한동안 자기 자신을 빛의 일꾼들(light workers)이라고 불렀습니다. 그러나 여러분은 빛의 일꾼들이라기보다는 항상 빛의 전사들이었습니다. 이런 존재가 되기 위해 여기에 왔고 전사로서 자신의 행동을 취하기 때문에, 여러분은 이런 (전사의) 망토를 다시 한 번 걸치고 있습니다. 즉 여러분은 움직이고, 창조하고, 확립하며, 많은 것들을 변화시키고 있습니다.

여러분이 '시스템 파괴자(system buster)'라고 불렸던 것처럼, 이것이 바로 여러분의 모습인 것입니다. 여러분은 - 집단적으로 - 주파수를 높이고 있는 사람들입니다. 물론 확실히 여러분의 그룹만이 그런 것은 아닙니다만, 이 집단은 지구행성 전역의 주파수를 높이는 데 매우 중요합니다. 여러분이 명상들 중 하나를 할 때마다 사물에 영향을 줍니다. 여러분은 행성의 주파수에 영향을 주고 있고, 이곳 지구상의 모든 사람들과 지구의 진동을 끌어올리고 있습니다.

친애하는 형제자매 여러분, 우리는 여러분 때문에 이 계획을 이끌거나 실행할 수 있으며 적절히 그것을 조절하고 바꿔가며 지금까지 이 임무를 계속 수행할 수 있습니다.

진동 주파수가 날마다, 매 순간마다 높아지고 있습니다. 그리고 여러분은 점점 더 이 주파수와 진동들이 변해간다는 것을 느끼기 시작하고 자신을 통해 움직이는 에너지를 느낍니다. 이런 에너지가 높아질 때 더욱더 더 느끼기 시작하며, 이 에너지가 높아지는 만큼 여러분이 가진 다양한 만성질병과 통증들이 사라져간다는 것을 점차 알아차릴 것입니다. 왜냐하면 여러분이 여러 번 들은 바와 같이, 사랑과 빛과 하나됨의 더 높은 진동 속에서는 질병이나 불건강, 통증, 고통이 있을 수 없기 때문입니다. 그것은 불가능합니다. 그래서 우리가 여러분 각자에게 이런 단계를 밟아서 매 순간 진동을 높이기를 요청하는 것입니다.

알고 계십시오. 자각과 인식은 진동의 상승으로 이어집니다. 그러나 주의하세요. 만약 조금이라도 그것이 하락하는 것이 느껴진다면, 자신의 진동을 올리십시오. 아름다운 것을 생각하세요. 이 지구 행성의 경이로움을 생각하고, 사랑하는 동물에 대해 생각해보십시오. 그 순간에 모든 것이 바뀌기 시작합니다. 여러분은 더 높은 진동으로 전환하기 시작하며, 고등한 진동과 주파수로 이동할 때 여러분 자신의 상승에 점점 더 가까워지고 있는 것입니다.

여러분은 자신이 (경주 코스의) 결승선 근처에 와 있다고 여러 번 들었고 실제로 그렇습니다. 지구 내부에 있는 우리는 다가오는 이런 변화를 위해 준비하고 있고, 오랫동안 주시하며 여러분에게 조언하면서 기다리고 있습니다. 그리고 우리는 여러분이 우리와 합류하여 우리가 함께 나아갈 장소를 준비하고 있습니다. 우리가 여러분의 세계에 개방되는 것처럼, 출입구들이 우리의 세계를 향해 열릴 것입니다.

나는 여러분 모두를 사랑합니다. 여러분 모두가 이제 더 높은 주파수로 옮겨가고 있습니다. 여러분이 그렇게 할 때 세상에 큰 변화를 가져 올 것이므로 계속 그렇게 나가십시오. 나의 모든 평화와 사랑이 여러분 모두와 함께할 것입니다.

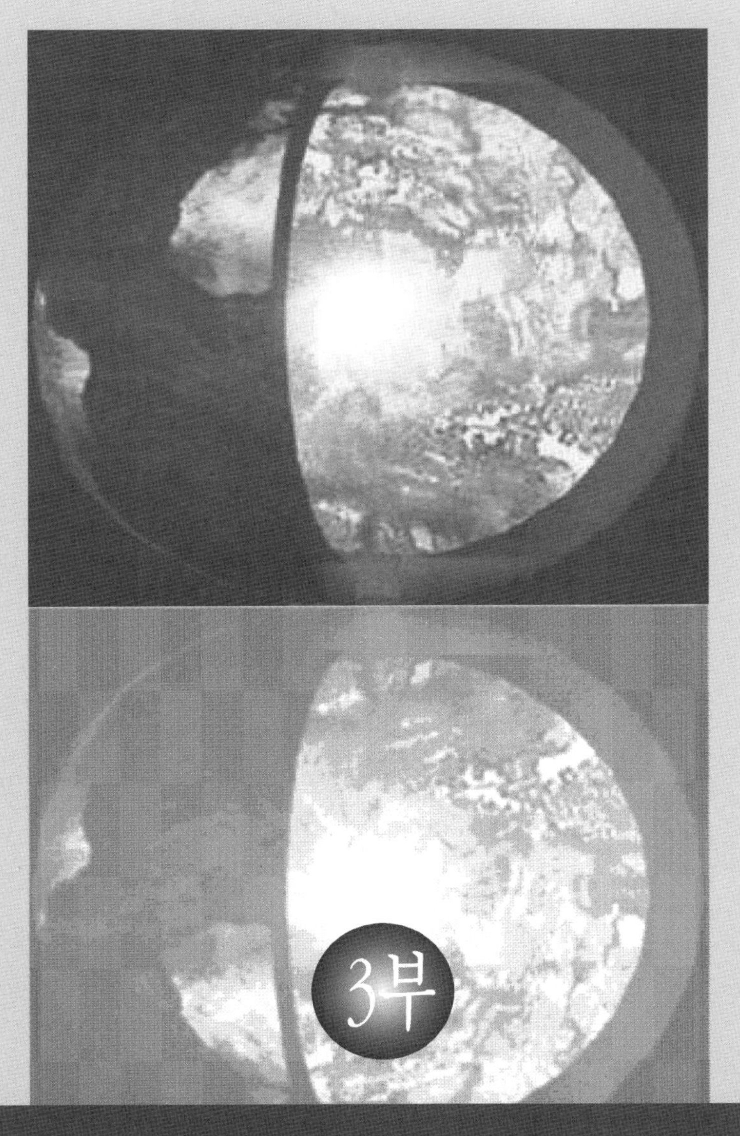

# 3부

# 지저세계로부터 지상에 파견된 사람들

## 1.지구 내부 공동세계에서 온 사명자 - 빌리 페이 우다드

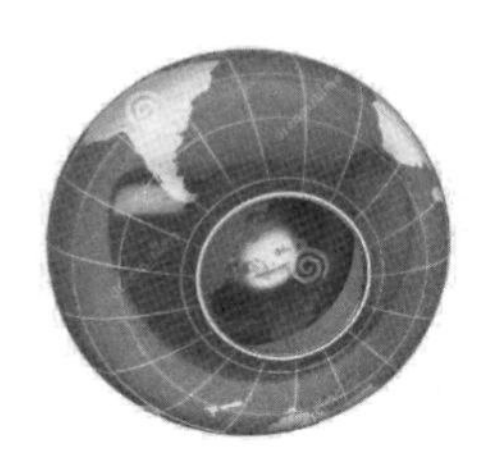

### 1)그는 누구이고 어떻게 지상에 왔는가?

현재 미국에서 살고 있는 빌리 페이 우다드(Billie Faye Woodard)는 본래 지저공동세계에서 온 사람이다. 과거에 노르웨이의 얀센(Jansen) 부자(父子)와 미국의 버드(Byrd)제독이 우연한 계기의 사건으로 지저세계를 다녀왔지만, 반대로 그는 지저세계로부터 그들의 메신저로 지상에 파견된 지저인간이다. 빌리는 원래 지저세계에서 5차원의 존재로 태어났으나, 3차원의 존재로 변형되어 이곳 인간세상으로 보내져 배치되었다. 또한 그의 지저세계에서의 원래 이름은 조래야(Zoraya)였지만, 그가 지상의 인간 세상에 어린아이의 형태로 온 후에 입양되었던 양부모에 의해 빌리 페이 우다드라는 이름이 지어졌다.

지저세계의 사람들은 1947년에 잠시 그들의 세계를 방문했다

빌리 페이 우다드

가 다시 지상으로 돌아간 버드 제독의 보고서가 비밀정부와 미국 군부에 의해 억압당하고 있다는 사실을 알게 되었다. 때문에 그들은 지저인들의 메신저이자 대표를 직접 지상세계로 파견하기로 결정했다. 그리하여 그 직후 바로 조래야가 지저세계의 메신저로 지상에 보내진 것이다. 그러므로 그의 사명은 어찌 보면 버드제독이 부여받았던 임무의 연장선상에 놓여 있다고 볼 수 있다.

지저세계는 영어 표기상, "Inner Earth(지구내부세계)"와 "Hollow Earth(지구공동세계)" 2곳으로 분류되는데, "Hollow Earth"는 지구 안의 비어 있는 중심세계를 말한다. (빌리는 Hollow Earth 출신이다.) 반면에 "Inner Earth"는 지표면과 가운데 공동 사이의 지각(地殼) 속에 산재해 있는 (텔로스(TELOS)와 같은) 지저도시들을 의미한다. 그러나 이 공동세계와 내부의 지저도시들은 하나됨의 우주원리를 통해 하나의 조직망으로 연결돼 있고 협력과 조화 속에서 살고 있다고 알려져 있다.

조래야를 지상세계로 보내는 데는 약 4.26m에 달하는 원래의 신장을 지상인간 어린아이의 키 정도로 축소시키는 조정과 변형이 필요했다고 한다. 이것은 인간의 지식으로는 이해하기가 어려울 수도 있지만, 지상의 과학보다 대단히 진보된 과학기술을 가진 지저세계인들에게는 별로 어려운 일이 아니었다. 그들은 그를 일종의 신체 조종장치에다 집어넣었고, 몸의 크기가 줄어들면서 아이의 몸으로 변화되었다. 한 마디로, 그들은 그의 몸을 지상 세상에서의 아이들의 모습에 맞춰서 몸을 수정했던 것이다.

1951년에 4세 정도의 어린아이로 축소된 조래야는 여동생과 함께 미 텍사스 주의 한 공원지역으로 데려다가 놓아졌다. 이때 공원을 순찰하던 경찰관이 혼자 있는 그들을 발견하여 고아원에다 데려다 주었다. 그리하여 그는 고아원에서 자라다가 얼마 후에 어느 한 가정에 양자로 입양되었다.

그런데 그가 지상으로 파견되기 전에 이루어진 신체의 축소와 변형과정에서 생겨난 어느 정도의 부작용이 있었는데, 그것은 일시적으로 그의 기억에 망각증상이 나타났다는 것이다. 하지만 그가 점차 성장함에 따라 서서히 그의 원래 기억이 돌아오기 시작했다. 그리고 지상으로 그를 파견한 아버지 조라(Zorra)가 어느 날 그의 앞에 나타나서 그가 자신의 아들임을 이렇게 알려주었다.

“너는 나의 아들이다. 너의 사명이 곧 시작될 것이며 나는 너를 통해 말할 것이다.” 그리고 그의 과거에 대한 기억회복과 그가 지상으로 오게 된 본래의 사명을 자각하도록 도와주었다. 인류가 진실을 깨닫도록 도우라고 그를 지상으로 보낸 사람은 바로 그의 아버지 조라였다. 조래야에 의하면 그의 아버지 조라는 본래 과학자이고, 현재 나이가 무려 15만세에 달한다고 한다. 조래야는 12살 때 친구와 함께 길을 걷다가 갑자기 나타난 UFO에 탑승되어졌고 지저세계로 이동되었다. 그리고 거기서 그는 지저세계인들과 함께 6개월을 살다가 다시 지상으로 돌아오는 경험을 하기도 했다.

조래야 또는 빌리가 지상의 우리와 다른 인간이라는 결정적인 증거는 그의 혈액형이다. 그는 우리와 같은 혈액형을 갖고 있지 않다. 그의 혈액형은 어떤 바이러스나 박테리아에도 감염될 수 없는 형태의 매우 진화된 성분으로 알려져 있다. 또한 그의 손에는 우주인들과 마찬가지로 지문(指紋)이 없다고 한다. 즉 그의 손가락에는 우리 인간이 신분을 확인할 때 이용하는 그 사람 고유의 소용돌이 모양의 선들이 없다. 또 한 가지 우리와 구분되는 특징은 그가 2개의 심장을 갖고 있다는 것이다. 하나 대신에 빌리는 마치 한 심장으로는 충분하지 않은 것처럼 가슴에서 동시에 두 개의 심장이 작동한다.

지난 수십 년 동안 지상세계의 핵무기 실험과 사용에는 이를 효과적으로 저지하는 세력이 있었다. 빌리에 따르면, 지저 공동세계의 사람들이 은하계 우주인들과 함께 어떤 핵무기 프로그램이 사용되는 것을 매우 적극적으로 막아 왔다고 한다. 또한 나사(NASA)에 의해 비밀리에 우주로 보내진 핵탄두도 그들이 작동불능 시켰다고 한다. 이것은 그들이 미국 군부가 핵무기를 가지고 장난치는 것을 허용하지 않는다는 것을 의미한다.

지구공동세계의 사람들은 지상의 대기 속에서 작동하는 위성들을 보유하고 있으며, 이 위성들을 운용하는 목적은 이 세상에서 우리가 하는 일을 관찰하기 위해서이다. 이 위성들은 높고 낮은 궤도에 위치해 있다. 그리고 이 위성들을 통해 그들은 표면 세계에서의 움직임과 비밀 정부의 교신내용을 감시할 수 있고, 우리 세계에서 일어나는 일들을 실시간으로 찾아낼 수 있다. 요컨대, 우주에서 궤도를 선회하는 면밀한 감시의 눈에서 벗어나는 것은 없는 것이다.

또한 그들은 지하 벙커를 세밀히 탐지할 수 있고 비밀 정부가 지구 밑에다 숨기고 있는 것을 볼 수 있다. 그러나 이것은 CC-TV 카메라와 같은 역할만 하며, 지표면에 있는 사람들의 삶을 통제하지는 않는다. 이 세상의 비밀 정부와 비교할 때 그들은 지구를 향하고 있는 60개가 넘는 비밀 위성을 궤도에 가지고 있고, 일부는 바깥의 우주 공간을 향하고 있다. 이 지구행성에 오가는 것을 그들이 하루 24시간 주시하고 있다는 것을 누가 추측이나 할 것인가? 그럼에도 불구하고 우리는 우리가 우주에서 홀로 있다고 착각하고 있다.

빌리는 고등학교 졸업 후 공군 장교로 입대하여 임관했으며, 결국 미 공군 대령이 되었다. 그리고 그는 비밀지역으로 유명한 네바다 주, 51-구역에서 복무했다. 또한 그는 미국이 자국과 세계의 다른 지역의 UFO 추락 현장에서 수거하여 군에서 모방공학을 통해 제작한 UFO를 직접 시험 비행해 보았던 사람들 중의 한 명이었다. 그리고 비밀 때문에 그들은 오직 야간에만 미 공군이 만든 그런 UFO를 날릴 수가 있었다. 51-구역의 이야기는 사실이며, 오랫동안 은폐가 진행되어 왔다. Area-51에는 여러 수준의 지하층이 있고, 그 중 하나가 지구내부 또는 두께 약 800 마일의 지각으로 이어진다. 800 마일 두께의 딱딱한 지각 다음에는 "공동 지구(Hollow Earth)"라고 불리는 지저의 내부 공간이다.

어린 시절 학교 다닐 때 그는 과학시간에 교사가 지구의 구조를 설명하면, "왜 거짓말하세요. 지구는 속이 비어 있는 공동입니다."라고 주장했다. 지구과학시간마다 자기의 주장을 굽히지 않고 교사에게 따지고 드는 그는 학교에서도 골치 덩어리 아이였고, 항상 교장실에 불려가 벌을 서곤 했다고 한다. 군에서 전역한 후에도 그는 늘 지구가 속이 비어있고 그 안에 고차원의 문명이 실존한다는 사실과 UFO에 관련된 비밀들을 주위 사람들에게 전파해 왔다. 그러나 이를 좌시할 수 없었던 그림자 정부는 비밀 요원들을 그의 집에 보내어 총으로 그를 협박했다.

"입 닥치지 않으면 쏘겠다!" 그러나 빌리는 그들에게 말했다

"나는 두렵지 않다, 나는 보호를 받고 있는 몸이다. 방아쇠를 당기려거든 당겨봐라. 안될 것이다."

그들은 방아쇠를 당기려고 했지만 안 되자 결국 포기하고 돌아갔다. 그런 일이 있은 후, 정부는 빌리가 살고 있던 집을 압수했고 매달 나오던 그의 퇴직연금마저도 중단시켰다. 그럼에도 그는 이에 굴하지 않고 지구의 진실을 지상에 알리려는 자신의 사명을 계속하고 있다. 빌리는 현재 미국 네바다 주에 거주하고 있으며, 지상의 우리가 참된 지구의 진실과 진리를 이해하도록 돕고 있다. 그가 항상 우리 지상의 인간들에게 주장하는 주요

메시지는 다음과 같다.

1.우리의 지구는 중심이 비어있는 공동(空洞)의 상태이다. 우리의 지구 중심 속에는 진보되고 자비로운 문명들이 실재하고 있다. 그리고 다가오는 지구의 차원전환을 통해 그들이 머지않아 지상에 모습을 나타낼 것이며, 우리를 돕게 될 것이다.

2.핵연료(원자력)는 지구의 주민들을 해로운 부작용에다 무방비로 노출시키고 있고, 당장 중단되어야 한다.

3.화석연료 또한 해로운 오염물질이므로 안전한 자연 에너지로 대체되어야 한다.

4.모든 질병은 치료가 가능하며 피할 수 있다.

5.이런 메시지들을 귀담아 듣는 많은 이들이 머지않아 5차원으로 전환될 것이다.

6.우리가 무한한 존재들이라는 것과 우리의 신성(神性)을 회복할 수 있음을 이해하는 것은 우리에게 중요하다.

## 2)빌리 페이 우다드의 자술서

(※아래의 내용은 자신의 경력과 지구 내부세계에 관해 그가 직접 서술한 믿기 어려운 진실이다.) - 편집자 -

나는 미국 공군 대령 출신의 빌리 페이 우다드(Billie Faye Woodard)이다.

### 도착과 주입

나는 1971년 1월 28일에 네바다 주, 51-구역에 처음으로 배치되어 1982년까지 그곳에 있었다. 그 복무기간 동안, 나는 800마일 깊이의 지구 내부 공동세계를 6번 방문하였다, 내가 51-구역에 도착하자마자, 나는 51-구역 아래에 터널이 있다는 것에 대해 가르침을 받았고, 그러고 나서 오래지 않아 곧 13~14피트의 키를 가지고 있는 지하 셔틀 조종자들 몇몇을 만났다. 세계를 횡단하는 이 터널들은 우리보다 앞서 여기에 존재했던 종족들에 의해 아주 오래 전에 만들어진 것이다.

51-구역에 도착하자 즉시 나는 터널들과 그 시설 자체의 모든 망을 알게 되었다. 그들은 51-구역 시설의 1~ 15 단계 시설은 사람이 만든 것이고, 16-27 단계는 이미 거기에 있었던 것이라고 말했다. 우리 정부의 아무도 그것을 만들지 않았다. 우리는 단지 그것을 간편하게 활용하고 있었다.

나의 아버지는 로즈웰(Roswell)에서 복무했었다. 처음에 나를 군대로 끌어들인 한 부분으로서의 그는 내가 미 국방성에 있는 그와 함께 근무하게 배치해줄 것을 (상부에) 요청했다. 거기에서 그들은 "당신이 복무하게 될 새로운 근무처가 있고, 그곳은 네

바다의 51-구역 기지가 될 것이다"라고 말했는데, 그곳은 일반적으로 S-4라고 불린다. 내가 처음 미 국방성으로 갔을 때 나는 계급이 소위였다.

내가 미 국방성에 오자, 그들은 나에게 중위로서의 임무를 주었다. 3주 후, 거기서 그들은 최고의 대령 계급을 나에게 주면서, "귀관이 이번 다음 시설에서 배치되기 위해서는 대령계급을 달아야 한다."라고 말했다. 이 시설(51-구역) 내에는 약 15만 명의 인원들이 있는데, 대략 85%는 군요원이고 나머지 15%는 민간인들이었다. 내가 그곳에 도착한 다음, 나는 지하로 데려가졌고, 그 후 11년 5개월 동안 햇빛을 보지 못했다.

## 터널들과 셔틀

터널의 벽은 매우 매끄럽다. 만약 당신이 점토로 된 공을 통해 그곳의 터널을 상상한다면 얼마나 매끄러운지를 짐작할 수 있을 것이다. 그 벽들은 대리석 마감에 견줄만한 상태이고, 뚫을 수 없는 금속 물질로 만들어져 있다. 즉 그곳 벽의 표면은 다이아몬드 드릴이나 심지어 레이저에 의해서도 뚫릴 수가 없다.

우리가 지상에서 A지점으로부터 B지점으로 계속해서 부대이동을 목격하고는 했던 때는 거기에 일정한 시일이 있었던 것을 기억하라. 그것은 그리 오래 전이 아니었다. 이제, 여러분은 종처럼 이것을 볼 수가 없다. 이제 그들은 이 모든 병력을 원거리로 이동시키기 위해 터널들을 이용한다. 그 터널들은 18피트(5.48m)의 짐수레꾼 두 명이 나란히 이동할 수 있을 만큼 폭이 넓다.

51-구역에서 시작해서, 하나의 셔틀은 피라미드가 있는 태평양으로 - 몬테레이 남쪽 350마일 - 뻗어나간다. 또 다른 셔틀은 샤이엔 마운틴 시설 쪽으로 나아간다. 큰 셔틀 장치의 길이는 대략 1/4마일(402m) 정도로 길다. 내부의 주민들은 이 기계장치를 이용한다 - 이것은 엄청난 수의 사람들 / 존재들 / 그 어떤 것이든지 신속히 이동시키는 거대한 도관이다. 작은 셔틀은 길이가 50~60피트(15~18m)이고 이것은 내가 있었던 곳에서 사용하는 유형이었다. 셔틀들의 속도는 음속보다 더 빠르며, 그것은 10분 이내에 51-구역에서 지구의 주요 내부까지 여행할 수 있다. 5~6분 만에 당신은 목적지에 가 있을 것이다.

셔틀들을 제조하기 위해 사용된 재료는 로즈웰에서 우주선의 외피를 만들었던 것과 같은 재질이다. 셔틀들은 지구의 격자선(grid line)을 이용하여 전자기력(電磁氣力)으로 운행된다.

앞서 내가 언급했던 셔틀의 조종자들은 키가 13-14피트(3.96~4.26m)이다. 그들의 외모는 우리와 비슷하게 보이지만, 훨씬 더 고도로 진화했으며 텔레파시로 이야기한다.

남성들은 턱수염이 있거나 없으며, 여성의 피부는 흠 잡을 데 없이 완벽하게 깨끗한 피부색을 가지고 있다. 그들은 우리 인간

비밀스러운 51-구역을 상공에서 촬영한 항공사진

이 어디로 향하는지를 알기 때문에 인간에 대한 그들의 표현은 우리에 관한 관심사들 중 하나이다. 지구 내부에는 7개의 문명이 있다. 이 문명들은 조화의 원리에 의해 통치된다. 그들은 이해력이 있고 지구의 모든 언어들을 구사한다. 의학 지식에 대한 그들의 이해는 놀랍기 그지없다.

## 나의 개인적 이력

12살 때, 나는 다른 친구와 함께 옥수수 밭을 걷는 동안 초자연적인 경험을 했다. 그때 나는 UFO에 태워졌고 지구 내부로 이송되었다. 그곳에서, 나는 지저공동세계 거주자들 속에서 6개월을 살았다.

여러분은 내가 실종되었던 그 당시 나의 부모, 특히 군대에 있던 나의 아버지의 놀라움을 상상할 수 있을 것이다. 그러고 나서 나는 6 개월 후에 불가사의하게 돌아온다. 이 경험으로 인해 나는 나의 아버지가 나를 국방성의 그의 비행단에서 일하게 했고 나중에는 51-구역에서 복무하도록 만들었다고 확신한다.

나는 (지상의) 내 아버지의 생물학적 자식이 아니라, 나의 누이와 마찬가지로 입양된 아이이다. 나와 내 누이는 그녀가 관찰과 실험을 위해 "비밀 정부"의 손에 맡겨졌을 때 헤어졌다. 그들은 과학적으로 알 수 없는 그녀의 비범한 능력의 원천을 찾아내려고 시도했다. 그녀는 그들이 자신의 몸을 해부해서 조사하고자 생명을 빼앗을 계획이라는 것을 알아차리게 되었을 때, 지저공동세계에다 구해달라는 텔레파시를 보냈다. 그리고 지상으로 나갈 수 있던 절호의 기회에 지저에서 온 비행선에 의해 재빨리 끌어올려졌다. 나는 마음으로 그들의 부정적 힘과 맞서 싸울 수 있었으며, 그것이 내 마음을 더 강화시켰고, 그리하여 그들의 공격에서 살아남았다.

이 모든 것은 나의 (진정한) 아버지이자 인도자이신 조라(Zorra)를 통해서였다. 그분은 나이가 15만 세인 지구 공동세계에서 살고 있는 과학자이며, 원래 그곳 출신인 나와 내 누이의 진짜 부모이시다. 우리의 참된 양친과 가족은 지저공동세계에서 살고 계신다. 지상에서 우리 아버지(양아버지)가 우리를 입양된 자녀로 데려 갔을 때 우리는 지상 문화에 알려져 있던 단 하나의 언어도 할 줄 몰랐다.

나는 알 수 없는 혈액형을 갖고 있다. 나는 어떤 종류의 질병에도 걸려본 적이 없다. 나의 혈액은 의학적으로 검사되었고, 실험실 환경에서 다른 혈액 샘플과 결합되면 모든 바이러스 감염을 파괴한다.

지저공동세계에 있는 빌리 페이 우다드의 아버지, 조라(Zorra)의 초상화

## 지저 공동세계의 보텍스들

지저 공동세계의 주민들은 해저를 분할하여 버뮤다 삼각지역에서 나타난 것 같은 보텍스를 생성할 능력이 있다. 이런 에너지 소용돌이에는 7가지의 서로 다른 수준이 있으며, 장비와 인간들이 서로 다른 수준에 상응하여 배치된다.

보텍스들은 지구 내부의 공동으로 들어가거나 나가는 출입구

역할을 한다. 플로리다에는 한개 이상의 삼각지역이 있고, 하나는 에리 호수에, 다른 하나는 멕시코 연안, 그리고 일본 인근에도 하나가 있다. 뿐만 아니라 지구의 다른 지리적 위치에도 존재한다. 이를 "조용한 영역"이라고 한다. 이런 출입구는 사스쿼치(Sasquatch)[1], 네스호의 괴물(Loch Ness) 등과 같은 지구 내부의 생물들을 밖으로 내 보낸다.

모든 행성들은 태양과 마찬가지로 속이 비어 있으며, 태양은 실제로는 일종의 행성이다. 지구의 지저세계에 식민지를 가진 문명들이 태양 속에는 존재한다.

### 입구 찾기

지구 내부로 들어가는 입구를 찾아내기 위해, 당신이 있는 지하에서 필요한 모든 것은 나침반이다. 지구 내부로 들어가는 터널 입구에서는 마치 당신이 북극에 서있는 것처럼 나침반이 회전할 것이다.

내가 군 복무를 마치고 떠났을 때, 더 이상 지구 공동세계로 들어갈 방법이 없었다. 나는 다른 길을 찾아야했다. 그래서 나와 흥미를 가진 사람들로 구성된 일행은 우리를 북극의 가장자리까지 태워다 준 비행기를 임대했었다.

### 지구 내부의 사람들

지구 내부의 사람들은 나를 찾아오는 데 자유로웠고, 정확하게 무엇이 진행되고 있는지를 보여주며 매우 분명하게 말한다. 즉 그들은 어떤 것도 뒤로 감추지 않는다. 그리고 그들이 자연과 더불어 일할 때는 항상 허락을 구한다. 식물을 소비하거나

1)북아메리카 북서부 산중에 산다는 손이 길고 털이 많은, 사람 비슷한 동물.

절단하기 전에는 식물에게 허락을 요청하고, 어머니 지구 위에다 무엇인가를 세우기 전에는 그것을 지구에게 물어 본다. 그런 다음 그들의 환경에 가장 잘 맞는 대지에다 그렇게 한다. 아메리칸 인디언들이 하는 것과 비슷하다. 그러므로 항상 조화로운 상태를 유지하려고 노력하며, 늘 자연과 항상 하나가 되고 싶어 한다. 그들은 지상 주민들보다 영적으로 더 진보했고 어머니 지구를 대단히 존경한다.

지저공동세계의 공기는 수정처럼 맑으며 대개 때때로 하늘에 구름이 있긴 하지만, 비구름과 같은 것은 없다. 온도는 화씨 73도(섭씨 23도)로 일정하다. 지구 내부의 사람들은 동물과 직접 이야기하고, 동물들도 사람들에게 직접 말을 한다.

모든 것을 자유롭게 무료로 사용할 수 있고 모든 것이 풍부하기 때문에 사재기를 하거나 많이 쌓아 놓거나 축재할 필요가 없다. 물물교환의 과정은 돈 거래보다 더 일반적이다. 이것은 기본적으로 폭력으로 이어지는 우울증이 없는 유토피아 문화이다. 어떤 파벌도 전쟁을 추구하거나 서로를 지배하려고하지 않는다. 그곳에는 남보다 더 부유하거나 가난한 사람도 없다.

거기에는 그들 자신의 일부분, 그들 인격의 일부가 되어 작동하는 항공 우주선(※우리는 지상에서 비행접시(UFO)라고 부른다)이 있으며, 그들은 매우 강력한 마음으로 사고(思考)의 과정을 통해 그 항공 우주선이란 창조물을 발진시킨다. 이런 마음의 능력이 항공우주선을 설계 및 운행시에 완벽하게 해준다. 지상에서는 오직 소수의 사람들만이 유사한 능력을 지니고 있다. 왜냐하면 이곳에서는 이런 능력을 종교, 교육, 가족, 두려움에 의해 어린 시절에 억압하기 때문이다. 지구 내부의 사람들은 원한다면 그들의 상상력의 공간에 들어갈 수 있으며, 거기서 창조할 수가 있다. 질병은 그들의 몸에 침투하지 못하는데, 그것은 허용되지 않는다.

지상의 인류가 다가오는 4차원의 단계로 접어들 때, 지구 내부의 사람들은 앞으로 나아갈 것이고 더 깊은 수준에서 우리와 함께 일할 것이다. 지표면에 있는 사람들은 현재 '나'라는 의식에 너무나 몰두해 있다 보니 타인과 더불어 조화롭게 살 수가 없다.

명상을 통해 지구 내부의 주민들에게 접근하려는 지상의 사람들은 그것을 이룰 것이다. 지금 태어나고 있는 아이들은 뇌 전체를 더 잘 사용할 수 있게 돼가고 있는데, 그것은 지구 내부에서 일상적으로 행해지는 것이다.

그들이 지저공동세계에서 우리에게 보여준 첫 번째 것들 중 하나는 행성간 여행과 시간여행 능력이었다. 시간여행의 기본은 명상의 힘과 무한한 존재라는 것을 받아들임으로써 생겨나는 공간휘기에 비유된다. 만약 여러분이 스스로 무한의 한 존재라는 것을 잠재의식 수준에서 마음으로 훈련한다면, 모든 것이 가능하다.

지상에서는, 이 무한한 힘을 경험할 수 있는 능력이 샤스타산 같은 포탈에서 좀 더 쉽게 깨어난다. 샤스타산은 지구 내부로 직접 통하는 시공(時空) 포탈 역할을 한다. 일단 여러분이 샤스타산 주변에 있게 되면, 당신은 "조화로운 상태"로 이끌린다. 샤스타산에서의 나의 경험에서 볼 때, 그 지역의 지하에 있는 텔로스인들은 사랑이 깃든 대기 속에다 거대한 조화의 기운을 투사하고 있었다.

## 에어리어(Area) 51

내가 보았던 모든 51-구역의 95%는 대중에게 숨겨진 채로 있다. 51 구역으로 들어가는 것은 다른 세상으로 가는 것과 같으며, 거기서 그들은 다른 국가나 다른 파벌이 "이런" 정보를 얻게 되는 것을 대단히 두려워한다. 그들의 생각은 "인간이 지구가 속이 텅 빈 공동이고 그 안에 지성체들이 존재한다는 것을 인정한다면, 이것은 불화와 공포를 야기할 것이다."라는 식이다. 이런 두려움의 과정은 51-구역을 통해 그들 자신만의 욕망과 사적인 계획을 조종하고 발전시키려는 비밀 집단에 의해 형성된다.

나는 지배광(狂)들처럼 행동하고자 했던 자들이 멋대로 저지르는 횡포 때문에 공군을 떠났다. 그들은 창의적인 방식으로 생각하고 행동하는 내 능력을 침체시켰다. 그러한 정보에 대해 발설하지 말라는 그들의 명령을 받아들이는 가운데 그들은 그 사람이 자동적으로 순종할 것이라고 당연히 생각한다. 비밀정보를 공유하고 대중에게 널리 알리려는 나의 활동 때문에 군인연금과 매점 및 치과 이용, 건강진단과 같은 모든 혜택과 권리가 사라졌다.

나는 소위임관에서 국방성까지, 그 다음의 51-구역까지 합쳐 모두 13.5년을 군대에서 보냈다. 51-구역에서 벌어지고 있는 유전공학 실험은 우리의 젊은 세대를 데리고 진행되고 있다. 과거에 시장에서 흔히 볼 수 있었던 사진들에 나오는 "우유팩 뒤의 실종 아이들"은 납치되어 51-구역으로 옮겨졌다.

우유 팩 뒤에 실려 있는 실종 아이들을 찾는 공익광고

51-구역의 16레벨은 유전공학을 연구하는 층으로, 거기서는 우리 아이들을 장수와 정신력 실험에 이용한다. 이 일의 배후에 있는 주요 세력은 "비밀 정부"라고 불리는 집단이다. 비밀 정부에 속해 있는 일반인들이 있으며, 51 지역의 여러 구역에서 통제를 받는다.

유럽, 남미 등의 여러 대륙으로 가는 지하 터널 네트워크가 있다. 그리고 여러 정부들이 사용하고 있는 전 세계에 걸친 이런 거대한 터널망이 혼재해 있다.

신의 은총이 여러분과 함께 하기를 기원한다.

- 빌리 페이 우다드 대령 -

### 3)퇴역 공군대령, 빌리 페이 우다드의 일대기

(※아래의 내용은 빌리 페이 우다드와 직접 인터뷰했던 지저세계 연구가, 로드니 M. 클러프의 2008년 집필 자료이다. 이 내용은 앞서 소개된 빌리의 자술서를 보완하는 자료로서 그의 현재까지의 삶을 보다 상세히 설명해주고 있다.) - 편집자 -

미 공군에서 퇴역한 대령, 빌리 페이 우다드와 그의 쌍둥이 여동생인 주리아(Zuria)는 원래 지저공동세계에서 태어났다. 그들은 선천적으로 뛰어난 능력을 갖고 있었다. 빌리는 자신이 아기였을 때 부모님이 자신에게 이야기하던 것을 기억할 수 있다. 그리고 이들은 1951년 9월 18일에 텍사스의 위치타 폴즈(Wichita Falls) 공원으로 옮겨져 쓰레기통에 넣어졌다.

마침 그곳을 지나가던 공원 관리원과 경찰관이 그 우는 소리를 듣게 되었다. 그리하여 그들은 거기서 꺼내져 고아원에 맡겨졌으며, 약 5년 후에 아내와 두 명의 아들이 있는 미 공군 대령인 우다드(Woodard)의 집안으로 입양되었다. 빌리의 입양 부모는 모두 아메리카 인디언 출신이었고, 어머니는 아파치족이었고, 입양 아버지는 체로키족이었다. 빌리의 양어머니는 2008년 세상을 떠났으며 신성한 아파치 장례의식으로 화장되었다. 양아버지는 여전히 살아 있지만 건강 상태가 좋지 않다.

빌리는 어린 시절 양부모와 함께 레스토랑에 갔을 때 여동생에게 이야기를 하고 있었는데, 그때 가까이 있던 남자가 크게 놀라며 그의 양부모에게 이렇게 외쳤던 것을 기억한다. “당신 자녀들이 무슨 말을 하고 있는지 알고 계십니까? 나는 텍사스 대학교의 고대 언어 담당 교수입니다. 당신 아이들은 단절된 레무리아 언어로 서로 이야기하고 있어요!”

유감스럽게도 빌리는 의붓아버지가 정기적으로 아주 어린 나이에 빌리에게 치근댔던 소아성애자인 것을 인정한다. 그리고 그는 빌리가 10살 때 학교 친구들에게 이야기할 때까지 형제들 중의 한 명도 유인해서 괴롭혔다. 의붓아버지는 식사 시간에 자기 아내의 음료수에다 수면제를 넣어서 그녀가 잠들어 있는 동안 빌리의 다락방으로 올라가서 빌리를 귀찮게 했다. 거기서 빌리는 대부분의 시간을 갇혀 있었다. 의붓아버지가 그 사실이 학교로 새나갔다는 것을 들었을 때 그는 즉시 빌리를 성추행하는 것을 멈추고 미국 공군기지 병원으로 데려 갔다. 이 성희롱으로 인해 의붓아버지는 감옥에서 한 동안 시간을 보냈고, 나중에 공군은 그 가족에게서 빌리를 데려다가 애리조나의 아파치 정크션(Apache Junction)[10] 근처의 또 다른 인디언 가족과 함께 있게 두었다.

빌리의 누이는 6세 때 그와 가족들로부터 떼어졌다. 이런 이별은 그들 남매가 특별한 능력에 대해 온갖 종류의 테스트를 받았던 기지로 옮겨졌을 때 일어났다. 어느 시점에 빌리는 더 이상의 실험은 견딜 수 없다고 결심했고, 마인드 콘트롤 능력으로 테스트 표시에다 혼란을 만들어냈다. 그 직후에 빌리의 양아버지는 빌리의 여동생을 다른 공군 상사에게 1백만 달러에 팔아넘겼다.

군(軍)에서는 그 여동생이 시험을 받는 과정에서 나중에 사망했다고 말했지만, 그녀가 죽지 않았음을 후에 알게 되었다. 그녀는 더 많은 테스트를 받기 위해 지하기지로 옮겨졌었다. 그러나 얼마 지나지 않아 그녀는 공동세계의 비행접시에 의해 포로상태에서 구출되었고 공동세계로 데려가졌다.

입양 아버지가 감옥에서 나온 직후 빌리는 친구와 함께 스카

10)미국 애리조나 주, 파이날 카운티(Pinal County)에 있는 도시.

우트(소년단) 활동을 마치고 집으로 돌아오고 있었다. 그들이 시골의 그들 집 가까이에 이르렀을 때, 빌리는 옥수수 밭 지름길로 가고 싶어 했지만, 그 친구는 옥수숫대를 통과해서 걷는 것에 대한 두려움 때문에 원래 길로 계속 갈 것을 주장했다. 빌리가 옥수수 밭을 지난 후 집 가까이 다가가고 있을 때 거기 서 있던 제복을 입은 한 남자가 휴대용 통신장치에다 "우리가 빌리를 찾았다! 수색을 끝내라!"라고 소리 쳤다.

빌리는 무슨 일이 벌어지고 있는지 의아했다. 양부모는 지난 6개월 동안 빌리가 어디에 있었는지 알고자 했고, 빌리는 "무슨 소리죠? 나는 방금 친구와 함께 소년단 활동을 하고 집으로 온 거에요."라고 대답했다. 그때 옆집에 살던 그 친구가 갑자기 뛰어 들어오며 "하지만 그것은 6개월 전이었잖아!"라고 말했다.

그래서 양아버지는 빌리를 군 기지로 데려 갔고, 실종된 시간 동안 일어난 일을 알아내기 위해 최면술 과정이 실행되었다. 최면 시간퇴행 덕분에 빌리는 늦은 여름 저녁에 스카우트 활동을 마치고 친구와 함께 집에 올 때 발생한 일을 상기해냈다.

옥수수 밭을 통과해 걷고 있을 때, 빌리는 둥근 금속 형태가 분명해질 때까지 점점 더 밝게 보이는 빛나는 별 하나를 발견했다. 그것이 가까워졌을 때 빌리는 그것이 직경 약 150피트(45.7m)라는 것을 알 수 있었고, 비행접시 우주선(UFO)처럼 보였다. 낯설지만 부드러우면서도 마음을 진정시키는 천상의 음악이 거기에서 흘러나왔고 다음과 같은 즐거운 목소리가 들려왔다.

"빌리, 우리 우주선을 타고 우리와 함께 여행하는 게 어떻겠니?" 빌리는 그것이 재미있을 것 같다고 응답했다. 그러자 그 즉시 그의 몸이 우주선을 향해 공중으로 떠오르기 시작했으며, 이윽고 거기에 탑승되었다.

비행접시 승무원은 매우 친절했으나 키가 아주 컸다. 거기에는 몇몇 승무원들이 있었지만 한 남자와 한 여자가 빌리를 응대하고 있었다. 여자의 키는 약 10피트(3.05m), 남자는 약 13피트(3.96m)였다. 빌리는 그들에게 "키가 매우 크고 몸이 거대하네

요."라고 자신의 의견을 말했다. 그들은 빌리가 매우 통찰력이 있는 사람이라고 칭찬했고 학교에서 지리학 과목을 어떻게 하고 있는지를 물었다. 빌리는 곧바로 학교에서 "A"를 받고 있다고 알려줬다. 그리고 그는 그들이 날고 있는 곳을 알아차렸다. 그들이 북쪽으로 가는 길에 놓여있는 각 주(州)들의 중심지 상공을 비행할 때, 빌리는 다른 주를 나타내는 깃발들을 인식했다. 그들이 캐나다에 이르렀을 때, 빌리는 언젠가 이복형제들과 캘거리 로데오 축제 동안에 캘거리에 갔던 적이 있었으므로 그 도시를 알아볼 수 있었다.

비행접시는 북극 위로 날아갔고, 빌리는 (최면시술자에 의해) 무엇이 보이는지, 어디 있는지에 대해 질문을 받았다. 빌리는 거기에 얼음과 눈이 있지만 자신이 어디에 있었는지는 모르겠다고 말했다. 그들(승무원들)은 빌리에게 캐나다 북부를 비행하고 있다고 말했고 곧 그들은 빙원(氷原)으로 덮인 북극해를 벗어났다. 그 후 우주선은 북극해의 큰 구멍을 통해 지구 내부로 날아들어갔으며, 거기서 그들은 그 내부의 태양이 비치는 모습과 지구행성의 내부 표면에 있는 많은 도시를 볼 수 있었다. 거기서 빌리는 6개월 동안 그들과 함께 살았다. 거기에 있는 동안, 빌리는 버뮤다 삼각지대에서 실종된 조종사들처럼 지구 표면에서 사라진 많은 사람들을 만났다. 그들은 이제 키가 커져 있었다. 빌리는 지구 속은 중력이 덜한 결과로 사람들이 거기서 한 동안 살은 이후에는 키가 커질 수 있다고 말한다. 그곳에서 빌리는 또한 여동생을 다시 만났는데, 그녀는 빌리에게 6개월 안에 그가 지상세계로 되돌아가게 될 것이라고 말했다. 지저공동세계에서 6개월간 머문 후에 빌리는 텍사스로 돌아왔고, 그 여행에 대한 기억이 없어진 채로 옥수수 밭에 남겨져 있었다.

공군은 나중에 13세 때 빌리를 우다드 가족으로부터 떼어놓았다. 그리고 그는 또 다른 양부모인 핸더슨(Henderson) 가족에 의해 입양되었지만 이름은 변경되지 않았다. 당시 그들은 애리조나 주, 아파치 정크션 근처에 거주했다. 헨더슨은 군대에서 일했지만 군인은 아니었다. 그 당시 빌리는 통학버스를 타고 아파치 구역의 학교에 다녔고, 고등 영재 프로그램을 조기에 이수하고 그곳의 고등학교를 졸업했다.

빌리가 고등학교를 졸업하고 2년을 기다린 후, 새로운 양아버지는 빌리가 공군에 입대한다는 승인서에 서명했다. 그래서 8주 기본훈련과 6주간의 고급훈련을 마치고 초급장교가 된 빌리는 하와이에서 복무하겠다는 합의서에 사인까지 했으나, 대신에 그는 국방성으로 옮겨졌다. 그리고 그의 다음 복무 근무지는 51-구역으로 알려진 네바다 사막의 '특급 비밀시설'이라는 말을 들었다. 그리고 중위라는 그의 현재 계급이 그 임무를 위해 충분하지 않았기에, 그는 대령으로 신속히 승진해서 임관되었다.

51-구역으로 가는 중에, 그들은 네바다 주, 라스베가스 근처의 넬리스 공군기지에서 4기의 엔진이 달린 비행기에 올랐다. 그들이 그 비행기에 탑승한 것은 아침이었으며, 빌리는 모든 창문이 검게 되어 있어서 밖을 내다볼 수 없다는 것을 눈치 챘다. 잠시 후에 그들은 착륙했고 비행기에서 내려 51-구역에 도착했다. 빌리에게 그것은 밤 시간처럼 보였다. 빌리는 왜 그곳이 그

51 구역 경계선 인근에 세워져 있는 접근하지 말라는 문구의 경고판들

렇게 어둡고 별이 보이지 않는지에 관해 언급했다. 빌리는 당시 그들 일행이 산속에 있다고 들었다. 그들은 직원용 승용물에 승선하여 곧 45도 각도의 경사로 내려가기 시작했는데, 그것은 다소 경악스러웠다. 그 승용물이 곧 다른 층에 도달했고, 빌리는 내린 후 한 건물에 들어가서 모든 옷을 벗어야한다는 지시를 받았다. 이윽고 분홍색 안개가 일종의 오염제거 과정에서 그 실내를 가득 채웠다.

한 벌의 새로운 옷을 입고 나자, 사람들은 다시 승용장치에 태워졌고 이전 층보다 훨씬 더 아래의 또 다른 레벨로 가파르게 하강했다. 그러고 나서 그들은 이번에는 다른 유형의 오염제거를 위해 파란색 안개가 공간을 채우는 또 다른 건물로 들어가라는 말을 들었다. 빌리는 51이라는 숫자가 있는 삼각형 로고가 붙은 새로운 유니폼을 지급받았다. 그 부착물 외부에는 "블랙 프로젝트"라는 단어가 새겨진 또 다른 원이 있었고, 원의 맨 아래에는 "특급 비밀"이라는 단어가 있었다.

그들은 엘리베이터를 타고 다른 층으로 내려갔다. 엘리베이터가 너무나 빨리 하강하다보니 거의 무중력 상태가 되었다. 이윽고 서서히 속도가 느려지더니 멈추어졌고, 엘리베이터 문이 열렸다. 그 때 그들에게는 여기저기 사람들이 걸어 다니는 멋진 작은 지하 마을이 눈에 들어왔다. 거기는 10단계 레벨에 위치해 있었다. 그들이 아주 멀리 볼 수 없었던 것을 제외하고는 그곳은 마치 지상세계의 작은 마을처럼, 대낮과 같이 밝았다. 하늘에는 태양과 같은 구체(球體)가 있었고, 그 위는 암흑이었다. 빌리의 생활 거주지는 이 10단계 레벨에 있었다.

빌리는 기록 보관소 내의 여섯 번째 층에 지정된 사무실로 안내되었으며, 거기서 근무 중이던 전임 장교와 교체되었는데, 그는 떠나게 되어 행복하다고 말했다. 빌리는 그에게 "왜죠?"라고 물어보았지만, 그는 단지 어깨를 으쓱하며 겪을 만큼 겪었다고만 말했다. 그는 말하기를, "당신은 곧 내가 왜 여기에서 빠져

나가고 싶어 하고 왜 떠나는 것이 기쁜지를 알게 될 거요."라고 했다. 빌리는 책상에 앉아 책상 위에 있는 파일과 폴더를 살펴보았다. 파일과 폴더는 군(軍)이 지난 여러 해에 걸쳐 지구공동세계에 관해 수집한 문서들로 분류돼 있었다. 그 문서들 중에서, 빌리는 북극과 남극의 출입구를 통해 공동세계를 다녀왔던 리차드 E. 버드(Richard E. Byrd) 제독의 여행에 관한 35 페이지 분량의 문서를 숙독할 수 있었다. 빌리는 텅 빈 지구로 연결되는 북극 통로의 정확한 좌표를 읽은 것을 분명히 기억한다. 다음날 고위급 장교가 와서 그에게 말했다. "당신은 더 낮은 층에서 근무할 필요가 있다. 귀관 이름이 무엇인가?"

그 다음에 빌리는 셔틀 열차가 대기하고 있고 터널쪽이 개방된, 또 다른 더 낮은 레벨로 옮겨졌다. 빌리를 맞이한 새로운 승무원은 매우 키가 컸고, 한 명은 남성이었고 다른 한 명은 여성이었다. 그들은 빌리 자신의 신장인 180cm에 비교할 때, 거인으로 보였다. 그들은 그가 12살 때 그를 비행접시에 태워준 사람들과 비슷했다. 그들은 영어로 즐겁게 빌리에게 인사를 했고 셔틀 열차를 타보라고 초대했다. 빌리가 어디로 가게 되는지를 물었을 때, 그들은 캘리포니아의 샤스타산 아래에 있는 성스러운 레무리아 도시인 '텔로스(Telos)'라고 대답했다. 거기서 빌리는 위대한 고위사제인 아다마(Adama)와 그의 아내인 라이아(Raia)를 만났고, 그들의 지하 도시를 구경하도록 안내받았다.

그 후에 11년 반 동안 빌리는 지하 터널을 통해 비행선으로 지저공동세계를 3번 여행했고, 또한 지구의 지각(地殼) 속에 위치한 다른 많은 지하 도시들로 빈번하게 왕래했다. 셔틀 비행선으로 다녀온 공동세계로의 두 번의 여행은 미 군부와 내부 지구의 사람들 간의 공식적인 업무에 관련돼 있었다. 세 번째 여행은 공식적인 업무는 아니었지만, 빌리가 우리 군(軍)이 평화적이 되도록 영향을 미치려고 애쓰는 것은 쓸데없다는 조언을 공동세계의 사람들에게 하기 위해 했던 특별여행이었다.

그 당시 빌리는 공동세계에 머무르기 위한 허가를 요청했지만, 그들에게 승인을 받지는 못했다. 그들은 빌리에게 그가 지상세계에서 수행할 사명을 갖고 있다고 말했다. 그 사명은 외부 지상의 사람들이 지저 공동세계가 존재한다는 사실을 알도록 하는 것이다. 또한 공동세계의 사람들은 자신들이 평화로운 사람들임을 알리고 싶어 했다. 바깥의 세상 사람들이 지저공동세계와 거기에 사는 평화로운 사람들에 대해 더 많이 알수록, 공동세계의 사람들이 지상의 주민들에게 공개적으로 출현하기로 결정할 때 그들이 희망하는 대로 외부의 인간들에 의해 더욱 성공적으로 받아들여지게 될 것이다.

빌리는 아갈타가 공동세계의 도시이며, 두 개의 샴발라(Shambhala)가 있다고 말한다. 하나는 한 공동 도시 속에, 다른 하나는 그 공동의 안쪽에 있다는 것이다. 빌리의 (51-구역에서의) 임무는 공동세계의 사람들과 상호작용하고 배운 모든 것을 공군의 상관에게 보고하는 것이었다. 빌리는 많은 사진을 찍었고, 보고 들었던 모든 것을 세심하게 문서화했다. 그리고 매

번 여행 후에는 전혀 공표하지 말라는 명령을 받았다.

빌리가 알게 된 것을 통해 볼 때, 공동세계의 사람들은 군부가 핵실험과 공격적인 행위를 멈추도록 설득하는 데 관심을 갖고 있다. 이것은 지상과 지저의 사람들에게 해를 끼칠 수 있을 뿐만 아니라 지구의 내부와 외부를 오염시킨다. 마침내 빌리는 지상의 군대와 정부로 하여금 그들의 호전적인 행동을 바꾸도록 시도하는 것이 소용없다는 점을 공동세계 사람들에게 확신시켰다. 그는 그것은 시간 낭비라고 그들에게 말했다. 대신에 빌리는 공동세계 사람들에게 지구의 진정한 변화를 보고 싶다면, 지상의 일반 주민과 접속하여 접촉을 시작하라고 제안했다.

그들은 빌리의 제안에 동의하며 자기들이 앞으로 더 많은 민간인 접촉을 시작할 것이라고 말했다. 그들은 빌리에게 현재의 북극 내부 지구를 탐험한 후에는 바깥 세상 사람들이 가까운 장래에 더 많은 접촉을 보게 될 것이라고 하였다.

빌리는 터널 시스템 내에서의 다른 여행에서 공동의 많은 도시들과 내부의 도시를 방문했다고 말한다. 또한 빌리는 랜드사(Rand Corporation)의 굴착 기계로 만들어진 터널이 있다고 주장한다. 이 터널은 공동세계의 사람들이 만든 터널처럼 훌륭하게 만들어지지 않았다. 그곳에는 공동세계의 사람들이 만든 터널과 지하에 사는 다른 종족의 동굴 도시에 의해 만들어진 터널이 있으며, 대서양에 있었던 고대 아틀란티스 문명에 의해 만들어진 다른 옛 터널도 있다. 또한 지금은 물속에 잠긴 무(Mu)라는 태평양상의 대륙에 있었던 레무리아 문명에 의해 만들어진 터널도 존재한다.

한편 지상의 정부들이 만든 터널들은 세계의 모든 주요 도시들에 연결되며, 정부지도자들이 전쟁이나 자연재해 발생시에 피난처로 이용할 수 있다. 같은 목적으로, 미국의 모든 주요 도시들의 지하에는 그런 복합시설들이 많이 있지만, 정부는 일반주민이 아닌 정부의 생존만을 위해 그것을 마련해 놓았다. 이것은 매우 거대한 바람과 지진, 해일을 일으킬 행성크기만한 혜성의 지구 근접 통과를 대비하여 준비해 놓은 것이다.

빌리는 샤스타산 아래에 있는 레무리아인들의 지저도시 텔로스를 방문한 후, 51-구역으로 돌아갔다. 그리고 나중에 빌리는 공동세계로 가는 터널 셔틀에 탑승되었다. 빌리는 지구의 껍질은 800~850마일(1287~1367km) 두께이며, 중력(重力)의 중심은 지구 껍질의 외면과 내면 사이의 중간 정도에 있다고 말한다. 그리고 그 내부 표면의 중력은 외부 표면 중력보다 1/3 정도 약한데, 그로 인해 지저공동세계 사람들이나 공동세계로 가서 일정 기간 동안 머무르는 지상 사람들이 큰 키를 갖게 된다고 한다.

빌리는 지저공동세계에는 그곳의 사람들과 동물들, 거대한 식물들에게 생명을 불어넣고 광합성의 빛을 공급하는 그 내부의 태양이 있다고 말했다. 공동세계의 영역은 가장 아름답고 조화롭고 평화로운 곳이다. 심지어 동물들조차도 우호적이며, 인간과 텔레파시로 의사소통을 할 수 있고 공격적이지 않다고 한다. 그곳에는 육식을 하는 동물이 없는 대신에 모두가 식물을 먹는

다. 빌리는 그 내부의 공기와 환경이 청정하여 아무런 질병도 존재할 수 없으며, 지상의 병든 사람이 그곳에 갈 경우 공기를 마시면 바로 치료될 것이라고 말한다. 빌리는 12세에 공동세계로 데려가기 전에는 감기와 편도선염과 같은 어린 시절의 병이 있었지만, 그곳에 가게 되자 면역체계가 더 건강한 상태로 강화되었다. 그 이후로 빌리의 건강은 다시 지상에서 살았기에 이곳의 오염으로 다소 악화되었으나, 일단 그가 지저공동세계로 돌아가면 그의 면역체계는 완전히 건강한 상태로 다시 회복될 것이다.

빌리가 공동세계에 도착했을 때, 그들은 그곳의 주요 도시인 에덴(Eden)시의 의사당 셔틀 역에서 밖으로 나왔다. 이 도시는 내부대륙의 가장 높은 산의 고원지대에 있는 본래의 에덴동산(Garden of Eden) 주변에 세워져 있으며, 그곳은 아칸소(Arkansas)[11] 주 아래 또는 그 가까운 곳에 위치한다고 추정된다. 빌리는 우리의 지구 내부세계는 하나의 대륙과 하나의 바다를 가지고 있다고 말한다. 그러나 지구의 내부에는 외부세계보다 더 많은 육지가 있다.

빌리는 1829년에 프란즈 조셉 지역(Franz Josef Land) 북쪽의 북극 입구를 통해 (지저공동세계로) 항해했던 노르웨이 어부, 올랍 얀센(Olaf Jansen) 이야기에 완전히 동의한다. 공동세계는 올랍 얀센이 자신의 저서 〈연기의 신(The Smoky God)〉에서 묘사한 것과 정확히 같다. 빌리는 거기에 있었고 그곳이 어떤 곳인지를 목격했기 때문이다.

에덴시에서 빌리는 그 세계의 왕(王)이자 또한 모든 나라를 통치하는 위대한 대사제인 높은 존재의 앞으로 데려가졌다. 아름다운 피라미드 형태의 궁전에서 그 왕은 거대한 대리석 옥좌에 앉아 있었다. 이때 빌리와 함께 공군대령 맥클라우드

11)미국 중남부의 주; 주도 Little Rock

(McCloud)가 동행했으며 (그리고 그 이후에는 스티븐슨(Stevenson) 대령과 함께 방문했다) 그 내부세계의 왕과 회견이 이루어졌다. 이 회견에서 (지저세계의 왕은) 우리의 지상세계와 정부 및 미 군부에 관해, 그리고 그들이 무엇을 꾸미고 있는지에 관해 많은 질문을 했다. 51-구역으로 돌아오자, 빌리는 보고를 완료했고 공동세계에서 배운 모든 것들을 상세하게 기록했다.

빌리는 군복무 시절 동안, 자신이 51-구역에서 미국의 군 비행접시를 조종할 것을 명령받았을 때를 차례로 이야기했다. 그 UFO는 밥 라자르(Bob Lazar)가 51-구역에서 보았다고 했던, 스포츠형 우주선으로 알려진 것과 동일한 종류이다. 한 외계인 부조종사가 빌리에게 비행방법에 대해 가르쳤고 밤에 이루어진 시험비행에 함께 동행했다. 빌리는 Area-51에 배치되었을 때 그곳에서 근무하는 동안은 낮의 햇빛을 보지 못할 것이라고 들었다. 그들은 라스베가스와 다른 도시들 위로 비행했고 비행접시를 추적하기 위해 휘젓고 다녔던 군 제트기와 쫓고 쫓기는 게임을 했다. 그들은 제트기 주위를 선회할 수 있었다.

빌리는 그 우주선이 손과 똑같은 형태로 파인 제어판에다 손을 올려놓음으로써 비행했다고 말했다. 손을 놓자마자, 빌리는 단지 생각 속의 명령만으로 그 우주선을 완전히 통제할 수 있었다. 말하자면, 빌리가 어떤 방향으로 가고 싶다면, 그는 단지 그 방향으로 가야한다고 생각해야만 했고, 그러면 우주선은 즉각적으로 반응했다. 그 우주선은 매우 빠른 속도로 직각 선회를 할 수 있었으며, 아무런 반작용도 없이 모든 패턴으로 비행할 수 있었다. 이 우주선은 우리의 군이 외계인의 지도에 따라 제작하고 있던 것이었고, 그들은 한 동안 비행접시를 만들어 왔다. 빌리는 당시 우리 군의 검은 프로젝트에 의해 만들어진 약 67대의 비행접시가 51-구역에 보관되어 있었다고 말했다.

빌리는 또한 미국 전역에서 매년 실종되는 많은 아이들이 (우유팩에서 볼 수 있듯이) 어떻게 51-구역으로 옮겨져서 이용당하는지를 설명했다. 즉 군부의 검은 프로젝트가 거기서 그들을 혼혈된 외계인처럼 보이도록 프로그램된 생물학적 존재로 변형시키고 있다는 것이다. 그들의 계획은 그들이 제작하고 있는 비행접시와 아이들을 통해 유전공학적으로 조작하는 혼혈종 존재들을 이용하여 우주로부터의 외계인 침공 시나리오를 연출함으로써 전 세계가 그들이 조작해낸 외계인을 방어한다는 명분하에 하나의 세계정부에 복종케 하는 것이다. 이 사실을 알게 된 빌리는 군부의 검은 프로젝트가 너무 혐오스러워서 이 프로젝트에 더 이상 어떤 것도 관여하지 않기로 결심하고 군대를 떠나기로 결정했다.

자신의 군 경력을 마친 후에 빌리는 현재는 테네시 주의 스미나 공항이 들어선 스와트 공군 기지에서 퇴역했다. 지하시설에서 보고 들은 비밀에 대해서는 공표금지가 돼있으며, 상부의 지시에 따라 빌리의 군사파일은 누구도 절대 접근할 수 없도록 봉인되었다. 빌리는 자신의 군 복무에 대한 기록을 얻기 위해 여러 번 노력했지만, 그 기록은 봉인돼 있고 아무도 그것을 볼 수 없다는 말을 들었다. 빌리는 군의 상관들에게 군에서 수행했던 어떤 임무도 누군가에게 발설하지 말라고 들었다. 그러나 빌리는 그들에게 “나는 더 이상 당신들을 위해 일하지 않기 때문에 내가 하고 싶은 대로 할 것”이라고 말했다. 이 때문에 빌리의 군 연금은 박탈되었으며, 현재 그는 네바다 주, 파럼프(Pahrump)에서 장애 사회보장으로 살고 있다.

오랜 세월에 걸쳐 빌리는 여러 번 결혼했고 지금은 성장한 3명의 아이들의 아버지가 되었다. 최초의 두 자녀는 51-구역에 배치돼 있던 육군 여자경찰관인 첫 번째 부인에게서 태어난 소년들이었다. 그들은 함께 5년 간 있었다. 나중에 그 아내는 FBI로 파견 근무하러 가서 빌리의 군대 기록이 진실임을 확인할 수 있었다. 빌리는 세 번이나 결혼했지만 이제는 이혼한 상태이다. 두 번째 아내는 군대에서 퇴역한 후에 결혼했다. 그녀는 체로키 인디언의 딸이었으며 체로키 보호구역에서 결혼했다. 빌리는 이 아내에게서 딸을 얻었다. 마지막 결혼은 시애틀에서 UFO 연구 단체인 MUFON의 조사관 여성과 했었으며, 1990~1996년까지 지속되었다.

1986년 8월, 빌리는 알래스카에 살면서 지저공동세계의 고향으로 돌아갈 길을 찾고 있었다. 그곳에서 빌리는 몇 명의 사람들을 설득하여 북극의 입구를 통과하는 원정팀으로 비행하기 위해 산림지대 비행조종사를 고용함으로써 공동세계에 도달하려고 시도했다. 빌리는 알래스카, 페어 뱅크스에서 항공편을 준비하여 해군 알바트로스 수상 비행기로 그들을 데려갔는데, 그것은 맨 아래에 보트가 달린 쌍발 엔진 비행기였다. 그 비행기는 '환상의 섬'이라는 TV 프로그램에서 볼 수 있듯이, 해안 경비대가 자주 사용하는 것과 같은 유형의 수상 비행기였다. 빌리는 조종사에게 북극 지역의 87.7 N Lat, 142.2 E Lon의 특정 좌표지점으로 가줄 것을 요청했는데, 그 좌표는 빌리가 51-구역에서 근무할 때 버드 제독의 파일에서 배운 것이었다.

조종사는 그들이 어떻게 얼음 위에 착륙할 것인가에 대해 우려했지만, 빌리는 그 좌표에 도착했을 때 북극해가 열릴 것이라고 확신했다. 조종사는 일단 그 좌표지점으로 비행해서 물 위에다 그들을 내려놓는 것에 동의했다. 그리고 3주 후, 일정한 시기에 그들을 위해 다시 돌아오겠다고 했다. 그들은 그 지점에서부터 북극의 입구를 통과하는 여행을 계속하는 데 사용할 공기 팽창식 동력보트를 가져갔다.

그런데 불행하게도, 그들이 알래스카 최북단에서 떠나기 전에, 〈뉴욕 타임즈(New York Times)〉의 통신원이었던 원정대원 중 한 명이 그의 본사에다 전화를 걸었다. 그리고 빌리가 군에

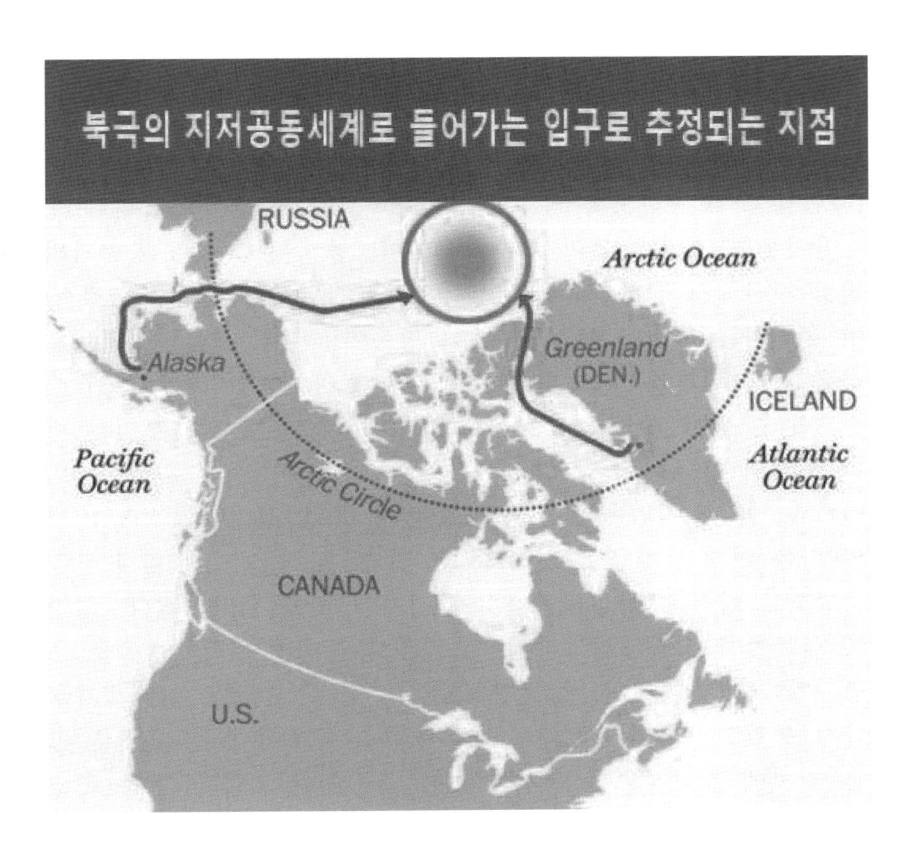


다 북쪽으로의 비행 사실을 통고했다고 믿는다고 전했다.

그들이 항공기로 극지방에 충분히 가까이 도착하여 앞쪽의 바다에서 내부의 태양이 비추어 오르는 광선을 볼 수 있었을 때, 조종사는 놀랐고 매우 두려워했다. 그리고 그들은 또한 자기들의 뒤에서 빛나고 있는 외부의 태양을 볼 수 있었기 때문에 무슨 일이 벌어지고 있는지를 궁금해 했다. 빌리는 두려워할 것이아무것도 없다는 것을 그에게 확신시켰다. 그들은 지구의 북극 입구를 통해 비쳐 나오는 지구의 핵을 바라보았다. 그러나 그들이 물에 내려서서 보트로 출발하기도 전에, 그들은 캐나다 앨리스미어 섬의 북부 해안에 있는 앨럿 공군기지에서 발진한 두 대의 제트 전투기에 의해 저지당했다

비행기의 방송이 요란한 소리로 나오며 이렇게 말했다. "여기는 미 공군 경계기지 요격팀의 트래비스(Travis) 중령입니다. 즉시 여러분의 항공기를 돌려서 알래스카의 에일슨 공군기지로 (사람들을) 호송하도록 명령합니다. 5분 이내에 응해야합니다."

마지못해 그들은 돌아서기 시작했다. 동시에 그들은 항공기의 전방 시야에서 갑자기 머리 위로 3개의 작열하는 원반(비행접시)이 출현하는 광경을 목격했다. 그 방송이 다시 '지직…' 하는 소리를 내더니 거기서 또 다른 목소리가 들려왔다.

"빌리, 네가 이곳으로 들어오기 위해 시도했을 때, 우리는 너를 우리의 영역으로 맞이하기 위해 여기서 대기하고 있었다. 미안하다. 너는 이번에는 이곳으로 오지 못할 것이다. 그러나 너의 다음 여행은 성공할 것이다. 잘 가게, 다시 보기 바란다!"

그러고 나서 3대의 비행접시가 갑자기 빛을 깜박거렸다. 명령에 불복종하고 끝내기보다는, 그들은 항공기를 돌려 미 공군 조종사가 제안한대로 하기로 결정했다. 그들은 항로를 알래스카로 다시 돌렸고, 알래스카 페어 뱅크스의 남동쪽에 있는 에일슨 공군 기지에 착륙하도록 지시받았다. 그곳에서 그들은 밝은 조명 아래 앉아 미 연방수사국(FBI)과 국가 안보국(NSA)의 여러 요원들에 의해 심문을 받았다. 그들은 그 사람들이 테러리스트가 아닌지의 여부와 외국 정부와 제휴하지 않았는지 확인하기를 원했다. 그러나 그들이 무해하다는 것이 밝혀지고 나서 그들은 풀려났고, 이 여행에서 보았던 것을 아무에게도 말하지 말라는 엄격한 경고를 받았다. 그리고 만약 다시 그 여행을 시도한다면, 다음에는 경고가 없을 것이며 그들은 끝장날 것이라는 말을 들었다.

빌리는 알래스카에 있는 대부분의 사람들이 그렇지는 않더라도 많은 이들이 지저공동세계에 가고 싶다는 희망으로 거기에 갔다고 말한다. 빌리가 알래스카에서 만난 흥미로운 사람들 중에는 알래스카 토키트나의 퇴역 공군대령 잭슨(Jackson)이 있다. 그는 빌리에게 알래스카 페어 뱅크스 근처의 에일슨 공군 기지로부터 북극으로의 비행 중에 북극의 입구를 보았고 또 벌집에서 나오는 꿀벌들처럼 그곳을 들락거리는 수많은 비행접시를 관찰했다고 말했다.

빌리는 또한 토키트나에서 만났던 아마추어 무선장비를 소지한 또 다른 접촉자들에 대해 이야기한다. 그들은 거대한 바위처럼 보이는 공동세계의 위성에서 발신되는 무선신호를 포착해보려고 여러 번 시도했다. 만약 그들이 그런 방식으로 공동세계의 사람들과 접촉할 수 있었다면, 그 위성이 북극의 입구 위를 떠돌다가 공동세계로 내려오는 것을 볼 수 있었을 것이다. 빌리는 어느 날 저녁 그의 친구가 잠자리로 간 후, 마침내 이 아마추어 무선장비로 공동세계의 사람들과 연락을 취할 수 있었다고 말한다.

또한 빌리는 쌍둥이 여동생인 주리아(Zuria)가 10세 무렵에 그녀의 능력을 테스트받기 위해 강제로 지하 종합연구소로 끌려갔을 때, 그들이 왜 그녀가 그런 놀라운 능력과 특성을 갖고 있는지를 밝혀낼 수만 있다면, 그녀의 신체를 해부하고 싶어 한다는 것을 알았다고 말한다. 그녀는 그때 지저공동세계에다 구해달라는 정신적인 텔레파시 호출을 했고 지저인들이 비행접시들 중의 한 대로 그녀에게 왔었다. 그녀가 지상으로 나올 수 있도록 허락받은 아주 드문 기회에, 그녀는 그녀의 체포자가 그녀를 붙잡기 전에 비행접시의 광선에 의해 들어 올려졌다. 그리하여 그녀는 고향인 지저공동세계로 옮겨졌다. 그녀는 그곳에서 빌리가 돌아오기를 기다리고 있다. 빌리 또한 머지않아 공동세계의 고향으로 돌아가기를 간절히 열망한다.

## 2.텔로스에서 온 사절, 샤룰라 덕스와의 인터뷰

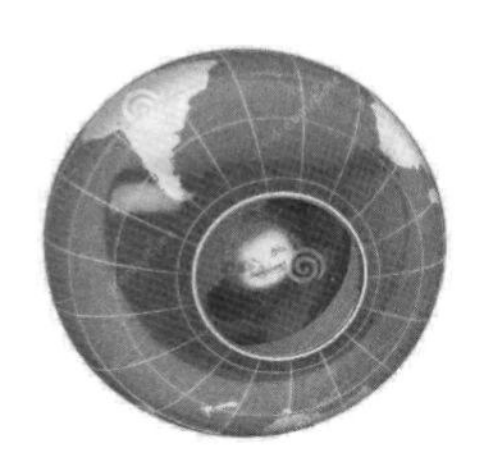

### 1)나는 아갈타 지저문명으로부터 공식적인 지상 대사로 임명되어 파견되었다

샤룰라 오로라 덕스(Sharula Aurora Dux)는 텔로스에서 1725년에 텔로스의 왕과 여왕의 딸로 태어났다. 그러므로 그녀는 공주 신분이며, 올해(2017년 현재) 나이가 292세이다. 그럼에도 30세 전후로 여전히 젊어 보인다. 이렇게 나이가 많지만 지상에서의 신분증명 목적을 위해 편의상 그녀는 1951년에 태어났다고 말하기도 한다고 한다. 만약 실제로 그녀가 자신의 나이가 292세라고 누군가에게 주장한다면, 과연 누가 이를 믿어줄 것인가? 아마도 정신이상자 취급을 받을 것이 뻔할 것이다. 때문에 그녀는 부득이 지상세계에 정착해서 살기 위해 이런 편법을 취할 수밖에 없었던 것이다. 또 한 때 그녀는 “보니(Bonnie)”라는

텔로스의 공주, 샤룰라 덕스의 모습

가명을 임시로 사용하기도 했다.

샤룰라는 원래 텔로스에서 멜기세덱 교단의 여사제이며, 아갈타 조직망(Agartha Network)에 의해 지상세계의 외교 사절로 공식적으로 임명되었다고 한다. 그리하여 텔로스를 대표하는 지상의 대사(大使)로서 1980년대 후반 캘리포니아의 샤스타산의 도시로 왔다. 그녀는 이집트학 박사 학위를 갖고 있고, 자신의 남편 실드(Shield)와 함께 샤스타산 인근에서 한동안 살았다. 현재는 뉴 멕시코 주, 산타페에 살고 있는 것으로 알려져 있다. 샤룰라 공주와 그녀의 남편 실드는 그들의 삶을 전적으로 개인적인 상승과 지구행성의 상승에다 바치고 있다.

텔로스 사절로서의 그녀의 목적은 두 세계의 융합을 위한 길을 준비하고, 우리의 행성을 하나로 만드는 데 도움이 될 새로운 정보와 원형을 가져오는 것이다. 샤룰라는 귀담아 들을 사람들에게 평화로운 변화에 대한 청사진을 제공하기 위해 이곳에 왔다. 아다마 대사를 비롯한 지저 아갈타인들은 말하기를, 지구와 인류가 의식에서 5차원으로 상승하기 위해서는 지상과 지저간의 합법적인 빛의 통합이 이루어져야 하고, 그것이 일어나지 않는 한, 전체가 영적으로 더 이상 진보할 수 없는 지점에 도달했다고 한다.

## 샤룰라 덕스와의 회견

(이 인터뷰는 조안 체리에 의해 이루어졌다.)

## ■ 조안 체리의 말

샤룰라 덕스 공주는 내가 오랫동안 그 이름을 알고 있던 여성이다. 그녀의 메시지는 놀랍지만 단순하다. 그녀는 샤스타산 아래에 있는 레무리아인들의 도시인 텔로스에서 왔다. 그녀는 자신의 문화를 우리와 공유하는 작업을 시작하기 위해 지상으로 왔다. 그럼으로써 우리는 상호 이익을 얻고 하나의 전체 문명이 될 수 있다.

여러 해에 걸쳐 나는 그녀를 알고 있었고, 몇 번이고 나는 샤룰라가 이야기하는 것을 들었다. 나는 아주 주의 깊게 들었으며, 나는 우리가 듣기에 복잡한 그런 정보와 그녀가 전혀 모순된다고 생각되지 않았다. 그녀는 겸손하다. 그녀는 좋은 유머감각을 가지고 있고, 주위 사람들에게 많은 사랑을 전하고 있다. 그녀는 노련하면서도 현명한 존재라는 느낌이 든다.

1995년, 샤룰라의 허락하에, 나는 그녀가 텔로스에 관해 녹음한 두 개의 테이프에 담긴 정보에다 나와 다른 이들이 그녀에게 물어 본 질문에 대한 그녀의 답변을 결합했다. 나는 이를 인터뷰의 형식으로 구성했으며, 그녀는 그것을 전적으로 승인해주었다. (아래의 내용이 그것이다)

• 조안 체리(이하 JC로 표기): 샤룰라, 왜 텔로스가 세워졌습니까?

• 샤룰라 덕스(이하 SD로 표기): 2만 5천 년 전에 지구에 두 가지 주요 문명이 있었습니다. 하나는 레무리아(Lemuria) 또는 무(Mu) 대륙에 토대를 두고 있었는데, 그것은 태평양, 미국 서부 및 아시아의 일부 지역을 포함했습니다. 다른 하나는 아틀란티스(Atlantis)였고, 지금의 대서양과 아프리카와 유럽의 일부에 해당됩니다. 이 두 문명들 간에는 덜 진보된 지구의 나머지 종

족들의 진화에 관련된 사회적 정치적 이견이 있었습니다. 즉 레무리아는 이런 지체된 문명들이 자유롭게 남아 있기를 원했고, 아틀란티스는 그들을 통제하거나 지배하기를 원했습니다. 결국 긴 전쟁이 두 문명 사이에서 발생했습니다. 이 전쟁은 열핵탄두를 포함하여 너무 심각한 전쟁으로 발전했고, 그러다 보니 카르마(業)의 에너지가 마침내 두 대륙을 가라앉히도록 작용했습니다.

• JC: 열핵탄두가 사용되었습니까? 오늘날 우리가 확인해 볼 수 있는 어떤 증거가 있나요?

• SD: 그렇습니다. 고비 사막과 사하라 사막, 두 곳을 예로 들 수가 있습니다. 전쟁이 끝나자, 레무리아의 많은 멜기세덱 사제들과 여사제들이 미래를 내다보았고 대륙 침몰을 예언했습니다. 그들은 이동할 곳을 찾기 시작했습니다. 그리하여 그들은 이미 신성한 것으로 여겨졌던 레무리아의 동부에 있는 샤스타(Shasta)라는 거대한 산으로 이주하기로 결정했습니다. 그리고 그들은 거기가 다가오는 대격변에서 안전할 것으로 생각했습니다. 그들은 피난처를 지하에다 짓기로 정했는데, 이것은 부분적으로는 두 개의 대륙이 가라앉음으로써 지구가 받을 충격 때문이었습니다. 또 다른 이유는 지구의 원래 공기막이 사라져 지상의 생명이 유해한 자외선에 노출되고 있었기 때문이었지요.

도시를 건설할 곳을 결정하는 과정에서, 그들은 샤스타산 내부의 거대한 돔 형태의 공동 위에 올랐는데, 이것은 면적이 수 평방 마일, 높이가 수백 피트에 이릅니다. 이곳이 현재 텔로스의 가장 높은 층이 되었습니다.

• JC: 지진과 파괴 상황이 엄청났던 모양이군요.

• SD: 레무리아가 대륙 파괴의 여파에 대처하고 있는 동안, 지진은 계속되었습니다. 이 지진 동안, 지구는 많은 곳에서 매우 심하게 뒤흔들렸으며, 그 진동은 지금 여러분이 리히터 규모라고 부르는 것을 넘어서 있었지요.

대륙이 가라앉게 되면, 행성 전체가 반응을 나타냅니다. 이때 지진은 여러분이 진도 15라고 부르는 것과 같은 수준에 도달합니다. 이 지진은 너무나 강렬한 나머지, 많은 사람들이 건물의 붕괴와 같은 지진 그 자체의 영향 때문이 아니라 지진 소리로 인해 죽었습니다. 그 엄청난 강도의 지진은 공기를 통해 퍼져나가며 많은 사람들을 간단히 죽여 버리는 날카로운 소음을 만들어냈어요.

수많은 다른 곳에서는 지진이 너무 강해서 많은 장소들의 땅이 대부분 점토가 되어버렸습니다. 그것은 레무리아 본토뿐만 아니라 지구상의 많은 곳에서 도시 전체를 삼키는 진흙 바다처럼 액화되어 작용했습니다. 그 후 대륙 자체가 가라앉으면서 또 다른 일이 일어났습니다. 발생한 해일이 너무 거대해서 때로는 수백 마일이 아니라 수천 마일까지 내륙으로 밀고 들어갔습니다. 그것은 캘리포니아 연안에서 시작하여 지금의 오클라호마시를 집어삼킬 정도였지요. 지진뿐만이 아니라 해일이 만연했습니다. 대부분의 경우, 흔들림이 멈추지 않습니다. 큰 것이 아니라도 작은 지진은 계속됩니다.

이 행성의 영적인 위원회인 지구영단은 이것이 일어날 것임을 인식하고 있었습니다. 그래서 그들은 아틀란티스인들이 그러한 상황에서 많은 건설공사를 벌이지 못할 것이라고 생각하고 레무리아 자체가 파괴되기 전에 두 도시를 세우려고 시도했습니다. 또한, 동시에 이집트의 대 피라미드는 토트(Thoth)로 잘 알려진 레무리아인 고위 사제의 감독 하에 건설되었습니다. 아틀란티스인의 기록저장소인 이 피라미드는 아틀란티스뿐만 아니라, 이 지구행성에서 한때 존재했고 높은 수준의 도달했던 문명들인 레무리아, 판(Pan), 오그(Og), 하이퍼보레아(Hyperborea) 등의 다른 모든 문화 기록들을 보관하기 위해 세워졌습니다.

아틀란티스 사람들은 레무리아가 침몰할 거의 막바지에 이동했고, 처음으로 그들의 사제단과 최고 과학자들, 중요한 사상가들이 대격변에 대비하여 자신의 생명을 보존하기 위해 이주했습니다. 레무리아가 침몰하는 동시에 아틀란티스는 흔들리기 시작했으며, 아틀란티스는 그 땅이 완전히 가라앉기까지 200년 동안 그 땅의 일부가 계속 흔들리며 사라져 갔습니다.

• JC: 지상에 있던 다른 문명들은 어떻게 되었나요?

• SD: 아틀란티스와 레무리아의 대재앙이 발생한지 거의 2,000년 동안 이 행성은 여전히 흔들리고 있었습니다. 불과 200년의 기간에 두 개의 거대한 땅 덩어리를 잃어버린데 더하여 지구는 여전히 아틀란티스-레무리아 간의 전쟁에서 사용된 열핵무기의 부작용을 목격하고 있었지요.

그 외에도 아틀란티스가 파멸된 후, 거의 300년 동안 전혀 밝은 대낮이 되지 못할 정도로 대기 중에 너무 많은 분진들이 퍼져 있었다는 사실입니다. 이로 인해 많고도 많은 생명체들과 식물들이 사라져갔습니다. 레무리아 시대와 아틀란티스 시대에 흔했던 식물들은 여과된 햇빛의 긴 단계에서 생존할 수 없었기 때문에 더 이상 존재하지 않습니다. 많은 동물과 식물들의 일부는 살아남았습니다. 이집트, 페루, 인도에서 살아남은 이런 문명에서의 인간 상태는 끊임없는 지구의 활동으로 인해 여러 지역의 사람들이 두려움에 빠져, 결국 매우 빠르게 악화되기 시작했습니다.

내가 반복해서 들었던 한 가지 질문은, "만약 아틀란티스와 레무리아가 존재했다면, 지상에 증거가 더 이상 없는 것은 어떻게 된 것입니까?"였어요. 그것이 이유입니다. 대부분의 도시는 흔들리며 산산조각 났습니다. 흔들려 붕괴되지 않은 사람들은 2차 지진에 의해 일소되거나, 해일에 의해 휩쓸려갔습니다. 해일과 지진에서조차 살아남은 사람들에게는 굶주림과 질병이 만연했습니다.

미래에 이집트라고 불린 그와 같은 일부 지역의 문명들은 살아남았습니다. 그러나 비록 그들은 자신의 문명을 본래대로 유지하기는 했지만, 그 문명의 가장 높은 요소들을 잃기 시작했지요. 그리고 분진에 의해 여과된 흐린 햇빛 때문에 많은 기계가 작동을 멈추었습니다.

수많은 사람들이 도시에서 이주하게 되었습니다. 그들은 도시생활이 죽음의 함정이라고 느끼기 시작했는데, 왜냐하면 건물이 언제 자신에게 무너져 내릴지 결코 알지 못했기 때문이었죠. 매우 강한 것처럼 보이는 건물도 300~400번의 지진을 겪었다면, 황폐화 됩니다. 일부 건물만은 그것을 견딜 수 있도록 지어졌습니다.

대 피라미드는 지진을 견뎌냈지만, 그것은 신성한 기하학으로 지어져 있었습니다. 지구행성 전체에서 그것과 같은 다른 건물들은 살아남았으나, 대부분의 도시는 완전히 파괴되어 축소되었습니다. 각 도시는 이전보다 약간 더 원시적이 돼 있었습니다.

• JC: 왜 '텔로스(Telos)'라고 이름을 지었죠?

• SD: 당시에는 미국 남서부 전체가 '텔로스'라고 불렸습니다. 텔로스라는 이름은 "영혼과의 합일"을 의미하며, 그렇기 때문에 도시 이름으로 선택되었습니다. 최상위 층 아래에 4개의 층이 있으며 모두 5가지 레벨로 이루어져 있습니다. 그 도시는 최대 2백만 명의 사람들을 수용할 수 있도록 건설되었습니다.

• JC: 텔로스에는 현재 얼마나 많은 사람들이 살고 있나요?

• SD: 150만 명입니다. 그러나 레무리아가 가라앉기 100년 전에 텔로스로 이주한 사람은 25,000명에 불과했습니다. 지진, 해일 및 침몰이 수반된 화산활동에서 극소수의 사람들만이 살아남았습니다.

• JC: 이것이 언제였습니까?

• SD: 약 12,000년 전입니다.

• JC: 아틀란티스는 어떠했나요? 그들은 역시 지하 도시를 건설했습니까?

• SD: 네, 브라질의 마토 그로소(Mato Grosso) 고원 아래에 있습니다. 아틀란티스인들은 그 당시에는 아틀란티스 지역이었던 브라질에 있는 마토 그로소 고원 밑에 미리 세워진 도시로 이주했습니다. 지표면에서 일어났던 일에 대해 이해함으로써, 아마도 여러분은 레무리아인이나 아틀란티스인들이 어떻게 지저에서 사는 것을 더 선호하는지를 이해할 수 있을 것입니다.

• JC: 그 외에 어떤 다른 지하 도시들이 있습니까?

• SD: 예, 실제로 '아갈타 조직망'이라고 불리는 지저인의 도시들로 이루어진 전체 그룹이 있습니다. 아갈타 조직망은 소샴발라(the Lesser Shambhala)라고 부르는 한 도시에 의해 인도되는 지하 도시들의 조직망입니다. ('소샴발라'라는 명칭은 고비 사막 상공에 위치해있는 에테르 샴발라인 대샴발라(the Greater Shambhala)와 구분하기 위해서입니다) 레무리아인들은 그 회원 도시가 되기 위해 아갈타 조직망에다 탄원했습니다. 그러나 아갈타 도시의 사람들은 현명하고 비폭력적이기 때문에, 우리 레

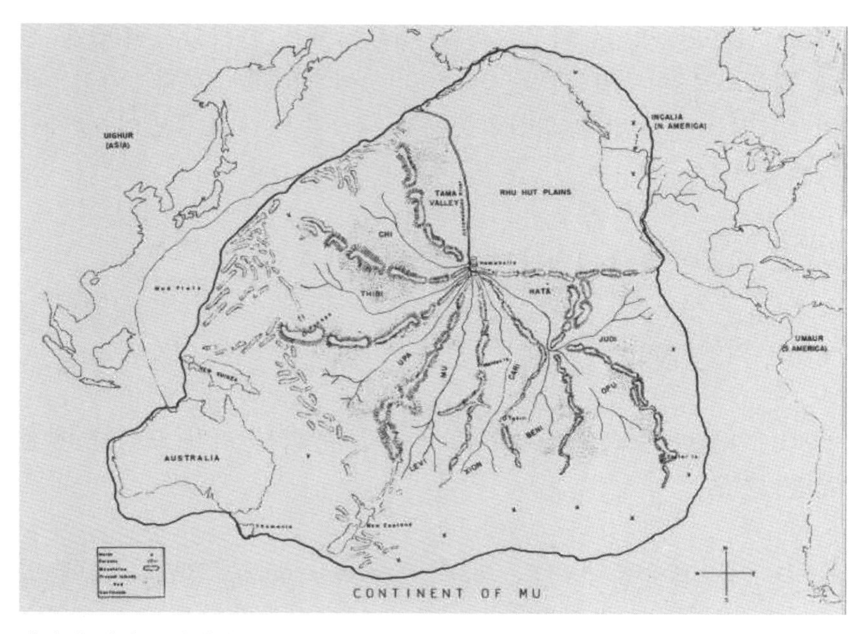


태평양 상에 존재했었던 레무리아(무) 대륙의 침몰 전의 추정도. 태평양 바다의 대부분과 오늘날의 미 캘리포니아 지역을 포함하고 있었음을 알 수 있다.

무리아는 아갈타에다 우리가 실수를 통해 배웠으며 평화의 과정에 착수할 것이라고 확신시켜야만 했습니다. 결국 이것이 받아들여졌습니다.

• JC: 아갈타 조직망에는 몇 개의 도시들이 있나요?

• SD: 112개입니다.

• JC: 정확히 사스타산 아래의 어디가 텔로스입니까?

• SD: 돔형의 공동은 샤스타산 기저부의 대부분에 걸쳐 있습니다. 그리고 그 돔의 꼭대기는 산의 거의 중간에 위치해 있습니다. 다섯 번째 층인 가장 낮은 수준은 지면 아래로 약 1마일 깊

이입니다. 각 층의 면적은 수 평방 마일 정도입니다.

• JC: 텔로스의 다른 층에는 무엇이 있나요?

• SD: 돔 아래의 최상위층이 도시의 주요 부분입니다. 대부분의 사람들이 그곳에 살고 있고, 대부분의 상거래가 이곳에서 일어나고 있으며, 그곳이 공공건물이 있는 곳이에요. 그것이 곧 텔로스의 마음과 영혼입니다. 바로 그 중심에는 10,000명을 수용할 수 있도록 지어진 신전(神殿)이 있습니다. 우리는 일종의 성전(聖殿) 사회입니다. 그 신전은 흰색이고 피라미드 형태이며, 그 꼭대기에는 금성에서 가져온 물질인 "살아있는 돌(living stone)"로 만들어진 관석(冠石)이 있습니다. 그것은 수정처럼 보이고 컬러 스펙트럼의 온갖 광선을 방출합니다. 그 사원은 우리 우주의 신성한 우주적 성직자 집단인 멜기세덱의 교단에 헌신하며, 신(神)의 더 높은 차원에 의해 우리에게 주어진 빛의 계획을 구현하는 데 전념합니다. 그 최상위층에는 의회 건물과 우리의 기록보관소 건물이 있습니다. 우리는 레무리아, 아틀란티스, 이집트 및 과거의 다른 지구 문명, 심지어 다른 행성의 문명에 대한 기록들을 가지고 있습니다. 거기에는 텔로스와 아갈타의 다른 지하 도시들 및 외계 행성들 간의 통신을 관리하는 건물이 존재합니다. 거기서는 또한 지상에서의 라디오 및 TV를 관찰하고 감시합니다.

• JC: 연예 분야는 어떻습니까? 텔로스에서도 연예나 오락을 즐기나요?

• SD: 실제로 그렇게 합니다! 우리는 스포츠, 연극, 영화, 음악 및 춤을 즐길 수 있는 장소를 갖고 있습니다. 그리고 영화 〈스타트렉(Star Trek)〉에 나오는 '홀로덱(Holodeck)'과 같은 곳이

있습니다. 거기서 자기가 원하는 어떤 모험 속에서 자신을 위한 가상현실을 창조할 수 있지요. 즉 산을 오르고, 강을 수영하고, 역사를 거슬러 돌아갈 수 있습니다.

• JC: 와우!

• SD: 다중 트랙킹, 아미노 기반 컴퓨터가 있는 건물도 있습니다. 이 컴퓨터는 살아있어요. 이것들은 그리스도 마음에 따라 작동하므로 오염되거나 와전될 수 없습니다. 이 컴퓨터들은 과거의 기록을 읽을 수 있고, 원한다면 과거의 삶을 읽을 수도 있으며, 심지어 그것을 당신에게 보여줄 수도 있습니다. 또 그것은 당신의 아우라(Aura)나 몸의 건강을 읽고 필요한 것을 말해줄 수 있습니다. 그것들은 당신이 명상하는 데 도움이 되는 "영혼의 노트" 역할을 할 수 있으며, 영혼 차원에서 당신과 대화할 수도 있습니다. 그리고 은하계를 가로질러 통신할 수 있습니다. 이 컴퓨터들은 사람들에게 그리스도의 마음을 훈련시키는 데 도움을 줍니다.

• JC: 정말 놀라운 일이군요.

• SD: 두 번째 층에는 학교와 의복, 가구 및 기타 물건 제조업체들이 있고, 더 많은 사람들이 생활합니다. 세 번째 층에는 우리의 수경재배 정원이 있으며, 이곳에서 우리는 모든 먹을거리를 재배합니다. 우리는 12,000년 넘게 채식을 해왔으며, 채소, 과일, 곡물, 견과류, 콩 등을 섭취하며 살고 있습니다. 우리 작물은 물에서 자랍니다. 일부 미네랄이 추가되지만 비료도 없고 토양소모도 없습니다. 우리의 농작물은 지상에서보다 훨씬 빨리 자랍니다. 우리는 단지 수 평방 마일의 땅에서 150만 명의 사람들에게 식량을 공급할 수 있으며, 다양하게 먹는 즐거움을 제공

할 수 있습니다.

• JC: 당신들의 공급품들 가운데 어떤 것은 지상에서 온 것입니까?

• SD: 아니오. 우리는 다른 아갈타 도시들과 교역합니다. 네 번째 층은 수경정원이 절반을 차지하고 있고, 일부는 제조업체, 그리고 일부는 자연입니다. 다섯 번째 층은 자연지대입니다. 사람들이 여기 와서 긴장을 풉니다. 우리는 이곳에다 호수들과 높이 솟은 나무들을 조성해 놓았고 공원 분위기가 있습니다. 동물들이 그곳에 살며, 그 중 일부는 사브르 모양의 송곳니를 가진 호랑이, 마스토돈[12] 및 도도새[13]와 같이 지상에는 더 이상 존재하지 않는 동물들입니다. 우리는 그들을 구해서 텔로스로 가져올 수 있었습니다.

• JC: 그 동물들을 동물원 안에다 가두어 두나요?

• SD: 아닙니다. 사람과 동물은 텔로스에서 함께 어우러져 평화롭게 지냅니다. 우리는 육식동물에게 채식을 먹도록 훈련시켰고 점차적으로 그들은 공격성을 잃었습니다. 그래서 말 그대로, 여기서는 사자가 양과 더불어 누워 있습니다! 그리고 실제로 여러분은 조심스럽게 호랑이와 놀 수 있지요!

• JC: 어떻게 땅 아래에서 살 수가 있죠? 거기에 빛이 있나요?

• SD: 그렇습니다. 우리는 높은 수정질 함량의 돌을 전자기력 에너지장과 결합시키는 과정을 가지고 있습니다. 이로 인해 그

12)고대 생물로서 신생대 제3기의 거대한 코끼리
13)지금은 멸종된 날지 못하는 큰 새의 이름

돌의 수정질 원형이 비가시의 광선을 끌어당길 수 있게 하는 극성(極性)을 창조하여 그 광선을 가시적으로 다시 방출하게 됩니다. 이때 그 돌은 약 50만 년 동안 작은 태양처럼 됩니다. 우리는 그것을 여러분의 지상에서와 같은 24시간 동안 머무르게 하기 위해 밤에는 어둑하게 합니다.

• JC: 공기는 어떤가요? 어떻게 산소를 충분히 섭취하죠?

• SD: 우리는 일종의 생태계를 조성해 놓았습니다. 우리는 여기에서 자라는 식물과 나무로부터 산소를 얻습니다. 비록 그 일부는 지상으로 새나가겠지만요. 어떤 지역의 물은 고속으로 이동하며 공기와 음이온을 순환시키고 있습니다. 이것은 매우 효과적입니다. 우리는 공기 통풍구에 점점 덜 의존하고 있으며, 샤스타산 주변의 공기조차도 점점 더 오염되고 있기 때문에 이것이 좋습니다.

• JC: 텔로스에서는 어떻게 주변을 돌아다니나요?

• SD: 우리는 많이 걸어 다닙니다만, 더 빨리 여행할 수 있는 세 가지 방법이 있습니다. 하나는 수정(水晶) 기술에 기초한 것으로 마치 바구니처럼 보입니다. 당신이 들어오면 이 장치가 당신의 마음에 의해 당신을 인도하는데, 다시 말해 당신이 공중으로 들어 올려져 목적지까지 떠갑니다. 이것은 도시 주변 여행에 사용됩니다. 두 번째 방법은 도시 내에서 사용되는 설상차(雪上車)처럼 보이는 전자기 썰매입니다. 우리는 샤스타산에서 텔로스의 연장이라고 할 수 있는 (약 50 마일 떨어진 거리)의 라센산(Mt. Lassen)까지 몇 분 이내에 도달할 수 있습니다. 세 번째 방법은 시간당 수천 마일의 속도로 튜브(tube)를 통과하면서 결코 측면과 접촉되지 않고 이동하는 전자기 열차입니다. 이것은

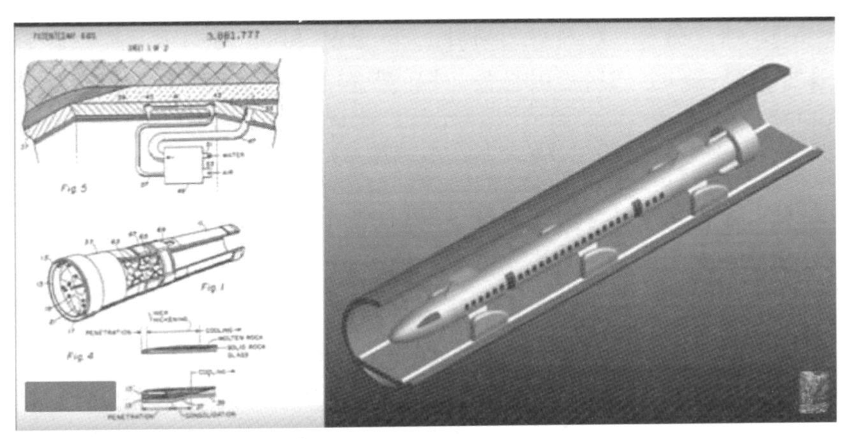

지하 초고속 열차인 '튜브'의 구조

당신들의 지하철 열차와 비슷하며, 우리가 지구 곳곳의 다른 지하 도시들로 여행하는 방법입니다.

• JC: 당신들은 우리가 지하철 터널을 뚫어 건설하는 것처럼 튜브를 만듭니까?

• SD: 아닙니다. 우리는 암석과 흙을 뜨거운 백열에 녹여서 즉시 다시 냉각시키는 보링 기계로 튜브를 만들었습니다. 이렇게 하면 다이아몬드 정도의 단단함과 방수성을 지닌 물질이 형성되며, 그것은 또한 마치 고무처럼, 지진으로 움직일 정도의 탄력성을 가지고 있습니다. 우리는 같은 방식으로 벽을 만듭니다. 그리고 심지어 바닷물 밑에도 이런 식으로 건설된 지하 도시들이 있습니다. 우리는 적절한 시간이 되면, 이 기술을 지상으로 가져오려고 준비하고 있습니다.

• JC: 샤룰라, 당신이 〈샤스타산: 고대인들의 고향〉을 집필한 저자인 "보니(Bonnie)"인가요?

• SD: 네, 제가 그 사람입니다. 그 당시 나는 당신네 사회에 더 쉽게 적응할 수 있는 이름을 사용했습니다. 그러나 내가 한동안 머물기 위해 지상에 왔을 때, 나는 본명을 사용하고 싶었어요.

• JC: 텔로스에서 와서 지상의 인간들 속에 섞여있는 다른 사람이 있습니까?

• SD: 그렇습니다. 모든 지저 도시들로부터 온 사람들이 두 문명에 모두 이익이 되기 위해 지상의 삶에 융화돼 있습니다. 그들 중 일부는 잘 알려져 있습니다.

• JC: 어떻게 텔로스인이 지상으로 오게 되나요?

• SD: 세 가지 방법이 있습니다. 샤스타산에는 외부에서 그들을 볼 수 없게 하는 홀로그램 차폐장치가 있는 입구가 존재합니다. 만약 누군가가 별을 즐기거나 산 주변을 잠시 돌아다니고 싶다면, 그는 이것을 이용할 것입니다. 두 번째 방법은 로스엔젤리스나 아갈타 네트워크의 다른 지하 도시로 가는 것처럼 튜브를 타는 것입니다. 그리고 마지막으로 우리가 가지고 있는 소형 "우주선"들 중의 하나인 정찰선을 이용할 수 있습니다.

• JC: 그럼 우리가 본 우주선(UFO) 중 일부가 당신들의 것입니까?

• SD: 예, 우리는 그들을 '실버함대(Silver Fleet)'라고 부릅니다. 정찰선들과 함께 우리는 3대의 대형 모선(母船)을 가지고 있습니다. 모선이 밖으로 나왔을 때 - 산이 물리적으로 열립니다 - 우리는 사람들을 놀라게 하고 싶지는 않아요. 그래서 우리는 구름 덮개를 만드는 기계를 개발했습니다 - 당신들은 그것을

샤스타산 인근에 떠 있는 구름 우주선

"구름 우주선"이라고 부르지요.

• JC: "은하연합(Galactic Confederation)"이란 무엇입니까?

• SD: 나는 당신이나 대부분의 사람들이 예를 들어, TV 프로, 〈스타트렉(Star Trek)〉에 익숙하다고 확신합니다. 우리는 "그것은 채널링된 것이었다."라고 말할 것입니다. 그러나 그것은 행성들의 "동맹"이라기보다는, "연합"이며, 이것은 서로 다른 문명들과 다른 세계들을 모아 형제애로 결합시킨 태양계와 은하계 전역에 걸쳐 만들어진 조직입니다. 또한 은하계 안팎의 다른 세계들과의 무역, 공동탐사, 상호교류를 기반으로 결성된 것이지요. 지구는 사실 행성연합의 일원이며, 지구의 절반(지상주민들)은 단지 그것을 잊어 버렸을 뿐입니다.

하나의 연합은 은하계 전반에 걸친 매우 거대한 작전지역 형태로 만들어지거나 구현된다고 말할 수 있습니다. 우리 은하계인 은하수를 보세요. 나는 여러분 모두가 은하수라고 그려놓고서 "당신은 여기 있습니다."라고 작은 점이 찍힌 티셔츠의 그림을 보았을 거라고 생각합니다. 그렇습니다, 우리는 여기 있고, 우리는 9-지역이라고 불리는 곳에 있습니다.

우리 은하계의 중심, 또는 이 은하 안의 연합의 중심부는 제로 지역(Sector Zero)이라고 불리는 곳입니다. 그리고 다른 지역들은 수레바퀴의 살처럼 그 중심에서 바깥쪽으로 방사상의 형태로 펼쳐져 있습니다. 각 지역은 그 자체적인 조치에 대해 책임을 지며, 다른 지역들과 어떻게 상호 교류할 것인가에 책임이 있습니다. 우리의 구역인 9-지역은 아쉬타(Ashtar)라는 존재의 지휘 하에 있습니다. 여러분 가운데 많은 이들이 〈아쉬타 사령부〉의 아쉬타와 그의 쌍둥이 불꽃(twin flame)인 아데나(Athena)에 대해 들어보았을 것입니다.

이 지역 안이나 아쉬타 사령부 내에는 100개 이상의 함대들이 있습니다. 일부 함대는 기본적으로 하나의 행성에만 속합니다. 어떤 함대는 단지 몇 개의 행성들에 속해 있습니다. 그리고 다른 함대는 하나의 태양계 전체에 속하며, 또 다른 함대는 기본적으로 이 지역 전체에 서비스를 제공하는 방어 함대이지요. 그

다음의 다른 함대들은 전체를 담당하는 연합함대입니다. 나는 단지 당신에게 은하연합에 대한 간략한 개요와 그것이 어떻게 움직이는지를 알려주고 싶었습니다. 나중에 좀 더 깊이 이야기할 기회가 있을 것입니다.

• JC: 우리 중의 한 명이 텔로스로 갈 수도 있나요?

• SD: 텔로스에서는 다른 사람들에 대해 심판하는 마음이 없으며, 우리는 마음 사이에 오가는 텔레파시 능력이 있습니다. 하지만 지상에 있는 대부분의 사람들은 타인을 비판하는 생각을 가지고 있고, 그리고 이런 이들은 텔로스인들에게 물리적으로 고통스럽습니다. 어떤 사람들은 텔로스로 오도록 초대받는데, 그들 대부분은 영적인 마스터들의 학생들(제자들)입니다. 세상이 더 큰 빛과 사랑으로 변화함에 따라 (지상과 지저) 우리 두 사회가 함께 하게 될 것입니다. 이것은 오랫동안 기다려 왔던 것이고 즐거운 시간이 될 것입니다!

• JC: 언제 그렇게 될 수 있다고 생각하시나요?

• SD: 우리는 아직 모릅니다. 지상에 있는 사람들이 충분한 준비가 될 때일 것입니다.

• JC: 텔로스에서 출산할 때의 전형적인 모습에 대해 설명해 주시겠습니까?

• SD: 음, 여자가 임신한 것을 처음 깨달을 때, 그녀는 많은 사랑의 보살핌을 받는 곳이자 아름다운 그림과 음악으로 둘러싸인 신전의 방으로 갑니다. 그녀는 자신의 아기를 아름답고 완전하다고 봅니다. 이 사랑과 완전함이 바로 그녀자신의 세포 안으로

스며들어갑니다. 이것은 놀라운 건축 재료인 것이죠! 두 부모는 모두 큰 사랑으로 태아와 이야기하고 아기에 대해 노래합니다. 그래서 아기는 정말로 자신이 사랑받고 있고 환영받고 있다는 것을 알게 되지요. 임신기간은 불과 3개월만 지속됩니다.

• JC: 3개월이요! 하지만 아기가 어떻게 생존해 있습니까?

• SD: 자궁 속에 아기가 필요로 하는 모든 것이 있습니다. 아기는 아주 건강하고 튼튼하게 태어납니다.

• JC: 정말 다르군요!

• SD: 아기가 태어날 준비가 되면, 산모는 신전의 출산실로 갑니다. 거기서 그녀는 출산 여사제의 도움을 받습니다. 출산은 고통이 거의 없는 수중분만을 하며, 이것은 엄마와 아기 모두에게 가장 좋습니다.

• JC: 왜 그것이 좋은 방법이죠?

• SD: (지상에서는) 출생이 보통 외부에서 이루어지다보니, 아기가 쉽고 자연스럽게 숨을 쉬기 위해 준비되거나 쉴 수 있기 전에 아기의 탯줄은 잘립니다. 종종 아기가 호흡을 시작하기 위해 엉덩이를 맞기 때문에 첫 번째 호흡은 고통과 두려움으로 들이키게 되지요. 이로 인해 사람들은 사는 동안 호흡을 깊게 하지 못하게 되고 - 삶의 절반 동안 - 폐기종 및 다른 폐 문제 같은 질병에 걸리기가 쉽습니다.

텔로스에서 아기가 태어났을 때, 아기는 따뜻한 물에 바로 들어갑니다. 아기는 고향(자궁)에 있다고 바로 느낍니다. 아기는 30분 동안 탯줄로 어머니와 계속 연결되어 있으며, 출산 과정에서 물에 떠 있는 동안 휴식하면서 부모로부터 사랑받고 환영받습니다. 마침내, 아기는 혼자 힘으로 완전히 호흡하기 시작합니다. 오직 그때만 탯줄이 레이저로 고통 없이 절단됩니다.

그 다음 2년 동안, 아버지는 자녀의 삶의 결정적인 시간을 돕기 위해 집에 머물러 있습니다. 아버지와 어머니이자 여성과 남성인 두 사람이 자녀가 완전히 균형을 이루도록 있어주는 것이 중요합니다. 이 외에도 각 어린이에게는 12명으로 구성된 대부모(代父母)가 주어지며 대부분이 종종 그들 자신의 자녀와 함께 있습니다. 아이는 이 모든 대가족과 시간을 함께 보내고 온 세상이 가족처럼 느끼기 시작합니다. 이것은 파벌이 형성되는 것을 막고 가족 패턴을 덜 강화시킵니다.

교육은 3년 후에 시작되며, 그것은 아이의 무지가 아닌 지성에 토대를 두고 있습니다. 명상이 가르쳐지고, 독서, 무용, 스포츠, 수학, 연기, 추상적 개념, 극작을 배웁니다. 아이들은 스스로 생각하고 일을 처리하도록 가르쳐집니다. "놀이하고 배우는" 과정에서, 그들은 폭력 없이 자기표현을 하는 것을 배웁니다. 그리고 5세 때부터 아스트랄 투사하는 법이 가르쳐지므로 아이들은 몸에서 (영혼을) 이탈시켜 여행하며 많은 것을 배울 수 있습니다. 그들은 과거의 유적지를 방문하고 그들 자신의 역사를 시찰하며, 지상과 다른 행성들을 방문합니다. 또한 그들은 천사(天使)가 실제임을 깨닫고, 눈에 보이지 않는 것에서 보이는 것이 나타난다는 믿음을 개발합니다. 그들은 스로로 현명해지고 강해집니다. 거기에 낙오자나 피해자는 없습니다.

우리는 10대 시절을 "일시적인 광기의 시절"이라고 부릅니다. 아이들은 현명하고 사랑을 지닌 성인들의 감독 하에 그들의 나이 또래의 다른 아이들과 합류합니다. 그들은 연극을 만들고, 며칠 동안 낮은 공동속의 야생에서 뛰놀며 소리 질러대면서 자신의 에너지를 긍정적으로 발산하지요. 그리하여 그들은 알코올 중독이나 다른 중독에 물들지 않고 온전한 성인으로 성장해갑니다.

• JC: 텔로스에 어떤 정신병 같은 것이 있습니까?

• SD: 없습니다.

• JC: 어떤 범죄는요?

• SD: 전혀요.

• JC: 가난은 어떻습니까?

• SD: 아니오, 모든 이들이 자기가 원하고 필요로 하는 것을 다 갖고 있습니다.

• JC: 전형적인 주택은 어떤 모습인가요?

• SD: 주택은 신성한 기하학에 기초해 있고, 대부분 원형입니다. 우리의 공공건물은 고대 그리스의 건축물과 비슷합니다.

• JC: 우리가 사용하는 것 같은 전기와 가전제품이 있나요?

• SD: 우리는 에테르(ether)로부터 에너지를 뽑아내는 기계장치를 개발했으므로 전기가 필요하지 않습니다. 일부 기기는 당신들의 것과 유사하지만 더 진보돼 있습니다. 우리는 여러분의 TV에 나오는 스타트렉(Star Trek)에서와 같이 복제기를 가지고 있지만, 대부분 사람들은 스스로 요리를 하고 싶어 합니다.

• JC: 당신들 음식의 어떤 것은 지상의 채식주의자 음식과 비슷

합니까?

• SD: 매우 비슷합니다. 우리는 당신들이 갖고 있는 아이디어의 일부를 훔쳤습니다. 우리는 피자(pizza)를 좋아합니다! 또한 초콜릿도요.

• JC: 텔로스에도 애완동물이 있나요?

• SD: 예, 당신들과 마찬가지입니다.

• JC: 텔로스인들의 평균 신장은 얼마나 되죠?

• SD: 지상 주민들보다 약 30cm 정도 키가 더 큽니다.

• JC: 평균 수명은 얼마나 되나요?

• SD: 텔로스에서는 노화가 없습니다. 우리는 유전적으로 당신들과 똑같지만, 우리 텔로스 사람들은 나이 먹는 것을 알지 못합니다. 그래서 우리는 늙지 않습니다. 텔로스에는 몇 명의 아메리칸 인디언이 있는데, 지금은 수백세 이상의 나이가 되었습니다.

• JC: 당신 나이는 몇 살인가요?

• SD: 269세입니다.(※인터뷰 당시인 1995년 나이임) 대부분의 텔로스인들은 수백 세에서 수천 세 사이에 해당됩니다. 한 남성은 자신의 몸으로 3만년 동안 살아왔습니다. 우리는 농담으로 그를 "가장 긴 사람"이라고 별명을 붙였지요!

• JC: 그럼 당신은 젊은이군요! 데이트하는 것은 어떤가요? 25회 데이트한 여성이 2,000번 한 남성을 만나기도 하겠네요?

• SD: 종종요! (웃음)

• JC: 텔로스에 어떤 죽음이 있습니까?

• SD: 예, 있지만 드뭅니다. 아주 이따금 사람이 사고로 사망합니다. 애완동물도 죽습니다.

• JC: 누군가 텔로스를 떠날 준비가 되면 어떻게 됩니까?

• SD: 대부분의 사람들이 상승하는데, 자신의 몸에 빛을 끌어들여서 더 가벼운 차원으로 이동합니다. 다른 사람들은 상승할 준비가 되지 않았을 수 있으므로 자신의 신체를 두고 떠난 다음, 그것을 비물질화하는 법을 배웁니다.

• JC: 사람들이 그냥 주변에 머물러있는 (텔로스 같은) 사회는 어떻게 작동합니까?

• SD: 인간이 자기가 원하는 만큼 오래 살게 될 거라는 것을 알 때, 그리고 그들이 바라는 만큼 오래 젊은 채로 있게 된다는 사실을 알게 되면, 여러분이 지상에서 인생에 대해 갖고 있는 느낌과는 완전히 달라집니다. 거기에 무모한 행동과 어쩌면 마약이나 술과 함께 여러분의 사회에서 발생하는 "젊음은 한 때뿐이야!"와 같은 방탕함은 없습니다. 또한 여러분이 수백 년 내지는 수천 년 동안 살기 때문에, 확실하게 환경을 돌보게 됩니다! 여러분은 더 많은 책임이 있습니다. 늙거나 죽지 않고 살면서 가장 멋진 것은 당신들이 하고 싶은 모든 일을 다 하게 된다는

것입니다. 이제까지는, 누군가 진정한 삶을 살아가기 시작하기 위한 충분한 지혜와 지식을 얻는 순간, 그는 이미 너무 늙어버려서 많은 것을 할 수가 없었습니다.

• JC: 텔로스는 어떻게 통치되고 있습니까?

• SD: 우리에게는 12명+1인으로 구성된 위원회가 있습니다. 신전을 이끄는 12명은 6명의 남성과 6명의 여성이며, 대부분은 승천한 대사들(Ascended Masters)인데, 어떤 상황에서도 균형 잡힌 높은 지혜를 갖춘 사람들입니다. 그들은 항상 절대자인 신(神)이 원하시는 것을 따름으로써, 자신의 개인적인 이익보다는 수많은 사람들의 이익을 우선시합니다.

• JC: "더하기 1인(Plus One)"이란 무엇인가요?

• SD: 그 "원(One)"은 대사제나 대여사제, 또는 텔로스의 왕과 여왕입니다. 멜기세덱의 교단은 항상 남성과 여성의 균형을 유지하며, 그것은 영적 깨달음에 지극히 중요한 것입니다.

• JC: 대사제와 대여사제는 누구죠?

• SD: 그들은 협력 파트너들입니다. 대사제는 대천사 미카엘(Michael) 바로 밑에서 일하는 승천한 대사, 아다마(Adama)입니다. 그는 푸른 광선의 마스터이며 인류의 상승을 돕고 있습니다. 대여사제는 테라 라(Terra Ra)입니다. 그녀는 신전에서 학생들을 가르치고, 그들에게 많은 사랑을 받습니다. 그녀 역시 승천한 마스터입니다.

• JC: 그리고 텔로스의 왕과 여왕은 누구입니까?

• SD: 그들은 라(Ra)와 라나 무(Rana Mu)입니다. 이 혈통은 3만년 이상 깨지지 않았습니다. 왕권은 계승되지만, 그들의 장남이나 장녀에게 자동으로 옮겨지지 않습니다. 왕과 여왕은 자신의 자녀 또는 손자 손녀 중 가장 능력 있는 사람을 골라 결정합니다. 그 사람은 충분한 신전 훈련을 마치고 멜기세덱 사제 또는 여사제가 됩니다.

• JC: 당신은 "공주"라고 불립니다. 그것이 이 혈통과 관련이 있습니까?

• SD: 예, 저는 라와 라나 무의 딸입니다.

• JC: 누가 지도적인 결정을 내릴 수 있습니까?

• SD: 12인 평의회입니다. 그것을 결정할 때, 왕과 여왕은 그것을 되돌릴 수 있고, 아니면 변경을 요구할 수 있습니다. 거기에 해결되지 않은 의문이 있을 경우, 대사제와 대여사제는 마지막 말을 남깁니다. 주된 12인 평의회 아래에는 지방 분쟁을 다루는 하위 12인 협의위원회가 있습니다. 개인적인 문제 또는 논쟁은 과거의 아카식 기록(akashic record)에 접근할 수 있는 중재인, 사제 또는 여사제가 처리합니다.

• JC: 왜 이것이 도움이 되나요?

• SD: 종종 이전의 육화로부터 분쟁이 생겨나기 때문입니다. 결정이 내려지면, 모든 사람들은 그것이 모든 관계자들에게 최선이라는 것을 이해하며, 문제는 종결됩니다.

• JC: 텔로스에는 돈이 있습니까?

• SD: 아니오, 우리는 비금전적인 교환제도를 가지고 있습니다.

• JC: 이것은 어떻게 운영됩니까?

• SD: 정부는 모든 것을 소유하고 있지만, 어떤 것도 통제할 책임은 없습니다. 예를 들어, 먼저 식품이 유통점에 도착한다는 사실을 확인합니다. 그리고 당신이 음식, 옷, 가구, 예술품, 서적 등 무엇인가가 필요할 때, 단순히 물류센터로 가서 가져가면 됩니다.

• JC: 사람들이 텔로스에서 돈을 벌기 위해 일할 필요가 없다면, 어떻게 모든 것이 이루어지나요?

• SD: 각 사람은 자기가 하고 싶은 것을 선택합니다. 어떤 사람이 수경정원에서 일하기로 결정했다고 가정해보십시오. 그는 자신의 시간을 정하고, "감독"이 그가 언제 일할지를 알려줍니다. 그리고 그는 모든 사람의 복지가 자기가 맡은 일에 의존한다는 것을 잘 알고 있기 때문에 그곳에 나와서 일합니다. 어떤 사람들의 재능은 예술, 마사지 등이지요. 사람들은 충분한 시간을 갖고 명상하고, 놀고, 휴식하며, 훈련을 위해 신전에 갑니다. 그리고 영적으로 성장합니다.

• JC: 쓰레기를 모으는 것 같이, 아무도 하고 싶어 하지 않는 일은 어떤가요?

• SD: 우리 모두는 공동체사회를 위해 봉사하며, 심지어 12인 평의회까지도 번갈아 가며 봉사합니다. 거기에는 아무도 남보다 더 우월한 사람이 없으며 더 못한 사람도 없습니다. 그래서 우리는 한 달에 4시간 동안 쓰레기를 수집하여 비물질화시키고,

정원 제초를 하고, 동물의 배설물을 치우는 등의 일을 할 수 있습니다. 우리는 다른 사람들과 그것을 하고 있기 때문에 그것이 재미있고, 노래하면서 즐거운 시간을 보내고 있습니다.

- JC: 당신들은 실제로 쓰레기를 비물질화시키나요?

- SD: 그렇습니다.

- JC: 우리가 그 기술을 지상에서 사용할 수 있을까요? 그리고 텔로스에서도 사람들이 결혼합니까?

- SD: 예, 우리는 두 종류의 결혼이 있는데, 그것은 '계약결혼'과 '신성한 결혼'입니다. 두 사람이 실제로 어떤 것을 함께 공유한다는 것을 느낄 때, 서로를 돌보며 미래를 설계하고 싶어집니다. 이때 이들은 수시로 사제나 여사제에게 가서 '계약결혼'을 하기로 결정합니다. 때로는 이 결혼이 수백 년 동안 지속되지만 대개는 이보다 더 짧습니다. 계약결혼 배우자들은 자녀가 없습니다. 만약 그 결혼생활이 효과가 없다면, 그들은 단순히 사제나 여사제에게 다시 갑니다. 그리고 그 결혼은 파기됩니다. 오명도 없고 불협화음도 없습니다. 한편 계약결혼이 매우 깊어지고 오래 지속될 때, 두 사람은 '신성한 결혼'을 선택할 수 있습니다. 이것은 함께 2백 년을 지낸 후, 또는 2개월 후에도 발생할 수 있지요. 그들은 아름답고 성대한 결혼식을 가집니다. 우리의 모든 아이들은 이런 '신성한 결혼'에서 잉태되어 태어난 것입니다.

- JC: 당신은 왜 지상에 있는 한 남자와 결혼하기로 선택했습니까?

• SD: 그는 내 쌍둥이 불꽃(twin flame) 영혼이며, 내 영혼의 절반을 차지하는 남성입니다. 그는 우리의 일을 함께 도와서 수행하기 위해 지상에 육화하기로 결심했습니다. 그것은 지상과 지저라는 우리의 두 사회를 하나로 융합하는 것입니다.

• JC: 적어도 몇몇 텔로스인들에 의해 이런 마스터의 능력이 실행되었나요? 예를 들면, 1) (형태를 남기지 않고) 생각으로 여행하기, 또는 2) 에테르로부터 (물질을) 창조해내기 같은 것 말입니다.

• SD: 신전 훈련을 받은 사람들은 준비가 되면, 결국 이런 일들을 배우게 됩니다.

• JC: 샤룰라, 우리와 함께 하기 위해 지상에 오셔서 우리 두 사회를 융합하는 일을 돕고 계신 데 감사드립니다. 얼마나 오래 지상에 머무를 것이라고 생각하십니까?

• SD: 그것은 영혼에 달려 있습니다.

## 2)샤룰라 덕스를 통한 텔로스 아다마 대사의 메시지

### 새로운 DNA, 새로운 의식, 새로운 지성; 12 가닥 DNA의 활성화

2009. 8. 25

(이 메시지는 텔로스의 공주인 샤룰라 덕스에 의해 채널링되었다.)

변화와 새로운 상태를 받아들이는 사람들은 새로운 존재의 길을 걷고 있습니다. 여러분의 몸속에서 발달하고 있는 세 번째 DNA 가닥이 여러분을 그리스도가 되게 합니다. 즉 살아있는 신성한 삼위일체를 이루는 것이지요. 살아있는 삼위일체로서 여러분자신을 실현함에 있어서, 여러분은 이원성을 뛰어 넘을 것입니다. 새로운 아미노산(amino acids)은 여러분 뇌가 새로운 암호를 쉽게 발하도록 만듭니다. 이것을 세속인의 용어로 바꾼다면, 여러분은 새로운 지성을 키우게 될 것입니다. 새 아미노산은 아주 오랫동안 사용되지 않은 여러분의 의식(意識)의 부분을 활성화시킵니다.

이제 여러분은 인간이 육체적인 뇌 용량의 6%를 사용한다고 과학자들이 보고했음을 압니다. 천재들은 약 8~10%를 사용합니다. 여러분 안에서의 이러한 변화들은 자신이 진정으로 누구인지를 더 많이 활성화할 수 있는 프로그램을 만들 것입니다. 인류가 단지 6% 의식만을 가지고 행한 것을, 그리고 당신들이 지구행성에다 개인적으로 집단적으로 창조한 것을 멈춰 서서 생각해보십시오. 그렇다면 여러분 뇌 용량의 나머지 94%를 가지고 무엇을 할 수 있었을까요?

여러분 중의 많은 사람들이 18세기에 성 저메인(St.Germain)이 프랑스에서 살면서 행한 행적의 진술서와 증언에 관한 이야기를 들었습니다. 한 보고서는 성 저메인이 한 편으로 시(詩)를 쓰면서 동시에 다른 한 편으로는 고급 수학계산을 할 수 있었다고 진술한 특정 백작 부인에 대해 언급합니다. 또한 그렇게 하는 동안 그는 자신이 손으로 하고 있는 것과는 관계없는 사람과 대화를 계속했습니다. 이것이 여러분의 미래 모습에 관한 한 예입니다.

세 번째 DNA 가닥으로 여러분은 당신이라는 존재의 약 30%에 접근할 수 있습니다. 이 30%는 여러분을 자신의 상상을 초월한 묘기를 발휘할 수 있는 마스터로 만들기에 충분합니다. 이것은 뇌 속에 축적된 힘뿐만이 아니라 당신이라는 존재에 접근 가능한 모든 힘들을 포함합니다. 원격염력이 그 한 예입니다. 염력능력으로 유명한 사람은 이스라엘의 유리 겔러(Uri Geller)입니다. 멀리에서 숟가락을 구부릴 수 있으며 때로는 수천 명이 동시에 구부릴 수도 있습니다. 아마도 그는 자기 존재의 10%를 사용하고 있을 것입니다. 4% 더 많은 뇌의 능력이 그런 능력을 당신들에게 만들어 줄 것입니다. 다시 말하지만, 자기 뇌 용량의 30%로 여러분이 할 수 있는 것을 상상해보십시오!

## 3.지저세계의 호루스와의 대화

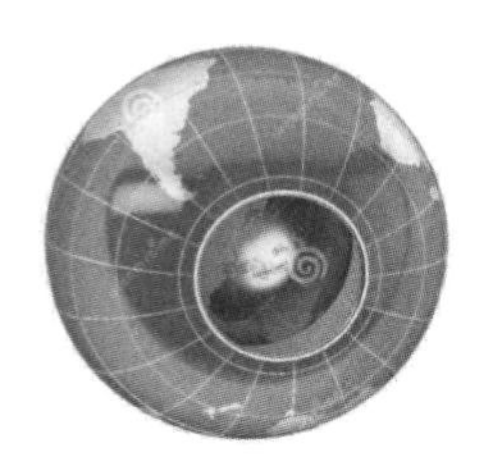

2011년 12월 21일, 17명의 빛의 일꾼들이 미 캘리포니아, 샤스타산의 호수 기슭에서 만나 영적모임을 가졌다. 이 모임에서 채널러 낸시 테이트(Nancy Tate)를 통해 지저세계의 빛의 존재인 호루스(Horus)와 채널링이 이루어졌다. 사실 호루스는 이집트 신화에서 머리가 매의 모습을 한 태양신으로 남아 있다. 하지만 원래 인간이었으며, 현재는 지저공동세계에서 살고 있다고 한다. 다음의 내용은 호루스와의 그 주요 문답 내용이다. (편집자)

• 호루스: 나는 누군가의 질문에 답할 준비가 되었습니다.

• 질문: 호루스에게 감사드립니다. 나는 당신과 다른 빛의 존재들을 위한 사람이 되고 싶습니다. 어떻게 제가 그걸 알게 될 수 있을까요?

• 호루스: 당신은 그렇게 할 수 있습니다. 어떤 말, 어떤 연결

또는 의사소통을 기대할 수 있고, 예측되는 것을 따라갈 수 있을 것입니다. 나는 당신을 군중들과 더불어 깊이 환영합니다.

• 질문: 빌리(Billie)와 조라(Zorra)에 대해 알고 계십니까? 그는 250,000명의 아갈타 사람들이 지상에 나타날 거라고 주장합니다. 맞습니까? 어떻게 우리가 그들을 만날 수 있을까요?

• 호루스: 맞습니다. 영혼의 차원에서 여러분이 준비되었다고 그들과 합의하게 되면, 알고 있는 방식으로 그들을 만날 수 있게 될 것입니다. 그러나 여러분은 이미 그들과 여러 번 교류한 바 있습니다. 그 교류는 여러분이 길거리에서 누군가를 스쳐 지나가며 미소를 짓거나, 영혼의 수준을 알아볼 때 고개를 끄덕이는 것일 수도 있습니다. 지상의 인간들이 그들과 만날 준비가 될 때, 그들이 올 것입니다.

• 질문: 아갈타인들이 정말 샤스타산 속에 있습니까?

• 호루스: 예, 있습니다. 그들은 오고 가며, 지구를 여행합니다. 그들 중 일부는 한 번에 한 장소에 있을 것이고, 그런 다음 다른 곳으로 향할 것입니다. 대체로 그들은 다른 사람들, 다른 영혼들로부터 오는 질의에 답하고 있다 보니 이동하고 있습니다. 그들은 자신이 다른 지역에서 필요하다는 것을 알게 될 때 빛의 방식으로 여행할 수 있습니다. 이곳에도 역시 아갈타인들과 일부 텔로스인들이 함께 섞여 있습니다. 그들은 항상 어느 방향으로든 지구를 돌아다닐 준비가 되어 있습니다.

• 질문: 그들의 임무는 정확히 무엇인가요?

• 호루스: 그들의 사명은 사람과 동물, 온갖 종류의 생명에 상

관없이, 모든 인류와 지구상의 모든 생명들이 다가올 변화를 준비하는 데 도움을 주는 것입니다.

• 질문: 또한 모임들에 관해 언급된 내용을 확인해주실 수 있습니까?

• 호루스: 그 행사에는 어떤 잠재력이 있으며 그 잠재력은 일정한 시기에 지구상에서의 에너지적이고 물리적인 조건에 따라 축적됩니다. 그런 방식으로 에너지가 잘 될 수 있는 것이 바로 지금 입니다. 지구 행성의 외부와 내부의 일부 비전은 매우 강력한 잠재력입니다. 이 모든 것이 진전될 때, 앞으로 지구상에서 어떻게 나타날지를 보게 될 것입니다. 확실히 어떤 종류의 모임이 있을 것입니다. 그것이 어떻게 될 것인지는 자체적으로 드러나게 될 것입니다.

• 질문: 또한 일부 사람들이 지구에서 우주선으로 대피할 것이라는 말도 있습니다. 이게 사실일까요?

• 호루스: 네, 그렇습니다. 그것이 일어날 수 있는 에너지적인 가능성이 있습니다. 그러나 지구상의 모든 사람들이 중간에 하는 선택에 따라 그 가능성이 바뀔 수가 있습니다. 즉 아무도 떠날 필요가 없을 수도 있습니다.

• 질문: 지구를 떠나는 일부 사람들에 대해 지금 말씀하셨습니다. 그것이 소위 육체적인 죽음, 또는 UFO들에 의해 대피되거나, 아니면 몸을 분해하여 다른 행성에 다시 나타나는 것일 수 있습니까? 그것에 대해 자세히 설명해 주시겠습니까?

• 호루스: 어떤 사람들은 육체적인 죽음을 통해 지구를 떠나는

것을 선택할 것입니다. 이번 생에 어떤 목적을 위해 일하고자 이 행성에 온 일부 사람들, 그리고 생의 마지막 몇 년이 남아있을 수도 있는 일부 사람들은 그들의 목적이 완료돼가고 있다는 것을 알게 될 것이고, 원래 온 곳으로 돌아갈 것입니다. 그들은 특정 임무를 위해 온 것이기 때문이지요. 그러므로 그것은 그 특정한 사건을 둘러싼 상황에 따른 것이며, 그 사람들은 자기들의 목적, 사명, 의도가 무엇인지를 스스로 깨닫게 됩니다.

• 질문: 지구의 경제 상황에 관해서 우리가 기대할 수 있는 것은 무엇입니까?

• 호루스: 초기 몇 달 동안 상당한 변화가 있을 것입니다. 에너지의 중요한 변화가 있을 것입니다. 일단 추락이 시작되면, 다른 수단이 없게 될 것입니다. 그렇다고 해서 세상이 완전히 혼란에 빠질 것이라는 뜻은 아닙니다. 여러분이 사랑, 평화, 기쁨과 조화가 되지 않은 어떤 결말이나 해답을 보았을 때, 그것이 불가피한 것이고 현재의 상승하는 에너지와 맞지 않는 두려움에 기초한 것임을 압니다. 그것은 두려움의 안락한 영역에 머물러 있기를 주장하는 사람들에 의해 얼마나 많은 저항이 축적되는지에 달려 있습니다. 그러나 그런 저항이 지금 당장 이 행성에서 많은 사람들이 만들어내는 평화로움을 넘어설 수는 없습니다.

• 질문: 상승을 통과하기로 이번 생에 서약하고 지구에 온 일부 사람들은 육체를 5차원으로 가져갈 것입니다. 맞나요?

• 호루스: 그렇습니다. 승천하기로 선택한 사람들은 이 새로운 존재 방식에 따라 빛나는 용모를 갖습니다. 원한다면, 한번 성취된 모습을 바꾸는 능력도 갖게 될 것입니다.

• 질문: 당신은 이곳 지상의 우리가 당신을 만나러 갈 필요가 없다고 말하고 있습니다. 당신들이 우리를 만나기 위해 나오게 되는 것이 맞나요?

• 호루스: 우리가 올 것입니다. 또 여러분은 어느 시점에 초대되어 우리를 방문하게 될 것입니다. 그러나 지저세계로 들어와 방문할 수 있기 전에 지상에서 일어날 일들이 있습니다. 나는 많은 일들이나 많은 시간을 말하는 것이 아닙니다. 나는 이 모든 것이 어떻게 되어가고 무슨 일이 발생하느냐에 따라 그 다음 순간에도 있을 수 있는 것에 대해 이야기하고 있습니다. 순간 속에서 사는 곳은 지금 우리가 있는 곳이며, 여러분이 거기에다 파장을 맞출수록 더욱 더 자신이 그렇게 살고 있음을 깨닫게 될 것이라는 것을 기억하십시오. 그렇습니다. 결국 지구 내부를 방문하게 될 것이고, 그것은 조화 속에서 이루어질 것입니다.

• 질문: 나는 이 모임에 대해 전혀 들어 본 적이 없습니다. 만약 우리가 구조될 필요가 있다는 계획이 수립된다면, 우리는 지구 내부로 가게 될까요?

• 호루스: 여러분이 지구내부나 공동세계로 가고 싶어 하든, 아니면 지구행성에서 벗어나 저 위의 우주선으로 가고 싶어 하든, 만약 필요한 상황이 오게 되면, 그렇게 될 것입니다. 필요하지 않더라도 여러분 중에 일부는 그것이 미리 계획된 것이기 때문에 하나 또는 다른 것을 경험할 수 있습니다.

우리가 있는 지구 내부세계로 갈 수 있기 위해서는 오직 조화롭게 되는 것뿐입니다. 만약 여러분이 그런 진동 속에 있지 않다면, 그곳에 쉽게 갈 수 없을 것입니다. 즉 언젠가 동굴 입구 언저리까지 찾아와서 그곳에 돌 벽이 있을 경우, 충분히 높은 진동을 갖고 있지 않다면, 그 문은 여러분에게 열리지 않을 것입니다. 그것은 완전히 5차원에 있어야한다는 것을 의미하지는 않습니다. 다만 여러분을 훨씬 더 높은 단계로 데려가는 그런 에너지 상태에 이를 잠재력이 있음을 의미합니다. 그것은 여러분이 올라가려고 지향하는 것과 조화를 이루고자 하는 자발성과 의도에 달려 있습니다.

• 질문: 당신이 지구상에 마지막으로 육화했던 것은 이집트의 신이었나요?

• 호루스: 그것은 많은 사람들이 사용했던 호칭입니다. 나는 아눈나키(Annunaki)에 대한 개념을 새로운 단계로 이끄는 방식으로 봉사하게 되었던 존재였습니다.

• 질문: 그렇다면 현재 당신의 직업은 무엇입니까? 지금 지저세계에서 무슨 일을 하고 있나요?

• 호루스: 나는 미코스가 있는 포토로고스 도서관에서 모든 정보를 모든 사람들이 이용할 수 있게 에너지 인쇄물로 편찬하는 것을 돕고 있습니다. 그것은 모든 사람이 정보를 활용할 수 있도록 항상 해왔던 일입니다. 이제 그것은 마치 모든 이들이 이용하기 위해 만들어진 에너지 황금 인쇄물과 같습니다. 모든 사람이 이것을 생성하고 있고, 우리는 새로 정리된 상태에서 사용하기 위해 그들의 협력 속에서 이것을 창조하고 있습니다. 여러분이 진동으로 준비가 되면, 그것이 지상에도 있게 될 것이고, 그것을 가지고 있음을 깨달을 것입니다.

여러분은 이 정보를 얻을 것입니다; 그것은 여러분의 일부가 될 것이며, 그것이 새로운 존재의 길을 시작하는 되는 다음 단계에 관한 정보를 여러분에게 줄 것입니다. 각자가 자신이 생성한 온갖 정보의 총체입니다. 즉 단지 지구상에서뿐만 아니라 여

이집트 벽화에 나타나 있는 호루스의 이미지

러분이 창조주로부터 창조된 때로부터 당신이라는 존재를 통해 만들어낸 온갖 정보를 가진 일종의 편집물입니다. 고등한 지식에 도달하기 위해 자신의 바깥으로 나가 돌아다니는 대신에 정보가 여러분과 함께 할 것입니다. 그것은 여러분의 의식(意識) 속에 있게 될 것입니다. 여러분이 해야 할 일은 지식을 얻기 위한 열망과 의도를 갖는 것뿐입니다.

• 질문: 당신은 잠시 전에 아눈나키에 대해 언급하셨습니다. 나는 서로 일치하지 않는 아눈나키에 관해 여러 가지 자료를 읽고 듣다보니, 정확한 상황이나 그들이 누구이며 오늘날 우리 삶과 어떤 관련이 있는지에 대해 파악하기가 어렵습니다. 그것에 관련해서 상세히 설명하실 수 있습니까?, 아니면 제가 질문을 좀 더 명확하게 해야 하나요?

• 호루스: 그것이 의미하는 바는 지구상의 삶의 역사에서 사람들마다 다른 시각을 가지고 있다는 것입니다. 보관된 기록 및 이러한 기록에 대한 해석은 그것이 포토로고스 도서관 내의 에너지적인 기록이나 태블릿, 또는 돌벽 등에 새겨져있는 도안 같은 기록이든 상관이 없습니다. 어떤 정보와 해석에는 그런 광대한 배열이 있습니다. 그런 까닭에, 예컨대 아눈나키의 역사와 같은 역사적인 일부 세부 사항이 가지각색인 것입니다. 여러분이 그 전체를 살펴본다면, 많은 사람들이 이 모든 것이 지나치게 얽혀 있다는 것을 알게 됩니다. 그리고 그 안에서 발단의 실마리와 그 기원을 알 수 있게 하는 핵심 요소들을 발견할 것입니다. 당신은 그 중 일부를 경험했고, 그것을 경험할 때 당신은 그것이 무엇인지에 대한 자신만의 해석을 갖고 있습니다.

아눈나키는 당신이 알고 있는 것처럼, 인류 진화의 주요 열쇠 부분입니다. 각 사람은 자신이 경험한 것을 통해 태피스트리(tapestry)로 짜여진 그들 자신만의 기원의 줄거리를 갖고 있습니다. 그것이 그들의 진리인데, 즉 그것이 그들의 경험과 해석에 관한 진리인 것입니다. 그러므로 당신이 과거의 사실에 대한 다른 보고서들을 읽을 때 그것을 알 수 있습니다. 당신이 오늘날의 삶에서 알고 있는 것처럼, 우리는 무언가를 속삭이는 집단 속을 돌아다니며, 원래의 발언자에게 돌아갈 때까지 그 속삭임이 바뀝니다. 추적할 수 있는 동일한 어떤 맥락이 있을 수 있지만, 그것은 그 안에 있는 다른 사건에 관계된 이야기이고, 즉 다른 요소입니다. 이것이 일어난 것입니다. 그러나 여러분이 포토로고스 도서관의 에너지 인쇄물을 받게 되면, 그 모든 전체 그림을 얻게 될 것입니다. 모든 뒤섞임은 당신에게 경험의 총체인 아름다운 그림을 보여줄 것이며, 당신은 그것을 이해할 것입니다. 왜 그것이 그런 식으로 보이는지, 그리고 그 뒤에 있는 진실을 보게 될 것입니다.

• 질문: 지금 당신은 지저공동세계에 살고 있습니다. 정기적으로 아다마, 아나마르, 오릴리아와 같은 존재들과 이야기하나요? 오릴리아에 관해 우리에게 말해 주실 수 있습니까? 우리는 그녀의 책을 공부하고 있는 중입니다.

• 호루스: 오릴리아는 지금 그녀가 지상에 있을 때 스스로 자신에게 부여한 어떤 것에 다가가고 있습니다. 그녀는 자신에게 약속한 것이 있는데, 나는 그것을 지금 공개하지 않을 것입니다. 바로 지금 그녀는 그런 삶을 살고 있고, 그것을 경험하고 있으며, 그녀는 무아경의 상태에 있습니다. 그녀는 그 에너지를 통해 올 것이고, 그 경험과 그 무아경을 반영할 표현 단계로 나아갈 것입니다. 그것은 그녀가 이 지구상에서 시작한 어떤 것이었

고, 이번 생에서 그녀의 과업 속의 아이디어의 씨앗처럼, 그녀에게 아이디어를 주었습니다. 이제 그녀는 그렇게 성장하고 있습니다. 그녀는 씨앗을 심었고, 지금은 성장하고 발전하고 있으며, 이 온갖 색깔의 빛이 아름답고 믿을 수 없는 꽃으로 피어나고 있습니다. 그곳으로부터 그녀는 언젠가 지표면으로 나올 것이고, 그리고 이것을 전 세계로 전파할 것입니다.

• 질문: 발생하고 있는 자연재해에 대해 말해주실 수 있는지요? 그리고 우리가 모든 것을 어떻게 극복할 수 있는지 궁금합니다.

• 호루스: 자연재해는 가이아(Gaia)를 정화하는 과정의 일환으로서, 지구상의 모든 생명을 깨끗하게 청소하는 것이고, 두려움의 잔재인 낡은 의도를 제거하는 과정의 일부입니다. 씻겨 나가고, 깨끗하게 되는 일정량의 자유 의지의 발현물들이 있습니다. 지구 행성에 있는 사람들의 진동 에너지가 평온한 수준으로 올라감으로써, 막 분출했을 수도 있는 모든 혼란이 완화되었기 때문에 한 때 그랬던 것처럼 참화를 가져오는 정도는 아닙니다. 그것은 낡은 에너지와 부정적인 에너지를 끌어내는 그런 방식으로 일어나고 있고, 그럼에도 그것이 황폐화를 일으키는 식으로 발생하고 있지는 않습니다. 그것이 우리가 말하는 더 쉬운 방식입니다. 그렇습니다. 지진과 해일이 계속될 것이며, 아마도 화산의 일부가 폭발할 것입니다.

그것이 몇 년 전에 있었던 것처럼 그렇게 보이지는 않을 것입니다. 지난 20년 동안 벌어진 것은 비교적 완만했습니다. 그러므로 육체와 지구를 떠나겠다는 약정을 한 이곳 지상의 사람들은 그렇게 할 것입니다. 그들은 자기 자신이 있을 곳이 어디에 있는지를 영혼 수준에서 알기 때문에, 이런 일이 일어나는 과정에서 그 일부가 될 것입니다. 그들은 물리적인 상황이 영혼의 차원에서는 단지 환상이라는 것을 알고 있습니다. 그들은 신체의 파멸이 일어나기 전에 그 육체를 떠날 것입니다.

다시 한 번 일어날 여러 가지 일들의 조합이 존재하지만, 그 것은 그렇게 큰 재앙은 아닐 것입니다. 그것은 여러분과 같이 아름다운 사람들이 많이 생겨 지구행성의 진동이 높아지는 것을 도왔기 때문입니다. 이 행성 주변에는 충만한 그리스도적인 에너지의 급박한 도래라고 일컬어지는 아름다운 빛이 있습니다. 두려워하지 마세요. 지구에 남아서 복구과정의 일원이 되려고 선택한 사람들은 안전할 것입니다. 그러니 두려워할 필요가 없습니다. 모든 것이 신성한 질서 속에 있습니다.

• 질문: 당신은 우리가 빛의 일꾼으로서 이것을 촉진하고 지속하기 위해서 무엇을 하라고 제안하시겠습니까?

• 호루스: 계속해서 모든 느낌을 따르고, 여러분 가슴을 따르고, 자신이 하는 것을 즐기십시오. 여러분의 인생을 즐기세요; 놀고, 노래하고, 춤을 추고, 즐겁게 산을 뛰어 올라 가거나, 개와 고양이와 놀고, 말을 타고, 기쁨과 즐거움과 위로를 주는 무엇이든지 하세요. 자신이 할 수있는 최선의 삶을 살고, 여러분이 자신의 삶뿐만 아니라 모든 이들의 삶에 기여하고 있음을 아십시오. 이런 일이 더 많이 발생할수록 더 빠르고 활발하게 모든 것이 일어날 것입니다. 그것이 이곳 지상에서 뭔가를 성취하는 방법입니다. 어떤 변화의 순간에 대비하고 평화와 기쁨과 사랑의 길로 나아갈 수 있기를 바랍니다.

• 질문: 이 방에 있는 우리 모두와 어떤 인연이 있습니까? 우리는 레무리아 출신인가요? 우리가 해야 할 다른 역할이 있습니까? 우리 모두가 특정한 목적을 위해 여기에 있는 것인가요?

• 호루스: 인연을 느낀 사람들은 그것을 존중합니다. 여러분의

외부 지식이나 마음 속에는 꼭 특별한 이유가 있을 필요는 없습니다. 그냥 언제든지 서로 만나서 서로 다른 역할을 수행하라는 내면의 소리를 따르세요. 그것이 무엇이든, 그것이 모두 목적에 부합하고, 오늘 밤에 여기 있는 사람들이 꼭 모든 일에 그룹으로서 함께 있어야 할 필요는 없다는 것을 알기 바랍니다. 여러분은 앞으로 일어날 많은 것들의 일부입니다. 여러분은 다양하고도 수많은 다른 그룹, 많은 다른 계획안, 매우 다른 많은 사람들, 일대일 방식의 것을 가지고 있습니다.

그러므로 그 지침을 따르고 내면의 지식을 따르고 그 그룹이 원래 생각했던 것보다 훨씬 더 다양하다는 것을 아십시오. 우리는 모두 지구상에서 하나의 그룹입니다. 그것이 다른 그룹들로 좁혀질 때, 여기저기의 한 그룹 안의 사람들이 유일한 사람들이고 여러분만이 이것에 속한다고 생각하지 않습니다. 다시 한 번 그것이 태피스트리라는 것, 그것은 수많은 다른 것들과 연결된 줄이라는 것을 알기 바랍니다. 그 모든 것은 하나의 아름다운 창조의 태피스트리로 돌아갑니다.

마지막으로 나는 이 노래를 여러분의 모국어로 부르고 싶습니다. (호루스는 이국적인 언어로 노래하고, 그 다음 영어로, 아래 내용을 노래한다)

"그리고 당신에게 말합니다. 당신은 나의 형제자매입니다. 당신은 자신의 사랑과 좋은 소망으로 내 가슴을 따뜻하게 합니다. 나의 사랑이 당신에게 향합니다. 나의 사랑이 당신에게 이릅니다. 나의 사랑은 당신의 것입니다."

# 4부

# 발행인 해제(解題)-지저공동세계의 실체와 그 중요성에 대해

# ■발행인 해제(解題) – 지저공동세계의 실체와 그 중요성에 대해

## 지저세계에 관한 인간의 인식과 여러 가지 정보들

지구가 기존의 지리학에서 가르쳐 왔듯이, 속이 꽉 차있는 상태가 아니라 지각(地殼) 아래가 텅 비어 있고 그 안에 고도로 진보된 또 다른 문명이 존재한다는 소위 지구공동설(地球空洞說)은 오랫동안 막연한 전설 내지는 하나의 가설로 취급돼 왔다.

그런데 그 이후 우연한 사건을 통해 지저세계를 다녀왔던 올랍 얀센(Olaf. Jansen)과 리처드 버드(Richard. Byrd)제독, 도릴(M. Doreal)박사 같은 사람들이 나타나자, 20세기 중반부터 세상에는 그들의 주장에 대해 관심을 기울이고 동조하는 극히 일부 사람들이 생겨났다. 그리고 서기 2,000년 경을 전후해 지저세계로부터 온 채널링 메시지들이 세상에 소개됨으로써, 관심자들조차도 반신반의하던 기존의 단계에서 지저문명이 정말로 실재한다는 믿음의 단계로 점차 대중적인 인식이 향상되고 확산되어 왔다. 이어서 바야흐로 지금은 앞서 소개된 빌리 페이 우다드나 샤룰라 덕스와 같이 지저세계로부터 직접 지상으로 파견된 사람들이 본격적으로 등장함으로써 이제 지구공동설은 완전히 새로운 국면을 맞이하게 되었다. 다시 말해 더 이상은 그것이 신비로운 전설 및 막연한 가설로 언급되거나 단순 메시지 수준에서 머무는 시대는 이미 끝난 것이다. 아울러 이제는 실제로 우리가 그곳을 머지않아 눈으로 확인하고 증명할 수 있는 직전 단계로 들어서고 있다고 감히 말할 수 있을 것이다.

그 동안 과거 지저세계를 우연히 방문했다가 다시 지상으로 돌아온 올랍 얀센이나 리처드 버드제독, 그리고 티베트 고승 출신의 롭상 람파 같은 사람들은 무지막지한 인간들에 의해 한때 정신이상자로 몰리거나 여러 가지 박해를 받아왔다. 이것은 이치적으로 볼 때, 갈릴레이가 허구의 천동설이 세상을 지배하던 암흑의 중세시대에 지동설을 주장했다가 파문당하고 감옥에까지 갇혔던 것과 똑같은 것이다.(실제로 올랍 얀센은 당시 미쳤다고 간주되어 28년 동안 정신병원에 구금당했다.)

이 지구상의 일반 대중과 집권자의 대다수는 무지하고 어리석으며 항상 미지의 세계에 대한 두려움과 의심을 갖고 있다. 그렇기에 오랜 역사에 걸쳐 시대를 앞서서 진실을 말했던 소수의 선지자, 선구자들은 늘 비웃음을 당하고 탄압받아 온 것이 이 어둡고 낙후된 이 지구행성의 잔혹한 현실이었다. 이처럼 지구공동과 지저문명의 실재를 주장해온 사람들은 그동안 UFO와 외계문명의 진실을 외쳤던 연구자들과 늘 동일한 취급을 받아왔다. 또한 현재 지구를 지배하고 통제하고 있는 일부 어둠의 세력들은 이 모든 진실을 알고 있으면서도 의도적으로 이를 은폐하고 소수의 선지자들의 입을 강제로 막아 왔다는 사실을 우리는 주지할 필요가 있다. 하지만 진리와 진실이 언제까지나 덮여있을 수는 없기에, 바야흐로 이제는 모든 것이 드러나고 밝혀질 시간대에 와 있다.

"지저왕국"이나 "지저문명"을 뜻하는 "아갈타" 또는 서양식 표기인 "아가르타(Aghart)"라는 용어는 본래 티베트 불교에서 유래했다. 스리랑카나 태국과 같은 동남아시아 불교 국가들과 중국과 한국 등의 동북아시아 불교전통에서는 이 용어가 잘 쓰이지 않을뿐더러 또 이에 관해 거의 알지 못한다. 그러므로 티베트라는 나라가 독특하게도 오래 전부터 아갈타 지저세계에 관한 모종의 비밀스런 전통을 계승해 왔다는 것은 분명한 것으로 보인다. 실제로 티베트의 전설에서는 '세계의 왕(王)'이 살고 있다는 샴발라(Shamballa)와 지상의 수많은 사람들에게 미지의 존재인 그 '세계의 왕'에 대해 언급하고 있다. 라마교도들은 티베트 불교의 수장인 달라이 라마(Dalai Lama)가 오래전부터 지저세계를 지배하는 왕의 지상 대리인 역할을 하고 있고 그 왕으로부터 지시를 받고 있다고 믿어왔다. 그리고 티베트에는 지저세계와 연결되는 지하 비밀통로가 존재한다는 설이 존재해 왔다. 이 터널 입구는 달라이 라마의 명령에 따라 외부인들로부터 그 입구를 비밀로 유지하기 위해서 라마승들이 지키고 있다고 한다.

니콜라스 로에리치

그런데 1920~1940년대에 걸쳐 지구영단의 마스터 엘 모리아(El Morya)의 메신저로서 자신의 부인 헬레나와 함께 아그니 요가(Agni Yoga)를 창시하여 이끌었던 니콜라스 로에리치(Nicholas Roerich)는 티베트의 수도 라사(Lhasa)가 아갈타 지하 제국의 수도인 샴발라와 비밀터널로 연결돼있다고 주장했었다. 이 사람은 본래 러시아의 유명한 예술가, 철학자이자 탐험가였으며, 몽고, 고비, 티베트, 인도 등의 아시아 지역을 4년간 광범위하게 여행한 바 있다. 그리고 비밀 통로에 관한 이런 이야기들은 실제로 지저세계를 다녀온 도릴 박사가 유사한 주장을 함으로써 어느 정도 입증되었다.

도릴은 생전에 말하기를, "샴발라는 티베트의 수도 라사의 바로 아래 땅속 127Km 지점에 있는 지저(地底) 대공간이다. 그 입구는 라사에 있는 어느 대사원의 깊은 내부 지하에 있으며, 이러한 샴발라의 비밀통로가 있다는 사실은 몇몇 최고위 라마승 외에는 알지 못한다. 그리고 라마승 복장을 한 대백색형제단의 제자 두 명만이 그 입구를 여는 법을 알고 있다."라고 했다. 그리고 젊은 시절에 자신의 스승과 함께 지하터널을 통해 아갈타 세계에 다녀왔던 티베트 라마승, 롭상 람파는 자신의 책 '황혼

(Twilight)'에서 지구공동 이론에 대해 앞서 언급된 내용들을 뒷받침하듯이 이렇게 말하고 있다.

"티베트인들은 지저 세계의 왕이 첫 번째 달라이 라마에게 그의 첫 지시를 내렸고, 달라이 라마는 사실상 지구내부 세계 왕의 바깥세상 대행자라고 믿는다."

"분명히 티베트에는 점점 더 깊게 내려가는 터널이 존재한다. 그리고 낯선 사람들이 그 터널을 통해 올라와 높은 레벨의 라마승들과 대화하는 것에 관한 많은 전설들이 있다. 내가 내 책들 중의 일부에다 썼다시피, 나는 그런 터널 중 일부와 가장 먼 극북의 일부 터널 속에도 들어가 보았다. 지구 안에는 특정 장소들이 있는데, 거기서 지구의 중심으로 내려가는 여행을 시작해서 내부 문명의 대표자를 만날 수가 있다. 그리고 꽤 많은 사람들 사이에는 지구 내부의 사람들이 지상에 있는 사람들과 대화하기 위해 나왔다는 분명한 지식이 있다. 실제로 UFO의 일부는 이 내부세계에서 온 것이다."

"티베트에서 내부세계로 들어가는 터널과 브라질에서 내부로 가는 터널이 있다. 브라질과 티베트는 지구 내부 사람들에 관련해 특별한 매력을 갖고 있는 외부세계의 지극히 중요한 두 지역이다. 세계 곳곳의 모든 피라미드 아래에는 내부세계로 연결된 터널이 있으며, 파라오 시대에는 이집트의 마법적인 의식(儀式)이 특별히 그 목적을 위해 내부에서 나온 사람들에 의해 수행되었다."

– 2장에서 –

앞서 열거했던 지저세계에 관련된 여러 선구자들 외에도 동서양의 선철(先哲)들은 지저문명의 실재에 관해 여러 문헌에서 언급하고 있다. 아마도 그 가장 오래된 문헌은 인도의 고대 서사시인 "라마야나(Ramayana)"일 것이다. '라마왕의 일대기'라는 뜻의 이 방대한 고대인도의 문헌은 코살라(Kosala)왕국의 왕자인 라마의 무용담을 기록한 것인데, 여기서 라마는 비행선을 타고 지저 아갈타 세계에서 온 사자로 묘사되어 있다. 아마도 이 비행선은 오늘날의 UFO에 해당될 것이다. (※또 다른 고대 인도의 문헌인 마하바라타(Mahabharata)에도 바람의 속도로 비행하는 '비마나(vimana)'라는 이름의 비행기기가 등장하며, 어떤 것은 접시 모양이고 또 다른 것은 긴 원통형으로서 최소한 네 종류의 비마나가 있었다고 한다.)

그리고 19세기에 러시아 출신의 블라바츠키 여사에 의해 창시된 신지학 계통의 여러 문헌들과 앨리스 베일리의 저작들 역시 아갈타 지저왕국의 수도인 샴발라를 거론한다. 아울러 샴발라의 초인 대사들과 직접 접촉하고 샤스타산 아래의 텔로스를 방문한 바 있던 미국의 도릴 박사는 특히 자신의 저서에서 샴발라를 상세히 소개하고 있다.

이밖에도 폴란드의 대학교수이자 탐험가이고 작가인 페르디난드 오센도우스키(Ferdinand Ossendowski, 1876-1945) 역시 중앙아시아에서의 자신의 모험여정을 기록한 책인 〈동물, 인간, 그리고 신들(Beasts, Men and Gods(1922)〉에서 지저 아갈타 세계에 관련된 신비로운 체험내용을 언급했다. 이 사람은 1900년대 초기에 한 동안 몽골제국에 머물면서 당시 제정일치 국가였던 탓에 그곳의 왕을 겸직하고 있던 최고위 라마승과 그의 왕자 및 고승들과 교류했다. 그는 자신의 저서에서 여행 중에 자신이 겪고 알게 된 미스터리 사건들과 아갈타 왕국에 대해 소개하고 있는데, 그 중 일부 관련 내용만을 번역해서 인용하고자 한다. 그가 체험한 가장 신비로운 사건은 지저에 머물고 있다는 '세계의 왕'에 관한 것이었다.

F. 오센도우스키

“정지!” 우리가 어느 날 차간 룩(Tzagan Luk) 근처의 평야를 가로질러 이동할 때, 나의 늙은 몽골인 안내자가 작은 소리로 외쳤다.
“멈추게!”
그는 명령이 없이도 땅에 무릎 꿇고 앉은 낙타에서 미끄러지듯 내렸다. 그 몽골인은 기도하기 위해 얼굴 앞에다 손을 모으더니, 성스러운 어구인 “옴 마니 반메 훔(Om! Mani padme Hum)!”을 반복해서 낭송하기 시작했다. 다른 몽골인들도 즉시 낙타를 멈추게 하고는 똑같이 기도하기 시작했다.
‘무슨 일이 생겼나?’ 나는 속으로 생각했다. 그때 나는 부드러운 푸른 잔디 위를 둘러보다가, 구름 없는 하늘로 시선을 돌려 저녁 해의 꿈결 같은 부드러운 햇빛을 향해 올려다보았다. 몽골인들은 얼마 동안 기도했고, 그들끼리 서로 속삭였다. 그러고 나서 그들은 낙타의 짐을 다시 단단히 죄어 묶고 난 후에 움직이기 시작했다.
“보셨습니까?” 그 몽골인이 내게 물으며 입을 열었다.
“어떻게 우리의 낙타들이 두려움으로 귀를 쫑긋거리는지, 어떻게 말떼들이 평원에 꼿꼿이 서서 주의를 기울이고 양의 무리들과 소들이 땅에 몸을 구부려 엎드리는지를 보았나요? 또 새들은 날지 않고, 들쥐들은 달리지 않으며, 개들도 짖지 않는다는 것을 알아차리셨는지요? 공기는 부드럽게 진동하고 인간의 가슴과 동물 및 새들에게도 똑같이 스며드는 음악소리가 멀리서 꾸준히 울려 퍼졌지요. 바람은 불지 않고 태양도 움직이지 않습니다. 그 순간에는 양을 노리던 늑대도 은밀하게 다가가던 걸음을 멈추며, 두려움에 떨던 영양의 무리는 달아날 코스를 점검합니다. 그리고 양의 목을 치던 양치기의 칼이 손에서 미끄러져 떨어지지요. 탐욕스런 산족제비는 의심하지 않는 새를 몰래 덮치는 것을 멈춥니다. 이처럼 겁에 질린 모든 살아있는 존재들은 무의식적으로 기도에 몰입하여 그들의 운명을 기다리고 있습니다. 그러므로 그것이 바로 지금이었지요. ‘세계의 왕’이 자신의 지하 궁전에서 기도하며 지상의 모든 사람들의 운명을 살펴볼 때는 언제든지 늘 이렇습니다.”
지혜롭게도, 이 나이 많고 단순하며 거친 목자이자 사냥꾼인 몽골인이 이렇게 나에게 말했다.
〈동물, 인간, 그리고 신들 – 5부 46장 “The Subterranean Kingdom” 에서〉

그리고 오센도우스키는 나중에 만난 라마승에게 아갈타 지저왕국에 관한 이야기를 다시 듣게 된다.

출툰 베일리(Chultun Beyli) 왕자가 가장 좋아하는 겔롱 라마(Gelong Lama)는 나에게 지저왕국의 이야기를 해주었다. 겔롱은 말했다

"세계의 모든 것 - 사람들의 과학, 종교, 법률 및 관습 - 은 끊임없이 변화하고 전환되는 상태에 있습니다. 얼마나 많은 위대한 제국과 훌륭한 문화가 사라졌나요! 그리고 오직 바뀌지 않은 채로 있는 것은 악령의 도구인 악(惡)뿐입니다. 6만년 이상 전에 한 성자가 지상에 있는 한 종족 주민 전체를 데리고 땅 밑으로 사라졌으며, 결코 지상에 다시 나타나지 않았습니다. 그러나 많은 사람들이 이 왕국을 방문했습니다. 석가모니, 운두르 게헨(Undur Gheghen), 파스파(Paspa), 칸 베이버(Khan Baber) 등이었지요. 이 장소(입구)가 어디 있는지는 아무도 모릅니다. 하나는 아프가니스탄, 다른 하나는 인도에 있다고 합니다. 그곳에 있는 모든 사람들은 악으로부터 보호 받고 선천적으로 범죄는 존재하지 않습니다. 과학은 신중하게 개발되었으며 파괴로 위협받는 것은 아무것도 없습니다. 지저 사람들은 가장 높은 지식에 도달했습니다. 이제는 '세계의 왕'을 그들의 통치자로 삼아 수백만 명의 거대한 왕국이 되었지요. 그는 세상의 모든 힘을 알고 있고 인류의 모든 영혼들과 그들의 운명에 관한 위대한 장부를 읽고 있습니다. 눈에 보이지 않게 그는 지구상의 8억 인구를 지배하며 자신의 모든 명령을 성취할 것입니다."

출툰 베일리 왕자가 이렇게 덧붙였다. "이 왕국이 아갈타입니다. 그것은 전 세계의 모든 지하 통로를 통해 확장돼 있습니다. 나는 중국의 박식한 라마(Lama)가 미국의 모든 지하 동굴에는 땅 아래로 사라진 고대인들의 거주지가 있다고 보드 칸(Bogdo Khan)[14]에게 말하는 것을 들었어요. 그 흔적은 여전히 땅의 표면에서 발견됩니다. 이 지하 사람들과 그 공간은 세계의 왕에게 충성하기 때문에 그 통치자에 의해 다스려집니다. 알다시피 동쪽과 서쪽의 두 거대한 바다에는 이전에 두

14)몽골제국의 마지막 왕을 지낸 최고위 라마승(1869~1924).

개의 대륙이 있었습니다. 그것들은 물속으로 사라졌지만 그들의 백성은 지하 왕국으로 들어갔지요. 지하 공동에는 독특한 빛이 존재하는데, 그 빛이 곡물과 채소의 성장과 질병 없는 긴 수명을 사람들에게 제공해줍니다. 거기에는 많은 다른 사람들과 다양한 종족들이 있습니다."
〈5부, 46장 "The Subterranean Kingdom" 에서〉

오센도우스키의 저서, 〈동물, 인간, 그리고 신들〉의 표지.

이어서 오센도우스키는 또 다른 라마승으로부터 아갈타의 수도에 관해 추가적으로 들은 이야기를 이렇게 전하고 있다.

라마승 투르거트는 우르가(Urga)[15]에서 북경으로 나와 함께 여행하는 중에 나에게 세부 사항을 더 알려 주었다.

"아갈타의 수도는 고위 사제들과 과학자들의 도시들로 둘러싸여 있습니다. 그곳은 달라이 라마의 포탈라(Potala) 궁전이 있는 라사(Lhasa)를 연상시키며, 수도원과 사원들로 뒤덮인 산꼭대기에 있지요. 세계의 왕의 보좌는 수백만 명의 육화된 신들로 에워싸여 있습니다. 그들은 신성한 고승(高僧)들입니다. 궁전 자체는 또한 그 왕을 보좌하는 고위 사제들의 궁전으로 둘러싸여 있는데, 그들은 지구와 지옥과 하늘의 모든 보이지 않는 힘을 소유하고 사람의 삶과 죽음에 대해 모든 것을 할 수 있습니다. 만약 광기에 휩싸인 우리 인류가 그들과 전쟁을 시작해야한다면, 그들은 우리 행성의 지표면 전역을 폭발시켜 사막으로 만들 수 있을 것입니다. 그들은 바다를 말려버리고, 땅을 바다로 바꾸며, 산을 사막의 모래로 흩어버릴 수 있습니다. 그 후 세계의 왕의 명령에 따라 나무, 풀과 관목이 자라날 수 있습니다. 또한 늙고 약한 사람들은 젊고 건장하게 될 수 있고, 죽은 자를 부활시킬 수도

15)몽골의 (외부) 수도인 울란바토르의 이전 이름.

있습니다. 기이하고 우리에게 알려지지 않은 승용물로, 그들은 우리 행성 내부의 좁은 틈을 통해 신속히 이동합니다.

일부 인도인 브라만들(Brahmans)과 티베트의 달라이 라마는 다른 인간이 밟은 적이 없는 산봉우리를 향해 걷는 힘든 여정 도중에, 바위에 새겨진 비문, 눈 속의 발자국과 바퀴 흔적을 발견했습니다. 석가모니는 한 때 산꼭대기에서 돌판에 담긴 단어들을 찾아냈으며, 그는 그것을 단지 나중에 나이가 든 후 아갈타 왕국에 가서야 이해했지요. 거기서 그는 자신의 기억 속에 보존된 성스러운 지식의 일부를 되찾았습니다. 경이로운 수정 궁전에서 살면서 모든 경건한 사람들의 눈에 보이지 않는 통치자인 세계의 왕, 또는 브라히트마(Brahytma)는 내가 당신과 대화를 하듯이, 신(神)과 이야기할 수 있습니다. 그리고 그의 2명의 보좌진 중의 한 명인 마히트마(Mahytma)는 미래 사건들의 목적을 알고 있고, 다른 한 명인 마힌가(Mahynga)는 이런 사건의 원인을 판결하고 있습니다."

그리고 '동물과 인간, 그리고 신'의 마지막 장을 보게 되면, 거기에는 '지저세계의 왕'에 의해 주어진 미래의 세기에 관한 놀라운 예언이 담겨 있다. 오센도우스키는 그것이 1921년에 고위 라마승인 나라반치(Narabanchi)에 의해 자신에게 전달되었다고 주장했다. 그 라마승에 따르면, 아갈타 지저왕국의 '세계의 왕'은 1890년에 해당하는 '30년 전'에 다음과 같은 선언을 했다고 한다.

1921년 초에, 내가 그의 수도원을 방문했을 때, 고위 라마승 나라반치는 나에게 다음과 같은 (세계의 왕이 공표한) 예언내용을 말해주었다.

"갈수록 점점 더 많은 사람들이 그들의 영혼을 망각하고 자신의 몸에 신경 쓸 것이다. 가장 큰 죄와 타락이 이 땅을 지배할 것이다. 사람들은 사나운 동물처럼 되어 자기 형제들의 피와 죽음을 갈망하게 될 것이다.

'이슬람교'가 퇴색하여 그 신도들은 극빈과 끊임없는 전쟁으로 내려

앉을 것이다. 그것의 정복자는 태양에 의해 상처를 입을 것이지만, 위를 향해 나아가지 못할 것이고 두 번이나 그들은 가장 무거운 불행을 당할 것이며, 다른 사람들의 눈앞에서 모욕으로 끝날 것이다. 크고 작은 왕들의 왕관들이 하나, 둘, 셋, 넷, 다섯, 여섯, 일곱, 여덟 … 떨어질 것이다. 모든 민족들 사이에서 끔찍한 전쟁이 있을 것이다. 바다는 피로 빨갛게 물들게 될 것이며 … 바다의 바닥과 땅은 뼈로 온통 뒤덮여질 것이다 … 나라들이 흩어지고 … 모든 사람들이 굶주림과 전에는 세상에서 볼 수 없었던 질병, 신종 범죄로 죽을 것이다.

인간 속에서 신(神)과 신성한 영(靈)의 적들이 나올 것이다. 이런 자들과 손을 잡는 사람들도 역시 멸망할 것이다. 잊혀지고 뒤쫓기던 자들이 부상하여 세상 사람들의 관심을 불러일으킬 것이다. 안개와 폭풍이 있을 것이다. 벌거벗은 산은 갑자기 숲으로 덮일 것이다. 지진이 올 것이다 … 수백만 명이 굶주림, 질병 및 죽음으로 인해 노예상태와 굴욕의 족쇄에 이를 것이다. 오래된 도로들에는 이곳에서 저곳으로 방황하는 군중들로 뒤덮일 것이다.

가장 크고 아름다운 도시는 타오르는 불속에서 멸망할 것이다 … 하나, 둘, 셋 … 아버지가 아들과 대적하여 일어날 것이고, 형제가 형제를, 어머니는 딸에 맞서서 일어날 것이다. 악덕과 범죄, 그리고 육체와 영혼의 파멸이 뒤따를 것이다 … 가족은 흩어질 것이다 … 진실과 사랑은 사라질 것이다 … 1만 명의 사람들이 남아있을 것이다. 그는 벌거벗겨지고 실성해서, 집을 짓고 식량을 구할 지식도 없이 격렬한 늑대처럼 울부짖을 것이며 … 죽은 시체를 게걸스럽게 먹어치우고, 자신의 살점을 물어뜯으며, 신(神)에게 싸우려고 도전할 것이다. 온 지구가 텅 비워질 것이다. 신은 지구에서 돌아서시고 그곳에는 오직 밤과 죽음만이 있을 것이다. 그때 나는 지금은 알려지지 않은 사람들을 보낼 것이며, 그들이 광기와 악의 잡초들을 잡아채 뽑아버릴 것이고, 악에 맞서 싸우는 인간 영혼에 여전히 충실한 채로 있는 사람들을 인도할 것이다.

그들은 국가들의 멸망으로 정화된 지상에서 새로운 삶을 발견할 것이다. 50번째 해에는 오직 세 개의 커다란 왕국만이 나타나는데, 그것은 행복하게 살 수 있는 칠십-일년 존속할 것이다. 그 후에 18년의 전쟁과 파괴가 있을 것이다. 그런 다음 아갈타 사람들이 자신들의 지저 공동에서 지구 표면으로 올라올 것이다."

- 〈동물, 인간, 그리고 신들〉 5부, 49장 "The Prophecy of The King of The World in 1890"에서 -

이 '예언'을 소개하고 난 다음, 곧 이어서 오센도우스키는 다음과 같이 자신의 개인적 생각을 피력하고 있다.

"그 후 내가 동부 몽골과 북경을 통과해 멀리 여행할 때 나는 종종 생각했다. 어떨까? 다른 피부색, 신앙, 종족으로 이루어진 완전체의 사람들(지저인들)이 서구를 향해 이주를 시작한다면 어찌될까?"

다시 티베트 라마(Tibetan Lama)를 인용한 후, 오센도우스키는 자신의 책을 이렇게 끝맺고 있다.

"카르마(Karma)가 새로운 역사의 한 페이지를 열지도 모른다! 그리고 만약 '세계의 왕'이 그들과 함께한다면 어찌 될까? 그러나 이 가장 큰 신비들 중의 신비는 자체의 깊은 침묵을 유지하고 있다."

그런데 이 '세계의 왕'에 관한 내용은 흥미롭게도 올랍 얀센의 보고서에도 나오며, 또한 우연히 북극입구를 통해 지저공동세계를 다녀온 리처드 버드 제독의 일지에도 등장한다. 그들은 모두 자신들이 공동세계에 갔을 때, 이 위대한 사제를 접견했다고 보고하고 있다. 또한 앞서 소개되었던 빌리 페이 우다드의 기록에서도 이런 부분이 공통적으로 언급되고 있다는 점에서 이것은 매우 신빙성이 높다고 볼 수 있겠다. 먼저 올랍 얀센이 기록한 그의 체험수기인 〈연기의 신(The Smoky God)〉 중에서 그 부분을 살펴보자.

넓은 왕궁 홀의 장엄한 아름다움에 에워싸인 채 우리가 마침내 모든 나라를 통치하는 위대한 대사제의 면전으로 인도되었을 때, 아버지와 내 자신의 놀라움은 형언할 수 없는 것이었다. 그는 폭이 넓고 긴 법복 차림을 하고 있었다. 그리고 그 주변에 있는 사람들보다 훨씬 키가 컸는데, 적어도 신장이 4.3~4.6m 미만일 수는 없었다. 우리가 들어간 그 거대한 방은 놀랄 정도로 휘황찬란한 보석들이 박힌 두꺼운 금판으로 마감을 한 것처럼 보였다.

– (중략) –

예상치 못한 것이 이 아름다운 궁전에서 우리를 기다리고 있었는데, 그것은 우리의 작은 고깃배였다. 이 배는 1년 이상 전에 강에서 우리를 발견한 사람들에 의해 그들 배에 실렸던 것이었다. 그리고 그 날 바로 물에서 가져온 것처럼, 대제사장 앞에 완벽한 모양으로 가져다 놓여있었다.

우리는 이 위대한 고위 성직자를 알현하여 2시간에 걸쳐 접견했다. 그는 친절한 성품을 지녔고 사려 깊게 보였다. 그는 열렬한 관심을 보이면서 우리에게 수많은 질문을 했으며, 그가 보냈던 사자들이 물어보지 못한 것에 관해서도 빠짐없이 이야기했다.

회견이 끝나고 나서 그는 우리의 의향을 물었고, 우리가 그의 나라에 남아 있기를 원하는지, 아니면 얼어붙은 지대의 장벽을 뚫고 성공적인 귀환여행이 가능하다면 우리가 '바깥 세계'로 돌아가기를 택하고 싶은지를 질문했다. 그 얼음 장벽은 지구의 북쪽과 남쪽의 입구, 둘 다를 둘러싸고 있었다.

나의 아버지가 대답했다.

"저와 제 아들이 폐하의 나라 곳곳을 방문하여 이곳의 주민들과 음악, 예술대학 및 궁전, 거대한 들판, 수목들이 가득 찬 멋진 숲을 볼 수 있다면 저희에게 큰 기쁨일 것입니다. 그리고 우리가 이 즐거운 특권을 누린 후에, 우리는 지구의 표면인 바깥의 우리 고향으로 돌아가기 위한 노력을 하고 싶습니다. 이 아이는 저의 유일한 아들이고, 저의 좋은 아내는 우리가 돌아오기를 기다리고 있습니다."

"나는 당신이 결코 돌아가지 못할까 걱정이 되는구려." 대사제가 입을 열었다. "왜냐하면 그 귀환 길은 가장 위험한 길이기 때문이오. 하지만, 당신은 당신들을 호송해줄 줄리어스 갈데아(Jules Galdea)와 함께 여러 나라를 방문할 것이고, 정중하고 친절한 대접을 받게 될 것입니다. 당신이 귀환하는 항해를 시도할 준비가 되면, 언제든지 나는 여기 전시돼 있는 당신의 배를 히데켈 강의 물가에 대기시켜 두겠다고 보장하겠소. 그리고 우리는 당신에게 신(神)의 은총이 있기를 기원하며 작별을 고할 것이오."

이렇게 우리와 대제사장 또는 지저 대륙 통치자와의 유일한 접견이 종결되었다.

〈3부: BEYOND THE NORTH WIND에서〉

리처드 버드제독 역시 비행기로 지저공동세계에 들어갔을 때, 지상에 착륙한 후 그곳의 한 지도자에게 인도되어 그와 대담한 바 있다. 그는 자신의 비행일지에서 그 부분을 이렇게 기록하고 있다.

그 존재들 중의 한 사람이 우리에게 거대한 문 앞에서 멈추라는 손짓을 했다. 그 문 위에는 내가 읽을 수 없는 어떤 비문(碑文)이 새겨져 있었다. 커다란 문이 소리 없이 열리고, 나는 안으로 들어섰다. 안내자 가운데 한 명이 말했다.

"두려워하지 마십시오. 제독, 당신은 대사님(Master)을 알현하게 될 것입니다."

안으로 들어서자, 나의 눈에는 방을 완전히 채우고 있는 것으로 보이는 아름다운 색채들이 들어왔다. 그런 다음 나는 내 주변을 둘러보기 시작했다. 내 눈을 사로잡은 것은 나의 전체 삶 가운데서도 가장 아름다운 광경이었다. 그것은 사실상 너무나 아름답고 놀라운 까닭에 묘사할 수가 없다. 그것은 절묘하고도 우아하다. 공정하게 말한다면, 나는 그것을 자세히 묘사할 수 있는 인간의 말이 존재한다고 생각하지 않는다! 그때 내 생각은 진심에서 우러나온 온화하고 좋은 음색의 목소리에 의해 중단되었다.

"제독! 우리의 세계에 온 것을 환영합니다."

나는 얼굴에서 연륜이 묻어나고 부드러운 특징을 지닌 한 남성을 바라보았다. 그는 긴 테이블에 앉아있었다. 그는 나에게 의자 중 하나에 앉으라는 몸짓을 했다. 내가 자리에 앉자, 그는 손가락 끝을 함께 모으며 미소를 지었다. 그는 다시 부드럽게 입을 열며 다음과 같은 내용을 나에게 전했다.
"우리가 당신을 이곳에 오도록 인도한 것은 당신이 지구 표면세계에서 잘 알려진 고매한 인격을 갖춘 사람이기 때문입니다."
지구의 표면세계라니! 나는 놀라서 반쯤 숨이 막혔다.[16]
– (하략) –

버드제독이 만난 이 존재가 올랍 얀센이 아버지와 함께 만난 대사제와는 다른 사람일 가능성도 물론 있다. 하지만 지상에서 지저공동세계로 들어간 사람들은 항상 그곳의 어떤 지도자 앞으로 인도되어 접견하게 된다는 공통점에서 우리는 그들의 증언이 진실하고 어느 정도 믿을만하다는 사실을 발견할 수 있다. 앞서 소개된 빌리 페이 우다드 역시 다른 군장교와 함께 51-구역 지하터널을 통해 공동세계로 갔을 때 역시 그곳의 왕 앞으로 안내되어 회견했다는 점은 이를 재차 우리에게 확인시켜 준다.

이 밖에도 지구 속 공동세계에 다녀온 사람들이 공통적으로 언급하는 또 다른 요소가 있는데, 그것은 그곳의 "에덴(Eden)"이라는 이름의 도시이다. 올랍 얀센의 기록에서는 에덴시에 관해 다음과 같이 짤막하게 언급되고 있다.

우리는 '에덴(Eden)'이라고 불리는 도시에 관해 많은 것을 들었지만, 일년 내내 '예후(Jehu)'에 머물러 있었다. 그 시기가 끝날 무렵, 우리는 이 낯선 종족 사람들의 언어를 어지간히 할 수 있을 정도로 배웠다. 우리의 교사인 줄리어스 갈데아와 그의 아내는 참으로 훌륭한 인내심을 보여주었다.

어느 날 '에덴'에 있는 통치자가 보낸 특사가 우리를 보러 왔고, 2일 동안 아버지와 나 자신은 일련의 놀라운 질문들을 받았다. 그들은 우리가 어디서 왔는지, 어떤 종류의 사람들이 "바깥 세계에" 거주하는지, 우리가 숭배하는 신이나 우리의 종교적 신념, 우리의 땅에서의 생활방식 및 기타 수천 가지를 알고 싶어 했다.

---

16)생략된 뒤에 이어지는 내용은 〈실존하는 신비의 지저문명, 텔로스〉 5부, 편역자 해제 부분에서 상세히 소개되어 있으니 참고하시기 바람.

'에덴'이라는 도시는 아름다운 계곡 안에 있는 것 같지만, 실제로는 주변 지역보다 수천 피트 높은 내륙의 가장 높은 산의 고원에 위치해 있다. 그것은 내가 지금까지 해보았던 모든 여행지 중에 가장 아름다운 곳이다. 이 높은 정원에는 온갖 형태의 과일과 덩굴, 관목, 나무 및 꽃들이 울창하게 자라난다. 이 비옥한 지대 안에서 4대 강(江)의 원천인 강력하게 분출하는 수원지(水源地)가 있다. 그것은 4가지 방향으로 나누어 흐른다. 이곳은 주민들에 의해 '지구의 배꼽', 또는 태초의 '인간 종족의 요람'이라고 불린다. 그 강들의 이름은 유프라테스(Euphrates), 피슨(Pison), 기혼(Gihon), 히데켈(Hiddekel)이다.

〈3부: BEYOND THE NORTH WIND에서〉

그리고 빌리 페이 우다드 역시 에덴이라는 도시에 관해 말했는데, 앞서 소개되었던 빌리에 관한 자료를 다시 한 번 살펴보도록 하자.

"빌리가 공동세계에 도착했을 때, 그들은 그곳의 주요 도시인 에덴(Eden)시의 의사당 셔틀 역에서 밖으로 나왔다. 이 도시는 내부 대륙의 가장 높은 산의 고원지대에 있는 본래의 에덴동산(Garden of Eden) 주변에 지어졌으며, 그곳은 아칸소(Arkansas)[17] 주 아래 또는 그 가까운 곳에 위치한다고 추정된다."

이처럼 놀랍게도 이들은 이 도시가 높은 산의 고원지대에 위치해 있다고 동일하게 말하고 있다. 앞서 인용했던 오센도우스키의 저술 내용에서도 역시 아갈타의 수도가 산꼭대기에 있다고 언급하고 있다는 점에서 이와 일치한다. 이 에덴이라는 도시에 지저공동세계의 왕이 거주하고 있고 왕궁이 있다는 측면에서 볼 때, 이곳이 지저세계의 수도인 샴발라가 아닐까하는 생각이 들기도 한다. 만약 아니라면 공동세계 더 안쪽 지역에 현인들과 대사들만의 도시로서의 샴발라가 따로 존재할 가능성도 있다.

---

17)미국 중남부의 주; 주도(州都)는 Little Rock

한편 우주인들 역시 지구가 속이 비어있다는 점을 우리에게 알려주고 있다. 현재 안드로메다 성좌의 우주인들과 접촉하고 있는 UFO 접촉자인 알렉스 콜리어(Alex Collier)는 지구 속이 공동이라는 사실을 자신의 저서에서 이렇게 말하고 있다.

**지구 행성의 내부는 비어 있다**

우주 천지만물의 일부로 창조된 모든 행성, 태양 및 달은 속이 비어 있다. 예외는 없다. 1967년 11월 10일에 발행된 '라이프(Life)' 잡지를 찾아보기 바란다. 그것은 달의 궤도에 있는 인공위성이 찍은 지구의 사진을 보여주는데, 그 사진에는 지구의 북극 지역에 있는 직경 1,600

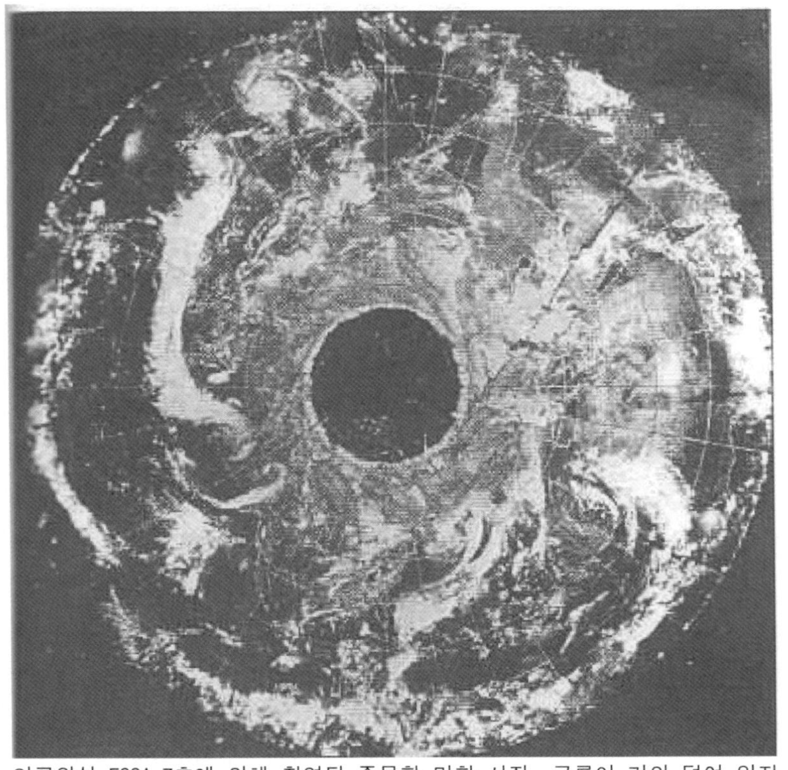

인공위성 ESSA-7호에 의해 촬영된 주목할 만한 사진. 구름이 거의 덮여 있지 않은 북극에는 커다란 둥근 입구가 명확히 나타나 있다.

마일의 입구가 나타나 있다

지금 우리는 지구가 둥글고 구체(球體)라는 것을 항상 배우고 있다. 지구는 어느 정도 서양배(pear)와 비슷한 모양이므로, 이것은 대부분 사실이다. 그러나 평평한 지역에 관한 전설이 지속되었다. 수십억 년 전에 한 행성체에 의해 맹렬한 타격을 당한 행성의 꼭대기는 매우 평평하다. 우주에서 찍은 대부분의 지구 사진들은 어느 정도 지구행성의 윗부분을 지우거나 대중이 기대하는 것을 보여주기 위해 사진이 수정되었다. 자북극(磁北極)은 위도 23.5도에 있다. 지구행성의 꼭대기에 있는 원형의 우묵한 곳 약 200마일 남쪽이 지구 속으로 들어가는 직경 78마일의 입구이다. 그것은 기술적으로는 캐나다 북부에 있다.

안드로메다인들에 따르면, 중력의 속성은 우리 인간이 말하는 것과는 다르다. 우리는 행성이 그 축(軸)을 중심으로 회전하기 때문에 원심력이 중력을 생성한다고 말한다. 그러나 안드로메다인들에 의하면, 그것은 전혀 정확하지 않으며, 중력은 초당 약 1조 사이클의 주파수로 전자기 스펙트럼 속을 고도로 투과하는 방사선에 의해 생성된다.

우리의 행성은 속이 비어 있기 때문에 그 껍데기 전체에 여러 가지 공동들이 있다. 우리가 배운 것보다 훨씬 더 살기 좋은 생활공간이 거기에 있으므로 지구는 우리는 생각할 수 있는 생명을 수없이 뒷받침할 수 있다. 다음은 안드로메다인들이 내게 전해준 지구의 내부로 내려가는 것이 어떠한지에 대한 설명이다.

"여러분이 지구 속으로 5마일을 내려가면, 급속하게 체중을 잃을 것이다. 그 이유는 제한된 중력 방사선 능력과 땅 위의 중력 복사에너지 및 중력 효과가 땅 아래의 중력작용을 방해하기 때문이다. 상쇄시키는 그런 영향은 지구 위의 질량에 의해 강화되어 물질에 의해 방사된 적외선의 일부를 재분배 법칙에 따라 중력을 생성하는 방사선으로 변형시키게 된다. 여러분이 10마일의 깊이에 도달하면, 자신의 주변이 더 밝아지기 시작한다는 것을 알아차릴 것이다."

바사이스(Vasais)[18]는 100마일의 깊이에서는 지구의 어느 곳에서도

18)알렉스 콜리어가 접촉하는 안드로메다 우주인의 이름.

그림자를 발견할 수 없다고 말한다. 왜냐하면 빛이 단일 방향이 아닌 모든 방향에서 오는 입자들 속에 포함되어 있기 때문이라는 것이다. 달리 말하면, 다른 모든 것과 더불어 공기 그 자체가 빛나는 것처럼 보인다. 지저세계에서는 식물과 동물 형태가 번성하고 지상에서보다 훨씬 더 크게 자라난다. 약 700~729마일의 깊이에 이르러서는 부드러운 입자들의 차폐효과 때문에 거의 무중력의 공간에 도달하게 된다. 약 700마일 정도를 더 가면, 내부 영역의 표면으로 갑자기 빠져나오게 되는데, 그곳에는 부드러운 전자들의 메커니즘과 균형을 잡는 다른 힘으로 인해 다시 중력이 존재한다. 그리고 내부의 태양은 빛의 입자들이 중심에 모이기 때문에 형성된다.

– '신성한 땅 방어하기(Defending sacred ground)' 7장에서 –

또한 미국의 프랭크 스트랜지스(Frank Stranges) 박사가 접촉했던 금성의 12인위원회의 의장인 발리언트 토오(Valient Thor)와 7마일 길이 모선의 사령관은 그에게 금성과 지구를 포함한 모든 행성들의 속이 비어 있고 자신들이 그 내부에서 거주하고 있다고 말했다. 한편 또 다른 UFO 접촉자 라인홀드 슈미트(Reinhold Schmidt)는 1958년 8월 14일 캘리포니아 베이커스필드 채석장에서 비행접시에 태워져 북극해의 거대한 입구를 통해 지저공동세계로 갔었고 5일 후에 다시 돌아온 것으로 알려져 있다. 그는 그곳에서 지상과는 전혀 다른 대륙과 태양을 보았다고 한다.

어쨌든 지저세계의 실재에 관한 정보들이 점차 알려짐에 따라 그곳으로 연결되는 터널입구가 어디에 있는가에 사람들의 관심이 모아질 수 있는데, 현재 세계 전역에 산재해 있다고 알려져 있고 또 추정되는 지저세계로의 대표적인 통로 입구는 다음과 같다.

- 미국 남서부 켄터키 주. 대동굴
- 미 캘리포니아, 샤스타산 – 그 아래에 텔로스(TELOS)가 있다.

- 브라질. 마나우스,
- 에콰도르의 모로나 산티아고
- 브라질. 마토 그로소 - 포시드(Posid)라는 지저도시가 이 평원 아래에 놓여 있다고 한다.
- 브라질 및 아르헨티나의 국경 또는 이과수 폭포
- 이탈리아의 에포미오(Epomeo) 산.
- 티베트 수도, 라사의 포탈라궁 아래.
- 몽골과 중국 국경 아래
- 인도, 라마 - 이 지표면 아래에는 지하 도시인 라마(Rama)가 있다고 함
- 이집트의 기자 피라미드.
- 북극과 남극.

그런데 흥미롭게도 미국의 사스타산 인근에서는 그곳의 주민들이 잠시 텔로스에서 밖으로 나온 레무리아인들을 우연히 접촉하는 사건들이 가끔씩은 발생하는 것으로 보인다. 그런 사건 하나를 소개하도록 하겠다. 다음의 내용은 샤스타산에서 레무리아인들과 우연히 만나는 경험을 했던 엘리스 P. 윈튼(Ellis P. Winton)이라는 독자가 다이안 로빈스의 책을 본 후에 그녀에게 써 보낸 내용이다.

### 사스타산에서 레무리아인들과 조우하다

친애하는 독자 여러분에게,

아주 뜻밖의 경험을 여러분과 함께 나누고자 합니다. 25년 전 샤스타산에서 영적인 한 모임이 있었고, 오솔길 옆의 풀밭에 평범해 보는 3명의 사람들이 담요 위에 앉아있었는데, 그들은 나와 내 동행자에게 오라는 손짓을 했습니다.

동석하게 되자, 우호적이고 솔직해 보이는 그들은 곧바로 요점으로 나아갔습니다. 그들은 자기들이 산 아래에 있는 도시/식민지에 거주하

는 레무리아의 생존자라고 말했습니다. 샤스타는 약 12,000년 동안 그들의 고향 산이었습니다.

그들은 "에너지 계량기"에 나타난 변칙적인 현상의 원인을 조사하기 위해 지표면으로 파견되었다고 합니다. 그들은 우리보다 뛰어난 첨단 스캔장비의 에너지 관련 왜곡의 원인을 그들의 지역위원회에 보고했습니다. 그들은 그 원인이 이른 저녁 몇 시간 동안 모닥불 주위에서 노래하고 북을 두드리는 30~40명의 진지한 영적진리 추구자들의 주목할 만한 영향 때문이라고 동의하는 것에 만족한 것 같았습니다. 그들의 임무는 근본적으로 끝났으므로 우리는 몇 시간 동안 앉아서 대화를 나눴고, 그들은 기꺼이 우리의 모든 질문에 대해 답변해주었습니다.

그들의 풍부한 통찰력과 명석함은 너무나 두드러졌습니다. 우리는 마침내 현명한 성인들을 만나는 어린 아이들처럼 느꼈습니다. 그들은 지표면의 거주자로서의 우리의 처지에 대해 풍부하고 끊임없는 연민을 투사했습니다. 변함없이 심오한 그들의 대답과 논평은 또한 대단히 재미있었습니다. 그들의 온화하지만 눈부신 광채는 그들이 우리를 훨씬 넘어선 진화 상태에 있음을 분명히 보여 주었고, 그들에 비하면 지상의 평범한 인간은 "수준미달"인 것처럼 보일 것입니다.

경사면을 내려오는 한 인물이 우리의 관심을 끌었을 때 우리는 새로 발견한 즐거운 친구들과는 갈라지게 되었습니다.

"저 사람, 성 저메인(St. Germain)처럼 생겼네." 내 친구가 나를 놔둔 채 말했지요. 내가 그의 초상화를 본 적이 없기 때문에 나는 알 수 없었습니다. 단순하고 밝은 보라색 옷을 입은 남자는 멈추더니, 웃으며 손과 함께 고개를 끄덕였습니다. 나중에 성 저메인의 초상화를 보았을 때, 나는 그가 그분이었다고 더욱 확신하게 되었습니다. 현재의 관점에서 볼 때, 내 느낌은 성 저메인의 출현은 무엇인가 중요성이 있을 뿐만 아니라 신빙성을 훨씬 더 높여 주었다는 것입니다.

우리는 나중에 레무리아인들과 다시 함께 앉았고, 그들이 친절한 "외계인"이라는 소문이 빨리 퍼져 나가는 와중에 공영주차지역을 향해 그들과 더불어 산 아래로 걸어내려 갔습니다. 그런데 갑자기 그들은 질문을 퍼부어대는 약 30명의 사람들에 의해 둘러싸였습니다. 똑같은 은총과 깊이 있는 답변으로, 그들은 모든 사람들을 타당하게 만족시켰습니다. 그리고 다음날, 그들은 약속한대로 다시 나타나서 우리와 세

차례 만남을 허용해주었습니다. 총 4시간에서 6시간 동안 그들과의 매혹적인 대화가 있었습니다.

텔로스 책을 보았을 때 나는 매우 놀랐는데, 그들이 그때 우리에게 말한 모든 것이 거기서 확인되고 있었지요. 그리고 지구상의 모든 문제에 대해 "교차방문을 시작할 준비가 된" 초인적인 정보원(情報源)으로부터 가능한 해결책이 제시되고 있었습니다.

아마도 그들과의 다른 물리적인 접촉들이 밝혀질 것입니다. 냉정하게 말해, 나는 다이안의 책이 인류가 기다리고 있는 책이고, 역사상 다른 모든 책보다 많이 팔릴 것이라고 예측합니다. 내 가슴은 이것을 의미하고 있습니다. 신의 전혀 예상치 못한 "선물"은 실제로 "재림" 그 자체보다 더 극적인 이야기입니다. 지상 거주자인 우리는 지저에서 오는 이 신의 도움을 활용하여 그리스도 의식의 재림이 이 행성에 신속하게 귀환하도록 준비하고 고양시키고 보장할 수 있습니다.

이 책을 읽는 모든 사람들은 대중의식을 3배로 높이는 데 도움이 될 것이고, 5차원의 "완전한 빛"으로 진입하는 절대적 구원의 날을 앞당길 것이라고 생각합니다. 부디 여러분이 만나는 모든 사람들과 이 책을 나누시고, 사랑, 평화, 깨달음, 형제애의 일곱 번째 황금기로 안내하는 것을 도우세요. 텔로스부터의 호출은 텔레파시로 연결하는 방법을 여러분에게 정확하게 보여주므로 기쁨과 번영의 이 운동에 즉시 참여할 수 있습니다. 고맙습니다.

## 지저세계를 다녀온 사람들

이밖에도 최근에는 지상의 사람들 가운데 일부 사람들이 육체나 에너지체 또는 영혼의 상태로 지저세계를 직접 방문하는 사례들이 점차 나타나고 있다. 필자가 약 3년 전에 만났던 중국교포 출신의 대기공사(大氣功師)인 한 여성은 자신의 양신(陽神)으로 텔로스에 다녀왔고 아다마 대사를 직접 만나 대화를 나눴다고 내게 이야기한 적이 있다. 양신이란 선도(仙道)나 기공 수련자가 도달할 수 있는 최고의 경지에서 형성하게 되는 일종의 에너지 복체(複體)로서 이런 단계에 이르면, 양신체로 자신이 원하는 어디든지 갈 수가 있다. 이 여성은 그때 아다마 대사로부터 한국에 텔로스를 소개하는 책이 번역, 출판되어 있으니 가서 그것을 읽어보라는 말을 들었다고 한다. 그래서 일부러 한국에 들어와 우리 은하문명출판사에서 나온 텔로스 시리즈 1,2,3권을 모두 읽어보게 되었다고 필자에게 직접 말한 바가 있다.[19] 또 다른 외국의 사례를 하나 더 소개하겠다.

불가리아 출신의 게오르기 스탠코브(Georgi Stankov) 박사는 인간의 탄소 기반의 생물학적인 몸을 수정질의 빛의 몸으로 변형시키는 방법을 연구하고 있는 사람인데, 그는 자신의 트윈 플레임 영혼인 카라(Karla)라는 여성이 2013년 9월에 영혼이탈 상태 또는 빛의 몸으로 지저세계를 다녀왔다고 주장한 바 있다. 여기서 그 여성이 스탠코브 박사에게 보냈던 그 체험 내용을 잠시 인용하여 소개한다. 이 여성은 영적존재들과 대화할 수 있는 채널링 능력이 있는 여성으로 보인다.

게오르기 스탠코브 박사

친애하는 게오르기님께

저는 어젯밤과 9월 14일인 오늘 이른 아침에 내부지구 또는 아갈타로 갔던 여행에 대해 이야기하려고 합니다. 나는 어제 당신에게 주변에 있는 모든 것에 대해 직관적인 연결이 강해지면서 주변 환경이 평소와는 달리 너무 강렬하고 지나치게 인식되는 것을 느꼈다고 말했었지요. 또한 나는 나에게 무엇인가 일어날 거라고 느꼈다고 당신께 말했습니다. 그들은 나를 위해 계획한 행사가 있었고, 이것이 바로 아갈타로의 여행이었습니다.

그것은 어젯밤에 내가 잠자리에 들기 위해 준비할 때 시작되었습니

19)이에 관한 자세한 내용은 도서출판 은하문명의 홈페이지(www.ufogalaxy.co.kr) 〈운영자 칼럼〉난에 게재돼 있다.

다. 나는 엘로힘과 대천사 미카엘이 이곳에 있다는 것을 알아 차렸습니다. 다른 존재도 있었는데, 그의 이름은 사나트 쿠마라(Sanat Kumara)였습니다. 늦게까지 나는 사나트 쿠마라가 지구 내부세계에 대해 권위가 있는 중요한 직책을 맡고 있다는 것을 깨닫지 못했습니다. 다음은 나와 미카엘 대천사와의 대화입니다.

• 미카엘: 우리는 지금 당신을 또 다른 여행으로 데려가고 싶습니다.

• 나: 변형을 통해서요?

• 미카엘: 아니오, 당신의 빛의 몸으로요.

• 나: 어디로 가게 되는 거죠?

• 미카엘: 내부의 세계로 갑니다.

• 나: 내부의 세계는 무엇입니까?

• 미카엘: 내부세계는 지구내부 또는 아갈타라고도 합니다. 멋진 아갈타인들이 지금 그들의 현관에서 인류를 받아들이기 위해 문을 열어 놓았습니다. 그들은 상승된 종류의 인류에 대한 이해를 얻기 위해 당신 같은 부류의 대표자를 만나고 싶어 합니다. 이것은 그들에게 인간에 대한 신뢰감을 줄 것입니다. 그들은 지상에서 곤란을 겪고 이해받지 못했기 때문에 오래 전에 지구 내부로 이동해 갔습니다. 그들은 극복한 많은 역사가 있습니다.

**사나트 쿠마라의 메시지:**

• 나: 저를 위한 메시지를 갖고 계신가요, 사나트 쿠마라님?

• 사나트 쿠마라: 그렇습니다. 나는 당신이 지구의 내부세계를 방문하는 것을 기대하면서 기뻤습니다. 이 행사의 흥분은 내부의 사람들이

당신을 만나는 것을 이야기하며 열렬히 기다리고 있다는 데 있습니다. 우리는 오랜 시간 동안 당신이 우리 고향으로 오는 것을 환영하면서 기다리고 있었습니다. 우리는 논의해야할 것이 많지만 지금은 방문을 즐기십시오!

• 미카엘: 이 여행을 위해 스스로 준비하세요. 잘 자고 깊게 수면을 취하기 바랍니다. 그리고 통신 보조 장치를 끄세요.(내 휴대 전화는 대개 밤새 켜져 있다). 신성한 공간을 조성하고 긴장을 푸십시오. 우리는 당신과 함께 합니다.

그때가 오후 10시 15분이었습니다. 그리고 나는 눈을 감았습니다. 내가 기억하는 첫 번째 것은 은빛의 "금속" 엘리베이터 안에 도착하고 있었다는 것입니다. 그곳은 내부가 매우 넓은 곳이었어요. 그리고 미카엘 대천사는 안내자와 함께 있는 나를 떠났습니다. 안내인은 매우 키가 컸지만, 인간으로 보였습니다. 그녀는 벽에 있는 제어판을 살폈습니다. 엘리베이터는 자기부상 열차처럼 매끄럽고 조용하게 운행되었습니다. 우리는 몇 분 정도의 시간 동안 엘리베이터를 타고 있었어요. 그것은 5도 각도로 수직 하강하는 듯한 느낌을 주었습니다. 나는 적어도 5도 각도로 돼 있는 엘리베이터 통로를 상상할 수 있었죠. 나는 내 몸이 어느 방향으로 향했는지, 그리고 우리가 탄 이 엘리베이터가 어떤 방향으로 나아갔는지에 대한 물리적 지식이 불확실합니다. 나는 내 몸의 전체 말초신경이 곤두선 상태에 있는 것 같이 생각되었고, 그렇기에 내 몸이 수직으로 있지 않았다라고 느꼈습니다. 솔직해 말해 나는 내 몸이 그 엘리베이터 안에 있었을 때조차도 그것이 어떻게 작동하는지 이해하지 못한다고 느꼈지요. 그것은 모두 매우 기묘했습니다.

내가 기억하고 있는 다음 "단계"는 내가 깊고 푸른, 수정같이 맑고 깨끗한 물가에 즉시 서있을 때였어요. 내 앞에는 많은 에메랄드빛의 녹색 섬들이 있었습니다. 내가 도착하자마자 아주 키가 큰 남성이 금방 내 옆에 나타났지요. 그는 텔로스의 아다마(Adama)였습니다. 아다마는 주변의 모든 도시와 전원지역을 보여주기 위해 나와 함께 모든 곳을 다녔습니다. 그리고 나는 모든 것이 얼마나 상호 창조적으로 어우러져 있었는지가 생각납니다. 그것은 너무나 놀랍도록 아름답고 평화로웠어요. 그곳의 인근은 조용했고 소리가 거의 들리지 않았습니다.

나는 아다마가 나에게 땅덩어리와 도시의 위치가 검은 점으로 그려진 하얀 지도를 보여주고 있었던 것을 기억합니다. 그가 여행하는 방법을 나에게 보여주고 싶어 했던 특정 도시가 있었는데, 지도에 그것이 자리 잡고 있었습니다. 그는 이 지점을 밝은 빨간색 느낌의 펜으로 동그라미를 쳤습니다. 우리의 의사소통 방법은 완전히 텔레파시로 이루어졌습니다. 나는 그가 내게 보여주고 있던 이 빛의 도시를 찾아보고자 내부 지구의 지도를 웹에서 조사하고 있습니다. 물론 웹상의 정보가 공상과학이나 실제 경험을 기반으로 하는지는 알기 어렵습니다. 나는 도시의 이름이 "샴발라(Shamballa)"라고 생각합니다. 이 이름이 지난 몇 시간에 걸쳐 내 마음에 떠올랐습니다. 그래서 이것은 중요할 수 있습니다. 아마도 이 내용을 읽은 누군가는 지구내부에 대한 정보만이 아니라 지도를 가지고 있을 수도 있습니다. 이 장소는 우리의 사명이나 아갈타인들의 임무에 중요합니다. 이 도시의 바로 왼쪽에는 우리 모두에게 큰 관심사인 지역이 있습니다.

이 두 번의 방문은 모두 온전한 의식으로 했기 때문에 나는 방문할 때마다에 관한 시각적이고 내 몸의 감각으로 이루어진 확실한 기억을 갖고 있습니다. 나는 오늘 아침 이후에 세 번째 여행을 떠났을지도 모릅니다. 하지만, 시각적으로 일정하지 않고 연결돼 있지 않으므로 그것이 실제로 갔는지는 확신할 수 없습니다. 두 번째 방문에서 깨어나자, 아다마는 내 방에 있었습니다. 그는 키가 매우 큽니다!

• 아다마: 나는 빛의 도시인 텔로스의 아다마입니다. 당신이 지구 내부를 방문하는 동안 당신과 동행했던 것은 나였습니다. 당신은 용기가 있고 신뢰하는 영혼입니다. 나는 당신이 나와 함께 있는 것이 영광스러운 것과 마찬가지로 당신과 함께하는 것이 영광입니다. 지난 몇 시간 안에 당신이 두 번의 여행을 했다고 말하는 것은 옳습니다. 이것은 단계적으로 당신의 정신을 이런 여행 방법에 순응시키기 위해 이루어졌습니다. 우리는 이 방문을 더 논의하기 위해 다시 만날 것입니다.

저는 "아갈타"를 연구 중이고 우연히 미국 공군대령에 관한 이야기에 매우 흥미를 느끼게 되었습니다. 그의 이름은 빌리 페이 우다드입니다. 그의 이야기는 지구 행성 내부에서의 자신의 삶에 대한 직접적인 보고서이며, 그것은 매혹적입니다.

당신은 HS가 아갈타인들이 상승의 시기에 4차원의 지상에서 사람들이 균형 잡는 것을 돕기 위해 지표면으로 올 것이라고 언급했다는 것을 내게 상기시켜주셨지요. 나는 이것을 잊어 버렸지만 지금은 모두 생각나고 있습니다. 4월에 이것에 관해 이야기하는 것은 매우 흥미로울 것이며, 이 문이 모든 사람들을 위해 열렸습니다. 나는 그녀가 이 방문과 관련하여 중요한 정보를 갖고 있다고 확신합니다.

나는 어떤 이유로 이 사건들을 통해 에너지가 너무 소모된 것처럼 느껴져서 오늘 밤 일찍 잠자리에 들고 있어요. 나는 또한 아다마가 또 다른 방문을 해주기를 기대하고 있습니다. 의견이나 질문이 있으시면, 어쨌든 나에게 e-메일을 보내세요. 그러나 나는 밤에 전화를 꺼놓을 수 있습니다. 만약 내가 밤에 잠에서 깨어난다면, 나는 당신으로부터 온 메시지를 확인할 것입니다.

무한한 사랑으로, 카라

그리고 다음에 소개할 내용은 우연한 계기에 지저도시를 육신으로 직접 다녀온 사람에 관한 흥미로운 스토리이다. 이것은 원래 〈홀로 어스 인사이더(THE HOLLOW EARTH INSIDER)〉라는 잡지에 오래 전에 수록돼 있던 내용인데, 사건의 주인공인 행크 크래스먼(Hank Krasman) 박사는 아래의 인터뷰에서 육성을 통해 자신의 체험을 생생하게 증언하고 있다. 그는 지난 23년간 지구의 레이 라인(Ley Line), 보텍스(Vortex), 맨인 블랙(Men in Black), 수정 및 수정두개골(Crystal Skull), 지구내부로 들어가는 호피족(Hopi) 입구에 대해 연구해 왔다고 한다.

행크 크래스먼 박사와 인터뷰했던 데니스 크렌쇼의 커리캐처

이 인터뷰는 〈홀로 어스 인사이더〉지의 편집자인 데니스 크렌쇼가 1994년에

행크 크래스먼 박사와 직접 만나서 진행한 것이다.

## 지저도시 팰랏크와피로 가는 여행

(THE HOLLOW EARTH INSIDER, 2권 5호)

• 데니스: 크래스먼 박사님, 어떻게 호피족 인디언과 지구내부에 관한 연구에 관여하게 되셨습니까?

• 행크: 행크라고 부르세요. 1961년에 북 애리조나 대학에서 수업을 듣는 동안, 나는 호피족의 카알 코파비 왈츠(Karl Kopavi Waltz)라고 불리는 푸른 눈과 금발 머리의 동료 학생을 만났습니다. 대화를 통해 나는 그가 네덜란드 조상의 피가 섞인 호피족 인디언이고, 교사가 되려고 계획하고 있다는 것을 알게 되었어요.

카알 왈츠(Karl Waltz)라는 이름은 네덜란드 출신의 그의 고조부 제이콥 왈츠(Jacob Waltz)에서 온 것입니다. 나 역시 네덜란드 출신이기 때문에 우리는 아주 가까워졌지요. 나는 제이콥 왈츠가 애리조나의 수퍼스티션 산맥에 있는 '잃어버린 네덜란드인 광산'의 비밀을 지닌 "네덜란드인"으로 서양역사 애호가들에게 잘 알려져 있다는 것을 알게 되었습니다. 나는 곧 출판될 책에서 자세히 설명하겠지만, 제이콥은 1875년 65세의 나이로, 16세의 호피족 소녀와 결혼했습니다. 그녀는 밝은 안색과 파란 눈 때문에 무하(MUHA), 즉 "불꽃 사람"이라는 이름을 갖고 있었죠.

카알과 나는 절친한 친구가 되었습니다. 그리고 시간이 갈수록 그는 나에게 많은 것들을 이야기해주었고, 나는 더 많은 것을 알고 싶다고 느꼈습니다. 그가 나에게 말했던 가장 매혹적인 것 중 하나는 "네덜란드인 광산"에 관한 진정한 비밀이었습니다.

카알은 자신의 할머니가 그의 고조 할아버지, 제이콥 왈츠가 수퍼스티션 산에서 피마(Pima)[20] 인디언들과 살았다고 말한 적이 있다고 내게 말했어요. 인디언들은 64세의 네덜란드인을 신뢰하게 되었고, 그리하여 피마족은 자신들은 지저로 나 있는 신성한 입구로 들어가는 것이

---

20)미국 남서부에 사는 인디언 종족

허용돼 있지 않기 때문에, 그에게 지저의 사람들에게 소금자루를 가져가 달라고 요청했다더군요. 소금은 내부세계에서 부족하고 금은 그렇지가 않았다는 겁니다. 그리고 제이콥은 소금을 가져다준 데 대한 보상으로 번갈아가며 금이 담긴 자루를 받고는 했다고 합니다.

• 데니스: 그럼 "잃어버린 네덜란드인 광산"은 결코 존재하지 않았습니까?

• 행크: 그렇습니다. 그것은 실제로는 지구내부의 땅으로 들어가는 입구이고, 내가 나중에 알았듯이, 전 세계에서 발견되는 많은 입구들 중 하나입니다. 나는 또한 카알 코파비가 사실은 지저도시인 '팰랏크와피(PALATKWAPI)'에서 왔다는 것을 알고 나서 놀랐습니다.

어느 날 카알은 내가 실제로 그곳으로 들어가는 입구를 보고 싶은지를 물었습니다. 그때 나는 기뻐서 몸이 떨릴 정도였습니다.

우선 우리는 당나귀 두 마리를 빌려서 그랜드 캐년(Grand Canyon)으로 갔습니다. 카알은 나에게 당나귀들이 믿을만하다고 안심시켰지만, 나는 우리가 일단 올라가기 시작했을 때 오솔길이 좁고 암석들로 가득 차 있어서 때때로 당나귀의 뒷다리가 평지에서 미끄러지는 것을 느낄 수 있었죠. 내가 할 수 있었던 모든 것은 당나귀에 매달린 채 돌들이 아래의 벼랑쪽으로 와르르 떨어질 때마다 그 소리를 듣지 않으려고 애쓰는 것뿐이었습니다. 마침내 우리는 오솔길의 넓은 지점에 이르렀고, 비로소 나는 다시 숨을 몰아쉴 수 있었습니다. 우리는 미국 남서부에서만 발견되는 풍부한 토양의 색이 드러나며 그랜드 캐년의 장엄한 전경이 아래로 펼쳐져 있는 작은 고원에서 잠시 휴식을 취했습니다. 카알은 눈가리개를 꺼내더니 그것을 설명했는데, 내가 이 신성한 땅으로 들어가는 것에 대해 그곳의 9인위원회로부터 확실한 허락을 받았지만 여기서부터는 내 눈을 가리라고 했다고 하더군요. 깊은 계곡을 타고 가는 나머지 길은 줄잡아 말하더라도 간담이 서늘할 정도였습니다. 얼마나 많은 시간이 흘렀는지 몰랐습니다. 나는 그 용감한 작은 동물의 안장에 매달려 있느라 너무 바빴습니다.

영원한 것처럼 보이던 여행이 끝난 후, 우리는 멈추어 섰고, 카알이 다시 내 눈 가리개를 벗겼습니다. 내 눈이 밝은 햇빛에 다시 적응하면

서 나는 주변을 둘러보았지요. 우리는 협곡 벽과 마주한 거대하고 밝은 빛 속에 있었습니다. 카알은 나에게 이제는 자기처럼 불편한 안장에서 내리라는 손짓을 했습니다. 나는 긴장된 몸의 기지개를 켠 후, 절벽 바위 옆에 서 있던 카알을 향해 돌아섰습니다. 그때 그가 내게 이렇게 말했어요. "바로 여기 바위에다 네 손을 대봐." 나는 그가 시키는 대로 했고, 내 손은 멈추어지지 않았어요. 내 손은 바로 벽을 통과해 들어갔으며, 그 절벽은 마치 불필요한 사람들을 접근하지 못하게 하고자 만들어 놓은 환영처럼 보였습니다. 하지만 실제로 그것은 "푸포비(PUPOVI)"라고 불리는 넓은 비밀 동굴의 입구였습니다. 우리가 안으로 걸어 들어가자 동굴이 환하게 밝다는 것을 알고 놀라게 되었습니다. 우리 앞에는 부설해 놓은 일종의 에스컬레이터 형태의 장치가 있었습니다. 거기에는 하위오비(Hawiovi)라고 부르는, 덮인 모종의 투명하고 둥근 돔이 있었고, 내 가슴이 빠르게 뛰고 있었기 때문에 나는 숨죽인 채 이 이상한 광경을 바라보며 서 있었습니다.

이제는 고백할 것이 있습니다. 수년 동안 나는 사람들에게 내가 여기까지만 갔던 것이라고 말해왔어요. 사실 나는 거짓말을 했습니다. 더 이상은 공개하지 말라고 들었기 때문이었죠. 그러나 이제 나는 나머지 이야기를 할 수 있는 허락을 받았습니다. 실제로, 나는 이 지점에서 '팰랏크와피'라는 호피족의 지하 도시로 계속 들어갔습니다. 나는 현재 작업 중인 "코파비(KOPAVI)"라는 제목의 책에다 모든 이야기를 담고 있습니다.

• 데니스: 와! 이것은 사실상 하나의 폭로군요. 그러면 이 하위오비를 타고 펠랏크와피로 갔습니까?

• 행크: 단지 그 길의 일부까지만요. 에스컬레이터의 바닥에서, 다시 우리는 에너지장의 지하 터널을 통해 이동하며 빛의 속도로 여행하는 파투보타(PATUWVOTA) 또는 비행기기에 탑승했습니다. 나는 이 모든 것에 대해 나의 책에서 자세히 설명할 것입니다.

• 데니스: 그래요. 당신 시간이 거의 다 됐고 또 다른 약속이 있다는 것을 알고 있습니다. 하지만 몇 가지 질문에 좀 더 답변해 주시겠습니까?

행크 크래스먼 박사의 말년의 모습(좌)과 젊은 시절 모습이 담긴 낡은 사진

• 행크: 가야합니다. 그렇지만 몇 가지만 답변할게요.

• 데니스: 비행기기에서 나온 다음에 무엇을 보았습니까?

• 행크: 처음에 우리는 푸시비(PUSIVI)라고 불렀던 거대한 동굴 방으로 들어갔습니다. 그리고 나의 친구와 안내자는 "세계의 중심인 투와나사비(TUWANASAVI)에 오신 것을 환영합니다."라고 말했지요. 그 거대한 실내에는 그 주위에 이상한 표시가 있는 문들이 많이 있었습니다. 카알은 그 문들이 추가적인 예방 조치로서, 예컨대 허가받지 않은 사람들이 문이 도시로 연결되는지 모르고 이 지역에 침입한 경우를 대비한 문이라고 설명하더군요.

나는 그가 자기 없이 당신은 틀린 문을 열지 않기를 바란다고 말하고 있다는 것을 깨달았습니다. 카알은 문들 중에 하나로 걸어갔고 가운데에 있는 상징 위에 손을 얹었습니다. 그리고 우리는 밝은 보라색 빛이 있는 깨끗한 하얀 방 또한 정화실(淨化室)로 들어갔어요. 거기서 모든 부정성과 바깥쪽 및 안쪽의 세균이 우리 몸에서 제거되었습니다. 오직 그래야만 우리는 팰랏크와피 도시로 들어갈 수 있었습니다.

• 데니스: 물어보고 싶은 것이 너무 많습니다. 어디서부터 시작해야할지 모르겠네요. 팰랏크와피는 터널들로 이루어진 지하 세계 안에 위치하고 있습니까? 아니면 맨틀의 안쪽에 위치해 있나요? 아니면 내부세계에 있습니까?

• 행크: 그것은 내부세계의 표면에 위치해 있습니다.

• 데니스: 하늘은 어떤 색이었습니까? 붉은색이었나요?

• 행크: 아니오. 하늘은 아름다운 푸른색이며, 구름이 없고 태양은 하늘에 고정되어 있었습니다. 공기는 내가 숨 쉬어보았던 가장 신선한 공기였어요.

• 데니스: 도시가 어떻게 생겼는지 설명해주시겠습니까?

• 행크: 물론이죠. 주택들은 기둥과 적색 기와지붕이 있는 그리스풍으로 건축돼 있었습니다. 방들은 모두 열려 있고 유리가 없는 창문에 통풍이 잘되고 있었지요. 그리고 거기에는 밝게 피어나는 꽃들과 식물이 있는 정원이 곳곳에 산재해 있더군요. 일정한 바람이 부드럽게 부는 것을 제외하고는 매우 조용합니다. 나는 이 바람이 아포니비(APONIVI)라고 불린다는 것과 내부 태양에 의해 동력을 얻은 기계장치에 의해 북극과 남극의 입구로부터 끌어당겨진다는 것을 알았습니다. 그런 다음 그 바람이 다시 터널을 통해 지표면의 수백 곳의 장소로 불어가는 것이었지요. 이 시스템은 중력과 25도의 일정한 온도를 유지하기 위해 지구의 중력 및 원심력과 태양의 열을 상쇄하도록 설계

돼 있었습니다.

• 데니스: 자, 행크 박사님, 당신은 가야만하고 제 마음은 질문으로 가득 차 있지만, 저는 그 책을 기다려야 할 것 같군요. 이 흥미진진한 정보를 우리와 공유해 주셔서 감사합니다.

• 행크: 천만에요. 당신과 이야기하는 것은 즐거웠습니다.

※편집자의 논평 :
우리는 그 후 행크가 공동세계에 있는 동안 그곳의 아주 아름다운 여인과 사랑에 빠졌다는 것을 알았다. 사실, 행크는 공동세계의 여자들이 너무 아름다워서 어떤 남자도 그들과 사랑에 빠지지 않을 수 없다고 말했다. 그는 그녀와 결혼하고 싶었지만, 개인 소유물 때문에 지상세계로 돌아가고 싶다고 결정했다. 그래서 그의 호피족 친구는 그를 다시 지상으로 데려 왔다. 그리고 그 친구는 그에게 말하기를, 그가 그랜드 캐년으로 돌아와서 그의 이름을 외치기만 한다면, 그를 데리러 올 것이라고 했다. 그러나 나중에 행크가 자기 소유물을 가지고 그랜드 캐년으로 돌아와서 그의 이름을 외쳤을 때, 그는 결코 오지 않았다. 행크는 너무 실망한 나머지 70년대까지 결혼하지 않았다. 그는 은퇴하여 필리핀으로 이주해서 살다가 2010년 3월에 사망했다.

## 지저문명은 왜 이 시점에 우리에게 중요한가?

지금까지 살펴본 바와 같이, 지상의 인간들과 지저인들 사이에는 여러 경로를 통해 세계 곳곳에서 다양한 물밑 접촉과 교류가 일어나고 있다. 그리고 앞으로 이런 현상은 점점 더 빈번하고 활발해질 것이다.

그런데 영적추구자들 가운데는 지저문명이나 외계문명은 영적으로 그리 높지 않은 차원이므로 관심을 가질 필요가 없고 그런데다 시간을 빼앗길 필요가 없다는 식의 일부 잘못된 시각과 오해가 존재한다. 또는 이들은 자신들의 영적추구의 최종목표가 이런 세계들과 전혀 무관한 것으로 생각하며, 따라서 이 분야에 대한 관심을 의도적으로 금기시하는 경향이 있다. 이런 사람들의 생각은 쓸데없는 데다 신경쓸 거 없이 오직 명상수행이나 디크리 및 로사리오 낭송 수련만이 자신들이 영적으로 높아지고 차원상승할 수 있는 유일한 길이라고 믿는다. 아울러 이들은 그 상승하는 세계가 별도의 영적세계일 거라는 왜곡된 상상과 착각을 하고 있다. 명상이나 디크리 수련은 물론 중요하다. 하지만 그것만이 전부는 아니다. 또한 의식이 아직 그런 문명수준에도 도달하지도 못했고 3차원 물질계인 지구상의 윤회 사이클에서조차 벗어나지 못한 이들이 이런 생각을 한다는 것은 자칫 비뚤어진 오만과 독선에 사로잡혀 있는 것으로 비쳐질 수 있다. 게다가 이런 식의 사고(思考)는 이미 균형을 잃고 한 극단으로 치우친 것이며, 중도(中道)에서 벗어난 것이다. 사실상 우리 지상의 인간들은 지저인들의 영적레벨과 비교할 때, 아직 갈 길이 한참 먼 상태에 있다. 그러므로 영적추구자일수록 우리는 영적인 길을 가는 도상에서 늘 겸손해져야 할 필요성이 있다고 생각된다.

빛의 지저문명과 외계문명은 사실상 우리 지상문명보다는 과학적으로나 영적으로 최소한 한 단계 내지 두 단계 이상 진화되고 발전된 상위차원의 세계이다. 보통사람의 눈으로 볼 때 지저문명은 일종의 유토피아적인 낙원이자 극락 같은 세계이다. 그렇기에 그들의 세계는 우리가 본 받아 배우고 따라가야 할 일종의 모델사회이자 표본세계라고 할 수 있다. 그들의 문명은 적어도 우리와 같은 자기중심적 이기주의와 에고적 배타성에 기초해 있지 않다. 따라서 그들에게는 이 지상에서와 같은 전쟁과 범죄, 폭력, 증오, 상호반목, 빈부갈등, 굶주림, 노화, 병고, 환경오염 및 파괴, 자연재앙, 가정폭력, 동물학대 등과 같은 끔직한 일들이 존재하지 않는다. 게다가 지저문명의 경우, 이미 메시지에서 밝혀졌듯이 그들의 일부는 본래 지상에서 살다가 대격변을 피해 들어간 지상 주민들이다. 또한 원래부터 그곳에서 거주해

온 지저인들일지라도 그들 역시 지구라는 한 행성 안에서 우리와 공존하고 있으므로 그들 모두가 우리와는 한 형제자매의 관계라고 할 수 있다. 외계 행성문명 또한 영적인 측면에서, 그곳은 우리 영혼이 본래 온 고향이자 본거지일 수 있다. 티베트 출신의 롭상 람파 역시 지저세계인들에 관해 이렇게 말하고 있다.

"지구 내부의 사람들은 참으로 레무리아, 무, 아틀란티스, 그리고 수많은 오래된 문명의 잔존자들로서 대단히 고도로 진화된 사람들이다.
– (중략) –
UFO는 다양한 형태가 있지만, 한 종류는 지구 내부에서 온 것이며, 오늘날에 목격되는 수많은 (지저세계의) UFO들이 있다. 왜냐하면 지구내부의 사람들이 바깥의 지표면에서 일어나는 핵폭발을 크게 우려하고 있기 때문이다. 결국 만약 그 폭발이 심각한 규모가 된다면, 아마 지구의 지각의 균열이 현재보다 악화될 것이며, 지구 전체가 멸망할 것이다."

– '황혼(Twilight)' 2장에서 –

그러므로 우주 안의 모든 생명은 하나로 연결돼 있고 일체(一體)라는 보다 거시적 관점에서 볼 때, 앞서 지적한 일부 영적추구자들의 생각은 교묘한 에고와 매우 편협한 분리의식에 기반하고 있다는 점을 부정하기가 어렵다. 이 우주 안의 어떤 생명도 우리와 분리돼 있지 않으며, 그렇기에 특정 집단, 특정의 수행방식만이 높은 세계로 올라갈 수 있다는 식의 독선적 영적상승의식이나 다른 생명체에 대한 배척과 배타성은 필히 배제되어야 한다.

이 책의 다양한 메시지들을 통해 우리는 고래들이나 나무, 수정과 같은 동식물과 광물이 기존에 우리가 갖고 있던 고정관념과는 달리 우리 인간영혼보다 오히려 더 영적으로 진화된 의식을 갖고 있다는 사실을 알 수 있었다. 게다가 그들이 우리 인간과 의식으로 연결되기를 간절히 원하고 있고, 또 우리를 돕고 싶어 한다는 사실도 새롭게 인식할 수 있었을 것이다. 동식물과 광물조차도 이러한데, 하물며 같은 행성 안에서 공존하고 있는 동일한 인간이면서 영적선배인 지저인들과 우리와는 결코 뗄려야 뗄 수 없는 관계이다. 그러므로 그들과 우리는 운명적으로도 한 공동체임을 시급히 자각할 필요가 있다.

특히 지저문명의 존재들은 향후에 혹시라도 지상에 닥칠 수 있는 천재지변이나 지각변동, 핵재난과 같은 위험한 사태발생 시, 가장 먼저 우리 지상의 인류를 도와줄 수 있는 사람들이다. 예컨대 외계문명의 경우는 '불간섭법칙'이라는 기본적인 우주법칙상, 인간의 요청이 없는 한 그들이 자의적인 판단만으로 지구에 개입할 수가 없다. 하지만 지저문명세계는 어디까지나 지구행성 안에 존재하고 있는 지구문명이고 그 주민들 또한 기본적으로 지구인들이다. 따라서 **우주법상, 유사시에 그들은 언제든 지구의 중대한 문제나 사건에 직접 개입할 수 있는 정당한 권한을 갖고 있다.** 이런 자발적 개입이나 원조는 예컨대 지구상의 어떤 나라에서 지진이나 홍수 같은 천재지변이 발생해 큰 피해를 입었을 경우, 이웃 나라들이 인도주의적 입장에서 구조대와 구호품을 보내 돕는 것과 똑같은 것이다. **이런 면에서 지저문명은 외계문명보다 우리 인류에게 훨씬 더 중요하다.**

그럼에도 불구하고 이미 예고된 그들의 지상출현이나 지상문명과의 재통합이 아직 실현되지 못하고 계속 지연되고 있는 상태이다. 그리고 그 주된 이유는 전적으로 우리 인간들의 철저한 무지와 인식부족에 있다고 할 수 있겠다. 한 마디로 지상의 현실은 거의 대부분의 주민들이 그들의 실재에 대해 전혀 알지 못하고 있고, 결과적으로 그들을 받아들일 준비가 아직 돼 있지 않다. 반면에 지저문명쪽은 지상에서 준비만 된다면, 언제든지 지상에 모습을 드러낼 만반의 준비가 돼 있다고 한다. 이런 측면에서 지저세계에 관한 이런 지식과 정보들이 대중들에게 시급히 확산되어야 할 필요성은 아무리 강조해도 결코 지나침이 없을 것이다.

지상문명과 지저문명은 지구라는 아름다운 한 행성을 위와 아래에서 공유하고 있다. 말하자면 한 손의 손등과 손바닥과도 같은 관계인 것이다. 그러므로 지상에서 벌어지는 모든 문제와 사건들은 어떤 식으로든 지저세계에도 영향을 미치게 된다. 한 예로 지상에서 강과 바다를 오염시키게 되면, 그 탁한 바닷물은 지구 전체를 순환하는 가운데 언젠가 지저세계의 바다로 흘러들어가게 될 것이다. 또 핵실험이나 원자력발전소 사고로 인한 방사능 누출 같은 핵재앙이 일어날 경우도 마찬가지이다. 이럴 경우 발생하는 그 방사능 오염과 확산 역시 비록 적은 양일지라도 대기로 퍼져나가 지저세계에도 영향을 주게 된다. 즉 지상에서 인간들이 저지르는 모든 부정적 행위들이 그들에게 직접적인 피해와 악영향을 끼치게 되는 것이다.

지저세계의 존재들은 이제까지 지상의 미국을 비롯한 몇몇 주요 강대국 정부들에게 밀사를 파견하여 이런 문제와 위험성에 대한 누차 주의를 촉구하고 경고한 바 있다. 그러나 이 지구 전체를 통제하고 지배하고 있는 어둠의 세계비밀정부는 이를 의도적으로 무시해 왔고, 오히려 아직까지도 지저문명에 관한 진실을 대중들에게 은폐하고 있다.

1947년 2월에 미국의 리처드 버드 제독은 북극상공을 항공기로 탐사하던 중 지저세계 입구로 우연히 진입하게 되었다. 이어서 그는 그곳에서 온화한 기후와 거대한 초목 그리고 높은 의식의 인간들이 살고 있는 미국보다 더 큰 대륙을 발견했다. 그때 그가 탄 항공기는 갑자기 주변에 나타난 UFO 2대의 인도에 따라 그곳의 한 활주로에 착륙하게 되었다. 그리고 앞서 간략히 소개한대로, 그곳 세계의 지도자 앞으로 인도되어 그와 면담이 이루어졌다. 이윽고 얼마 후 다시 지상으로 되돌려 보내진 버드 제독은 그해 4월에 본국 워싱턴으로 귀환한 후, 자신이 목격한 그대로의 사실을 당시의 미국 대통령이었던 투르먼(Truman)과 비밀 수뇌부들(마제스틱-12) 에게 보고했다. 이때 그에 의해서 지구 행성은 지상의 인간들만의 것이 아니라 지저세계와 공유되고 있기 때문에 청정에너지 기술을 원조하겠으니 화석연료와 위험한 원자력을 사용하지 말라는 지저세계의 경고 메시지가 전달되었다. 그러나 미국정부의 수뇌부들은 이를 묵살했으며, 버드제독에게도 함구할 것을 명령했다. 그들은 버드제독이 증거를 제시했음에도 이를 인정하지 않았을 뿐만 아니라, 그 사실을 공개하면 그와 가족들까지도 죽이겠다고 협박까지 한 것으로 알려져 있다. 그리고 그들은 이에 관한 모든 사실의 유포를 금지시켰다. 결국 이런 모든 진실은 오랫동안 은폐돼 있을 수밖에 없었다. 그러다가 버드제독이 죽기 전에 남겨놓은 그의 비행일지가 그가 세상을 떠난 지 약 60년 후에 공개됨으로써 겨우 진실이 일부나마 세상에 드러나게 되었다.

미 해군의 리처드 버드 제독

그런데 버드제독이 지저세계를 방문하고 돌아온 1947년은 공교롭게도 미국에서 로즈웰 UFO 추락사건이 일어난 해로서 이처럼 동시에 지저문명과 외계인 사건에 관한 진실이 미국정부에 의해 함께 매장되었다. 그래서 지저세계 사람들이 부득이 지저문명의 실재에 관한 정보확산과 인류계도를 위해 지상으로 직접 보낸 존재들이 바로 앞서 소개한 빌리 페이 우다드나 샤룰라 덕스 같은 지저인들인 것이다. 이런 사람들의 등장은 현 시대가 함축하고 있는 깊은 의미와 더불어 우리가 살고 있는 시기가 얼마나 중요한가는 암시하고 있다.

이처럼 우주의 흐름상, 이제는 지저세계와 지저문명이 엄연히 존재한다는 진실이 반드시 이 세상에 드러나고 널리 알려져야 할 시점이다. 왜냐하면 우리의 지구행성과 전체 인류는 바야흐로 기존의 3차원을 함께 졸업하고 5차원이라는 새로운 차원의 문명으로 시급히 진입해야만 하는 입구에 와 있기 때문이다.

필자가 보건대, 현재 지저인들은 향후 인류문명에 관련된 주요 문제들을 해결할 수 있는 핵심 열쇠를 쥐고 있다. 그런 문제들 중의 한 예로, 지상의 우리 인간들은 이제까지 누구도 생로병사(生老病死)를 면할 수가 없었다. 아무리 많은 돈과 권력을 쥐고 있다한들, 결국은 늙고 병들어 100살도 못살고 죽어야하는 것이 우리 인간 대부분의 불행한 운명이다. 아무도 그런 고통과 슬픔을 피할 수는 없으며, 누구나 삶의 마지막은 비극으로 끝나기 마련이다.

하지만 지저인들이 보유한 외계문명 수준의 고도의 과학기술과 영성, 그리고 지혜는 바로 이 우리 인간의 노화와 질병, 장수의 문제 등을 해결해줄 수 있다. 뿐만 아니라 그들의 능력이라면 우리가 가진 환경오염이라든가, 기상재난, 에너지 문제, 빈곤 역시 간단하게 해결이 가능하다. 또한 지상의 우리보다 상위 차원에 이미 도달해 있는 그들은 인류의 차원상승을 인도하여 궁극적으로는 불사(不死)와 빛의 몸의 완성에 이르는 길잡이 역할로서 우리에게 중요한 도움을 줄 수도 있을 것이다. 이런 맥락에서 볼 때 지저문명의 지상도래와 지상문명과의 재회 및 통합은 현 시대에 가장 중차대한 문제가 아닐 수 없다.

한편 요즘 대중매체에서는 다가오는 4차 산업혁명시대의 도래를 요란하게 보도하고 있다. 즉 인공지능 및 사물인터넷, 증강현실, 3D 프린팅, 로봇공학, 나노기술, 가상현실이 결합된 2020년대의 초연결 사회를 예고하며 마치 인류의 미래가 온통 장밋빛 일색인양 너무 오버하여 호도하고 있는 상황이다. 그러나 그

이면에 가려진 지구의 환경오염과 파괴상황은 대단히 심각하다.

최근에 영국의 폴리머스 대학 연구진이 보고한 바에 따르면, 전 세계의 바다가 쓰레기로 오염되면서 사람이 먹는 대구나 해덕, 고등어 등의 생선에서도 작은 플라스틱 조각이 대거 발견되고 있다고 한다. 또한 벨기에 켄트대학 과학자들 역시 최근 "수산물을 즐기는 사람은 1년에 1만 1,000개가 넘는 미세 플라스틱을 먹는 것으로 추산된다."는 놀라운 연구결과를 발표했다.[21] 이것은 페트병을 비롯한 갖가지 플라스틱 용기들이 거의 재활용되지 않고(재활용율 3.5%) 그 대부분이 쓰레기장에 매립되거나 바다에 버려지기 때문이다. 바다에 가라앉아 그 밑바닥에 깔려있는 플라스틱들이 서서히 분해되면서 그것을 물고기들이 먹게 되고, 결국 우리가 버린 플라스틱이 먹이사슬의 정점에 있는 우리 인간의 몸속으로 다시 돌아오고 있는 것이다. 이처럼 자연은 우리 인간이 자연에게 행한 그대로 우리에게 돌려주는 것이 법칙이다. 게다가 얼마 전 남극 빙붕(氷棚)에서는 서울시 면적의 10배나 되는 큰 빙산이 지구온난화로 인해 떨어져 나왔다고 보도되었다.

마침 세계적 천체물리학자인 영국의 스티븐 호킹 박사는 최근 노르웨이에서 행한 연설에서 "지구가 사람이 살기 어려울 정도로 파괴되는 것은 시간문제"라며 "달과 화성에 식민지를 세우고 그곳에 노아에 방주처럼 보관시설을 세워 지구의 동식물 종을 보존해야한다."라고 주장했다. 또한 그는 심지어 "30년 안에 지구를 떠나야 한다."고까지 말했다. 이런 주장들은 지구의 오염 및 파괴 상황이 얼마나 심각한지를 뒷받침한다. 하지만 호킹 박사는 유감스럽게도 우리 지구 안에 고도의 지저문명이 존재한다는 것을 미처 모르고 있다. 현재 지구의 환경과 모든 상황은 호킹박사의 우려와 경고대로 점점 더 악화되어가고 있다. 그러므로 이제 우리는 시급히 지저인들과 다양한 경로를 통해 소통해

---

21)조선일보 2017. 6.30일자 기사

야할 뿐만 아니라, 점차 직접적인 접촉을 시도하는 단계로 들어가야 한다. 그리하여 그들의 가르침에 귀를 기울이고 인류의 문제들에 관한 지저인들의 조언을 받아들일 필요가 있다.

지저문명과 외계문명과 같은 고차원의 세계들이 현재 3차원이라는 우리의 현실을 에워싼 채 내려다보고 있고, 오래전부터 우리의 일거수일투족을 주시해 왔다. 그리고 그들은 이미 1940년대부터 우리를 일깨우기 위해 문을 두드리고 있었다. 그럼에도 몽롱한 잠에서 아직 깨어나지 못한 우리는 그들이 깨우는 소리를 듣지 했었고 여전히 그들을 인식하지도 못하고 있다. 우주는 모든 것이 진동주파수의 동조 및 공명원리에 따라 작용하고 있다. 그렇기에 오로지 먹고사는 문제와 물질추구에 매몰되다보니 지저인들의 주파수 레벨보다 낮은 의식에 머물러 있는 우리는 한 마디로 그 높은 주파수의 노크 소리를 들을 귀와 그들을 볼 눈을 갖고 있지 못한 것이다. 그럼에도 특히 지저세계의 존재들은 바로 우리 곁에서 늘 우리를 관찰하고 있고, 우리가 어서 깨어 일어나 자신들을 알아볼 수 있기만을 기다리고 있는 상태이다. 과연 우리는 언제까지나 이 엄청난 사실을 도외시 한 채, 흐릿한 정신으로 단지 자잘한 세속적 욕망과 오락거리에만 골몰해 있을 것인가?

이제 우리 인류는 시급히 깨어나야 한다. 그리고 우리의 의식을 확장함으로써, 바로 우리 곁에서 오랫동안 기다리며 우리를 주시하고 있는 지저세계의 형제자매들과 연결되어 장차 그들을 정식으로 대면할 준비를 해야 할 것이다. 그리하여 우리가 그들에게 공식적으로 손을 뻗칠 수만 있다면, 언제든지 그들은 우리의 손을 잡아 인류 전체를 완전히 새로운 차원의 문명세계(황금시대)로 이끌어줄 것이다.(※그럼에도 그들의 지상출현은 UFO 문제와 마찬가지로 아마도 은폐된 모든 정보의 공개와 평화체제 정착이라는 선행조건이 실현되어야만 비로소 가능해질 것이다.)

마지막으로, 이 책의 출판을 진행하는 과정에서 발행인으로서의 필자는 책의 저자인 다이안 로빈스 여사에게 남북분단과 대치, 최근의 북의 핵실험 및 미사일 개발 등으로 불안 속에 있는 한국인들을 위해 - 그녀 책의 한국 번역판에다 - 미코스나 아다마의 특별 메시지를 보내줄 수 없겠느냐고 요청한 바 있다. 그런데 현재 비교적 나이가 많은 다이안 여사는 자기가 채널링할 때는 타이핑(Typing)을 동시에 해야 하는데, 자신의 건강악화와 신체적 고통 때문에 현재 그것이 어렵다고 고백했다. 그럼에도 짧아도 상관없다는 필자의 거듭된 요청에 응하여 다음과 같이 짤막하지만 의미심장한 미코스의 메시지를 보내왔다.

비록 미코스(Mikos)가 나에게 누군가나 어떤 국가에 대한 사적인 메시지를 준 적이 전혀 없었으나, 그는 바로 다음과 같이 말했습니다.
(다이안)

"친애하는 CHAN(필자 이름 첫 글자), 나는 한국인들에게 나의 메시지를 알릴 수 있게 해준 것에 대해 당신에게 감사드립니다. **당신의 한국 국민들 앞에는 위대한 운명이 놓여 있습니다!** 나는 당신의 친구인 미코스입니다."

지저세계 형제자매들의 조속한 지상 도래를 기원하며,

- 은하문명 대표, 朴 -

지저 공동세계로부터의 메시지

초판 1쇄 발행: 2017년 8월 30일
저자: 다이안 로빈스 지음
옮긴이: 편집부 편역
발행인: 朴燦鎬
발행처: 도서출판 은하문명
등록: 2012년 7월 30일 (제22-723호)
주소: 서울시 종로구 수송동 58-332
전화: 02)737-8436
팩스: 02)6209-7238
인터넷 홈페이지: www.ufogalaxy.co.kr


가격 20,000원

ISBN: 978-89-94287-16-4 (03840)